福建江夏学院学术著作资助出版

2021年度福建省社会科学基金项目"中国古代诗词与小说的文体互渗研究"（项目编号：FJ2021B088）阶段性成果

中国古代白话小说诗性特征研究

陈　瑜◎著

Wuhan University Press
武汉大学出版社

图书在版编目（CIP）数据

中国古代白话小说诗性特征研究 ／ 陈瑜著．－武汉：武汉大学出版社，2023.7

ISBN 978-7-307-23745-2

Ⅰ.中… Ⅱ.陈… Ⅲ.古典小说－小说研究－中国 Ⅳ.I207.41

中国国家版本馆CIP数据核字（2023）第080333号

责任编辑：黄朝昉 责任校对：牟 丹 版式设计：文豪设计

出版发行：**武汉大学出版社** （430072 武昌 珞珈山）

（电子邮箱：cbs22@whu.edu.cn 网址：www.wdp.com.cn）

印刷：三河市祥达印刷包装有限公司

开本：710×1000 1/16 印张：17.5 字数：260千字

版次：2023年7月第1版 2023年7月第1次印刷

ISBN 978-7-307-23745-2 定价：86.00元

版权所有，不得翻印；凡购我社的图书，如有质量问题，请与当地图书销售部门联系调换。

序　言

　　中国古代小说有一个重要特征，即韵散结合，散文叙事中羼入大量诗词韵文，与现当代小说及外国小说表现出明显的不同。小说与诗歌关系的研究历来为学界所重视，前人已经花费了大量笔墨从不同的侧面进行探讨，但由于研究难度较大，很少有系统、全面的研究。我在二十年前曾经希望博士生研究相关选题，但未能实现，现在看到陈瑜这本著作，颇感欣慰。

　　这本书是陈瑜在其博士论文的基础上修改完成的。陈瑜硕士阶段的研究方向是唐宋诗词，当时她就关注到了唐传奇羼入诗词的现象，并发表了相关论文；博士阶段，她将研究方向调整到中国古代小说上。她的导师涂秀虹教授考虑到她之前有较好的诗学理论积累，建议她在进一步深入了解小说及诗词研究状况的基础上，选择将小说与诗歌的关系作为具体切入点，展开博士阶段的学习与研究。在反复讨论后，陈瑜选择了"中国古代小说诗性特征"作为研究对象。同时，由于博士阶段的学习时间有限，我建议她先缩小研究范围。目前，关于小说诗性特征的讨论更多集中于文言小说，不妨先以白话小说为讨论对象，待时机成熟后再对中国古代小说的诗性特征进行整体的观照。她采纳了我的建议，最终将"中国古代白话小说诗性特征"定为研究的选题。以往在探讨小说与诗词的关系时，研究者多以小说为主体、以叙事理论作为基本的研究工具，而小说中的诗词则作为从属，且鲜少引入诗学视角进行探讨。陈瑜则借助中国传统诗学评点与叙事学评点交叉的视角，尝试探讨中国古代白话小说诗性特征的形成与显现。就这点而言，本书的选题具有一定的理论价值，拓展了小说与诗词关系研究的面向。

本书首先对中国古代小说与诗词文体互渗的相关研究情况作了较为全面的梳理和中肯的评述，肯定其优点，分析其不足，并以前人研究为基础，对古代白话小说的诗性特征作了较为深入的思考和探讨。这一选题的逻辑起点需要回归本土的文学语境，回到古代小说生成的文学现场。尽管我们在讨论中国古代小说的艺术特征时，常常会使用"诗性"或"诗化"这样的词来描述，但回到传统文学评论的语境中，"诗性"与"诗化"显然不具有本土性。小说"诗性"的概念在外国文学研究、文艺理论研究，以及现当代文学研究中均被反复论述，但在中国古代小说研究领域内，学人使用与论述相对而言还是比较谨慎的，且鲜少有研究者对其进行概念上的阐释与讨论。为了解决这个问题，陈瑜融合了传统文学理论与西方叙事理论，改造并充实了"诗性"的内涵，用以表达中国古代白话小说的文体特征。同时，书中还对"诗化"与"诗性"这两个概念进行了辨析。对"诗化"或"诗性"的概念阐释，以往的研究大致有两条路径：一是从作品的内容出发，讨论作品所体现出来的对人的本质的回归，以及对人生、人性、人世的思考，比如薛海燕的《红楼梦：一个诗性的文本》、张平仁的《红楼梦诗性叙事研究》等，都是沿着这一思路展开讨论的。二是从文体演进的角度出发，讨论诗体对小说文体的渗透。沿着这一思路展开的讨论，往往关注中国古代小说文本羼入诗词的文体特征。此书对中国古代白话小说诗性特征的讨论是从后一条路径进入的，但同时认为羼入诗体韵文只是中国古代白话小说语体上的诗化，白话小说诗性特征的呈现，更多体现在诗体的思维习惯与运思模式对小说文本建构产生的影响。

在明确界定概念之后，作者并没有全然泛泛地谈理论，而是紧密结合对文本的细读，在理论探讨的同时，以丰富的文献梳理及细致的文本分析为基础，从语体、功能、抒情、叙事等方面对中国古代白话小说的诗性特征作了较为系统的研究。具体讨论语体的诗化，表现对象与审美精神的抒情化，叙事结构的意象化、隐喻性与象征性，以及意境营造的诗意性等特征，扩大了中国白话小说文体形态的观察面，同时也丰富了这一方面的理论阐述。细致的文本分析增强了结论的说服力，书中的一些观点颇为出彩，有不少独到的判断。例如，本书从诗学与叙事学交叉的视角，对受诗学传统浸染的中国古代小说的创作情况作了考察，以文言小说的诗性特征为参照系，追寻白话小说具有诗性特征的缘由，具体梳理它几百年来的发展变化，并分析其间的原因。又如，本书通过对文人在白话小说文本中羼入诗词情形的梳理和分析，认为由于文人在白话小说文本中羼入诗词，使得小说的表现对象与文体功能产生了诗学的转向，文人借小说以"言志"，从而使小说呈现出抒情质感。再如，本书探讨了中国古代白话小说对诗学传统的借鉴与学习，分析这样的借鉴与学习对白话小说的文本建构所产生的影响，认为正是由于白话小说的创作者与评点者借鉴了诗学传统，才使白话小说的文本建构走向成熟。这些判断在前人研究的基础上作了一定的开拓，表现出理论思辨的色彩，在理论的融合上有所创新。

当然，本书对中国古代白话小说诗性特征的讨论还存在一些不足。由于时间限制，本书对古代白话小说诗性特征与文言小说诗性特征的比较研究还不够深入，需要进行更加全面的分析与论述，有待后续对中国古代小说的整体性考察。同时，中国古代小说诗性特征形成与变化的影响因素十分复杂，既有小说起源的文学生态因素，也有小说作者的因素，还与小说的刊刻传播相关，这些因素的复杂性，决定了这一问题的研究难度，所以需要结合文献梳理作更加具体的分析。再者，本书虽然尝试对"诗性"的概念进行界定，然而，在概念的阐释过程中，并未对"诗性"在中西方文学批评语境中的概念演进作出较为系统的梳理，探讨其中的差异。此外，中国古代小说"文备众体，可以见史才、诗笔、议论"，又该如何判断与界定不同文体之于小说艺术特征的影响？对于这一问题，本书尝试的解决路径是在论述的过程中，选取中国传统诗学具有本体论意义的概念或范畴，比如吟咏情性说、诗可以怨说、言志说、意象说等，由此出发，讨论其对中国古代白话小说情感表达与文本建构的影响。上述概念与命题作为中国传统诗学的本体性概念不具有争议性，这在一定程度上可以规避对相关讨论的质疑。这样的处理方式是否具有理论的适用性，需要进一步的反思。上述问题都有待今后作进一步的文献梳理与理论积累。

我此前读过陈瑜发表在《明清小说研究》上的《话本小说羼入诗词曲的场域表演性及其影响》等文章，给我的印象是理论基础扎实、文本分析细致、文字能力比较突出。陈瑜非常努力，我期待她在这一领域有更为深入和全面的研究。

齐裕焜

2023 年 2 月 15 日

目　　录

绪　　论

优势的文学传统，在异质发展、各领风骚的同时，相互渗透、相互吸取，这是文学发展的必然规律。无论是从中国传统的文学语境，还是从西方的文学语境来观照，叙事与抒情都是文学最主要的表达方式与表现功能。长于抒情的诗学传统与长于叙事的叙事学传统像两条并行不悖的轨迹，共同形成了文学发展的主流。在漫长的文学发展历程中，它们交错而过，相互融汇，形成了纵横驰骋、流布文学大陆的溪流、湖泊与江河。因之而产生的新的文学样式或文学潮流异常丰富且多样。

就中国文学而言，"抒情传统和叙事传统都是中国文学史的贯穿线"[1]。这样的交汇，出现在史传文学的"引诗为证"里，出现在"叙事如画"的《孔雀东南飞》里，出现在"著文章之美，传要妙之情"的唐传奇里，出现在宋元间"岂传其事与人哉？传其词耳"的戏曲与"曰得词，念得诗"的话本里，出现在"叙事之中夹带诗词，本是文章极妙处"的明清白话小说里。这里既有小说的诗化，也有诗歌的小说化。[2] "中国文学抒情、叙事两大传统乃同时同源同根而生，而且从来就处于共存互补、相辅相成、

---

[1]　董乃斌. 中国文学叙事传统研究 [M]. 北京：中华书局，2012：3.

[2]　董乃斌认为《孔雀东南飞》与《木兰辞》是诗歌的小说化，诗歌的小说化还体现在杜甫、白居易、刘禹锡、杜牧、李商隐等人的叙事性诗歌创作中。参见：董乃斌. 中国古典小说的文体独立 [M]. 北京：中国社会科学出版社，1994：138.

不可分割的关系之中……虽然抒情是抒情，叙事是叙事，各有其规定性，不可一概混淆，但两大手法、两大传统之间又有不解之缘，永远处在你中有我、我中有你的交融互渗状态之中。"[1]

中国文学的抒情传统以诗歌为主要载体，包括传统的诗、词、曲等诗体韵文，其含义相当丰富，所涉及的内容包括文学本体论、发生论、创作论等多个层面，而关键之处则在于文学创作过程中以情志为核心的观念。叙事传统则主要以史传文学、小说、戏剧等为主要载体，其本质在于客观地叙述"身外"之事物。这里的"身外"既指作者身外、客观存在的、大大小小的"事"，也包括作者将本人的事加以客观化，从而"置身事外"地对其进行客观性的描述。[2]抒情与叙事的本质区别在于一个诉诸主观之情，而另一个描绘客观之事。问题在于，在具体的文学作品中二者往往别无二致，常常是纠缠难解的，我们只能通过作品是侧重主观倾诉还是侧重客观描绘来判断作品所从属的文学传统。

在抒情传统与叙事传统历次双向互动、交互影响的过程之中，可以明显发现，作为中国文学母体、也是抒情传统代表的诗体，其以强大的文体张力对叙事文体产生着深刻的影响。中国的叙事传统涵养着异常丰富、复杂的文体，然纵观各体文学的演变，各种文体在发展成熟后都自觉或不自觉地具有"诗化"的倾向。闻一多在《文学的历史动向》中即已断言：

《三百篇》的时代，确乎是一个伟大的时代，我们的文化大体上是从这一刚开端的时期就定型了。文化定型了，文学也定型了，从此以后二千年间，诗——抒情诗，始终是我国文学的正统类型，甚至除散文外，它是唯一的类型。赋、词、曲是诗的支流，一部分散文，如赠序、碑志等，是诗的副产品，而小说和戏剧又往往以各自不同的方式夹杂些诗。[3]

[1] 董乃斌. 中国文学叙事传统研究 [M]. 北京：中华书局，2012：4-5.

[2] 董乃斌在其专著中对"抒情传统"与"叙事传统"的关系展开了丰富的讨论，并聚焦"叙事"建立起中国文学叙事传统的理论体系。相关研究参见：董乃斌. 中国文学叙事传统研究 [M]. 北京：中华书局，2012；董乃斌. 中国文学叙事传统论稿 [M]. 上海：东方出版中心，2017.

[3] 闻一多. 神话与诗 [M]. 上海：上海人民出版社，2006：165.

　　闻一多在此指出诗学传统对中国各体文学的影响及诗体与各体文学间的交互影响，并指出小说文体以"夹杂些诗"的方式，呈现出对诗歌传统的接受。此处的小说指中国古典小说，既包括典雅的文言小说，也包括通俗的白话小说。[1]以中国古代白话小说论之，我们在以往的小说阅读和研究过程中逐渐形成了一个共识，即中国古代白话小说中那些艺术水准相对较高的经典作品大体上表现出诗化或者说诗性特征，这一特征体现在小说文体、语言、审美等层面。这促使我们思考如下问题：中国古代白话小说的诗性特征是如何产生及形成的？诗学传统在小说文体成熟的过程中扮演着怎样的角色？中国古代白话小说在自身文体建构的过程中，是如何对诗学传统进行借鉴并最终走向文体的成熟与经典化的？这一过程的完成有着怎样的文学、文化背景与意义？进而我们发现，有可能在文本细读与微观分析的基础上，尝试建立起中国古代白话小说研究的诗学视域。关注诗学传统对小说文体发展的影响是笔者着意的命题，我们认为这是一个十分有趣且值得投入精力与热情的课题，也是一个极具理论生长点的课题。

　　同时，从诗学的角度研究中国古代白话小说，对我们而言也是一种挑战。一方面，我们需要打破以往的研究思路——诗学理论为诗歌创作与诗歌研究服务，小说研究须以小说理论为依据，而将诗学传统与小说传统并置，将中国古代白话小说研究放置于文体演变的学术背景之下，从文体学的角度对小说作品加以观照，关注诗歌文体及诗学传统对小说的浸染，关注文体间的互渗现象及其背后的文学规律，等等。另一方面，需要对原有的理论资源进行重新整理与审视，寻找诗学理论与小说理论的相关性及其中的融通与变异。中国古典小说的诗性特征是中国小说的民族特色，我们认为将诗学传统与小说传统并置，作为一个有联系的整体进行系统研究，

---

[1]　目前，学界认同的观点以宋元"话本小说"为我国古代最早的白话小说。鲁迅在《中国小说的历史的变迁》中说："至于创作一方面，则宋之士大夫实在并没有什么贡献。但其时社会上却另有一种平民底小说，代之而兴了。这类作品，不但体裁不同，文章上也起了改革，用的是白话，所以实在是小说史上的一大变迁。"参见：鲁迅.中国小说史略[M].北京：人民文学出版社，2006：327.

将有助于更加完整地显示中国小说的民族特色，也能更好地解释中国古代小说诗性特征的生成、发展及其基本规律。

一、研究背景

中国古代小说的诗性特征，似乎是一个不言而喻、不辩自明的命题。自赵彦卫在《云麓漫钞》中提出唐传奇"文备众体，可以见史才、诗笔、议论"[1]后，对中国古典小说与诗学传统之关系的追问便不绝于耳。自宋至晚清，洪迈、罗烨、虞集、辛文房、杨慎、胡应麟、袁无涯、凌濛初、余象斗、毛宗岗、脂砚斋、章学诚等多位小说评点者论及此问题，曹雪芹、吴沃尧等小说作者甚至在小说创作中直接表达了他们对此问题的观点。[2]这说明小说诗性问题在小说文体发展过程中，就已受到小说创作者与接受者的共同关注。小说作者及评论家对小说融入诗词韵文的特点多持赞赏与肯定的态度，并注意到其与小说结构、审美功能之间的关系。也有少数评论家注意到诗词韵文对小说文本叙事产生的不良影响，并加以删改，但其删改的出发点多半是因为诗词韵文本身的质量不高，而非为了增强作品的叙事性。以余象斗评《水浒志传评林》为例，余象斗在刊行《水浒志传评林》时，对小说中的诗词作了复杂的处理，或以"无味"而删之，或对"引头诗"的位置作了微妙的处理，细究其因，个中缘由甚为复杂。单就将"引头诗"移至上一层这一点，刊本中的解释就有数种。或以之："托物比兴，趣味皆全，而未见有切于《水浒传》之要，故录上层。"[3]或以之："言尽水浒一部，奈不该记于此处，故录上层，随便览之。"[4]或言："一词

---

[1]　赵彦卫.云麓漫钞[M].北京：中华书局，1996：135.

[2]　有关学术梳理在孙步忠博士的学位论文《古代白话小说中的诗词韵文研究》、侯桂运博士的学位论文《文言小说诗化特征研究》中均有详细分析，本文在此不赘述。曹雪芹在《红楼梦》第一回中，对"千部共出一套"的才子佳人小说提出了批评，指出其以"情诗艳赋"小说结构的特点。吴沃尧也在《二十年目睹之怪现状》第五十回中借月卿之口批评魏子安《花月痕》动辄吟诗的鄙陋，以之为"掉文"，即炫耀才学。

[3]　罗贯中.水浒志传评林[M].余象斗，评.沈阳：沈阳出版社，2012.

[4]　罗贯中.水浒志传评林[M].余象斗，评.沈阳：沈阳出版社，2012.

之中，须未干水浒中之紧切，亦可取其有味，放下层，则不当；录上层，真得其理。"[1] 或曰："词之事，皆是一引头，何必要？故录上层，随便览观。"[2] "观传者无非览看词语，观其事实，岂徒看引头诗矣。"[3] 或云："一首平俗，故录上层。"[4] 或曰："一首不干水浒内事，其诗人是劝人善事，故以写放上层。"[5] 或谓："一首之中，俗而无味。去之恐观者言而漏削，只得录于上层。"[6] 这些观点甚或自相矛盾，体现出刊本对诗词的处理带有某种随意性，但在这种随意性中，又可以看出小说文体独立意识的萌发与诗学传统巨大的惯性之间的矛盾。

自晚清"诗界革命"与"小说界革命"以来，特别是在"西学东渐"的影响下，伴随西方学术思想的传入，学者对小说融合诗词韵文现象的探讨开始有别于传统的评点式批评。学者转而用现代小说的观念来研究中国古典小说[7]，并将其纳入中国文学、小说文体发展的轨迹中加以关注。在此过程中，中国古代小说的诗性特征一直是学界所关注且热议的话题，尽管学界对此褒贬不一，但小说诗性作为中国古代小说的民族性却为学界广泛认同，对小说诗性特征的研究也同样进入了新时期。学界关注此问题的焦点，既有中国古代小说评点已经注意到的小说融入诗词的现象，以及诗词与小说结构、审美功能之间的关系等传统问题，也有小说文体性质转变、诗学传统对小说文体之影响等新问题。这一过程一直持续到 20 世纪 70 年代，有关小说诗性的一些基本命题才开始初步形成。如鲁迅在《中国小说史略》中概括了中国古典小说以诗词结构首尾、增饰细故，但"辞句多俚"的特点。[8] 汪辟疆在《唐人小说在文学上之地位》中对唐人小说融入诗词

[1] 罗贯中. 水浒志传评林 [M]. 余象斗，评. 沈阳：沈阳出版社，2012.

[2] 罗贯中. 水浒志传评林 [M]. 余象斗，评. 沈阳：沈阳出版社，2012.

[3] 罗贯中. 水浒志传评林 [M]. 余象斗，评. 沈阳：沈阳出版社，2012.

[4] 罗贯中. 水浒志传评林 [M]. 余象斗，评. 沈阳：沈阳出版社，2012.

[5] 罗贯中. 水浒志传评林 [M]. 余象斗，评. 沈阳：沈阳出版社，2012.

[6] 罗贯中. 水浒志传评林 [M]. 余象斗，评. 沈阳：沈阳出版社，2012.

[7] 陈平原，夏晓虹. 二十世纪中国小说理论资料（第一卷）[M]. 北京：北京大学出版社，1997：1.

[8] 鲁迅. 中国小说史略 [M]. 北京：人民文学出版社，2006：123.

韵文的现象进行了思考。罗振玉、郑振铎、陈寅恪、刘开荣、孙楷第、程毅中等人对敦煌藏卷白话小说韵散结合的形式，以及其与唐传奇和后世长篇章回小说之间的关系作了整理与认定。浦江清在《论小说》中判断："唐人所最重视的文学是诗，唐代的文人无不能诗者，以诗人冶游的风度来摹写史传文章，于是产生了唐人传奇……唐人传奇是高度的诗的创造。"[1] 郑振铎在《中国古典文学中的小说传统》中对中国小说传统"有诗为证"或"有词为证"的形式提出批评；孙楷第在《日本东京所见小说书目》中对"诗文小说"予以批判；等等。

以鲁迅的研究为例，鲁迅在批评白话小说《花月痕》诗词穿插不当时谈道："诗词简启，充塞书中，文饰既繁，情致转晦。符兆纶评之云，'词赋名家，却非说部当行，其淋漓尽致之处，亦是从词赋中发泄出来，哀感顽艳……'虽稍谀，然亦中其失。"[2] 鲁迅认为过多羼入诗词韵文，影响了作品情感的表达，是作品之失，并引符雪樵在《绘图花月姻缘》的卷首语加以佐证。但这里引符雪樵之语为证似乎并不十分恰当。符雪樵之语在"哀感顽艳"之后，尚写道："然而具此仙笔，足证情禅。"[3] 可见其对《花月痕》羼入诗词韵文的做法并非持批评态度，而是认为《花月痕》采用了和历来"说部"截然不同的艺术手法，以辞赋体而为"说部"是颇具创意的艺术尝试（"仙笔"），增添了作品的内涵（"情禅"）。符雪樵之语确如鲁迅所说的"稍谀"，但足见当时的评点者已注意到小说文体性质因诗体韵文的羼入而发生的变化。上述学者的研究成果与研究结论为后续的中国古代小说诗性特征研究提供了论证的基本出发点，使我们可以在此基础上进行进一步的讨论与阐发。

20 世纪 80 年代前后，随着文学思潮的多元涌动，学者对中国古代小说诗性特征的研究成果迭出，呈现出视野开阔、视角多样的新局面。前辈时贤对中国古代小说融入诗词韵文现象的关注从形式上的"韵散结合"转

---

[1] 浦江清. 浦江清文录 [M]. 北京：人民文学出版社，1958：185.

[2] 鲁迅. 中国小说史略 [M]. 北京：人民文学出版社，2006：265.

[3] 朱一玄. 明清小说资料汇编 [M]. 天津：南开大学出版社，2012：684.

入对小说诗性特征的探讨，并将其作为中国古代小说的民族性特征加以论争，分析方法也从简单的资料收集、整理转向理论的思考。而在"诗笔"的定义与划分、诗化小说、小说意境的探讨等方面的研究成果都非常深刻，这使得对此问题的研究，摆脱了以往的随意性和片段性，呈现出现代性、学理性的意味。近 40 年来，学者对中国古代白话小说诗性的讨论，主要围绕以下几个核心问题展开。

（一）"文备众体"的文体特征

"文备众体"最初是用以评论唐代传奇，旨在说明唐代传奇诗文兼具、韵散结合的文体特征。但就中国古代小说而言，无论文言与白话，皆兼具这一文体特征。现代学者亦将"文备众体"作为中国古代白话小说艺术形式上的一个鲜明特点加以讨论，并将其看作中国古代小说区别于西方小说的重要标志之一。蔡义江在《红楼梦诗词曲赋鉴赏》的序言《论〈红楼梦〉中的诗词曲赋》中，专门讨论了《红楼梦》"文备众体"的特征，认为《红楼梦》中"写入了大量的诗、词、曲、辞赋、歌谣、联额、灯谜、酒令……做到了真正的'文备众体'"。[1] 方正耀（1989）以明清白话小说为例，说明"文备众体"是中国古代小说的民族特色，不应以西方小说家、评论家的眼光来否定"文备众体"的艺术价值。诗词韵文是中国古典小说的"有机结构"，在刻画人物、描写环境、表达主题、推进情节等方面产生了西方小说所无法达到的艺术效果。"文备众体"的产生与小说创作者和接受者的审美习惯相关，应根据民族传统的审美特点去衡量中国古典小说中的诗词韵文。方正耀指出，"文备众体"在一定程度上对小说的艺术形式产生了破坏，小说诗词存在俗艳化、说教化、程式化与恶性膨胀的问题，严重腐蚀了小说文体的基本特征；小说诗词典雅、精致、晦涩的语言形式背

---

[1] 此文最早见于 1979 年蔡义江的《红楼梦诗词曲赋评注》（北京出版社），中华书局于 2001、2004 年推出修订本，更名为《红楼梦诗词曲赋鉴赏》。参见：蔡义江. 红楼梦诗词曲赋鉴赏（修订重排本）[M]. 北京：中华书局，2004.

离了小说语言通俗化的原则。[1] 程毅中在《宋元小说研究》中（1999）对自唐至宋元的小说发展作了简要的论述，其中就谈到小说"文备众体"的特征，认为"文备众体"是宋代传奇的写作方针，而宋元白话小说也是一样的情况，"在'文备众体'这一点上，白话小说和文言小说是相通的。"[2]

也有学者指出"文备众体"无法完全概括中国古代小说的文体特征。如潘建国（2012）认为"文备众体"说明了古代小说观念的不确定性及文体边界的模糊性，古代小说主动从其他文体中汲取养分，并运用于情节、人物、场景乃至主题创作之中，而其他文体也在与小说文体的交互之中获得借鉴，形成了古代小说文体与其他文体的互融，须结合具体文本及相关史料对文体互融的程度、功能、意义作客观的分析。[3] 刘勇强（2012）在"文备众体"之外提出"文体兼容性"的概念，认为文体兼容性深化了小说文体的艺术内涵，指出："文体兼容性是一种小说史现象，在不同小说体式中有不同的表现。"[4] 这一观点促使我们思考诗体与不同小说体式黏着度的区别，以及如何看待诗体与小说文体兼容的深度。纪德君（2012）使用"文兼众体"来概括通俗小说的艺术特点，他认为古代通俗小说"文兼众体"的特点受到民间说书艺术的影响，使通俗小说艺术能兼收各文体之长，丰富其表现内容与审美内涵。民间说书与通俗小说的互动对二者的发展都产生了良性影响，考察二者的互动关系有助于更好地把握小说的艺术规律。[5]

对"诗笔"的讨论是小说"文备众体"特征的进一步细化，但在此基础上，学者突破了对小说形式上羼入诗词的特征描述，而进入了对小说文本更深层次的分析。学者采取多学科交叉的视角，在对小说"诗笔"、诗化特点、

[1] 方正耀. 中国古代小说的文备众体 [J]. 中州学刊, 1989(1): 83–86.

[2] 程毅中. 宋元小说研究 [M]. 南京: 江苏古籍出版社, 1999: 6.

[3] 潘建国. 古代小说前沿问题丛谈（之六）·主持人语 [J]. 北京大学学报（哲学社会科学版）, 2012（3）: 57.

[4] 刘勇强. 中国古代小说的文体兼容性 [J]. 北京大学学报（哲学社会科学版）, 2012（3）: 57–62.

[5] 纪德君. 中国古代小说文体生成及其他 [M]. 北京: 商务印书馆, 2012.

诗性特征的进一步思考中，将其放在文体学、小说史发展演变的长河中，注意它的继承和影响，体现出对文学发展规律的自觉追求，对小说诗性的研究也从形式上的"文备众体"进入文本结构与艺术审美的探索。

程毅中在《唐代小说史话》（1990）及《宋元小说研究》（1999）中提出，小说中作为"诗笔"的诗歌"已成为性格描写和情节发展的一种重要手段"，从而使中国古代各时期小说文本具备了诗化特点。齐裕焜在《中国古代小说演变史》（1990）的许多章节中均论及"诗笔"与白话小说的诗化特征，如在"人情小说"一章中，谈及人情小说诗化的三种手法，即人情小说中大量运用诗词曲赋，通过散文笔法创造意境，并化用戏曲的意境形式。齐裕焜在该书中还借用诗学批评中的"空灵"概念解释狭邪小说在整体构思和具体描写方面的诗化特征。在评价《儒林外史》时，齐裕焜认为其本质极富诗意，是一种深沉的诗意、哲学的诗意。在分析《镜花缘》的讽刺艺术时，齐裕焜认为其继承了传统"讽兼比兴"的表现手法，这一表现手法在传统的韵文（《诗经》《楚辞》及唐宋诗词）之中大量存在，从而使作品表现出"高雅"的幽默氛围，使之有别于其他魔幻化社会批评小说的油滑。[1]李剑国在《唐五代志怪传奇叙录》（1993）中认为唐小说特有的一个重要特征，即"诗笔"的运用和"诗意化的创造"，此处的"诗笔"指的是唐传奇羼入诗词的现象。"诗意化的创造"则指向唐传奇艺术结构上的诗化，并以沈亚之小说为"情绪小说、诗化小说、抒情小说或曰意境小说"。[2]石昌渝在《中国小说源流论》（1994）中对古代小说融入诗词韵文现象的分析更注重诗歌重情感与想象的特征对小说文体产生的影响，以及由此而使小说产生的诗意特征。[3]宁宗一在《中国小说学通论》（1995）中指出"诗笔"是指小说的抒情性，用诗的手法写小说从而形成了诗化小说，"诗笔"的深层含义是创造诗的意境，以凝练的语言、含蓄

[1] 齐裕焜.中国古代小说演变史[M].兰州：敦煌文艺出版社，1990.

[2] 李剑国.唐五代志怪传奇叙录[M].天津：南开大学出版社，1993：89.

[3] 石昌渝.中国小说源流论[M].北京：生活·读书·新知三联书店，1994.

的方式抒发作者的主观情绪，从而在作品中形成"情感流"。[1]王恒展（1996）在《中国小说发展史概论》中将小说中的"诗笔"当作中国小说的民族特色加以广泛而深入的讨论，并梳理了从两汉至明清中国小说诗化特征的发展。孟昭连、宁宗一在《中国小说艺术史》（2003）中以"诗笔"特指唐代传奇小说通过韵散结合、以诗的手法营造小说意境所形成的抒情性，并将小说中的骈体文字也纳入"诗笔"范围进行考察。[2]刘勇强在《中国古代小说史叙论》（2007）中在文本分析的基础上，认为"诗笔"不仅限于小说中羼入韵文，更在于小说作品对意境的追求、对情感的强调及对辞藻的讲究等，这些无不是借鉴诗歌艺术的结果。[3]郭洪雷在《中国小说修辞模式的嬗变：从宋元活本到五四小说》（2008）中从修辞学的角度指出："'诗笔'非常准确地概括了中国小说韵散结合的体式特征，并且在这一形式的发展中，形成了颇富民族特色的修辞形式。"[4]周汝昌（2011）认为，读《红楼梦》是在"看小说"，更是在赏诗。中国诗学对意境的追求，进入《红楼梦》的叙事，使作品在表现手法、环境描写、情节设置与人物形象塑造上体现出诗的质素，并超越了其叙事手法给人的审美感受。[5]在周汝昌看来，仅仅用叙事学的视角与方法来分析小说文本是不能解决《红楼梦》的文本问题的，应当借助诗学传统来观照小说的文本。鲁德才在《中国古代白话小说艺术形态学导论》中提出"小说没有诗构不成诗化"，但小说的诗化不仅指诗体韵文的羼入，还指"将诗的隐喻、象征、节奏、音律等因素渗进小说文体，散文叙述中含有诗的性格"。[6]此外，张稔穰、陈美林、

---

[1] 宁宗一.中国小说学通论[M].合肥：安徽教育出版社，1995.

[2] 孟昭连，宁宗一.中国小说艺术史[M].杭州：浙江古籍出版社，2003.

[3] 刘勇强.中国古代小说史叙论[M].北京：北京大学出版社，2007.

[4] 郭洪雷.中国小说修辞模式的嬗变：从宋元话本到五四小说[M].上海：上海三联书店，2008.

[5] 周汝昌.诗词赏会·"诗化"的要义[M].北京：中华书局，2011：287-288.

[6] 鲁德才.中国古代白话小说艺术形态学导论[M].天津：南开大学出版社，2013：64.

冯保善、李忠明、宋常立等学者均对此问题展开了讨论，在此不赘述。[1]
上述研究将修辞学、诗学批评等学科视角融入小说批评，对今后的研究具
有启发意义。

在对小说"文备众体"的现象进行研究时，还有一个特殊的问题引起
了研究者的注意，即话本小说与诗话、词话之间的关系。"诗话""词话"
是中国古代诗学批评的一种重要形式，现存大量的中国古代诗学理论多数
是以"诗话"或"词话"这一体裁类型存在的。但在中国古代白话小说的
研究领域，"诗话""词话"有着不同的概念，指向不同的作品形式。早
期宋元话本小说有诗话、词话、平话之分，此处的诗话、词话均为话本的
一种。诗话、词话有吟唱的形式，如《大唐三藏取经诗话》《金瓶梅词话》，
而《水浒传》明抄本题作"古今诗话"等。[2] 平话基本以说为主，如元建
安虞氏刊本《全相平话》。此处的诗话、词话与作为诗学批评文体的"诗
话""词话"不同。王国维在《大唐三藏取经诗话·跋》中分析道："其
称诗话，非唐、宋士夫所谓诗话，以其中有诗有话，故得此名；其有词有
话者，则谓之词话。《也是园书目》有宋人词话十六种，《宣和遗事》其
一也。词话之名，非遵王所杜撰，必此十六种中有题词话者。此有诗无词，
故名诗话。皆《梦粱录》《都城纪胜》所谓说话之一种也。"[3] 这段话大
致说明了话本小说之诗话、词话的文体特征，也说明了早期话本小说羼入
诗、词作品的选择是泾渭分明的，羼入诗者为诗话，羼入词者为词话。诗
学传统的"诗话"与小说文本发生关系可以追溯到唐代的作品中。程毅中
在《宋元小说研究》（1999）中曾提出"诗话体小说"的概念，用以说明
宋元传奇中部分作品以人存诗、以事存诗的特点，这类作品可溯源至唐人
的《云溪友议》《本事诗》及宋人《丽情集》里的《燕子楼》《崔徽》等
作品。这类小说与后来的诗文小说关系密切，却又有所不同。诗话体小说

---

[1] 分别是：张稔穰.中国古代小说艺术教程[M].济南：山东教育出版社，1991；陈美林，
冯保善，李忠明.章回小说史[M].杭州：浙江古籍出版社，1998；宋常立.中国古代小说
文体论[M].天津：天津社会科学院出版社，2000.

[2] 王利器.《宣和遗事》解题[J].文学评论，1991（2）：57–63+37.

[3] 丁锡根.中国历代小说序跋集（中）[M].北京：人民文学出版社，1996：756.

的主人公与情节多为真人真事，所录诗词也确实存在，诗话体小说有些具有自传的性质，所录诗词为作者所撰，但作者对此虽以曲笔写出，却并不十分隐晦。而诗文小说的主人公与情节多是虚构的，作者将自己所创作的诗词隐于其中。[1] 此后孙绍振在《〈香菱学诗〉：诗话体小说》（2014）中提出，《红楼梦》中"香菱学诗"这一叙事片段的价值在于兼有某种诗学语境中的诗话性质，可以单独当作一篇"诗话体"小说来看待，传统诗话重议论、具有抽象性，与小说文体叙事的具象性原本存在冲突，但作者巧妙地将议论放在宝玉、黛玉及宝钗三人对香菱学诗的情感态度中来展开，在人物间情感的特殊错位中，淡化了这一冲突。[2] 此外，孙绍振与程毅中对诗话体小说的讨论显然有所区别，程毅中认为的诗话体小说是指小说中以真人真事为素材、带有叙事性、具有类似《本事诗》特征的作品；而孙绍振所谓的诗话体小说，则是小说文体兼容了以议论为主的、类似《沧浪诗话》这类作品的文体内容。上述讨论扩大了我们对小说文体兼容性的认识。

"文备众体"的文体形式，发展到极端，就出现了所谓的"诗文小说"。对此，学者们普遍持批判态度。孙楷第（1981）指出："凡此等文字皆演以文言，多羼入诗词。其甚者连篇累牍，触目皆是，几若以诗为骨干，而第以散文联络之者。"[3] 程毅中继承了孙楷第的观点，在《宋元小说研究》（1999）中指出诗词赋赞成为小说的组成部分对提高小说的艺术性既有积极作用，又有局限性，这一趋势发展成"诗文小说"就走向了反面。[4] 程毅中的《明代小说丛稿》（2007）还对"诗文小说"进行了专章的论述。陈大康（2000）以丰富的数据统计证明明代中后期诗文小说的产生是当时小说概念混乱的结果，以诗文为正宗的文学思想使小说成了诗文的载体、逞才的手段，其中不乏东拼西凑、多方抄袭者。但随着人们对小说文体认识的逐渐深化，以及小说文本的通俗化，到明代后期诗文羼入的情况相应减少，至清代小说中多羼入诗文的现象几乎绝迹，诗文羼入由多到少是小

---

[1] 程毅中. 宋元小说研究 [M]. 南京：江苏古籍出版社，1999：210–211.

[2] 孙绍振.《香菱学诗》：诗话体小说 [J]. 语文建设，2014（8）：39–43.

[3] 孙楷第. 日本东京所见小说书目 [M]. 北京：人民文学出版社，1981：126–127.

[4] 程毅中. 宋元小说研究 [M]. 南京：江苏古籍出版社，1999：5.

说创作手法不断进步的表现。[1] 这一观点得到多数学者的认同，但也有学者提出不同的观点。赵义山在《明代小说寄生词曲研究》（2013）中就提出应从古典小说产生的文化背景、文学生态出发看待明代小说中大量羼入诗词曲赋的合理性与必然性，同时指出明代小说羼入诗词的经验无论是成功还是失败，都为后来《红楼梦》对诗文的成熟运用提供了借鉴；对"诗文小说是小说文体不成熟的表现"的结论需要重新进行思考。赵义山等人还提出了"寄生词曲"的概念，认为在作品中"小说"与"词曲"为一种"他者"与"在者"的关系，在彼此融合的同时又彰显各自的独立性。词曲"寄生"于小说文体，为我们重新审视小说文体的结构特征、叙事方法、抒情品格等提供了新视角。[2] 赵义山的研究成果颇具启发意义，但"寄生词曲"的提法值得进一步思考。应该认识到，"寄生"只是词曲存在于小说的一种状态，而非全部。在小说文体尚未成熟的明代，以"寄生"来概括"词曲"与小说文本的关系并无不妥。但随着小说文体艺术表现手法的不断成熟，到了小说文体发展的后期，在某些白话小说作品如《红楼梦》中，小说与词曲的关系更像一种共生状态。而在某些情况下，"小说"与"词曲"的"他者"与"在者"的关系甚至被重置。

随着小说艺术的成熟，"文备众体"的文体特征到了小说文体发展的后期的确出现了变化，小说中融入诗词韵文的成分开始慢慢减少。对于这一现象，也有学者感到惋惜，周汝昌为《中国古典小说卷中诗词鉴赏》作的序言《诗词韵语在小说中的意义》（1993）就深感传统小说中融入诗词韵文形式的断脉，为之扼腕，认为这是"西方小说所没有的宝贵成分"。[3]

（二）白话小说中羼入诗词 [4] 的研究

由于诗体与小说文体存在明显的差异性且羼入小说的诸种文体中，诗

[1] 陈大康. 明代小说史 [M]. 上海：上海文艺出版社，2000：316-328.

[2] 赵义山，等. 明代小说寄生词曲研究 [M]. 北京：商务印书馆，2013.

[3] 李保初，吴修书. 中国古典小说卷中诗词鉴赏 [M]. 北京：华文出版社，1993：3.

[4] 此处的"诗词"不仅指"诗"与"词"两种诗体，还包括曲、歌谣等其他诗体韵文，研究者为了行文方便，常以"诗词"代称白话小说中的各类诗体韵文，此处从之。

体韵文的数量最多，学者对白话小说羼入诗词现象的讨论也最多。对白话小说中羼入的诗词，学者的研究主要围绕三方面来展开：一是白话小说中羼入诗词现象的溯源；二是白话小说中诗词的校笺与鉴赏；三是对白话小说羼入诗词的现象进行系统性的学理分析。

对白话小说羼入诗词现象的溯源，大致从以下两方面入手：一是梳理敦煌俗讲、变文韵散结合形式对话本小说的影响；二是讨论文言小说羼入诗词对白话小说的影响，而文言小说羼入诗词的现象又可进一步追溯至中国诗学传统对叙事学的影响。对此展开过具体论述的，稍早一些有陈寅恪、孙楷第、程毅中等[1]，他们对敦煌藏卷中的变文到宋元话本小说，再到明清白话小说运用诗词韵文的情况作了很好的爬梳总结。20世纪80年代后，学者在此前的基础上，又进一步作了探讨。陈东有在《金瓶梅诗词文化鉴析》（1994）中将章回小说与诗词关系的渊源追溯到唐变文与宋话本。[2]鲁德才在为郑铁生《三国演义诗词鉴赏》（1995）所写的序中延续前人观点，认为唐代变文与宋元话本中"韵散相间、诗文结合的基本架构"、景物与场面描写的诗词、"类似开篇诗的押座文与散场诗的解座文"等对明清白话小说产生了影响，唐代咏史诗更成为历史小说中评论性诗词的重要资源[3]。陈大康在《明代小说史》（2000）中提出宋元话本中的诗与唐传奇中的诗不同，话本羼入诗词是模仿唐传奇的结果，又反过来为文言小说的创作提供了借鉴；明代中期中篇传奇的作者将自己的作品视为话本，二者之间的渊源关系明显，而大量羼入诗词正是其表征。[4]孟昭连在《白话小说生成史》（2016）中认为佛教变文源于印度叙事文体，其行文方式对白话小说语体的形成产生了影响。[5]对此问题的讨论尚有牛龙菲、谢伟民、

---

[1]　参见陈寅恪《敦煌本〈维摩诘经·文殊师利问疾品演义〉·跋》（1930）、孙楷第《中国古典文学中的小说传统》（1953）、程毅中《关于变文的几点探索》（1961）等文。

[2]　陈东有.金瓶梅诗词文化鉴析[M].成都：巴蜀书社，1994.

[3]　郑铁生.三国演义诗词鉴赏[M].北京：北京出版社，1995：7.

[4]　陈大康.明代小说史[M].上海：上海文艺出版社，2000：116.

[5]　孟昭连.白话小说生成史[M].天津：南开大学出版社，2016：222.

徐传玉、张仲谋、郭光华、郭杰等人的研究成果，在此不赘述。[1]

　　在对白话小说羼入诗词韵文现象进行溯源的同时，学者们还以审美的眼光对白话小说中的诗词进行校笺与鉴赏。这类研究成果将白话小说中的诗词作为独立审美对象，涉及的白话小说作品主要集中于四大名著及《金瓶梅》，如蔡义江、刘耕路、林冠夫等人对《红楼梦》诗词的分析[2]；黄霖、张兵、魏子云、孟昭连、陈东有等人对《金瓶梅》诗词的考释[3]；郑铁生对《三国演义》诗词的鉴赏等。另有姜世栋、王惠民、衣殿臣主编的《〈三国演义〉〈水浒传〉〈西游记〉诗词注析》[4]，关德富、唐树凡（1999）主编的《中国四大名著诗词解析》[5]，李保初、吴修书主编的《中国古典小说卷中的诗词鉴赏》[6]，以及 2015 年安徽人民出版社出版的"中国古典四大名著诗词鉴赏"系列丛书[7] 等。相关研究成果以诗词评点的方式对白话小说中的诗词进行注释、解析、鉴赏与评论。

[1]　分别是：牛龙菲 . 中国散韵相间、兼说兼唱之文体的来源：且谈"变文"之"变"[J]. 敦煌学辑刊，1983（创刊号）；谢伟民 . 中国小说诗韵成分的形成及衰败原因 [J]. 江汉论坛，1987（12）；徐传玉，张仲谋 . 论古典诗文对小说发展的影响 [J]. 社会科学辑刊，1992（3）；郭光华 . 论中国古典小说中的"有诗为证"[J]. 湖南师范大学社会科学学报，1992（5）；郭杰 . 中国古典小说中诗文融合传统的渊源与发展 [J]. 中国文学研究，1995（2）；等等。
[2]　分别是：蔡义江 . 红楼梦诗词曲赋评注 [M]. 北京：北京出版社，1979；刘耕路 . 红楼梦诗词解析 [M]. 长春：吉林文史出版社，1986；林冠夫 . 红楼诗话 [M]. 济南：山东画报出版社，2005.
[3]　分别是：黄霖 . 金瓶梅大辞典 [M]. 成都：巴蜀书社，1991；魏子云 . 金瓶梅词话注释 [M]. 郑州：中州古籍出版社，1987；孟昭连 . 金瓶梅诗词解析 [M]. 长春：吉林文史出版社，1991；陈东有 . 金瓶梅诗词文化鉴析 [M]. 成都：巴蜀书社，1993.
[4]　姜世栋，王惠民，衣殿臣 .《三国演义》《水浒传》《西游记》诗词注析 [M]. 哈尔滨：哈尔滨出版社，1993.
[5]　关德富，唐树凡 . 中国四大名著诗词解析 [M]. 长春：吉林人民出版社，1999.
[6]　李保初，吴修书 . 中国古典小说卷中的诗词鉴赏 [M]. 北京：华文出版社，1993.
[7]　此套丛书由季宇、赵宏兴主编，包括：王永华 . 三国演义诗词赏析 [M]. 合肥：安徽人民出版社，2015；许泽夫 . 水浒传诗词赏析 [M]. 合肥：安徽人民出版社，2015；施晓静 . 西游记诗词赏析 [M]. 合肥：安徽人民出版社，2015；赵宏兴 . 红楼梦诗词赏析 [M]. 合肥：安徽人民出版社，2015.

在对白话小说中的诗词进行校笺、鉴赏的同时，学者们还对白话小说羼入诗词的现象进行了系统性研究。学者们首先关注到诗词在白话小说中所承担的叙事功能。蔡义江在《红楼梦诗词曲赋鉴赏》中探讨了诗词在小说文本中的叙事功能，概括了诗词在人物塑造、情节描写等方面所做的贡献，认为小说中的诗词既是作者"借题发挥，微词讥贬"的主观抒情，又是时代文化、精神生活的客观呈现。同时，小说诗词中的谶语式表现方式更预示着情节的最终走向。[1] 启功在《注释〈红楼梦〉的几个问题——〈红楼梦注释〉序》中亦谈及《红楼梦》中诗词符合人物的身份、感情，是人物形象的组成部分。[2] 刘耕路在《红楼梦诗词解析·序言》中更是从作品立意、主题思想、形象塑造、环境描绘、情节展开、反映现实等六个方面详细说明了诗词在小说中的叙事功能。郑铁生在《三国演义诗词鉴赏·前言》中则将作品中羼入的诗词分为两类：一类是作为情节性因素的诗词，这类诗词是小说整体的有机组成部分，承担了刻画人物性格与推动情节发展的叙事功能；另一类则是非情节因素的诗词，在作品中承担了代作者发表议论的功能，并认为这一做法受到了史传文学的影响。[3] 石昌渝在《中国小说源流论》中将小说中诗词的功能概括为五个方面："一、男女之间传情达意；二、人物言志抒情；三、绘景状物；四、暗示情节的某种结局；五、评论。"[4] 鲁德才在《中国古代白话小说艺术形态学导论》一书中专设一节讨论诗词曲赋渗入小说的作用与变异，突出说明了羼入诗体韵文在小说叙事中的"代言"功能。[5] 上述学者的研究大体涵盖了诗词在小说文本中的基本功能。

---

[1] 此文最早见于 1979 年蔡义江的《红楼梦诗词曲赋评注》（北京出版社），中华书局分别于 2001、2004 年推出"修订本"，更名为《红楼梦诗词曲赋鉴赏》。引文参见：蔡义江. 红楼梦诗词曲赋鉴赏 [M]. 北京：中华书局，2004：8.

[2] 启功. 注释《红楼梦》的几个问题：《红楼梦注释》序 [M]// 文史（第十一辑），中华书局，1981：227–231.

[3] 郑铁生. 三国演义诗词鉴赏 [M]. 北京：北京出版社，1995.

[4] 石昌渝. 中国小说源流论 [M]. 北京：生活·读书·新知三联书店，1994：167.

[5] 鲁德才. 中国古代白话小说艺术形态学导论 [M]. 天津：南开大学出版社，2013.

对于明清小说刊刻中存在的增诗、删诗及改诗的现象，学者们也关注到并展开了讨论。研究主要集中在《三国演义》《水浒传》不同版本中诗词羼入情况的比较，以及冯梦龙"三言"作品中对宋元话本小说诗词的删改。主要观点包括三个方面：一是小说评点者与刊刻者对诗体韵文进行删改与诗体韵文的整体水平相关，具备一定文化水平的评点者与刊刻者往往会对白话小说中艺术水平不高的诗词作品进行删改。这一观点受到学界的广泛认同。二是小说刊刻者为适应大众读者的需求，会在编辑、刊刻作品的过程中选择比较通俗易懂的诗词作品加入。[1] 三是书商获利的行为也会影响小说作品羼入诗词的数量。[2] 学者们还将这一问题放在白话小说文体发展的大背景中加以考察。鲁德才指出金圣叹、毛宗岗父子对小说诗词的删减是讲史小说向"小说化小说"的转折。[3] 郑铁生比较了《三国演义》几个版本中的"周静轩诗"，认为"周静轩诗"大量羼入《三国演义》诸版本是"明代文人对'按鉴演义'小说参与意识的强化"。[4] 刘世德以《水浒传》双峰堂刊本的引头诗删改情况为例，说明诗词的刊刻是辨别小说版本的重要标识，为小说版本演变的研究提供了重要线索。[5] 齐裕焜也讨论了《水浒传》羼入诗词删改与《水浒传》不同版本成书之间的关系。[6]

---

[1] 涂秀虹在《建阳刊〈三国志演义〉版本特征再探讨：建阳刻书背景对〈三国志演义〉版本形态的影响》中指出："叶逢春本比嘉靖壬午本多了不少诗歌，这些诗歌大多署名'静轩先生'……'静轩先生'之名在通俗小说中颇为常见。他的诗比较通俗，当时很多小说也喜欢引用他的诗，其中有的可能是伪托，但正可见周静轩诗在当时广受普通读者欢迎，从而形成了一种'名牌'效应，叶逢春本多见'静轩先生'诗，也是适俗的表现。"见：《福建论坛（人文社会科学版）》2016 年第 12 期。

[2] 赵义山，等 . 明代小说寄生词曲研究 [M]. 北京：商务印书馆，2013：48–50.

[3] 鲁德才 . 填补空缺的新作（序）[M]// 郑铁生 . 三国演义诗词鉴赏 . 北京：北京出版社，1995：1.

[4] 郑铁生 . 周静轩诗在《三国演义》版本中的演变和意义 [J]. 明清小说研究，2005（4）：83–92.

[5] 刘世德 . 谈《水浒传》双峰堂刊本的引头诗问题 [J]. 文献，1993（3）：34–53.

[6] 齐裕焜 .《水浒传》出场诗刍议 [J]. 明清小说研究，2017（3）：4–17；齐裕焜 .《水浒传》不同繁本系统之比较 [J]. 中国典籍与文化，2011（1）：53–62.

　　随着对古代白话小说诗词韵文的关注日趋增多，学者们开始总结对小说中诗体韵文的研究方法，多数学者认为应将其作为小说结构的整体组成部分加以考察。如周雷在为刘耕路《红楼梦诗词解析》所写的序中谈到，对小说中羼入的诗体韵文，研究重点应当放在作者是怎样"鬼使神差地调动一切文学体裁和手段，善于综合运用，从整体上为提高小说的思想艺术水平服务的"。[1]这篇序文经修改后单独发表在《红楼梦学刊》上，并增加了此前对《红楼梦》诗词注本的整理，收录现代学者编撰的《红楼梦》诗词注本12种及《红楼梦》注释7种。[2]而蔡义江在《论〈红楼梦〉中的诗词曲赋》中也提出应当将诗词曲赋当作小说的有机组成部分来看，主张对《红楼梦》诗词的鉴赏应从作品的整体结构出发。[3]朱一玄在《金瓶梅诗词解析·序》中肯定了孟昭连对《金瓶梅》诗词曲赋进行整理的成就，并指出解析者并未孤立地对诗词进行解析，而是将其与这部奇书的主题、人物及作者的创作观念相联系，在考证诗词韵文出处及作者对其所作修改的基础上，研究《金瓶梅》的作者、成书及创作艺术，这样的研究方法无疑是十分重要的。[4]郑铁生在《三国演义诗词鉴赏·前言》中指出小说作者在加入诗词时并非随意点缀，而是在一以贯之的创作理念之下所作的整体性安排，服务于小说的意蕴表达及审美价值。诗词进入古典小说叙事不是简单的文体互渗，而是古典小说美学原则建构的过程。作为独立文体的诗词一经进入小说文体就丧失了其独立的文体意义，而成为小说叙事的因素。同时，进入小说的诗词在文体上虽不具有独立性，但在小说的美学建构上却具有独特的意义，对小说中羼入诗词的阐释应"站在把诗词同整部书中的情节、人物和小说家叙事角度的内在联系综合成一个整体的高度来审视"。[5]上述学者的观点都说明应将小说中的诗词作为小说结构整体性不可分割的一个部分来加以讨论。

[1]　刘耕路.红楼梦诗词解析[M].长春：吉林文史出版社，1986：4.

[2]　周雷.《红楼梦诗词解析》序[J].红楼梦学刊，1986（4）：301–318.

[3]　蔡义江.红楼梦诗词曲赋评注（修订重排本）[M].北京：中华书局，2004.

[4]　孟昭连.金瓶梅诗词解析[M].长春：吉林文史出版社，1991：1.

[5]　郑铁生.三国演义诗词鉴赏[M].北京：北京出版社，1995：2.

在总结研究方法的基础上，学者们在更广阔的领域对小说文本羼入诗体韵文的现象进行论述，就诗体韵文与小说文本的关系深入展开讨论。林辰的《古代小说与诗词》（1992）是对中国古代白话小说中诗词韵文进行专门研究的著作。该书将羼入诗词与小说文本的关系定位为从属性和描述性，其对诗词入于小说源流的分析，从文体演变、小说诗词的发展及其结集成熟等角度入手，对研究小说诗化特征有重要的参考价值。孙步忠在《古代白话小说中的诗词韵文研究》（2002）中对古代白话小说融入诗词韵文的基本情况作了梳爬整理，并选取《三国演义》、《水浒传》、《西游记》、《金瓶梅》、"三言二拍"、《红楼梦》和《儒林外史》等作品为文本分析对象进行考察，在论述古代白话小说"韵散结合"特征时，强调敦煌藏卷中讲唱文学的影响，并对白话小说中诗、词、曲、赋的功能与效果进行比较，认为赋体更适宜小说文本的需求，在后期的作品中，甚至出现了诗词赋化的特征，但似乎未能深入。[1]李小菊在《明代历史演义中的诗词曲赋研究》（2003）中运用大量的数据统计实证分析了明代历史演义小说中诗体韵文的构成方式，从叙事、描写、议论、抒情四个角度探讨诗词的功能，总结明代历史演义小说运用诗体韵文的特征。[2]梁冬丽在《话本小说与诗词关系研究》（2013）中以丰富的数据和资料比对，从文体特征、编创方式、叙事方式、流传方式四个角度考察了话本小说与引入诗词之间的关系。[3]她的另一本著作《古代小说与诗词》（2018）则从文化学视野探讨小说中的诗词与小说文本的关系，梳理了古代小说与诗词的历史关系，探讨了小说创作中的诗词运用及诗词在小说中的功能，提出"因诗生事"的概念，在文本细读的基础上对诗词裨益小说创作进行了实例分析，并进一步讨论了古代小说诗词对日本小说及现当代小说的影响，论证扎实、

[1] 孙步忠.古代白话小说中的诗词韵文研究[D].上海：上海师范大学，2002.

[2] 李小菊.明代历史演义中的诗词曲赋研究[D].北京：北京师范大学，2003.

[3] 梁冬丽.话本小说与诗词关系研究[M].北京：中国社会科学出版社，2013.

视野开阔。[1] 随着研究的深入，在此方面的成果十分丰硕，难以一一尽言。

当然，除认同中国古代小说羼入诗词的做法之外，也有不同的声音。早在 1988 年，王晓昀在《中国小说诗化性格新论》中就认为，小说羼入诗词并产生诗化特征其实是小说形式审美规范的异化，"小说的诗化即小说的概念化、雷同化、公式化、图解化"。[2] 牛贵琥的《古代小说与诗词》（2005）也以白话小说为论述对象，将小说与诗词关系放在文学发展的大背景下进行观照，对古代诗词与小说的关系进行了探讨，并对部分小说诗词陈陈相因、随意引用、描写失真、缺乏特色等问题提出了批评，指出小说中诗词魅力的丧失是诗词在小说中的从属性造成的。[3]

（三）小说叙事理论民族性的讨论

民族性是与世界性相对应的一个概念，所以中国古代白话小说的民族性是在中、西小说对话的背景下展开的。与此问题相关的讨论集中于中国叙事学的本土化建设。20 世纪 80 年代，西方叙事理论开始大量进入中国，学者们在引用西方叙事理论对中国古典小说作品进行分析时渐渐出现了捉襟见肘、水土不服的情况。叙事理论的本土化建设成为学人们关注的焦点，

---

[1] 具代表性的成果尚有：唐景凯 . 中国古典小说中的词 [J]. 中国韵文学刊，1996（2）：64-70；魏学宏 . 略论明清章回小说与诗歌的关系 [J]. 甘肃联合大学学报（社会科学版），1998（2）：83-86；林衍 . 略论中国小说的诗化 [J]. 华南师范大学学报，2000（1）：84-87；周进芳 . 诗词韵语在古典小说中的多维叙事功能 [J]. 明清小说研究，2003（3）：26-37；何春环 . 论宋元话本小说中诗文结合的创作模式 [J]. 新疆大学学报，2004（3）：113-117；梁扬，谢仁敏 .《红楼梦》散曲论略 [J]. 红楼梦学刊，2005（1）：129-144；周汝昌 .《红楼梦》与诗文化 [J]. 徐州师范大学学报（哲学社会科学版），2006（6）：17-27；程毅中 . 唐人小说中的"诗笔"与"诗文小说"的兴衰 [J]. 文学遗产，2007（6）：61-66；沈梅 . 古代小说与早期诗话关系概说 [J]. 西南交通大学学报（社会科学版），2009（5）：19-24；张岳林 . 比兴思维与《红楼梦》叙事的诗化 [J]. 广西民族师范学院学报，2012（1）：68-72；等等，不一一细说。

[2] 王晓昀 . 中国小说诗化性格新论 [J]. 天津师范大学学报（社会科学报），1988（1）：43-47.

[3] 牛贵琥 . 古代小说与诗词 [M]. 太原：山西人民出版社，2005.

而中国古典小说的诗性叙事成为小说叙事理论本土化过程中首先被认可的民族性特征。高友工在《中国叙述传统中的抒情境界——〈红楼梦〉与〈儒林外史〉读法》中认为，抒情诗对中国其他文体产生了影响。吴敬梓与曹雪芹将诗歌的创作灵感运用于白话小说，从而使作品的叙事体现出抒情性。[1] 高尔太在《中国哲学与中国艺术》（1982）提出中国的小说与戏剧都有深厚的抒情性，具有与古典诗词相近的性质，从而显示出与西方戏剧、小说不同的特质。[2] 毕雪甫在《论中国小说的若干局限》中认为羼入诗词是中国小说在艺术上的局限性。[3] 侯健在《中国小说比较研究》（1983）中针对美国学者毕雪甫的观点进行了反驳。侯健在承认中国古代白话小说融入诗词韵文存在不足的前提下，对中国古代白话小说融入诗词韵文的历史必然性进行了分析，其观点中肯合理。同时，侯健又以《水浒传》为例，指出白话小说中的诗词韵文有助于中国小说独特艺术效果的形成，是中国小说民族性的特征。[4] 林辰在《古代小说概论》（2006）中讨论了中国古代小说独有的传统民族形式，认为小说羼入诗词是最重要的表征。[5]

而在诗体对小说文体叙事的影响方面，学者首先注意到诗体对叙事意境营造所产生的美学影响。叶朗在《中国小说美学》（1982）中讨论了中国古代小说的意境营造与艺术形象塑造之间的关系，指出中国古代小说中由诗意构成的艺术意境与作品人物塑造的艺术典型是相互交融的，这是中国古代小说的美学特征，与中华民族的文化传统和审美心理相关，是小说诗化特征的民族性。[6] 吴士余在《中国小说思维的文化机制》（1990）中讨论了"诗学文化意境说与小说思维的分化"，提出诗学文化的意境审美是一种高层次的思维认知意识，其在营构意象及超越具象思维上具有特殊

---

[1] 高友工此文最早发表于 1977 年。见：高友工. 美典：中国文学研究论集 [M]. 上海：上海三联书店，2008：291-305.

[2] 高尔太. 中国哲学与中国艺术 [J]. 西北师大学报（社会科学版），1982（3）：9-25.

[3] [美] 毕雪甫 .Some limitations of Chinese Fiction[J]. Far Eastern Qunreterly, 1951.

[4] 侯健. 中国小说比较研究 [M]. 台北：东大图书有限公司，1983.

[5] 林辰. 古代小说概论 [M]. 沈阳：春风文艺出版社，2006.

[6] 叶朗. 中国小说美学 [M]. 北京：北京大学出版社，1982.

性，强化了小说作者体验人生的思维悟性，扩大了其表现现实情感的思维张力，"使小说叙述达到审美主体与客体同一的审美境界"。吴士余在作品中还提到诗学文化意境说对作者主观抒情的诱发。但他认为古代小说对诗学意境的借鉴处于潜意识状态，对诗学意境的主动追求与深化是由现当代小说完成的。[1]这一观点有待商榷。周书文在《小说的美学建构》（1997）中认为在中国古典小说中刚质意境和柔质意境的交替转换与调节，深化了读者的审美情绪，调节了读者的审美心态，使读者对作品保持持久的审美关注。陈文新在《文言小说审美发展史》（2002）中讨论了唐传奇"传、记词章化"的文体特征对小说文本情景交融的意境生成产生的影响。[2]康建强在《中国古典小说意境论》（2012）中认为随着诗性思维的渗入，中国古代小说的诗性质素渐趋浓郁，为中国古典小说的意境生成提供了充要条件，并就中国古典小说意境的发生、发展，小说意境的创设生成，小说意境的表现形态等问题展开了系统的论述。[3]

在叙事意境营造之外，从诗学与叙事学交叉的视角出发，学者们就中国叙事传统的诗性特征展开了广泛的讨论。陈平原在《中国小说叙事模式的转变》（1988）中认为引"诗骚"入小说是中国古典小说的显著特征，具有独特的美学功能，"诗骚"的影响不仅是表征性的"有诗为证"，更主要体现在审美趣味等内在倾向上。[4]但他认为"诗骚"入小说在"五四"之前主要是说书人穿插诗词、文人题壁或才子佳人赠答，而"五四"作家在西方小说的影响下才将"诗骚"化入小说，这一艺术尝试促成了中国小说的叙事结构转变。对于这一观点我们持保留意见，正如前面多位学者的论述，将诗词创作手法化入小说并形成作品的抒情特质古已有之。美国汉学家浦安迪在《中国叙事学》（1996）中以"奇书文体"概括中国叙事作品，而诗词韵文插入故事正文叙述的表现手法则是"奇书文体"的修辞特征。

[1] 吴士余.中国小说思维的文化机制[M].上海：华东师范大学出版，1990.

[2] 陈文新.文言小说审美发展史[M].武汉：武汉大学出版社，2002.

[3] 康建强.中国古典小说意境论[D].济南：山东师范大学，2012.

[4] 陈平原.中国小说叙事模式的转变[M].上海：上海人民出版社，1988：241-249.

借助诗词韵文构成的反讽的修辞效果，中国古代小说的修辞艺术与西方文学修辞理论特别注重的"反语法"或"反讽"观念达成沟通。学者们还将与意境相关的意象概念引入对小说叙事结构的分析。杨义在《杨义文存·中国叙事学》（1997）中引入诗学的意象批评观照中国的叙事特征，认为意象、意象叙事方式是中国叙事文学"有别于其他民族文学的神采之所在，重要特征之所在"。意象成熟于诗歌领域，并进入叙事，是"诗和诗论对叙事文学的渗透或泛化"。[1] 意象渗透于中国文人感知世界与表达世界的诗性智慧中，是一种"文化的本能"。[2] 在"结构篇"中，杨义还以清代叶燮《原诗》中论作诗之"死法"与"活法"来讨论叙事的结构，体现了诗学与叙事学融通的大文学批评视角。罗书华的《中国叙事之学：结构、历史与比较的维度》（2008）分三篇对中国叙事学进行讨论，其下篇专设六章将诗学与叙事学进行比较。该书在探讨诗学、叙事学本体流变的基础上对二者在深层本体上的互通与互融进行分析，并进一步讨论二者在语容的"简与繁"、语序的"有序"与"无序"之间的互渗与反转，视角独特而富于创见。[3]

（四）聚焦与分散：诗性专题研究的持续深入

随着对白话小说诗性特征的研究不断深入、细化，以具体作品为研究对象的研究领域也不断被拓展，形成了聚焦于四大名著并由此扩展至其他作品的研究格局。相关的研究成果迭出、不胜枚举，今仅举隅述之。

李万钧在《"诗"在中国古典长篇小说中的功能》（1996）中对五部古代白话小说中的诗词进行比较分析后发现：《三国演义》中的诗词多用于人物品评；《水浒传》中的诗词则主要是人物及环境描写，鲜少用于论赞；《西游记》与《水浒传》同中有异，其人物诗与景物诗富于情节性与动态感，且在诗入小说的写法上已形成模式；《金瓶梅》中的诗词韵文数量众多且

[1] 杨义. 杨义文存·中国叙事学 [M]. 北京：人民出版社，1997.

[2] 杨义. 杜诗复合意象的创造（上篇）[J]. 中国文化研究，2000（2）：88-97+145.

[3] 罗书华. 中国叙事之学：结构、历史与比较的维度 [M]. 北京：中国社会科学出版社，2008.

多用词、曲写市井生活，但失于俚俗直白；《红楼梦》使用诗词的创新之处在于使诗成为全文的深层结构。[1]崔茂新在《论小说叙事的诗性结构：以〈水浒传〉为例》（2002）中提出"小说叙事的诗性结构"这一理论问题，并以《水浒传》为例对此问题进行学理上的思辨，认为作品叙事表象背后的深刻主题和隐喻性的诗性结构，是中国古代小说独特的美学价值，其文化生成机制有待更深入讨论。[2]张兴龙在《试析中国诗性智慧语境下的〈镜花缘〉》（2005）中借助维柯《新科学》诗性智慧的概念来阐释作品中丰富的哲学韵味。[3]李志艳在《中国古典小说叙事话语的诗性特征：以四大名著叙事话语中的诗歌为例》（2009）中主要讨论四大名著中羼入诗词的现象，关注"诗歌参与叙事而使小说的叙事美学特征发生了诗性转化"，认为诗歌参与小说叙事是中国古典小说叙事话语诗性特征的重要表征。[4]张京霞《〈三国演义〉的诗性叙事》（2010）中指出《三国演义》具有环环相扣的历史英雄史诗结构，蕴含诗性的人文叙事，具有强烈的人文关怀，在整体结构上还具有天人合一的诗性乾坤。[5]李永泉在《〈儿女英雄传〉考论》（2011）中讨论了作品对袁枚四首诗歌的化用，以及在艺术上对《红楼梦》诗性叙事的借鉴。[6]张兴龙在《〈西游记〉诗性文化叙事》（2013）中以文化人类学为架构，围绕生死智慧与母性崇拜等题旨，对《西游记》进行文本的诗性解读。其阐释的重点在于小说的神话系统，对作品的神话原型进行了较为系统的理论分析，且作者对于诗性智慧的定义是以维柯《新

---

[1] 李万钧 ."诗"在中国古典长篇小说中的功能 [J]. 文史哲，1996（3）：90–97.

[2] 崔茂新 . 论小说叙事的诗性结构：以《水浒传》为例 [J]. 文学评论，2002（3）：144–152.

[3] 张兴龙 . 试析中国诗性智慧语境下的《镜花缘》[J]. 江苏海洋大学学报（人文社会科学版），2005（1）：51–54.

[4] 李志艳 . 中国古典小说叙事话语的诗性特征：以四大名著叙事话语中的诗歌为例 [M]. 成都：巴蜀书社，2009：5.

[5] 张京霞 .《三国演义》的诗性叙事 [J]. 小说评论，2010（S2）：85–88.

[6] 李永泉 .《儿女英雄传》考论 [D]. 哈尔滨：哈尔滨师范大学，2011.

科学》中的定义为基础，其阐释的语境偏于西方的诗学语境。[1]王莹在《〈花月痕〉的诗词研究》（2016）中对作品《花月痕》中的诗词进行了梳理与分析，认为作品弱化了具体的细节而注重情感的宣泄，具有诗性特征。[2]

　　在对白话小说诗性特征的研究中，又以对《红楼梦》的研究最为突出。刘上生在《〈红楼梦〉的诗性情境结构及其话语特征》（1991）中提出《红楼梦》的诗意光辉在于作品中由特定场景描写及特定动作情态构成的诗意情境的营造。诗意情境的营造还得益于作品意象结构的多样性，作者通过调动聚合式意象、叠加式意象、递进式意象、辐射式意象等多种意象结构方式来构成作品的诗情画意。[3]薛海燕的《红楼梦：一个诗性的文本》（2003）是对红学研究"文献、文本、文化"（"三文"）融通的学术实践，作者同时借助修辞学、语言学的视角讨论作品"意、言、文"之间的关系，考察传统诗文创作模式对《红楼梦》创作的影响，既避免了单一尺度的研究，又避免了机械地使用西方文论的概念，从中国文学传统出发，分析《红楼梦》诗性的文本特征与西方文学经典之间的异同。[4]域外学者潘碧华的《以诗为文：论〈红楼梦〉的诗性特质》认为《红楼梦》的创作是"以诗为文"，作者以诗人的眼光、诗歌的审美甚至诗歌的创作思维完成了小说的创作，从而使作品具备了诗性特质，小说是诗的生活，具有诗的价值，是诗的象征。[5]张平仁在《红楼梦诗性叙事研究》（2017）中认为："小说的诗性即小说中的诗歌特性，实际上是小说对诗思维的借鉴，也就是两种文体交融的问题。文学都含有悟性思维，但中国古代小说的诗性特征显然更为鲜明，且不同于西方小说。小说的本质是叙事，诗歌的本质在于抒情（在中国古代尤其如此），从这个意义上说，小说的诗性就是叙事对抒情的吸纳、

[1]　张兴龙.《西游记》诗性文化叙事 [M]. 北京：光明日报出版社，2013.

[2]　王莹.《花月痕》的诗词研究 [D]. 长春：长春师范大学，2016.

[3]　刘上生.《红楼梦》的诗性情境结构及其话语特征 [J]. 红楼梦学刊，1991（1）：139–158.

[4]　薛海燕.红楼梦：一个诗性的文本 [M]. 北京：中国社会科学出版社，2003.

[5]　潘碧华.以诗为文：论《红楼梦》的诗性特质 [J]. 红楼梦学刊，2008（5）：167–178.

融会问题。"[1]张平仁对小说诗性的说明具有启发性，但这段话与其说是对小说诗性的界定，不如说是对小说诗性生成背景的阐释。

此外，对文言小说羼入诗词现象的研究成果也十分丰富。如吴志达的《唐人传奇》（1981）将唐传奇的艺术特色概括为散文与诗歌的相结合。既擅长叙事，也善于抒情。[2]李宗为的《唐人传奇》（1985）区分了唐代诗歌与小说结合的三个阶段。初期唐传奇作品中的诗歌是出于内容上的需要，与吟诗风气有关。鼎盛期的唐传奇作品因宴会以故事为题作诗的风气，出现了大量与故事情节发展无关的题外之诗。后期虚设故事以逞其诗才的作品才逐渐出现。[3]崔际银在《诗与唐人小说》（2004）中对文言小说的诗化特征进行了详细的论述。[4]邱昌员的《诗与唐代文言小说研究》（2004）与崔际银选题相似，但视角有所区别，他从唐诗文化、唐诗精神来寻绎唐代小说繁荣兴旺的成因及其对后代小说的影响等。[5]侯桂运在《文言小说诗化特征研究》（2011）中认为，诗化特征在文言小说中是"全方位的、无处不在的"强大的诗化特征，使小说的情节、人物、环境都发生了诗化变异，并从上述方面对文言小说的诗化特征进行细致的分析，指出小说的诗化特征与作者表达观点和感情相关，作者往往是在借助文言小说这一载体，抒发胸中块垒，寄托社会理想。这一创作初衷促使他们自觉地运用比喻、象征等诗性手法来创作小说。同时，他还指出文言小说与白话小说的诗化特征有共性，亦有区别，中国小说学的民族特征研究尚待推动，这对我们的论题有借鉴意义。[6]

相较于诗词影响小说，对小说影响诗词的研究相对有限，这符合诗词与小说文体互渗的实际，即诗词对小说的影响大于小说对诗词的影响。蒋

[1] 张平仁.红楼梦诗性叙事研究 [M].北京：首都师范大学出版社，2017：6.

[2] 吴志达.唐人传奇 [M].上海：上海古籍出版社，1981.

[3] 李宗为.唐人传奇 [M].北京：中华书局，1985.

[4] 崔际银.诗与唐人小说 [M].天津：天津古籍出版社，2004.

[5] 邱昌员.诗与唐代文言小说研究 [D].上海：上海师范大学，2004.

[6] 侯桂运.文言小说诗化特征研究 [D].济南：山东师范大学，2011.

寅指出中国古代的文体互渗存在"以高行卑"的体位定式，并讨论清诗话与小说文献的关系。此外，相关研究聚焦于《本事诗》与唐传奇，笔记小说与诗词典故的关系，诗词与戏曲、小说同题材配套运行的现象，诗缘文起的创作事实，《长恨歌》《琵琶行》等作品以传奇法为诗词的叙事特征，历代诗话与小说文献之关系等。较具代表性的有董乃斌、付善明、李桂奎、邱昌员、金鑫荣、张振谦等人的相关研究成果。

纵观上述研究历程，对中国古代小说诗性特征的探讨还有进一步拓展的空间。在对小说诗词叙事功能的讨论中，现有研究成果对西方小说理论借用的痕迹十分明显，诗词韵文在小说中的功能无外乎塑造人物、推动情节、渲染环境、抒情评价。前三者为西方小说批评的基本要素，而抒情评价却是具有中国叙事学和诗学特色的，对此问题的讨论还可深入。同时，诗学传统对小说的影响除了文体形式上的羼入诗词，更为深刻的，则在于思维习惯和运思模式对小说的文本建构产生的渗透。对小说诗性的讨论存在以下特点：1.现有成果的研究对象过于集中，如对文言小说诗性特征的探讨明显多于白话小说；对文言小说诗性特征的考察多集中于唐传奇与《聊斋志异》；对白话小说的探讨则多集中于《三国演义》《水浒传》《金瓶梅词话》《红楼梦》等诗词羼入较多的经典文本。2.在理论探讨上还缺乏系统性与全面性，对白话小说诗性特征的思考尚缺乏系统性的理论建构，而对古代白话小说融入诗词韵文现象的考察尚需进行更为全面的文本调查。3.对小说中诗词韵文的功能与价值的探讨受西方小说理论影响的痕迹较为明显，缺乏将传统小说评点与诗学评点并置的本土性探讨。4.对不同文体之间的互动关系研究尚待深入。5.小说诗性特征与小说评点、诗文评点、文学传播、文本接受等方面的相互关系，尚有待进一步的探讨。总之，对中国古代小说诗性特征的探讨仍然任重而道远。

二、研究范围与研究方法

（一）研究范围与研究思路

本书立足于中国古典诗歌与古代白话小说的创作实际，以及中国古代诗学与小说评点的理论实际，再辅之以近代、现代学人对中国传统诗学、中国小说理论、中国叙事学理论的新探索与新挖掘，以之为知识背景，尝试对中国古代白话小说的诗性特征作一番探索，力求深入学理层面，对受诗学传统与叙事学传统交替浸染的中国古代白话小说作本土性、比较性研究。关注传统诗学的创作模式、思维习惯和运思模式对小说创作的影响。

本书属于古典小说研究范畴，选取古典小说中的白话小说，尝试从诗性的角度来考察中国古代白话小说的艺术特征。严格说来，本书虽仅以白话小说作为研究对象，但"诗性特征"应当是中国古代小说的总体性特征，非独白话小说有之，文言小说也有之。若要对这一涉及古典小说美学范畴的论题有一个整体性观照，必须对古代小说作品作总体性的考察。然而，若以中国古代小说作为研究对象，一则所涉及的研究范围太广，难以深入；二则对中国古代小说，特别是文言小说的文体界定始终存在争议，问题较为复杂；三则小说作品不计其数，形式千变万化，浩如烟海，不能尽数。故本书的研究范围，采取折中的方式，仅先以中国古代白话小说作为具体的研究对象，但在渊源关系等问题的考察中尽可能地兼顾文言小说的情况。本书以石昌渝在《中国小说总目·白话卷》中所列出的白话小说篇目为基本坐标。在此范围内，选择宋、元、明、清传存下来的具有一定代表性的经典白话小说作品，在个体剖析研究的基础上进行鸟瞰式的总体把握。不可回避的是，这样的考察具有局限性，无法完整地呈现出作为中国古代小说整体性特征的小说诗性。故本书当视为中国古代小说诗性特征研究的阶段性考察，全面性的考察有待将来进一步完成。

在此基础上，本书的整体研究思路如下。

第一，对本书相关的概念进行学理上的思辨。首先，对"诗性"的概念进行辨析，并说明将其引入中国传统文学批评语境中的适用性。其次，对现代研究视野下中国古代白话小说批评中经常使用到的两个概念——"诗化"与"诗性"进行辨析，并对小说诗性进行大体上的概括。最后，以词体发展成熟的过程为参照，讨论中国古代白话小说经由"诗化"走向"诗性"成熟的历程。

第二，对白话小说羼入诗词现象进行再思考。将白话小说羼入诗词的现象放入小说文体发展的大背景中进行论述，比较白话小说与文言小说、话本小说与章回小说之间羼入诗词情况的异同，重点讨论话本小说与章回小说诗词羼入的情况。

第三，讨论白话小说文体功能的诗学转向。前人对小说文体功能的讨论，大多重在区分不同的功能类别，如娱乐功能、教化功能、史鉴功能等。本书的讨论则侧重于说明在同一功能内部、因文人写作而产生的新变，比如，娱乐功能由注重感官刺激到注重情感体验的变化，教化功能对儒家诗教的回归等，探讨这些变化与诗学传统之间的关系。其中，重点讨论小说文体功能朝向"言志"的诗学传统的拓展，分析借小说以"言志"的创作倾向的生成和发展。

第四，讨论白话小说的情感表达。这里以中国传统诗学和小说评点理论交叉的视角来讨论有关白话小说情感表达的两个重要关键词，即"性情说"与"发愤著书说"，追溯其中的诗学传统，分析白话小说的创作者与评点者在探索小说情感表达的方式时是如何对抒情传统进行借鉴的。

第五，在文本细读的基础上，探讨中国古代白话小说叙事的诗性，即传统诗学对白话小说文本建构的影响，讨论意象叙事与叙事意象的关系、"言不尽意"的诗学命题对白话小说文本建构的影响、白话小说的场景构建，以及白话小说时空交错的叙事策略与回忆诗学之间的关系等。

（二）研究方法与创新之处

在文献、文本、文体相融合的视角下，以中国古代白话小说为本体，将中国传统诗学与中国传统小说理论并置，考察受诗学传统浸染的中国古代小说创作的实际情况，这是本书的创新之处。具体而言，它分为理论研究和个案分析两个层面。理论研究是以理论建构的方式对中国白话小说的诗性特征进行尝试性的阐释，而个案分析则是对具体的白话小说文本进行诗性的解读。二者互为表里。理论研究为个案分析提供宏观的学术指导，而个案分析则为理论建构提供文本依据。因此，本书既尝试理论的建构，又充分重视个案的分析，特别是在文献学方法的基础之上强调文本细读——文本细读是任何文学研究最基本的出发点。任何文学理论范畴的提炼只有建立在对文本精细阅读的基础之上才可能富于创见。因此，文本细读是本书的最基本也是最重要的研究方法，以之为依托，我们试图将之与文体学分析、文献学分析相结合，对中国诗学视域影响下的古代白话小说的创作经验进行初步的归纳和提升，以揭示作者诗性的认知与把握世界的基本思维。

第一章　中国古代白话小说诗性特征的学理思辨

　　把中国古代白话小说的诗性特征作为一个命题来研究，其理论假设前提是"中国古代小说诗性论"，这首先需要寻找出对"小说诗性"这一命题的相对概念性的界定。所谓"相对"，是指要找到适用于描述所有中国古代小说的审美特征或结构性因素的准确性概括是难以达成的，无论如何，总会有一些小说文本跳脱出预先建构；即便是相对性的描述，概括起来也是十分困难的。"小说诗性"在既往的学术语境中往往被作为一个审美描述用语来使用，而非一个被严格界定的审美范畴。因此当我们提出所谓的"小说诗性"的概念，与其说是对某一命题的精确归纳，不如说是对一些大体相近的白话小说之表现对象与审美特征的笼统归类。正如金人王若虚在《文辨》中对文体的论述："或问文章有体乎？曰：无。又问无体乎？曰：有。然则果何如？曰：定体则无，大体则有。"[1]我们对"小说诗性"的概括也只能是一个大体的描述。而之所以称其为"小说诗性"，是因为在研究中我们发现中国古代小说从内容到形式，大体表现出对诗体的借鉴。从语体特征的诗化，表现对象与审美精神的抒情化，艺术思维的意象化、抽象化与隐喻性，再到意境营造的象征性等都表现出对诗体的借鉴，从而

---

[1]　王若虚. 四部丛刊·滹南遗老集（五）[M]. 上海：上海书店，1989：88.

使中国古代小说在总体上呈现出一种诗性的特征。尽管如此，"小说诗性"的概念也只是说起来方便而已，很难称得上是一个严格的科学界定。当然，任何概念的界定严格来讲都只能最大限度地接近这个概念的本原，却无法完整地包含这个概念。我们对"小说诗性"的界定也是如此。

诚然，"小说诗性"概念的提出条分缕析难免带有主观性，有待进一步的商讨与检视。与其他任何一种理论体系的建构一样，以中国、小说、诗性这三个关键词构建而成的中国古代小说诗性论体系，在学理上也有其难以回避的学术难题。这些难题包括：如何处理小说诗性的独特性与小说文体的叙事性之间的关系，以便使中国古代小说诗性论的建构真正融入小说叙事学的整体格局中？如何处理中国古代小说诗性的一般性与某一时代、某一地域、某位作家文学创作的个性之间错综复杂的关系，以便使中国古代小说诗性论的建构有效地服务于我们对小说文本的分析与小说理论的完善？如何处理中国古代小说特殊性的强调与世界小说理论普遍性的诉求之间的关系，以便使中国古代小说诗性论的建构在当下的文学语境中获得更大的学术话语权？提出并且尝试解答这些学术难题，将有助于推进中国古代白话小说诗性论的体系建构，进而有助于推进中国古代小说理论研究的深入发展。本书对中国古代白话小说诗性特征的研究，则不失为这一理论尝试的开始。

毋庸讳言，以"诗性"的概念来讨论中国古代白话小说的特征无疑是又一次以"异域之眼"来观照中国古典文学。"诗性"一词并不存在于中国古代文学理论的批评语境中，严格来说，"诗性"的概念源于西方理论语境，对于理论研究而言，这样的概念表达似乎不够纯净，有违于"原教旨"的精神。在此，有必要对我们之所以使用"诗性"这一概念来探讨中国古代白话小说基本特征的原因加以说明，并对"诗性"与"诗化"这两个概念加以辨析。

第一节 "诗性"辨析

"诗性"一词被较为集中地论述是在 18 世纪，西方学者维柯在《新科学》中提出了"诗性智慧"（poetic wisdom）的概念并对这一概念加以阐释。这一概念最初并不是一个文艺学的概念，更多的是一个人类学概念。维柯借用文学的（即"诗"的）概念[1]来解释人类原始思维的特性："诸异教民族最初创始人的那种心灵状态，浑身是强烈的感觉力和广阔的想象力。他们对运用人类心智只有一种昏暗而笨拙的潜能。正是由于这个道理，诗的真正起源，和人们此前所想象的不仅不同而且相反，要在诗性智慧的萌芽中去寻找。这种诗性智慧，即神学诗人们的认识，对于诸异教民族来说，无疑就是世界中最初的智慧。"[2]此处，"神学诗人们"是指"最初的各族人民"。[3]"强烈的感觉力和广阔的想象力"是先民把握世界的一种方式。这一段文字表明"诗性智慧"指向的是原始人类在熟练地"运用人类心智"之前对世界的感知方式，这种感知方式带有感性的（即非理性的）思维特征。然而，正是这种"强烈的感觉力和广阔的想象力"成为"诗的真正起源"。维柯在此后的进一步论述中表明，此处的"诗"有特定的指向，指的是以《荷马史诗》为代表的西方叙事史诗。同时，维柯将论述的范围扩大到希腊的神话与寓言，以此说明人类早期对世界的理解和感知方式。显然，维柯的"诗性智慧"所代表的是人类感知世界的思维方式，且这种思维方式是感性的，而非理性的。认识到这一点具有重要意义，因为文学与哲学的分野就在于哲学以理性把握世界，而文学以感性把握世界。从这一意义上讲，所有文体的萌生都具有"诗性"的特征。维柯在书中对此问题作了进一步的说明，这一段话对于我们理解什么是诗性，以及什么是诗性的文字十分有帮助，故将之引用如下：

---

[1] 在西方早期的学术语境中，诗学是一个泛概念，泛指语言艺术的诸种形式。

[2] 维柯.新科学：上册[M].朱光潜，译.北京：商务印书馆，1989：8.

[3] 维柯.新科学：上册[M].朱光潜，译.北京：商务印书馆，1989：9.

我们所说的"诗性"文字已被发现是某些想象的类型（imaginative genera，大部分是由他们的想象形成的生物、天神或英雄的形象），原始人类把同类中一切物种或特殊事例都转化成想象的类型，恰恰就象人的时代的一些寓言故事一样，例如新喜剧中的寓言故事就是由伦理哲学凭推理得出的可理解的类型。喜剧诗人就是根据伦理哲学而形成一些想象的类型（各种人的完整化的意象其实都不过是些想象的类型），这就成了喜剧中的角色（或人物性格）。因此已发现到这种天神或英雄的人物性格就是些真实的故事，而它们所寓的意义并不是比拟的而是只有一个意义，不是哲学性的而是历史性的，也就是那些时代希腊人的寓意故事。

此外，这些想象的类型（寓言故事实质上就是些想象的类型）都是凭一些最活跃的想象而形成的。在推理能力最薄弱的人们那里我们才发现到真正的诗性的词句。这种词句必须表达最强烈的热情，所以浑身具有崇高的风格，可引起惊奇感。凡是诗性的语句的来源都有两个：一是语言的贫乏，另一是要使旁人了解自己的需要。[1]

此处，对诗性文字（poetic characters）的几个判断值得我们注意。其一，诗性文字与人类的主观想象紧密相连，人类借由自我（同类）想象万物，即所谓的"以我观物"，是人类对自我与外物关系的理解，是人类在"物"与"我"及"我"与"物"之关系的想象与思考中体认世界。其二，人类的主观想象最终转化成"想象的类型"，即"各种人的完整化的意象"，这种"意象"成为文学作品中的关键因素。其三，这种由人类想象而形成的"意象"，既有其虚幻性（"寓言故事""天神或英雄"），又有其真实性，即人物性格的真实性。可以说，诗性文字是以虚幻的故事表达真实的"意义"。其四，这种"意象"所表达的意义是"历史性"的，"意象"本身并非简单的修辞格，而是蕴含丰富的、"历史性"的"意义"。也就是说，"意象"所传递的意义既是共时的指向"那些时代"，也是历时的可以为后人所理解。其五，强调这种"意象"是感性的，而非理性（哲学）

---

[1] 维柯.新科学：上册 [M].朱光潜，译.北京：商务印书馆，1989：30—31.

的，是"最活跃的想象"与"推理能力最薄弱"的产物。其六，指出这种"意象"带有强烈的抒情性，"必须表达最强烈的热情"，并能够引起接受者的情感共鸣（"惊奇感"）。其七，诗性文字的来源，是基于要在有限的语言（"语言的贫乏"）中，表达主观的需求，这在客观上就形成了"词约义丰"，以有限的语言表达无限意义的效果。

此处，我们将"意象"二字加上引号，是为了强调在这里它是一个西方学术语境中的词。在西方文学实践中，这种"意象"以天神或英雄人物形象出现，具有叙事性的特征，与中国传统诗学语境中的意象显然有所不同。中国诗学语境中的"意象"更多的是一种自然物的形式，或是对自然物的某种描述，这与中国文化中天人合一、万物有灵的想象相关。但同时我们也发现，西方学术语境中的"意象"所表现出来的非理性、历时性、抒情性、共鸣性，以及现实与想象交织、以有限的语言表达无限意义的特征却与中国本土学术语境中的意象如出一辙。作为中国诗学最为核心的概念，对"意象"的种种描述，如所谓"神用象通，情变所孕"（刘勰《文心雕龙·神思》）[1]，"心偶照境，率然而生"（王昌龄《诗格》）[2]，"诗不待意，即景自成。意不待寻，兴情即是"（《诗镜》）[3]，等等，都直言意象的感性特征与抒情性。而"意象风神，立于言前，而浮于言外"（李维桢《来使君诗序》，《大泌山房集》卷十九）[4]，"必有不可言之理，不可迹之事，遇之于默会意象之表，而理与事无不粲然于前者也"（叶燮《原诗·内篇》）[5]，"言外多少余味不尽，所谓言在此而意寄于彼，兴在象外"（方东树《昭昧詹言》）[6]，等等，这些表述则彰显"意象"以有限包含无限的诗性哲理。

另外，在"以我观物"的思维层面，中国先人对世界的体认与表达经

[1] 黄霖 . 文心雕龙汇评 [M]. 上海：上海古籍出版社，2005：96.

[2] 郭绍虞，王文生 . 中国历代文论选（第三册）[M]. 上海：上海古籍出版社，1980：37.

[3] 陆时雍 . 诗境 [M]. 任文京，赵东岚，点校 . 保定：河北大学出版社，2010.

[4] 李维桢 . 大泌山房集 [M]. 济南：齐鲁出版社，1996：724.

[5] 叶燮 . 原诗 [M]. 霍松林，校注 . 北京：人民文学出版社，1979：30.

[6] 方东树 . 昭昧詹言 [M]. 北京：人民文学出版社，1961：421.

历了从"以我观物"到"以物观物"再到"以物观我""随物赋形""格物以致知"等一系列变化，对此，我们同样可以在中国文学批评语境中找到相应的表述。中国诗学中的境界论证彰显了中国诗学对"物""我"关系的独特思维方式，其中最具代表性的讨论则是王国维在《人间词话》中对"有我之境"与"无我之境"的思考："有有我之境，有无我之境。'泪眼问花花不语，乱红飞过秋千去。''可堪孤馆闭春寒，杜鹃声里斜阳暮。'有我之境也。'采菊东篱下，悠然见南山。''寒波澹澹起，白鸟悠悠下。'无我之境也。有我之境，以我观物，故物我皆著我之色彩。无我之境，以物观物，故不知何者为我，何者为物。古人为词，写有我之境者为多，然未始不能写无我之境，此在豪杰之士能自树立耳……无我之境，人唯于静中得之。有我之境，于由动之静时得之。故一优美，一宏壮也。"[1]王国维在此的描述相当简单，造成了后世对此问题理解的诸多差异，由此延伸出"情"与"景"、"人化"与"物化"、"以情观物"与"情以物兴""心随物转"、"超物之境"与"同物之境"等相对应的概念群，深化了中国诗论对"物""我"关系的理解。

由此，中国诗学中的两个重要概念——"意象"与"境界"，都与维柯对"诗性"的表述产生了某种相似性的联系，使得我们在此借用维柯的"诗性"概念来阐释中国古代诗学影响下的白话小说创作，描述其中所蕴含的独特的艺术特性成为可能。

维柯的"诗性"概念被引入文学批评领域在西方早有先例。如前所述，"诗性智慧"所代表的是人类童年感知世界的方式，是人类早期无意识的创造，是感性的发现。而当理性思维成为人类的主导性思维习惯后，"诗性智慧"或者说诗性思维便成为一种带有隐喻性质的语言修辞与叙事。正如特伦斯·霍克斯在《结构主义和符号学》中所言："在'诗性的智慧'中，可以清楚地看到那种独特和永恒的人类特性，它表现为创造各种神话和以隐喻的方式使用语言的能力和必要性：不是直接地对付这个世界，而是间接地通过其他手段，即不是精确地而是'诗意地'对付这个世界……

---

[1] 王国维. 人间词话 [M]. 彭玉平，评注. 北京：中华书局，2015：2–3.

因此，可以说这种'诗性的智慧'就是结构主义的智慧。"[1]实际上，最早意识到这一问题并加以阐发，将之运用于文学文本批评的是俄国的文学批评家们。20 世纪俄国形式主义和结构主义批评家用"诗性"（poeticity）一词来概括"文学性"或诗的美学特征。最初，语言学家、诗学家罗曼·雅各布森在其符号学文论中提出"诗的功能即诗性"。"诗性怎样显现自身？当词语被作为一个词，而非被命名的对象的纯粹再现或某种情绪的爆发来感知时；当话语及其组构，其意义，其外在和内在的形式需由其自身，而不是无关痛痒地参照现实来估价时，诗性就表现出来了。"[2]罗曼·雅各布森还提出诗性功能的概念，他将信息交流的功能概括为情感功能、意动功能、指涉功能、诗性功能、交际功能和元语言功能六种。其中，诗性功能是最重要的一种："诗性功能不是语言艺术唯一的功能，它只是语言艺术占支配地位的、起决定作用的功能。"诗性功能"加剧了符号和对象之间的基本对垒"[3]。这样一来"语言的艺术在方式上便不是指称性，它的功能不是作为透明的'窗户'，诗者借此而窥见诗歌或小说的'主题'，它的方式是自我指涉的；它是自己的主题"。[4]从这些资料来看，罗曼·雅各布森对"诗性"一词的认识，首先是功能性的、隐喻性的，是语言的修辞。由于罗曼·雅各布森的诗学研究著作在国内并没有被系统地翻译出版，我们无法窥其全貌，但罗曼·雅各布森对诗性及诗性功能的阐释却对结构

---

[1]　特伦斯·霍克斯.结构主义和符号学 [M].瞿铁鹏，译.上海：上海译文出版社，1987：5-6.

[2]　此处，转引自王先霈、王又平主编：《文学理论批评术语汇释》，高等教育出版社2006 年版，第 411 页。由于罗曼·雅各布森的著作，特别是诗学研究的著作在国内并没有被系统地翻译出版，相关文论翻译参见赵毅衡编选的《符号学文学论文集》，收录《文学与语言研究诸问题》、《主导》及《语言学与诗学》（片断）三篇；刘象愚等译的《文学批评理论：从柏拉图到现在》，收录《语言的两个方面》一文；研究散见于《文学理论批评术语汇释》；胡经之、伍蠡甫主编《西方文艺理论名著选编（下）》，收录《隐喻和转喻的两极》一文。

[3]　王先霈，王又平.文学理论批评术语汇释 [M].北京：高等教育出版社，2006：411.

[4]　特伦斯·霍克斯.结构主义和符号学 [M].瞿铁鹏，译.上海：上海译文出版社，1987：86.

主义与形式主义批评产生了深远的影响。[1] 在此之后，"诗性"正式进入文艺理论的批评话语，成为一个重要的理论批评范畴。

但是，我们在对中国古代白话小说的基本特性进行分析时引入"诗性"这一批评话语，尚具有另一层本土文学场域的考虑。

一方面，中国古代小说"文备众体"的文本特征是小说诗性的显性呈现。白话小说作品大量羼入诗词韵文，使小说文体在客观上与诗词发生了联系，使我们在讨论中国古代白话小说的叙事与修辞特征时，无法绕开对传统诗学的观照。另一方面，在中国文学的发展历程中，诗学传统的强大影响力无处不在，无论是小说的创作者，还是接受者，无不浸染于诗学的巨大影响力。在中国文学发展的语境中，"强大的'诗骚'传统不能不影响其他文学形式的发展。任何一种文学形式，只要想挤入文学结构的中心，就不能不借鉴'诗骚'的抒情特征，否则难以得到读者的承认和赞赏。"[2] 事实上，中国文学受到诗体的影响，中国文化亦然。中国的哲学、社会生活以至中国人的思维方式等，无不受到诗体"居高临下"的影响。早在先秦时期，诗作为六艺之首，即已成为人们社会生活的基础，所谓"不学诗，无以言"；而自汉代设立经学之后，诗学传统强大的渗透力更是进入了中国文化的方方面面。此处，我们所说的"诗"，与维柯在《新科学》中所提到的"诗"有着极大的不同，也与罗曼·雅各布森所说的"诗"有所不同。维柯所说的"诗"泛指西方的叙事史诗与希腊戏剧传统，雅各布森的"诗"指向的是以普希金与莎士比亚十四行诗为代表的西方抒情诗传统。而我们所说的"诗"是中国以诗言志的诗学传统，"诗言志"之"志"是一个宽泛的概念，包括志、情、意、性、知等多层面的内容。这就决定了我们在引入"诗性"及"诗性功能"这一文艺理论批评话语对中国古典小说的艺术特征进行分析时，不能全盘接受来自西方的学术话语体系，而应当在中国的文学批评语境中去寻找理论的生长点。这正是本书所要进行的尝试与

---

[1] 有关罗曼·雅各布森对诗性功能的研究可参见田星博士的学位论文《罗曼·雅各布森诗性功能理论研究》，南京师范大学，2006年。

[2] 陈平原.中国小说叙事模式的转变[M].上海：上海人民出版社，1988：222.

探索。而将中国白话小说的诗性特征作为研究的对象，意味着我们必须从研究对象出发，从中国的文学、文化传统出发，对理论本身进行必要的调整和补充。因为中国古代白话小说的诗性特征孕育并发展于中国文学、文化的发展语境之中，而且形成了自身特殊的文学精神与文化品格，只有将其置入自身发展的语境之中，才能更加有效地把握其发生、发展、变化的轨迹。为此，我们需要从中国文学、文化的语境中对相关的概念进行二次整合，以求更好地把握对象。

第二节　小说的"诗化"与"诗性"

如前所述，中国古典小说的诗性特征，似乎是一个不言而喻、不辩自明的命题。然而相较于中国现当代文学研究在西方文论语境下对小说诗性的反复论述，中国古代小说研究对小说诗性的讨论显得十分谨慎。与此同时，我们不禁要重提：在中国古代小说的研究语境下，何谓"小说诗性"？查阅前人研究成果，似乎未见对此问题的明确阐释与界定。这说明对此概念的界定存在相当的难度，在中国古代文学批评语境之下，"小说诗性"有可能是一个无法充分言说的概念。在对"小说诗性"的命题进行尝试性阐释之前，我们首先要厘清两个概念，即小说"诗化"与小说"诗性"。

小说"诗性"与小说"诗化"在文字表述上仅一字之差，学者们多不加区分地予以混用，然而二者实是两个不同的概念。我们可以尝试从"化"与"性"二字在字源上的区别来厘清这两个概念的差异性。

甲骨文和金文中的"化"是会意字，由一正一反倒立的两"人"组成，意味着人自身的彻底转变，所以"化"的本义为变化、改变。《说文解字》曰："化者，教行也。"段玉裁注曰："教行于上，则化成于下。"[1]从上述对"化"字源上的探究，我们可以知道"化"是一个动词，代表着一个过程，"化"不是一种"完成时"，而是一种"进行时"，代表着某种趋势。

---

[1] 许慎.说文解字[M].段玉裁，注.上海：上海古籍出版社，1981：384.

因而，对小说"诗化"首先应作动态的理解，意指小说文体在嬗变的过程中，因受诗歌这一处于上位的文学传统之影响，而呈现出的某种诗性的变化。其次要明白小说"诗化"是一个过程，这一过程的最终结局是导致小说"诗性"特征的显现。可以说，小说"诗化"是动态的，代表着中国古代白话小说文体成熟与嬗变的过程，而小说"诗性"则代表着中国古代白话小说文体成熟与嬗变的结果。

再看"性"字，《礼记·中庸》曰："天命之谓性。"[1]"性"字在《说文解字》中的解释是："性，人之阳气性善者也。从心，生声。"[2]《广雅》曰："性，质也。"[3]以上描述表明"性"所指向的是内心萌发的与生俱来的本能。中国古代文体论中，常有以人之躯体喻文体者，刘勰在《文心雕龙·附会》中曰："夫才童学文，宜正体制。必以情志为神明，事义为骨髓，辞采为肌肤，宫商为声气。"[4]颜之推在《颜氏家训·文章》中亦云："文章当以理致为心肾，气调为筋骨，事义为皮肤，华丽为冠冕。"[5]明代沈君烈则在《文体》中曰："文之有体，即犹人之有体也。"[6]20 世纪 30 年代，钱钟书在《中国固有的文学批评的一个特点》一文中就指出中国古代文学批评有"把文章通盘的人化或生命化""把文章看成我们自己同类的活人"的特点，认为这种"近取诸身，以文拟人"的"人化文评"是"移情作用发达到最高点的产物"。[7]郭英德曾在《中国古代文体形态学论略》一文中将文体的基本结构比作人体结构，认为其包括由内而外、依次递进的四个层次："（1）体制，指文体外在的形状、面貌、构架，犹如人的外表体形；（2）语体，指文体的语言系统、语言修辞和语言风格，犹如人的

[1] 陈澔.礼记集说[M].上海：上海古籍出版社：1987：290.

[2] 许慎.说文解字[M].段玉裁，注.上海：上海古籍出版社，1981：502.

[3] 王念孙.广雅疏证[M].北京：中华书局，1983：100.

[4] 黄霖.文心雕龙汇评[M].上海：上海古籍出版社，2005：140.

[5] 王利器.颜氏家训集解[M].上海：上海古籍出版社：1980：249.

[6] 沈承.沈君烈小品·文体[M]//阿英.晚明二十家小品.石家庄：河北人民出版社，1989：405.

[7] 钱锺书.中国固有的文学批评的一个特点[J].文学杂志，1937，1（4）：8.

语言谈吐；（3）体式，指文体的表现方式，犹如人的体态动作；（4）体性，指文体的表现（审美）对象和审美精神，犹如人的心灵、性格。"[1] 考量"性"字"从心"而生的词源本义，同时借鉴前辈时贤对古代文体形态的基本观点，小说"诗性"当指小说的内在特质，即刘勰所谓"情志"、颜之推所谓"理致"、郭英德所谓文体的"体性"所呈现出"诗"的特质，也就是小说文体的表现对象和审美精神的艺术特征，在此，我们将其称为中国古代白话小说的诗性特征。

中国古代白话小说文体在经历了体制上的"文备众体"、语体表现上的诗体话语[2]介入及体式上的诗化过程，最终呈现出体性上即表现对象与审美精神上的诗性特征，也就是我们所要讨论的中国古代白话小说的诗性特征。中国古代白话小说的诗性特征是指作为叙事作品的白话小说，其创作者在创作过程中因其对心志情感的重视，而使作品在表现对象与审美精神（体性）上呈现出向以诗学为代表的抒情传统的靠拢。作品使用诗化的语言，借助诗的情感表达方式与文本建构方式来叙事，在客观叙述身外事物的同时，也注重主观情感的抒发，从而使作品具有诗的抒情质感与审美特征。

进一步的讨论则在于小说的体性究竟为何，郭英德在其文中对文体的体性有充分的说明，当我们将其用于古代小说这一文体的论述时，还需要对此进行具体的说明。刘勰的《文心雕龙》有"体性"篇，然其将"体"与"性"分而为二，"体"指作品的体貌或曰风格，"性"为作家的情性。

---

[1]　参见《求索》2001 年第 5 期，第 102 ~ 106 页。文章第一部分"文体的结构层次"指出体性，即文体的表现对象和审美精神；又在第五部分"论体性"中进一步指出："文体虽然主要是一个揭示文本的形式特征的概念，但由于文本自身的形式与内容具有不可分离性，决定了特定的话语形式总是反映着特定的审美对象，涵蕴着特定的精神结构。在对不同文体的语言风格和表现方式的论述中，中国古代文论家已经论及不同文体具有不同的审美对象，适合不同的审美精神。本文拟用'体性'一词来指称文体的审美对象和审美精神。"

[2]　"诗体话语"的概念借用自朱玲《话本小说中诗体话语的修辞功能》（《当代修辞学》2005 年第 1 期）一文的简述，既包括诗词、骈文、偶句等，也指话本散文体话语中指句式整齐、符合平仄和韵律要求的话语。

作品风格指向的是对文体形式的审美，而作家的情性则指向作品的情感（情）与精神（理）结构，是作品的表现对象。"夫情动而言形，理发而文见；盖沿隐以至显，因内而符外者也。"[1]这句话表明对作品的形式审美基于对作者的情性之体认，即作品的表现对象决定了其对形式与风格的选择。但正如前文所谈到的，文体的体性包括文体的表现对象与审美精神两个面向，这里的审美精神，不单单是一种形式上的审美，更多指向的是作品内在的深层结构。就表现对象而言，中国古代小说傍史而生、继史而起，属于叙事学传统，叙事学传统以"事"为其本体。所谓"事"，是由现实世界中的人、物及其行为构成，是作者身处其中的外部现实世界。叙事是小说的本体功能，"事"则是其主要的表现对象。从理论上讲，叙事学以客观地展现外部世界为责任，但事实上这一点难以达成，因为任何的言辞表达都是主观的。叙事学与诗学的区别就在于作品所表现的作者的主观成分之多少。中国诗学"言志"的传统使其将作者内在的心灵世界（即"意"）作为主要的表现对象，外部的世界则成为内心世界的"象"，而对诗歌的审美主要建立在作为外部世界呈现的"象"与作为内在心灵的"意"之间的契合度。而属于叙事学传统的中国古代白话小说则以客观的外部世界作为主要的表现对象，作者内心世界的表达应当尽量避免或者克制。这里我们所指向的是中国古代白话小说的创作实际，即中国古代白话小说中鲜见现代意义上的以作者内心世界为主要观照对象的心理小说，而多以客观的外部世界作为自己的表现对象。一方面，中国古代白话小说叙事的外部指向，要求创作者尽量克制主观情感的表达，而以客观的外部世界作为描写对象。另一方面，对主观情感的克制并不意味着中国古代白话小说的创作完全排斥情感的表达，这里所要克制的情感表达，主要是指作为小说叙述者的作者内心世界的展现与情感表达。换言之，从中国文学以史传文学为代表的叙事传统出发，小说作者的写作应尽量客观、不掺入自己的主观情感，不应以自我的内心世界作为主要的表现对象，但这对于深受中国诗学"言志"传统影响的小说作者而言，显然是十分具有挑战性的。事实上，

---

[1] 黄霖.文心雕龙汇评[M].上海：上海古籍出版社，2005：97.

早期章回小说中所羼入的诗词韵文，其叙事功能有一部分就是对小说叙述故事的直接评论，是小说作者难以抑制的内心世界跳脱出客观叙事的展露。而到了后期，随着小说创作技巧的不断成熟，优秀的小说作家往往能够不着痕迹地处理自我的主观表达与客观叙事之间的关系，而我们对小说的审美也在一定程度上建立于作者对这一尺度的把握，即小说作者如何不着痕迹地在客观的叙事下渗透自我的情感与个体的生命体验，达到主观表达与客观叙事的水乳交融。从这个意义上讲，中国古代白话小说的经典之作是以诗的方式把握世界，因为"诗把握世界的方式，乃是直观把握世界的方式……它在主客相融、主客同一的基础上诉诸人的感情，让人在直观感悟中去领会、把握宇宙的奥妙与真谛。这种直观的根本目标不是占有和使用世界，而是要人发展自己本性的纯真，从而与保持本真姿态的整个宇宙相和谐"。[1] 在中国文学的发展史中，以内部心灵世界作为主要表现对象的诗学传统一直居于主导地位，这就不可避免地出现了诗学的抒情性对小说叙事性的渗透，从而使小说文本在客观叙事的外表下，不断挣脱、展露出鲜明的主观抒情与生命律动，在主观表达与客观叙事的和谐统一之下，中国古代白话小说的文本叙事呈现出诗意审美的精神追求。如果说在早期话本小说、章回小说中，这种主观抒情与生命律动主要是借助诗词羼入的形式以一种打断客观叙事的方式进入小说文本，那么到了小说艺术相对成熟的后期，小说作家的主观抒情与独特的生命体验则是以一种含蓄而委婉的方式进入文本，通过叙事意象的选择、叙事时间的错位、叙事过程的断裂，以及叙事意境的营造来达成，中国古代白话小说的几部经典之作，从《三国演义》[2]《水浒传》，到《金瓶梅》《儒林外史》《红楼梦》，再到《镜花缘》，正显示了主观抒情与客观叙事的不断博弈，并最终走向主、客观

---

[1]　毛峰.神秘主义诗学[M].北京：生活·读书·新知三联书店，1998：40.

[2]　有关《三国演义》的语体特征，学者们持有不同观点。有学者认为《三国演义》脱胎于历史，在语言上更多带有史书语体的特征，是浅近的文言体小说而非白话小说。也有学者从其"文不甚深，言不甚俗"的特点出发，将其作为白话长篇的开山之作。在此，我们认为《三国演义》的语体具有文白夹杂的特点，文中叙事话语多有诸如"那人"之类的复音词，人物对话多有口语化的表述，故仍将其作为白话小说来看待。

协调的诗性审美。需要说明的是，中国古代小说成书过程的世代累积性并不影响中国古代白话小说在审美精神上所体现出的诗性的追求。实际上，世代累积的过程，正是小说文本经典化的过程，也是小说的表现对象与审美精神诗化的过程。我们对中国古代白话小说诗性特征生成的讨论，正是建立在这样一个文本历时性互动的认识之上的。

同时，需要讨论的另一个问题是：尽量避免主观性的表述，并不要求小说创作完全忠于客观现实而不能有主观的想象与虚构。如果这样，小说就不能称为小说，而成为史传之类的纪实文学了。的确，小说在客观反映社会生活的广度上令人瞩目，但小说之所以称其为小说，虚构性是关键性的因素。针对这一问题的讨论，我们在早期白话小说的评点中就能看到，白话小说的描写是否应该和在多大程度上依循历史真实是许多小说评点者讨论到的问题。怀林在《容与堂本水浒传》卷首评语中写道："世上先有《水浒传》一部，然后施耐庵、罗贯中借笔墨拈出。若夫姓某名某，不过劈空捏造，以实其事耳。"[1] 这表明其在承认水浒故事确有其事的同时，对作品的虚构性又有着明确的认识。《毛宗岗批评本三国演义》对俗本的修改在很大程度上倚重于史实，如其凡例第二条所列"俗本纪事多讹"者，即比勘于《后汉书》等。毛氏父子细致到连文中所引用的诗为五言或是七律都加以辨析："七言律诗，起于唐人，若汉则未闻七言律也。俗本往往捏造古人诗句，如钟繇、王朗颂铜雀台，蔡瑁题馆驿屋壁，皆伪作七言律体，殊为识者所笑。今悉依古本削去，以存其真。"[2] "以存其真"的评删标准正是白话小说对史传文学叙事传统的自觉延续。但与此同时，毛氏父子对小说文本之文学虚构处亦笔下留情。"匿玉玺孙坚背约"一节，孙坚于汉宫废墟之上望月感怀，未见于《三国志》，带有明显的虚构性质；曹操横槊赋诗的情节，也是创造性地改写，但毛氏均给予了肯定。无独有偶，"青梅煮酒论英雄"是《三国演义》中的经典情节，听闻曹操言道："今

---

[1] 陈曦钟，侯忠义，鲁玉川.水浒传会评本 [M].北京：北京大学出版社，1981：26.

[2] 陈曦钟，宋祥瑞，鲁玉川.三国演义会评本 [M].北京：北京大学出版社，1986：21.

天下英雄，惟使君与操耳！"[1]一向沉稳、不露声色的刘玄德（刘备）不禁失落了手中的匙箸。适逢雷声大作，为掩饰失态，玄德谎称："一震之威，乃至于此。"[2]而向来多心的曹操竟也信了刘备的话，一时放下了对刘备的戒心，次日竟听从玄德建议，令其领兵往徐州截杀袁术。刘备从此如蛟龙入海，也才有了后面波云诡谲的三国演义。这一情节的设置，可以说是小说的关键。但李贽在文后总评却言："种菜畏雷，视同儿戏，稍有知之，皆能察之；如何瞒得曹操？此皆后人附会，不足信也。凡读《三国志》者，须先辨此。虽然，此通俗演义耳，非正史也。不如此，又何以为通俗哉？"[3]此段评论正道出了历史演义与史传文学的区别，历史演义小说可以附会，可以虚构，不仅如此，虚构更成为识别通俗演义文体的关键因素，所谓"不如此，又何以为通俗哉"。同样地，金圣叹在评价《水浒传》叙事特征时提到所谓"因文生事"与"以文运事"的区别，也说明了小说叙事与史传叙事在叙事虚构上的不同。无碍居士更是在《警世通言·叙》中明言："野史尽真乎？曰：不必也。尽赝乎？曰：不必也。然则去其赝而存其真乎？曰：不必也。"[4]金丰在《说岳全传·序》中进一步阐述了小说文本叙事虚实相间的必要性："从来创说者，不宜尽出于虚，而亦不必尽出于实。苟事事皆虚，则过于诞妄，而无以服考古之心；事事皆实，则失于平庸，而无以动一时之听……实者虚之，虚者实之，娓娓乎有令人听之而忘倦矣。"[5]不独历史演义小说如此，明代睡乡居士在《二刻拍案惊奇·序》中说道："今小说之行世者，无虑百种，然而失真之病起于好奇。知奇之为奇，而不知无奇之所以为奇。舍目前可纪之事，而驰骛于不论不议之乡，如画家之不图犬马而图鬼魅者，曰：'吾以骇听而止耳。'夫刘越石清啸吹笳，尚能使群胡流涕，解围而去。今举物态人情，恣其点染，而不能使人欲歌欲泣于其间。此其奇与非奇，固不待智者而后知之也。则为之解曰：'文自《南

[1]　陈曦钟，宋祥瑞，鲁玉川．三国演义会评本 [M]．北京：北京大学出版社，1986：258．

[2]　鲁玉川，宋祥瑞，陈曦钟．三国演义会评本 [M]．北京：北京大学出版社，1986：259．

[3]　鲁玉川，宋祥瑞，陈曦钟．三国演义会评本 [M]．北京：北京大学出版社，1986：265．

[4]　冯梦龙．警世通言 [M]．上海：上海古籍出版社，1994：1．

[5]　丁锡根．中国历代小说序跋集（中）[M]．北京：人民文学出版社，1996：988．

华》《冲虚》，已多寓言，下至非有先生、冯虚公子，安所得其真者而寻之？'不知此以文胜，非以事胜也。至演义一家，幻易而真难，固不可相衡而论矣。即如《西游》一记，怪诞不经，读者皆知其谬；然据其所载，师弟四人各一性情，各一动止，试摘取其一言一事，遂使暗中摸索，亦知其出自何人，则正以幻中有真，乃为传神阿堵，而已有不如《水浒》之讥。岂非真不真之关，固奇不奇之大较也哉！"[1] 这段话中对当时刊刻小说"失真之病"的论述恰恰说明了文涉虚构已是小说创作的普遍现象，论者以为这一现象的产生与小说审美中的"好奇"风尚相关，而对"真不真""奇不奇"的论断则是小说评论者们对纪实与虚构之间关系的思考。这表明中国古代白话小说在发轫之初，即已对小说文本的虚构性有着明确的认识，恰如浦江清在《论小说》中的一段总结："在十三世纪以后，由于白话小说的兴起，一般人对于小说的观念渐渐改变，以虚构的人物故事作为小说的正宗。"[2]而所谓"实者虚之，虚者实之"，则已隐约带出了小说文本虚构背后所蕴含的叙事策略。亦如《〈新世界小说社报〉发刊辞》中的一段论述："凡世界所有之事，小说中无不备有之，即世界所无之事，小说中亦无不包有之。"[3] 在虚实之间，小说创作者表达了自己对外部客观世界的主观认识。小说叙事的虚构性使其有别于史传文学，是小说之所以为小说的重要标志之一。白话小说创作者与评点者对虚构与想象的强调是小说文体独立意识的表现，表明小说文体在依附于史的同时，正努力地彰显其于史之外"别是一家"的独特性。与此同时，虚构本身包含着作者强烈的主观意识，隐含着小说作者不便直言的主观叙事与抒情视角，正如无碍居士所言："人不必有其事，事不必丽其人。其真者可以补金匮石室之遗，而赝者亦必有一番激扬劝诱、悲歌感慨之意。"[4]

　　值得一提的是，随着小说文体的成熟，明人对小说虚构的认识也进一

---

[1]　丁锡根.中国历代小说序跋集（中）[M].北京：人民文学出版社，1996：788.

[2]　浦江清.浦江清文录[M].北京：人民文学出版社，1958：186.

[3]　陈平原.二十世纪小说理论资料[M].北京：北京大学出版社，1997：185.

[4]　冯梦龙.警世通言[M].上海：上海古籍出版社，1994：5.

步有所发展，跳出了话本小说捏合史实的最初形态，而有了更深一层的艺术趣味。明人谢肇淛在其《五杂俎》中有几段评论谈及小说，援引如下：

小说野俚诸书，稗官所不载者，虽极幻妄无当，然亦有至理存焉。如《水浒传》无论已，《西游记》曼衍虚诞，而其纵横变化，以猿为心之神，以猪为意之驰，其始之放纵，上天下地，莫能禁制，而归于紧箍一咒，能使心猿驯伏，至死靡他，盖亦求放心之喻，非浪作也。华光小说，则皆五行生克之理，火之炽也，亦上天下地莫之扑灭，而真武以水制之，始归正道，其他诸传记之寓言者，亦皆有可采。惟《三国演义》与《钱唐记》《宣和遗事》《杨六郎》等书，俚而无味矣。何者？事太实则近腐，可以悦里巷小儿，而不足为士君子道也。

凡为小说及杂剧戏文，须是虚实相半，方为游戏三昧之笔。亦要情景造极而止，不必问其有无也。古今小说家，如《西京杂记》《飞燕外传》《天宝遗事》诸书，虬髯、红线、隐娘、白猿诸传，杂剧家如琵琶、西厢、荆钗、蒙正等词，岂必真有是事哉？近来作小说，稍涉怪诞，人便笑其不经，而新出杂剧，若浣纱、青衫、义乳、孤儿等作，必事事考之正史，年月不合，姓字不同不敢作也，如此则看史传足矣，何名为戏？[1]

谢肇淛将《水浒传》《西游记》等与《三国演义》《钱唐记》《宣和遗事》《杨六郎》等书进行对比，认为前者虽纵横想象、虚幻荒诞，但"有至理存焉""亦皆有可采"；而后者"俚而无味矣。何者？事太实则近腐，可以悦里巷小儿，而不足为士君子道也"。但是，我们前面已论及《三国演义》在情节上的虚构性问题，事实上，熟读经史的谢肇淛不太可能察觉不出《三国演义》等历史演义小说对历史资料的组合、想象与重构，然而为何在此处谢肇淛却要讥之以"事太实则近腐"？谢肇淛作出这样的判断与其对小说叙事虚构艺术的认识有直接的关系。从上述议论来看，谢肇淛对小说文本虚构的理解，不单单是像历史演义小说那样对史料进行移花接木的想象与捏合，

---

[1]　谢肇淛.五杂俎[M].上海：上海古籍出版社，2012：282.

而应当如《西游记》那样，是一种宏大的叙事框架的隐喻性建构，即以"曼衍虚诞"的故事为"求放心之喻"，其对小说叙事虚构艺术的追求是审美的、写意的，而非逻辑的、写实的。在谢肇淛看来，小说的功能不应只是愉悦市井细民，更应足以令士君子玩味，而要达到这一点，小说应借助寓言式的叙事隐喻来涵养与丰富其艺术审美精神。他进一步谈道："凡为小说及杂剧戏文，须是虚实相半，方为游戏三昧之笔。亦要情景造极而止，不必问其有无也。"[1] "情景造极而止"即是对"情"与"景"关系的把握，亦是对想象与虚构之深度与广度的强调，将虚构作为评判小说艺术性的标准，同时对虚构的艺术特征作深入的讨论，将其上升为叙事的隐喻，这一理解已十分接近西方现代小说评论对小说诗性的理解。中国古代白话小说，即便大多取材于现实故事，也多有在开头或其中加入虚构与想象的神话传说者。如《水浒传》开头的三十六天罡星、七十二地煞星故事，《红楼梦》开头的顽石补天、木石前盟、太虚幻境故事，这些故事虽都托于神仙教化，但故事本身及其在小说文本建构中的意义无疑是原创性的使用。历代小说批评者对这些故事的功能与用意也往往抱有极大的兴趣，并投入极大的热情对其加以解读。这些跳脱出文本现实叙事的虚构故事往往有着十分强烈的隐喻与象征意味，然"不脱处世见解耳"[2]。恰如袁于令在《李卓吾评本西游记题词》中指出的："文不幻不文，幻不极不幻。是知天下极幻之事，乃极真之事；极幻之理，乃极真之理。"[3] 极致虚幻的故事架构背后所指向的仍是小说作者与小说评点者以"诗性智慧"对现实世界的理解与观照，是小说作者与小说评点者的精神世界与艺术审美趣味在小说文本中的诗性呈现。

[1]　谢肇淛.五杂俎[M].上海：上海古籍出版社，2012：282.

[2]　谢肇淛.五杂俎[M].上海：上海古籍出版社，2012：282.

[3]　丁锡根.中国历代小说序跋集（下）[M].北京：人民文学出版社，1996：1358.

第三节 从"诗化"到"诗性"

在初步厘清小说"诗化"与小说"诗性"这两个概念的基础上，我们接下来要思考的问题是小说文体是如何经历诗化的过程，而最终呈现出诗性的特征的？如前所述，中国文学的诸种文体皆无一例外地受到了强大的诗歌传统的影响。那么，这种影响是如何发生并且在多大程度上产生了影响？在讨论小说文体是如何经过诗化的过程并最终走向诗性成熟之前，我们想以另一文体受诗体之影响而产生变化，并最终走向文体成熟的过程为参照，来考察这样的文体嬗变是如何发生、发展、变化的。这一文体便是词体。词与小说在发展之初皆被视为"小道"，浦江清在《谈〈京本通俗小说〉》中写道："宋人之诗摆脱唐诗面目，与其时代特别发达之散文协调，同为理智时代之产物，但词及小说则因接近民间故事，属于浪漫文学，有唐诗之意味。"[1] 这里认为，词与小说这两种文体因其发生学意义上的民间意味，使其不受宋代古文运动之影响，而更多地接受了唐代诗歌传统的影响。这一认识为我们的比较提供了依据。

从现代文体学的角度而言，诗与词同属诗歌这一文体范畴。但在中国古代文体学范畴内，诗与词却是泾渭分明的两种文体。在词体发生、发展乃至最终成熟的过程中，诗歌传统的影响是显而易见的，在词体的成熟过程中，词与诗的龃龉也从未停止。词体在其发生之初的晚唐五代至宋初，均被视为小道、艳科，其文体之卑微与小说文体在发生之初的稗官野史地位有某种相似性。此时的词体，以俗文学的面貌出现，其表现内容与功能存在极大的局限性，词体的表现对象是闺阁与艳情，词体的主要功能是娱乐，其香艳的审美追求是趋向世俗化的。而诗体则具备丰富、多样的表现内容与表现功能，作为雅文学的代表，其审美追求是精致、典雅的。词体成熟，通常认为经历了以下四个重要阶段：一是柳永对词体功能的开拓；二是苏轼的"以诗为词"；三是李清照的"词别是一家"；四是辛弃疾的"以文为词"。在经历了上述蜕变之后，词体最终走向成熟。词体的品格

---

[1] 浦江清 . 浦江清文录 [M]. 北京：人民文学出版社，1958：195.

在诗体的影响之下由卑微转向高雅，词体的表现内容范围被扩展，举凡诗体可以表现的内容，词体都可以表现。词体的功能被增强，承载了与诗体一样丰富的社会功能。词体的审美趋向诗体的精致与典雅。纵观词体的发展、成熟的过程，有几点值得注意：第一，词体在其成熟的过程中，出于文体发展的需要，曾经十分依赖诗体，苏轼的以诗为词正是借诗词同源来提高词体的文学地位，诗体作为处于上位的成熟文体对词体的创作产生了直接的影响。第二，词体在与诗体共生的过程中，始终保持着某种程度上的文体独立性，并最终以彰显自身的独立性而走向成熟。第三，词体的最终成熟，得益于其在表现对象与审美精神上对诗体的借鉴，而非在形式上对诗体的靠拢。这一点突出表现在宋人对苏轼词"句读不葺之诗"的批评上。第四，词体对诗体的吸收与借鉴的过程是主动的，而非被动的。第五，词体在文体成熟后曾经也对诗体产生过影响。

当然，白话小说的情况远比词体要来得复杂，单就其所受的影响而言，既有史传文学的叙事传统，也有赋体的铺陈排比；既有《穆天子传》《山海经》、六朝志怪与唐代传奇等文言小说的传统，又有敦煌俗讲、变文与宋代话本技艺的浸染。但就白话小说文体的发展过程而言，其对诗体的依赖同样是明显的。为了提高小说的文体地位，白话小说作者选择了在小说文本中羼入诗歌的做法。"诗文小说"的大量涌现，虽有以文传诗、逞才炫技的主观意图，但从文体发展的角度而言，这是白话小说文体成熟的必经阶段，是小说作者对诗学传统的自觉靠拢，是白话小说文体成熟之前的蹒跚学步。而白话小说的表现内容、功能与审美需求从最初的世俗化、大众化、娱乐化，到最终走向精英化、高雅化，正体现了白话小说文体成熟过程中对诗体的借鉴，已从形式上的靠拢转向对表现对象与审美精神的吸收，从而使中国古代白话小说摆脱了借助诗词拄杖而行的窘境，具备了独立的诗性审美特征。所不同的是，白话小说表现对象与审美精神走向诗性的过程与词体略有差异。白话小说与词体最初的表现对象与审美精神在其发轫阶段都体现出明显的世俗性与娱乐性。所谓"说者但以奇妙的故事娱乐听众，此外别无目的"[1]。但随着各自的发展，由于词体孕育于诗学传统之中，因此，在苏轼的倡导下，词体发展出表达作者自我性灵的"言志"功能。之后，词体又在"以文为词"的推动下，进一步扩展出更为丰富而广泛的表现现实世界的功能，"词史"的概念也被词论家们提出。而白话小说的发展过程则与词体正好相反，在叙事学传统，特别是史传文学传统的影响下，白话小说的文体功能从世俗的娱乐性转变为对外部现实世界的客观书写，举凡中国古代小说的主要题材，如历史演义、英雄传奇、公案、才子佳人等无不表现出对现实世界的强烈关注，即便是《西游记》之类的神魔小说，也往往是现实世界的影射。在强烈的现世关注下，白话小说发展出自上而下的教化功能。以明代拟话本为例："明人擅长写实，描写市井社会，刻画详尽，有时则为伦理的，劝世的。"[2]在白话小说反映现实，体现出强烈的道德担当之后，小说家并未停止对小说文体功能的探索，而是进一步从对外部世界的关注，转向对人的心灵世界的考问，发展出像《红楼梦》这样的探讨个体生命价值的抒情性小说。宁宗一在《中国小说学通论》中谈道："在中国，小说的前身是故事和寓言，并且由此分别开创了两种不同的小说观念的发展道路，一种重客观事件的描述，一种重主观意识的外化。当小说重在客观事件描述时，它是发扬故事的传统，小说成为再现社会生活的艺术化了的历史；当小说重在主观意识的外化时，它是发扬寓言的传统，小说成为表现人们的情感和愿望的散文体的诗，小说就在诗与历史之间徘徊，构成螺旋上升的曲线。"[3]当白话小说的创作在客观叙事之外又加入了主观抒情的内容，小说的诗性就得以显现，这是白话小说艺术的成熟。词体与白话小说在借助典雅、庄重的诗体提升自我品格、消解世俗性与娱乐性的羁绊之后，各自循着诗学与叙事学不同的传统，走向了文体的成熟。

有趣的是，词体与白话小说走向成熟的不同路径正体现出了诗学传统

---

[1] 浦江清. 浦江清文录 [M]. 北京：人民文学出版社，1958：195.

[2] 浦江清. 浦江清文录 [M]. 北京：人民文学出版社，1958：195.

[3] 宁宗一. 中国小说学通论 [M]. 合肥：安徽教育出版社，1995：6.

与叙事传统的不断碰撞与融合。从诗学传统而言，词体的表现对象走向"言志"之时，即已完成其诗化的过程，呈现出诗性的特征，但词体的发展并未就此停止，而是进一步在"以文为词"的推动下，走向了对更为广阔的外部世界的客观呈现，甚至发展出"以词为史"的叙事功能。词体在其产生之初，如晚唐五代词中，也有对外部世界的展示。但其展示的外部空间往往具有私密性，如闺阁、绣户、庭院、花园等，而且词中对外部世界的描写往往是为表达主观情感而服务的，并非以外部世界的呈现为意[1]，与词体在"以文为词""以词为史"的影响下客观地呈现现实世界显然有所不同。而客观地呈现"身外"世界正是文学叙事传统的本质，这一转变正体现了叙事学传统对诗学传统的渗透。白话小说在完成了客观揭示外部世界的华丽转身后，进一步升华，向作者的心灵世界回归，这无疑与"言志""吟咏情性"的诗学传统相关，是诗学传统对叙事学传统的浸染。

白话小说文本对诗学传统的靠拢，最初似乎是由外而内的过程，是在外部需求的刺激之下产生的。诗词吟唱的表演功能符合说话表演艺术的客观需求，说书艺人往往借助诗词的吟唱以为定场之用，遂使"入话诗词"成为话本小说的程式性表达。入话诗词虽也有极尽铺排之能事者，如浦江清在对《京本通俗小说》进行评价时，认为："宋人小说中之开篇，一名'入话'，例用诗词或另一小故事，以引入正本。盖说书人于未说本文之前，先说唱一段，以为定场之用，编话本者于此亦施其才学，使入话与本文若有关联者然。此类开篇，有极讲究者，如本书《碾玉观音》及《西山一窟鬼》卷首，各用十几首诗词，首首关联，层层倾泻，有群珠走盘之妙，可谓前无古人，后无来者……故小说一名词话，词指唱，话即说话，即有说有唱之意，往往先唱几首词，引起故事，如读此书，即可明白。"[2] 但

---

[1] 早期词体对外部世界的展示也与乐府诗如《孔雀东南飞》《陌上桑》《木兰辞》等所代表的叙事诗传统有所不同。明代徐祯卿在《谈艺录》中指出："乐府往往叙事，故与诗殊。"（参见：何文焕.历代诗话[M].北京：中华书局，1981：769.）这说明了汉魏乐府诗以叙事为主的特征，从本质上讲汉魏乐府虽为诗体，但是从属于中国文学的叙事传统的，与以诗学为代表的抒情传统显然有所不同。

[2] 浦江清.浦江清文录[M].北京：人民文学出版社，1958：205-208.

此时嵌入的诗歌多为引用前人陈句，功能也比较单一。与后来白话小说走向成熟之后，诗词在小说中的原创性、丰富性与多样性表达不可相较而言。因此，白话小说诗化的过程最初虽然是以外在形式上羼入诗词的方式出现的，但其最终的完成实则来自文体成熟的内在需求，而这一从量变到质变的过程，在很大程度上依赖于白话小说文本创作者与接受者的成熟，在小说的创作者与接受者向上层文化精英流动的过程中，白话小说的诗性特征由外在形式上的诗词引入，转变为小说创作者对文本内在诗性结构的主动追求。白话小说作者的身份由说书艺人向文人的转变，是小说文本诗化的一个重要契机。白话小说产生之初，说书艺人与听众的文化水平决定了小说文本的世俗性与娱乐性。白话小说诗化的过程与小说创作者、接受者逐步上升至文化精英的过程相伴而生。而小说文本的诗化在形式上表现为白话小说文本上的羼入诗词，在深层的肌理上则表现为诗性思维对小说文本观照世界、表现世界与架构文本方式上的渗透。白话小说文本表现对象由世俗的娱乐与教化题材向创作个体生命体验的拓展；小说审美精神的由俗入雅，体现出精致化、含蓄化、隐喻化、规范化等特征；这些正是白话小说诗化过程的完成，也是白话小说艺术特性上的诗性呈现。

第二章　语体的诗性：白话小说羼入诗词现象之再思考

　　在绪论中我们提到，前辈学人们在对小说中的韵文进行研究时，为了行文方便，以"诗词"代称白话小说中羼入的各类诗体韵文。这里的"诗词"亦指代小说中羼入的各类诗体韵文。同时，由于小说中羼入韵文的情况较复杂，除传统的诗、词、曲外，尚有歌谣、谚语、酒令、赋体、对句等多种情况。本章在此主要讨论传统意义上的诗[1]、词、曲在小说中的分布情况及其特征，其间因文本比较需要偶有涉及歌谣、对句等其他诗体韵文形态，但不是本章论述的重点。以诗体韵文入小说的情况，早在战国时期的《穆天子传》中就已出现。其后，汉魏六朝小说、唐宋传奇、宋元话本、明清拟话本及章回小说中均有诗、词、曲等诗体韵文的羼入。小说羼入诗体韵文的情况，根据小说和诗、词、曲文体发展的不同阶段有所不同。唐代小说中羼入的主要是诗，另有极少量的歌谣。宋元之后，小说中的诗体韵文既包括诗，也包括词、曲，且词、曲的数量有所增加。

　　前辈学人对中国古代白话小说"文备众体"、羼入诗体韵文现象的研

---

[1]　此处的诗包括骚体诗、古体诗、律诗、绝句、歌行体等具体的诗体形式。同时需要说明的是，小说中的诗词曲与文人诗词曲创作既存在联系，又有所差异。下文讨论中将会对二者进行比对分析。

究主要集中于诗体韵文鉴赏、诗体韵文叙事功能的探讨，以及诗体韵文进入小说文本这一现象的溯源，并在上述问题的研究中取得了丰硕的成果。需要进一步讨论的是，白话小说羼入诗体韵文的现象或与文言小说羼入诗体韵文有着不同的发生学意义，应对二者进行区分。文言小说与白话小说之所以羼入诗体韵文与其文体的功能有关，如果我们将文言小说与白话小说进行比较就会发现，二者同样具有娱乐功能，但文言小说的娱乐性与白话小说的娱乐性显然有所不同，这一差异使诗体韵文进入文言小说与白话小说的情况也有所不同。再者，同为文言小说，唐代文言小说诗韵文羼入的情况与宋代文言小说有所差异；同为白话小说，宋元话本小说羼入诗体韵文的情况也与明清章回小说不同。唐、宋传奇作品虽为文言小说，但其羼入诗体韵文的创作经验对话本小说及后来的长篇白话章回小说的创作产生了直接的影响。基于以上原因，我们在此先要讨论唐、宋文言小说羼入诗体韵文的基本情况甚至兼及唐前小说的部分，然后顺流而下，讨论宋元话本小说，再到明清白话短篇小说与章回小说中诗体韵文羼入的情况，希望能够在更为宽泛的小说文体概念与文体流变的背景之下，宏观地观照小说羼入诗体韵文情况的变化。

第一节　唐传奇羼入诗体的开创之功

小说中大量羼入诗体首先出现在唐传奇，在此之前，汉魏六朝时期也有少数笔记小说有诗体的大量羼入，如《世说新语》。《世说新语》因其描写对象为魏晋士林，受魏晋士林在日常生活中喜谈诗、论诗，好以诗评品人物的影响，其中多有诗歌引用[1]，情况也较为复杂，既有《诗经》《楚辞》《汉乐府》与魏晋诗原文，也有部分来自魏晋时期的歌谣谚语。如《世说新语·任诞二十三》："山季伦为荆州，时出酣畅。人为之歌曰：'山

---

[1]　分别是《言语》第 13、第 56、第 80、第 94 条，《文学》第 3、第 52、第 71 条，《贤媛》第 29 条，《排调》第 31、第 41、第 58 条，《轻诋》第 9 条。

公时一醉，径造高阳池。日莫倒载归，茗艼无所知。复能乘骏马，倒箸白接篱。举手问葛彊，何如并州儿？'高阳池在襄阳，彊是其爱将，并州人也。"[1] 此处所引即为歌谣。另有部分内容带有诗话的性质，如《世说新语·文学第四》："郭景纯诗云：'林无静树，川无停流。'阮孚云：'泓峥萧瑟，实不可言。每读此文，辄觉神超形越。'"[2]《世说新语》中此类例子极多，表明时人品诗、论诗的风气。然而，尽管《世说新语》中羼入诗歌的情况很多，但其对诗的引用多以人物对话引诗为证，人物赋诗、论诗、作诗、歌诗的形式出现，属于小说中的"人物语言"及"被小说中人物引用的语言"。[3]这一情况与早期史传文学中对诗歌的引用类似。如《左传》引诗181条，赋诗68处，歌诗25处，作诗5处；《国语》引诗26条，赋诗6处，歌诗6处。[4]尽管数量众多，但都是对人物语言的纪实性记录，属于史传文学"记事实"的功能。《世说新语》羼入诗体的形式受到了史传文学的较多影响，在一定程度上带有"记事实"[5]的特征，功能较为单一，诗体尚未成为小说叙述、描写、议论的"第一语言"。这一引用形式在汉魏六朝的其他笔记小说中基本一样。实际上，汉魏六朝笔记小说中引入诗体的现象并不多见。如《搜神记》二十卷凡369条，仅《淮南八公》《杜兰香》《弦超》《李少翁》《燕巢生鹰》《蝶蠃》《紫玉》《崔少府墓》有诗引入 [6]。其中，《淮南八公》《杜兰香》《弦超》为神人相遇的题材，

[1] 余嘉锡.世说新语笺疏 [M].北京：中华书局，2007：866.

[2] 余嘉锡.世说新语笺疏 [M].北京：中华书局，2007：303-304.

[3] 托多洛夫提出小说中语言的分层理论：小说中的语言分为"第一语言""第二语言""第三语言"三个层面。"第一语言"指"人物语言之外的叙述、描写、议论"；"第二语言"指"小说中的人物语言"，包括小说中人物的独语、对话，以及小说中人物的诗文、书信等；"第三语言"指"被小说中人物引用的语言"。参见：托多洛夫.小说的修辞与语言 [M].冯子平，译.西安：陕西教育出版社，1995.

[4] 杜预，孔颖达.春秋左传正义 [M]// 黄侃.经文句读，十三经注疏.上海：上海古籍出版社，1990；徐元诰.国语集解 [M].北京：中华书局：2002.

[5] 鲁迅.中国小说史略 [M].北京：人民文学出版社，2006：321.

[6] 据中华书局1979年版《搜神记》整理，故事详见第6、第15、第16、第25、第90、第164、第203页。

《杜兰香》引诗 2 首，其余二篇皆引诗 1 首。《燕巢生鹰》《螺赢》为引"诗"为证，引《诗经》以证其名，识"草木鱼虫"。唯《李少翁》《紫玉》《崔少府墓》中诗歌稍有情思，其中《李少翁》《紫玉》为人物赋诗形式，《崔少府墓》为人物作诗，三者皆为爱情题材。《李少翁》中汉武帝赋乐府短诗一首来寄托其对李夫人的哀思。诗曰："是耶？非耶？立而望之，偏。娜娜何冉冉其来迟！"[1]《紫玉》中紫玉赋乐府长篇一首，借紫玉之口以乌雀、凤凰、众鸟为喻备说之死靡它的忠贞爱情观念。《崔少府墓》中崔氏女作五言古体长诗一首赠卢允，引录如下：

　　煌煌灵芝质，光丽何猗猗。华艳当时显，嘉异表神奇。含英未及秀，中夏罹霜萎。荣耀长幽灭，世路永无施。不悟阴阳运，哲人忽来仪。会浅离别速，皆由灵与祇。何以赠余亲？金锿可颐儿。恩爱从此别，断肠伤肝脾。[2]

　　诗描写当年相见时的一见倾心，却因阴阳相隔，只能恩爱别离。全诗情感真挚，感人至深。可见在《搜神记》中诗歌的引入虽亦有情思，可为后世之范，但诗体的引用尚为偶然现象，并未形成规模，且作品中诗歌多借人物之口道出，功能较为单一，带有史传文学"记事实"的痕迹，可以说此时小说中的诗体尚未成为具有独立意义的叙事元素。

　　诗歌大量进入小说，并产生独立的叙事功能始于唐传奇之出现。尽管并非所有唐传奇中都存在大量羼入诗体的现象，如唐传奇名篇《古镜记》《补江总白猿传》《枕中记》《任氏传》《离魂记》《李娃传》《东城老父传》《虬髯客传》等，均未见诗体羼入；《玄怪录》凡 59 篇，入诗者仅 12 篇；《续玄怪录》凡 33 篇，入诗者仅 3 篇。[3] 但汪辟疆校录《唐人小说》上卷所收唐传奇代表性作品 30 篇中，就有 13 篇羼入诗体，仅早期《游仙窟》一篇，

---

[1] 干宝 . 搜神记 [M]. 北京：中华书局，1979：25.

[2] 干宝 . 搜神记 [M]. 北京：中华书局，1979：204.

[3] 数据整理自：牛僧孺，李复言 . 玄怪录·续玄怪录 [M]. 上海：上海古籍出版社，2012.

即入诗 76 首，引《诗经》6 句，尽管诗作多为淫词俗句，格调不高，但数量惊人。[1] 而裴铏所著《传奇》凡 31 篇，其中有诗歌嵌入的就多达 19 篇，超过了半数，且诗体格调大多较为雅致。[2] 特别是到了唐传奇创作的中后期，唐传奇的创作繁荣与科举行卷之风关系密切，士子们借传奇之文体，"想象幽怪遇合、才情恍惚之事，作为诗章答问之意，傅会以为说。盖簪笏之次，各出行卷，以相娱玩"（卷三十八《写韵轩记》）[3]，遂使诗体成为文言小说叙事的重要构成部分。此时，小说羼入诗体的形式尚不脱六朝笔记小说以人物之口道出的痕迹。"这些诗歌、骈文都是作品人物发出的，而不是出自作者的角度。这是与宋元话本中的诗词的根本不同之处。"[4] 但诗歌在小说文本中的叙事功能却得到了发展，在小说的人物形象塑造、情节安排、环境描写等不同层面上，发挥着不同的叙述功能。[5] 唐传奇中诗体叙事功能的拓展为白话小说对诗体的运用提供了有益的范例，但其引用诗体韵文的出发点与白话小说相比，却呈现出不同的特点。唐人作传奇以为行卷、温卷之用，唐传奇多羼入诗赋，且引用形式与功能不断丰富的现象，与唐代科举考试对诗、赋创作的重视直接相关。唐人科举，重进士、轻明经的现象十分普遍，而进士科的考试，自开元间始，以诗或赋居其一或全用诗、赋的现象开始出现，诗赋创作才华成为进士科考试的中心内容。[6] 从这一角度来看，传奇小说羼入诗体带有明显的展示才华的特点，是士子借以显示其文学创作能力的工具。所以，唐代传奇羼入诗体虽尚有此前史传文学与魏晋小说以人物对话入诗的影响，但在一定程度上摆脱了史传文学单一的"记事实"的功能，而具有了丰富的叙事可能性。

---

[1] 数据整理自：汪辟疆.唐人小说 [M].上海：上海古籍出版社，1978.

[2] 数据整理自：裴铏.裴铏传奇 [M].周楞伽，辑注.上海：上海古籍出版社，1980.

[3] 虞集.道园学古录（第 10 册）[M].上海：商务印书馆，1929：50.

[4] 宁宗一.中国小说学通论 [M].合肥：安徽教育出版社，1995：356.

[5] 有关唐传奇中诗体韵文的叙事功能，因不在本书重点讨论内容之列，且前人亦多有论述，故此处不赘言，可参见拙作《诗歌在唐传奇中的叙述行为及其他功能》，漳州师范学院学报（哲学社会科学版），2001 年第 2 期。

[6] 汤燕君.唐代试诗制度研究 [D].杭州：浙江大学，2009.

　　传奇小说在当时虽难登大雅之堂，仅供相与"娱玩"，但此处的"娱玩"，是一种目的鲜明的文人创作与品鉴活动。这一活动与《世说新语》中品赏诗文、共与清谈的士林雅集相类，却又有所不同，带有明显的展示个人才华以达仕进的目的性，并非一般的士林娱乐。虽然唐传奇中也有如《李娃传》这类取材于民间说话《一枝花》的作品，但通过文人之手改编，更多地成为一种案头展现的文人雅趣，而非市井娱乐。唐传奇娱乐功能的服务对象是具有较高文化修养的文化精英阶层，而非普通的市民阶层。也正因如此，唐传奇中开始出现着意炫耀诗才的作品，如《蒋琛》《独孤穆》《谢翱》《许生》等篇章中，引入的诗体多具有"诗章答问"的意义，这类作品中的诗歌往往带有原创的性质，格式上往往也较为规范，合乎诗体格律的要求，诗体的格调也较为高雅。以裴铏的《传奇》为例，唐代传奇语句虽也间杂骈俪，但此书所作传奇小说除《封陟》一篇多骈四俪六外，基本以散体写就。《传奇》中有 19 篇羼入诗歌，所入诗歌共计 45 首，其中仅一首为五言绝句、一首为七言律诗，剩下的 43 首均为唐代诗歌中最具代表性的七言绝句，体现出作者的创作偏好及时代的文学风尚。这些诗作虽然还带有六朝笔记小说"记事实"的痕迹，但以今之格律要求观之，所入的 45 首诗中仅 7 首存在用韵及平仄上的出入。[1] 如《崔炜》中所引诗："越井岗头松柏老，越王台上生秋草。古木多年无子孙，野人践踏成官道。"[2] 此诗下联上句失粘，且下联中有多处平仄不谐处。《郑德璘》中："湖面狂风且莫吹，浪花初绽月光微。沈潜暗想横波泪，得共鲛人相对垂。"[3] 此诗上联下句存在出韵的问题。但在其羼入的诗作中这类作品不到 18%[4]，其余诗作大多合韵且遵循平仄交替的格律要求，风格雅致，且均为原创。如《赵合》中女鬼

---

[1]　以上数据及以下分析为本人根据王力《汉语诗律学》（北京：中华书局，2015）内容初步校对分析。

[2]　裴铏. 裴铏传奇 [M]. 周楞伽，辑注. 上海：上海古籍出版社，1980：17.

[3]　裴铏. 裴铏传奇 [M]. 周楞伽，辑注. 上海：上海古籍出版社，1980：11.

[4]　这里需要说明的是，此处以今人格律及用韵规则校对唐人诗作实有不妥，故此处的平仄失误在唐人看来恐未必确实有误。但这样就更可以说明裴铏在《传奇》中所引诗词在格律及用韵上是比较注意的。

所吟诗："云鬟消尽转蓬稀，埋骨穷荒无所依。牧马不嘶沙月白，孤魂空逐雁南飞。"[1] 全诗合乎韵律，后两句寓情于景，苍凉悲怆。再如《薛昭》中兰翘刘氏诗："幽谷啼莺整羽翰，犀沈玉冷自长叹。月华不忍扃泉户，露滴松枝一夜寒。"[2] 此诗同样格律严谨，且设景清寒，令人唏嘘。

不仅诗体的格律较严谨，创作风格趋向雅致，对诗体的欣赏也是书斋式的，不具有表演性。元人夏庭芝在其《青楼集志》中言："唐时有'传奇'，皆文人所编，犹野史也，但资谐笑耳。宋之'戏文'，乃有唱念、有诨。金则'院本''杂剧'合而为一。至我朝乃分'院本''杂剧'而为二。"[3] 由这一段描述可知，唐传奇虽与戏文、杂剧等并举，但其文本作为文人谐笑之作，不具有说唱的世俗娱乐功能。综上可见，唐传奇中所羼入的诗体，应当划入文人诗的创作范畴，与后来的白话小说中羼入的用于表演的诗词存在明显的不同。

第二节　具有过渡意义的宋元文言小说

唐传奇以小说展示才华、以相娱玩的传统在一定程度上影响了宋元文言小说的发展，但与唐传奇单纯的"贵族士大夫的'沙龙'文学"[4] 特征不同的是，宋元文言小说中羼入诗词的情况比较复杂。宋元文言小说可大致分为三类，一类是延续了魏晋传统的文人笔记小说，此类小说中的诗词带有"记事实"的特征。另一类是精英文士笔墨消遣、为案头阅读而创作的传奇小说，如《青琐高议》《云斋广录》等。这些作品在一定程度上体现了宋代文化世俗的审美趣味，所引诗作总体水平不高，但其中所羼入的诗词保留了唐代传奇小说中诗词的特点，格律较为工整、格调亦较为雅致。

---

[1]　裴铏. 裴铏传奇 [M]. 周楞伽, 辑注. 上海：上海古籍出版社，1980：78.

[2]　裴铏. 裴铏传奇 [M]. 周楞伽, 辑注. 上海：上海古籍出版社，1980：40.

[3]　夏庭芝. 青楼集 [M]// 中国戏曲研究院. 中国古典戏曲论著集成. 北京：中国戏剧出版社：1959：7.

[4]　石昌渝. 中国小说源流论 [M]. 北京：生活·读书·新知三联书店，1994：150.

以《青琐高议》为例[1]，《青琐高议》前、后集所收文章文体较为繁杂。《青琐高议》前集收文 50 篇，有 26 篇羼入诗词韵文，羼入诗词（含残句）共计 99 首。乍看之下，诗词羼入的比例十分高，但仔细分析其中《御爱桧》《广谪仙怨词》《名公诗话》《贵妃袜事》《欧阳参政》《诗渊清格》《诗谶》等诸篇带有诗话的性质，其中有些条目内容又见于《六一诗话》《诗话总龟》等作品，此部分羼入诗词、残句共计 49 首，仅《诗渊清格》一篇引用所涉及的诗词作品就达 25 首。而《希夷先生传》《曹太守传》等篇带有人物传记的性质，引人物创作诗词残句共计 5 首；《马嵬行》一篇仅录刘禹锡诗 1 首，无其他叙述文字。扣除这一部分文章，《青琐高议》前集中传奇类文言小说部分羼入诗词的比例与数量和裴铏的《传奇》相较并未见明显增多。但羼入作品不再以原创为标准，在诗体的选择则呈现出多样性，所引完整诗词除律诗、绝句外，尚有古体诗 7 首、词 4 首、童谣 1 首。上述情况在《青琐高议》后集中表现得更为明显，后集收文 71 篇，羼入诗词者仅 8 篇，诗词及残句数量 50 首，其中有 29 首集中于《甘棠遗事后序》一篇，该篇继《温琬》（羼入诗词 3 首）故事之后，补叙宋代名娼温琬的轶事，并收录其创作的诗歌作品，已具有诗文小说的特征。《隋炀帝海山记》一文则引用了《望江南》词 8 首，古体诗 2 首。而《青琐高议》别集中收文 22 篇，羼入诗词的有 11 篇，诗词数计 35 首，其中绝句 20 首、律诗 7 首、古体诗 4 首、词 3 首、残句 1 句。《青琐高议》别集较《青琐高议》前、后集而言，传奇作品的比例较高，引用诗词较平均地分布于作品中，未见一篇集中引用多首诗词的情况。《青琐高议》诗词羼入情况表明，宋代作为案头阅读的文言小说创作羼入诗词的目的性并不像专为行卷、温卷而作的唐人传奇作品那么明确。尽管受到唐人传奇作品影响明显，有些作品直接袭取自唐人小说，甚至出现了专为模仿唐人传奇体例的作品，如《娇娘行》《琼奴记》等即为模仿唐人《琵琶行》《长恨歌》体例之作，其中有《娇娘行·孙次翁咏娇娘诗》与《王平甫咏琼奴歌》均为长篇叙事诗，但多数作品中诗词的原创性减弱，引用更为随意，带有更多诗话收集与评

---

[1] 刘斧.青琐高议 [M].上海：上海古籍出版社，1983.

点的自娱、娱人意味，当中难免有穿凿附会之作，如《韩湘子》对韩愈《左迁至蓝关示侄孙湘》一诗的附会，《王榭》（《青琐高议》）对刘禹锡《乌衣巷》一诗的敷衍等。总体而言，作品中羼入的诗歌作品大多格律规范，格调雅致。如：

　　湖中烟水平天远，波上佳人恨未休。收拾鸳鸯好归去，满船明月洞庭秋。（《远烟记》）[1]

　　小舟泛泛游春水，竹笠团团覆败蓑。盈棹长风三尺浪，满船明月一声歌。（《长桥怨》）[2]

　　青草岸头人独立，画船东去橹声迟。（《王幼玉记》）[3]

　　碧玉枝能辉砌栏，黄金蕊可荐杯盘。陶潜素有东篱兴，莫与群芳一样看。（《甘棠遗事后序》）[4]

　　雪消梅蕊白，烟淡杏梢红。（《甘棠遗事后序》）[5]

　　诗句皆清新秀雅，平仄亦合乎格律。宋代文言小说中还有一类在语体上虽为文言，但其编撰动机是为"说话"艺人提供表演的素材，成为说书人说话艺术的重要参照，如《醉翁谈录》《绿窗新话》，其中所录诗词的情况因受到说话艺术的影响，体现出趋向世俗的特点，更接近于话本小说对诗词的引用情况。《绿窗新话》多辑录前人传奇作品并加以删改，许多故事仅存故事梗概，但值得注意的是，在删改的过程中，编者却有意地保留了原作中的诗词作品。如《裴航遇蓝桥云英》删改自裴铏《传奇》中的《裴航》一篇，原文1400余字，删改后仅为250余字，故事仅存梗概，叙事的连续性、情节的曲折性及细节描写的生动细腻等都受到了极大的破坏。但编者完整地保留了原文中的2首七绝，占删改后篇幅的五分之一。

---

[1]　刘斧.青琐高议[M].上海：上海古籍出版社，1983：51.

[2]　刘斧.青琐高议[M].上海：上海古籍出版社，1983：55.

[3]　刘斧.青琐高议[M].上海：上海古籍出版社，1983：97.

[4]　刘斧.青琐高议[M].上海：上海古籍出版社，1983：176.

[5]　刘斧.青琐高议[M].上海：上海古籍出版社，1983：177.

再如《钱忠娶吴江仙女》一篇改自《青琐高议》中的《长桥怨》，删节甚多，但也完整保留了原文的 4 首七律、2 首七绝和 1 首五言绝句。《绿窗新话》作品 154 篇中有 93 篇保留了诗词，完整羼入的诗词共计 150 首（另有诗词残句 21 处，民间歌谣残篇 1 处），其中七律 15 首、五律 6 首、七绝 66 首、五绝 12 首、古体及歌行 9 首、词曲 38 首、楚辞 1 首。[1] 这说明无论《绿窗新话》是否作为说话底本来使用，其编者对诗词的羼入都具有某种自觉性。而从《绿窗新话》作为说话之底本的性质来说，诗词引用在当时的说话艺术中是场域表演中的必要元素，足以令说话底本的编者注目并加以保留。[2]

　　宋元文言小说羼入诗词的随意性和对诗词场域表演特征的关注，使其成为诗体韵文羼入小说现象发展的中间环节。宋元文言小说羼入诗词的随意性和场域表演性从唐传奇羼入诗体的文人审美、文人娱乐范式向话本小说羼入诗体韵文的世俗审美、世俗娱乐模式转换具有过渡意义。小说羼入诗词的随意性和场域表演性在话本小说中得到更为充分的体现。

第三节　话本小说诗词的场域表演性及其影响

　　"场域表演性"所指向的是宋元话本小说羼入诗词曲的文化生态。话本演出是在特定的表演场域中完成的。"场域"理论最初由法国社会学家布尔迪厄提出 [3]，由于"布尔迪厄所说的'场域'，几乎是一个无所不包的文化社会学的工具性概念……易言之，社会是由不同场域构成的，而不

---

[1]　数据整理自：皇都风月主人 . 绿窗新话 [M]. 周楞伽，笺注 . 上海：上海古籍出版社，1991.

[2]　继宋代文言小说之后，明清两代文言小说亦佳作迭出，《剪灯新话》《剪灯余话》《聊斋志异》等作品中均有诗词韵文羼入的现象。因本书着意在讨论白话小说的诗词羼入，故在此存而不论。

[3]　布尔迪厄，华康德 . 实践与反思：反思社会学导论 [M]. 李猛，李康，译 . 北京：中央编译出版社，1998.

同场域各具自主性并发生联系，即场域'指的就是那种具有相对自主的空间，那种具有自身法则的小世界'"。[1] "场域"概念的开放性使其被广泛地运用于社学科学研究的各领域，如文学场域、新闻场域、经济场域、政治场域等。而所谓"表演场域"，包括物质环境、文化（民俗）语境、表演方式、表演器具及参与者等诸多因素。[2] 宋元话本最初是在勾栏瓦舍表演当中使用的底本，其使用者是说书艺人，创作者是书会才人，二者都具有丰富的剧场表演经验。话本演出经过长期的积累，在佛教俗讲"偈散结合""似如歌咏"的表演形式影响下，发展出说、唱、吟、诵等丰富的表演形式。[3] 而勾栏瓦舍中的观众多为市民阶层，既有手工业者、商人、苦力，也有没落贵族、士人、低级军官、吏员等。在表演场域中活动的宋元话本小说中所羼入的诗词是"小说中发现的表演的声音"[4]，具有场域表演性。

相较《绿窗新话》，罗烨的《醉翁谈录》作为说话底本的性质更为明确。《醉翁谈录》收录的故事与《绿窗新话》多有相交之处，但在诗词的羼入情况上却有所不同。作为白话小说发端的宋元话本小说对诗词引用的情况与唐代传奇小说及宋元时期供精英文人案头阅读的文言小说明显不同。话本小说的编写者常为落魄的底层文士、书会才人，话本小说具有说唱底本的特征，其编写话本并不是为了案头阅读，而是为了场上演出之需，在很大程度上受到了敦煌讲唱变文及民间说话艺术的影响，带有明显的表演艺

---

[1]　李小荣.晋唐佛教文学史 [M].北京：人民出版社，2017：36.

[2]　"表演场域"是一个人类文化学的概念，近年来常被用于戏曲、口头文学及民间表演艺术的研究中。相关内容参见：孙惠柱.人类表演学系列·谢克纳专辑 [M].北京：文化艺术出版社，2010；刘宗迪.古典的草根 [M].北京：生活·读书·新知三联书店，2010：82-99.

[3]　吴海勇.中古汉译佛经叙事文学研究 [M].北京：学苑出版社，2004：369.

[4]　借用王先霈在书中对"表演性"的理解，"表演性"不仅包括舞台剧这类戏剧性表演，而且也包括小说中的游戏性格调，如小说中发现的表演的声音。话本小说中所羼入的诗词，其功能主要是服务于说话艺术的表演所需，所以是小说中发现的表演的声音。参见：王先霈，王又平.文学理论批评术语汇释 [M].北京：高等教育出版社，2006：797.

术痕迹。唐代讲唱变文中吟唱的部分已较为成熟，文献载："有文淑僧者，公为聚众谭说，假托经论，所言无非淫秽鄙亵之事。不逞之徒，转相鼓扇扶树，愚夫冶妇，乐闻其说。听者填咽寺舍，瞻礼崇奉，呼为'和尚'。教坊效其声调，以为歌曲。"[1] 这说明文淑僧的俗讲为了迎合听众世俗娱乐的需要，而加入了十分俚俗的内容，故广为流传。又因诵经要求声音抑扬顿挫，长声诵经极易流为歌唱[2]，文淑僧的俗讲显然有类于此，教坊因此模仿他的表演内容而成为独立的歌曲表演形式。就现存敦煌变文来看，唐代讲唱变文中用来唱的内容，即韵文部分，多为七言诗，且用语俚俗。如敦煌《董永变文》全篇以七言俗体诗写就，诗句全用俗语、平浅易解。

而在民间说话艺术中，吟唱亦是不可或缺的表演形式。《清平山堂话本》中《刎颈鸳鸯会》穿插了《商调·醋葫芦》小令 10 首，并常用"奉劳歌伴，先定格调，后听芜词""奉劳歌伴，再和前声"[3] 的套话引出，显示出所引韵文乃是用于歌唱表演。刘永济在《说部流别》中以为："大抵文杂韵散，事分唱说，逢韵文则拨弦以吟唱，逢散句则歇指而道说；盖所以宣听众之劳倦，壮说者之声情，亦合乐而歌之遗意也。"[4] 孙楷第在《说话考》中认为："故事之腾于口者，谓之'话'。取此流传之故事而敷衍说唱之，谓之'说话'。艺此者，谓之'说话人'。"[5] 这表明，说话艺术的表演形式包含说与唱两部分。唐和宋元话本小说中的"入话"部分多有诗词嵌入，这些诗词的功能前人早有定说，是说书艺人在正式开场之前先歌唱一段，作为定场之用。话本"入话"诗词在显示说书者博古通今之才的同时，更具有吸引市井听众的表演娱乐功能。对此问题，浦江清在其《谈〈京本通俗小说〉》中即有谈到，认为宋人话本小说"凡开篇中以及本文中所穿插之诗词，必是说书人实际歌唱之部分，而并非编者夸耀其才藻，徒供读者欣赏的。盖宋人以词为乐府，上自王公大臣，下至贩夫走卒，

[1] 赵璘，王云五.《因话录》及其他一种 [M]. 上海：商务印书馆，1939：25.

[2] 吴海勇. 中古汉译佛经叙事文学研究 [M]. 北京：学苑出版社，2004：375.

[3] 洪楩. 清平山堂话本 [M]. 上海：古典文学出版社，1957：155.

[4] 刘永济. 说部流别 [J]. 学衡，1925（40）.

[5] 孙楷第. 俗讲、说话与白话小说 [M]. 北京：作家出版社，1956：29.

莫不能唱几首词，而且每个词调，有宫调可系，歌法不一……或问今书中于词之外，尚有诗，岂唐人歌诗之法，至宋尚存欤？又宋人歌词用何种乐器？余意凡属韵文，皆可施于管弦，如今日书场中之开篇，多七言韵文，亦有悦耳之声调，则宋人自亦能唱诗，不必拘泥于唐人之音调。至词之歌法，用何种乐器，据余所知，并无一定，随场面之大小而异……由是言之，小说人者，不单以舌辩动人，亦复以声音娱客，如今之说小书者然，必两事兼擅，方为全才"。[1] 可见诗词进入话本小说的目的在于作为一种以歌唱为主的表演形式增加场域表演的世俗性与娱乐性。[2] 程毅中的《宋元小说研究》进一步说明："'平话'的得名可能指平说的话本，也就是不加弹唱地讲演，与诗话、词话相对而言。平话的特点之一是只说不唱，话本里虽然也穿插一些诗词，那是念诵而不是歌唱的，照说话人的说法是'白得词，念得诗'。"[3] 程毅中指出了诗词在说话表演过程中的第二种形式，即念诵。但不管是歌唱还是念诵，都说明早期话本小说中的诗词是说书人表演的一部分，目的是吸引观众，丰富演出内容，增加场域演出的娱乐性。

上述材料说明宋元话本小说中的诗词等韵文所炫耀的并非作者的创作才华，也不仅仅是说话者或话本编撰者炫耀其博文广识的工具。韵文的羼入与其说是一种炫才，不如说是一种炫技，是真正的表演，说书人借助诗词等韵文的吟唱来娱乐宾客、壮其声情，增强其演出的现场效果。因此，羼入其中的诗体韵文不同于唐宋传奇中文人案头阅读之诗词的雅致工整，而呈现出来源广泛、体式多变、内容俚俗的特征。其中既有格律工整的律诗、绝句，也有体式丰富的词曲，还有流传于民间的"一七体""回文诗"等特殊诗体，更有截取自五言、七言诗的对句，体现出场域表演的随意性与世俗娱乐性。这些特征突出表现在罗烨《醉翁谈录》所收录的作品之中。

《醉翁谈录》在《小说引子》中引诗曰："破尽诗书泣鬼神，发扬义

---

[1] 浦江清. 浦江清文录 [M]. 北京：人民文学出版社，1958：206.

[2] 有关话本小说中的诗词是否用于歌唱，也有学者提出不同观点，如鲁德才在《中国古代白话小说艺术形态学导论》中就明确提出"话本小说的诗词不是唱的"。

[3] 程毅中. 宋元小说研究 [M]. 南京：江苏古籍出版社，1999：258.

士显忠臣。试开戛玉敲金口，说与东西南北人。"[1]此处的"戛玉敲金"即已形象地道出说书人协律而歌的表演特征。"戛玉敲金"又作"戛玉敲冰"，最早见于白居易的《听田顺儿歌》[2]，《诗话总龟·卷四十二·乐府门》谓："《搢绅脞说》载《卢氏杂记》曰：'歌曲之妙，其来久矣。国乐有米嘉荣、何戡、田顺郎，妇人有永新娘、御史娘、柳青娘、张红娘，皆一时之妙也。近有陈不谦子意奴。三十年来绝不闻善歌者，盛以拍弹行于世。拍弹起于李可及，懿宗恩泽最厚，有《别赵十》《哭赵十》之名。'又《与田顺郎》诗曰：'清歌不是世间音，玉殿常闻称帝心。唯有顺郎皆学得，玉声尤出九重深。'《与御史娘》诗曰：'天下能歌御史娘，花前月底奉君王。九重深处无人见，独把新声传顺郎。'白公《听田顺歌》曰：'戛玉敲冰声未停，嫌云不过入青冥。安得黄金满衫袖，一时抛与断肠声。'"[3]"戛玉敲冰"正是对艺人田顺儿诗词吟唱技艺的赞叹。宋人杨无咎在《醉花阴》（全宋词《逃禅词》一卷）中亦有"宛转一声清，戛玉敲冰，浑胜鸣弦索"[4]的描写。张炎所作的《山中白云词》收《蝶恋花·题末色褚仲良写真》一首："济楚衣裳眉目秀。活脱梨园，子弟家声旧。浑砌随机开笑口。筵前戏谏从来有。戛玉敲金裁锦绣。引得传情，恼得娇娥瘦。离合悲欢成正偶。明珠一颗盘中走。"[5]尽管此词本事失考，但从作品内容看，描写对象褚仲良亦是梨园表演艺人，"末色"即"末泥色"，是宋杂剧五个演出人员之一，"戛玉敲金"在此形容梨园艺人演唱的声音清脆悦耳。[6]李

---

[1]　罗烨. 醉翁谈录 [M]. 上海：古典文学出版社，1957：3.

[2]　原诗："戛玉敲冰声未停，嫌云不遏入青冥。争得黄金满衫袖，一时抛与断年听。"参见谢思炜. 白居易诗集校注 [M]. 北京：中华书局，2006：2057. 其注对田顺生平略作小考，仍宫中善歌者。后引《诗话总龟》中诗句略有所出入，当为阮阅抄录之误。

[3]　阮阅. 诗话总龟前集 [M]. 北京：人民文学出版社，1987：404-405.

[4]　唐圭璋. 全宋词 [M]. 北京：中华书局，1999：1192.

[5]　张炎. 山中白云词 [M]. 吴则虞，校辑. 北京：中华书局，1983：98.

[6]　赵山林将此词视为咏剧诗，见赵山林. 历代咏剧诗歌选注 [M]. 北京：书目文献出版社，1988：2-3.

渔在《闲情偶记》中亦云："填词首重音律……至于引商刻羽，戛玉敲金，虽曰神而明之，匪可言喻，亦由勉强而臻自然，盖遵守成法之化境也。"上述文献表明，"戛玉敲金"多用于描绘、形容诗词曲等的演唱，罗烨在《小说引子》末尾所引诗中形象而又不无夸耀地写出了说话艺人借诗词的吟唱敷演故事的特征。而《醉翁谈录》中羼入诗词的现象亦与说话艺术的这一场域表演特征密切相关。

《醉翁谈录》共收诗词曲等诗体韵文 149 首（不含残句及存目者），其中甲集卷一《舌耕叙引》入诗 5 首，分别为七律 1 首、歌行 1 首、七绝 2 首、古体 1 首。此卷内容当为罗烨所作，卷中的律诗与绝句未出现韵律错误。《舌耕叙引》之外，此书其他卷中的内容虽多为集录性质，然作者对部分篇章的整理与编撰显示出罗烨对说话艺术与话本小说的个人理解。比如《静女私通陈彦臣》与《宪台王刚中花判》两个短篇故事，原出自《事林广记》辛集卷下《烟花判笔》中的《判静女私通陈彦臣》故事；《绿窗新话》收录有《杨生私通孙玉娘》一篇，该书故事类似于《事林广记》，仅更改了男女主人公的姓名。《事林广记》与《绿窗新话》的收录都仅存梗概，全文约 300 字，收入七律 3 首（含花判 1 首）。罗烨将其一分为二，成为两个相对独立的故事，两篇文字共计 1100 余字，增加的部分除了情节的敷衍之外，占很大篇幅的是诗词韵文的加入，除了保留原来的 3 首七律之外，还增加了词曲 2 首和七律 3 首，所增加的诗词韵文凡 257 字，约占增加篇幅的三分之一。这与罗烨对说话艺人"白得词，念得诗"的认识显著有关，这类的修改在《醉翁谈录》中并不鲜见，罗烨通过增加羼入作品的诗词韵文数量来突出诗词韵文在说话艺术场域表演中的重要性。这一重要性还体现在作品中羼入词曲数量的增加。词之为体，最初本就是和乐而歌的，曲更是勾栏瓦舍表演的重要形式。

《醉翁谈录》除《舌耕叙引》外，戊集卷一《烟花品藻》专为收录咏妓诗，均为七律，计 28 首，卷二《烟花诗集》继卷一收录咏妓七律 27 首。以上三卷从内容上来看，都不可视为小说作品[1]，其余诸卷共收录小说89篇，语体基本是文言，但已间或有白话入其中。作品既有延续六朝小说仅"粗陈梗概"者，亦有委婉曲折，如唐传奇者。前者如庚集卷二《花判公案》故事，此卷专为收录"花判"判词。所谓"花判"，《容斋随笔》卷第十曰："世俗喜道琐细遗事，参以滑稽，目为花判。"[2] "这类花判近于街谈巷议，故一般记载在笔记杂录小说之中。"[3] 此卷当中的故事十分简略，但亦有可观者，如《子瞻判和尚游娼》一篇。

此篇亦见于《绿窗新话》，题为《苏守判和尚犯奸》，仅个别字词不同，全文虽只有200余字，但相较此卷其他故事情节已是相对完整。此卷故事中大有几无情节仅存只言片语交代缘由，专为收录判词者，如其中最短的故事《判憎奸情》：

镇江僧，名法聪，犯童尼，诉之。判云：词名〔望江南〕

江南竹，巧匠织成笼，赠与吾师藏法体，碧潭深处伴蛟龙，色即是成空。[4]

全文除一首词牌题为《望江南》的花判外，故事叙述仅11字，读之只知案件的原委，没有具体的情节，这表明作品的叙述重心不在前面的公案故事，而在后面所收录的花判判词。此卷收录故事多有类此者，而每篇最后的花判多为词体。

实际上，《醉翁谈录》收录的89篇小说中，有41篇羼入诗体韵文，共入诗词曲等计89首，诗词残句5句，诗词存目而原文阙者2首。现存

---

[1] 谭正璧《古本稀见小说汇考》认为此书丁集卷二《嘲戏绮语》、戊集卷一《烟花品藻》、卷二《烟花诗集》、庚集卷二《花判公案》均为游戏文字，非传奇作品。参见上海古籍出版社《古本稀见小说汇考》1984年版，第13页。《嘲戏绮语》与《花判公案》中的作品，虽为戏谑，然故事性较强，多数故事情节完整，故亦可目之为小说。

[2] 洪迈. 容斋随笔 [M]. 北京：中华书局，2005：129.

[3] 吴承学. 唐代判文文体及源流研究 [J]. 文学遗产，1999（6）：21-33.

[4] 罗烨. 醉翁谈录 [M]. 上海：古典文学出版社，1957：80.

完整引用的诗体韵文中，有七律 24 首、七绝 21 首、五律 3 首、五绝 4 首、古体诗 5 首、歌行体 5 首、楚辞 1 首、词 22 首、曲 4 首，其中词曲的引入令人注目。《绿窗新话》共有 29 篇作品，引词曲 38 首，羼入词曲的作品数量占羼入诗词韵文作品数量的 31%，而《醉翁谈录》羼入词曲的小说篇数为 19 篇，占羼入诗词韵文作品数量的 46%，几近一半，这一比例较其他小说集子有所增加。词曲越来越多地进入小说一方面与宋元之际词体的成熟与曲体的发展相关，另一方面也表明词曲原有的表演性使其在说话艺人的演出中渐渐受到青睐。但从《醉翁谈录》所收录的词曲质量来看不尽如人意，俗词较多而雅词较少。这一情况与《绿窗新话》有明显不同。《绿窗新话》入词的作品中有 16 篇，计 24 首词出自《古今词话》等词话专集，往往为文人雅词，且所入词中有 36 首词明确写出词牌名。而《醉翁谈录》所收录的词多有未注词牌的，且著录词牌者亦有错误，如《耆卿讥张生恋妓》中注为《红窗迥》的词实际为俗曲。这些作品大多较为通俗，如《乙集卷一·烟粉欢合》中所引的两首词：

〔生查子〕去年梅雪天，千里人归远；今岁雪梅天，千里人追怨。　铁石作心肠，铁石钢犹软；江海比君恩，江海深犹浅。(《林叔茂私挈楚娘》)[1]

〔武陵春〕人道有情须有梦，无梦岂无情？夜夜相思直到明，有梦怎生成？　伊若忽然来梦里，邻笛又还惊；笛里声声不忍听，浑是断肠声！(《静女私通陈彦臣》)[2]

这两首词作已是书中引用词作较为具有文学性的作品，但仍然带有民间俗词的声口与审美特征，也说明词体在民间说话表演中的适俗性，相较于两宋文人词的日趋雅致与规范，词体在宋元话本小说与说话表演艺术中保留了敦煌曲子词这类民间文学的俚俗、鲜活、直接、大胆与泼辣。而且，书中羼入的词作，多有错漏之处。一是假托名人为诗词作者，如《子瞻判

---

[1] 罗烨. 醉翁谈录 [M]. 上海：古典文学出版社，1957：13.

[2] 罗烨. 醉翁谈录 [M]. 上海：古典文学出版社，1957：16.

和尚游娼》中的《踏莎行》托名苏轼所作，但东坡词中实未见。《丙集卷二·花衢实录》中托名柳永所作的几首词，亦未见诸柳永作品，且柳永词作虽浅白易懂，却是"不减唐人高处"的雅调，全不似《花衢实录》中的低俗之作。二是作品中出现了词曲相混、词体曲化的现象。如《静女私通陈彦臣》中静女所作的"词"："朦胧月影，黯淡花阴，独立等多时。只恐冤家误约，又怕他、侧近人知。千回作念，万般思忆，心下暗猜疑。蓦地偷来厮见，抱着郎语颤声低。轻移莲步，暗褪罗裳，携手过廊西。已是更阑人静，粉郎恣意怜伊。霎时云雨，半晌欢娱，依旧两分飞。去也回眸告道：'待等奴、兜上鞋儿。'"[1] 此"词"未见于《事林广记》与《绿窗新话》，虽题为"词"，实际为"曲"。明人陈耀文辑录于《花草粹编》郑云娘条下，曲名《兜上鞋儿·寄张生》，文字略有出入。此条末尾注："《云娘传》。一作连氏倩女寄陈彦臣。"[2]《词苑丛谈》亦收录此曲于卷八，纪事三，第三十一条"郑云娘"之下，曲牌为"鞋儿曲"，又称"孩儿曲"，录为郑云娘所作，并注此条出自《云娘传》。三是作品中的词多有格式出入或音律不谐之处。如《崔木因妓得家室》中引词3首，其中《虞美人》一首："春来秋往何时了？心事知多少。深深庭院悄无人，独自行来独坐若为情。双旌声势虽云贵，终是谁存济？今宵已幸得人言，拟待劳烦神女下巫山。"[3]《虞美人》依《钦定词谱》共有七体，然此词均与之不符，依律校之，第二句"那更"二字应删除方能谐律。《张时与福娘再会》一篇，同样引词3首，其《燕山亭》："风雨无情，红药吐时，下得恹恹摧挫。云艳卷凉，旋汲银瓶，收拾二三千朵。长日留伊，要把酒、不教放过。无那，越放纵香心，越盘来大。特地点检笙歌，先要吹个六么曲破。总是少年，负却才名，佳客共伊围坐。粉薄香浓，为笑多不肯梳裹。知么？须醉倒今宵伴我。"[4]此词只一体，依谱格式有误，"先要吹个六么曲破"一句疑有脱字，此处

---

[1] 罗烨.醉翁谈录 [M].上海：古典文学出版社，1957：15.

[2] 陈耀文.花草粹编（下）[M].保定：河北大学出版社，2007：894.

[3] 罗烨.醉翁谈录 [M].上海：古典文学出版社，1957：107.

[4] 罗烨.醉翁谈录 [M].上海：古典文学出版社，1957：118.

依律应为五字一句，再接四字一句。

全书所引的 22 首词作中，有 15 首出现了格式出入或音律不和谐的现象，而且一首词中往往多处出现不谐律的问题。相较于词体与曲体，《醉翁谈录》中所引的诗体在格律上却较为工整，所引的 55 首格律诗中，仅 18 首出现了个别字韵律上的不和谐，而罗烨本人撰写的《甲集卷一》中所引诗词格律严谨，未有错误。上述现象说明，罗烨在收录作品时并未对小说中的诗词作仔细的校勘与整理，且在小说中对词曲的运用更加随意，远不如诗体严谨，这与民间说唱表演中词曲的部分更为自由——自度词曲频出、词曲混用的现象相关。

尽管在话本小说产生的初期，诗体韵文的羼入十分常见，然而诗体韵文在作品中所承担的叙事功能却十分有限，往往仅用于人物和场景描写或议论等。但即便如此简单的功能，完成的情况也并不理想，有些场景描写的诗词甚至完全脱离小说的叙事。这表明，早期话本小说中诗体韵文羼入的基本功能可能并非为叙事服务，而是更多地服务于世俗娱乐的场域表演性。这一功能决定了话本小说对诗体韵文引用具有更多的盲目性，内容上也往往更加适俗，专为场域演出而用，全不以原创为意。话本小说羼入的诗词，俗者多信口而成、不加推敲；雅者多是引用、篡改前人诗词之作，且常常出现张冠李戴的问题。再加上说书艺人和书会才人本身的文化素养不高，诗体韵文的体式往往多种多样，不拘于律诗、绝句等传统雅体诗作，亦不追求韵律之工整，更不考虑其在故事文本叙事上的衔接。

如元刻本《红白蜘蛛》残页中所引韵文："青云藏宝殿，薄雾隐回廊。审听不闻箫鼓之音，遍视已失峰峦之势。日霞宫想归海上，神仙女料返蓬莱。多应看罢僧繇画，卷起丹青十幅图。"[1]此韵文尾句"多应看罢僧繇画，卷起丹青十幅图"在其他话本小说中亦常见到，应该是说书人在现场表演时常用的套话。宋元说书艺人在表演过程中常会通过加入插图展示来增加表演的丰富性，此处表演时当有插图与唱词相配合。此段故事讲郑信与蜘蛛女分别、独自带着孩子返回人间时，回首来时道路的场景。所引诗体韵

---

[1] 程毅中 . 宋元小说家话本 [M]. 济南：齐鲁书社，2000：2.

文格式随意，既有截取自五言诗的对句，也有七言诗的对句，更有散体韵文。而且韵文的内容纯为俗套的写景，完全无法表现主人公此时怅惘、哀伤、不忍离别的心境，与前文"两泪如倾，大恸而别"的场面描写脱离，显得十分突兀。诗体韵文的景物描写完全游离于文本的叙事框架之外。再如《清平山堂话本·陈巡检梅岭失妻记》中陈巡检斩杀镇山虎等一众山匪，庆功宴罢，有一首俗曲称颂其功绩："威名大振南雄府，武艺高强众所钦。亭亭孤月照行舟，寂寂长江万里流。乡国不知何处好？云山漫漫遣人愁。"[1]后面四句与情境完全不合。而《清平山堂话本·杨温拦路虎传》入话诗："阔舍平野断云连，苇岸无穷接楚田。翠苏苍崖森古木，坏桥危磴走飞泉。风生谷口猿相叫，月上青林人未眠。独倚阑干意难写，一声邻笛旧山川。"[2]此诗是作品中较为文学化的表达，诗中出现了"失粘"的情况。故事正文多引韵文，形式多样，以绝句观之，所引诗句如下：

财散人离后，无颜返故京。不因茶博士，怎得显其名。

求人须求大丈夫，济人须济急时无。渴时一点如甘露，醉后添杯不如无。

烂柯仙客妙神通，一局曾经几度春。自出洞来无敌手，得饶人处且饶人。

两条硬棒相迎敌，宁免中间无损伤；手起不须三两合，须知谁弱与谁强。

天下未尝无敌手，强中犹自有强人；霸王尚有乌江难，李贵今朝折了名。

有指爪劈开地面，为腾云飞上青霄。若无入地升天术，目下灾殃怎地消。

祸出师人口，休贪不义财。会思天上计，难免目下灾。[3]

从其首首皆有平仄的失误来看，创作者全然不以为意，并且诗作用语俚俗，时谚、格言入于其中，更接近于敦煌藏卷中唐代俗体诗和敦煌变文中所引诗之风格。再如《清平山堂话本·柳耆卿诗酒玩江楼记》中的诗词除部分与《醉翁谈录》中柳永故事相同外，还增加了数首诗词，诗词篇幅

[1] 洪楩.清平山堂话本[M].上海：古典文学出版社，1957：130.

[2] 洪楩.清平山堂话本[M].上海：古典文学出版社，1957：169.

[3] 洪楩.清平山堂话本[M].上海：古典文学出版社，1957：172-180.

占全文的三分之一以上，但皆假托之作，格调低俗，更将李煜所作《虞美人》词张冠李戴在柳永身上。

上述例子表明说书人在此使用韵文，并不以原创性及文学性为意，极可能仅仅是为了服务于场域表演的需要而设置的。所谓："论才词有欧、苏、黄、陈佳句；说古诗是李、杜、韩、柳篇章。"[1] 话本小说的编撰者与使用者对诗词的运用并非着意于显示个人在诗词涵养上的累积，也并非为了展示其诗词创作的能力，更多的是为了增加场域表演形式的丰富性。因此，话本小说中羼入诗词的质量与原创性整体下滑，诗词的引用具有盲目性，在审美趋向上亦更加适俗。

从《清平山堂话本》中所收录的宋、元及明初的话本小说对诗、词、曲的引用情况来看，《清平山堂话本》中的诗体韵文呈现出多样性。既有格式整齐、合乎音韵的诗、词，亦有说唱表演中常见的"歌（诗）头曲尾"、撒帐歌等民间俗曲，还出现了许多自度词、曲，且普遍出现了词、曲互化的现象。这一点符合我们对于词、曲的发展密不可分及词、曲的研究应通观并举的认识。《清平山堂话本》15篇中14篇均有诗词羼入；《雨窗集》残卷仅存5篇小说，篇篇皆有诗词韵文；《欹枕集》今存残卷7篇，可见诗词韵文者4篇，三者共收录七律42首、五律2首、七绝70首、五绝16首、古体诗18首、词38首、曲13首、楚辞1首、对子37对、赋2篇。[2] 另有其他诗体韵文81首，其中大量为带有民间说唱表演性质的俗体韵文，如《快嘴李翠莲记》中即有32首内容俚俗的民间说唱韵文。可见《清平山堂话本》中的诗词虽仍然有大量的五言、七言诗歌，但词、曲及用于民间表演的俗体韵文的数量大大增加。

《清平山堂话本》中的诗词曲在格式韵律的规范上体现出与《醉翁谈

---

[1] 洪楩.清平山堂话本 [M].上海：古典文学出版社，1957：3.

[2] 目前，多数《清平山堂话本》将《清平山堂话本》《雨窗集》《欹枕集》一并收入，题为《清平山堂话本》，计27篇。实际上，《清平山堂话本》细分为日本内阁文库藏《清平山堂话本》（三卷，计15篇），天一阁藏《雨窗集》（上、下残卷，计5篇），《欹枕集》（上、下残卷，计7篇），本书细分计之。可参见程毅中《清平山堂话本校注》，中华书局出版社2012年版附录。

录》相类似的特点，即篇中所入词曲相较于诗体在格式上疏漏更多。如《洛阳三怪记》中入有一首《柳梢青》词，编者言为东坡先生所作探春词，词曰：

昨日出东城，试探春。墙头红杏暗如倾。槛内群芳芽未吐，草已回春。绮陌敛香尘，点云霭前村。东君着意不辞辛。料想风光到处，吹绽梅英。[1]

此词确为苏轼所作，但词牌为《浪淘沙》，所引词作与原文有出入[2]，且编者对词牌亦不熟悉。单从字数来看，《柳梢青》为双调四十九字或双调五十字，而《浪淘沙》则为双调五十二字到五十五字不等，由此即可判断此词非《柳梢青》，但作者显然并不在意其所引用的词牌是否正确、格式是否严谨，或者说作者根本就没有能力来判断这一点。又如《张子房慕道记》全文情节简单，主要由张良与众人的对话构成，每段话均有诗或词为证，是讲史诗话常见的格式。但诗词的文学性并不高，多为民间俚词俗韵。其中有两首"以词为证"，依《钦定词谱》校之，第一首无法校出词牌，或为自度词。第二首为《一剪梅》，但平仄与韵部均有出入，全词60字，音韵不谐处多达16处，且内容俚俗。再如《风月相思》一篇，此篇虽入话本，实为传奇体。题材为男女婚恋，故所引诗词众多。全篇共引诗词31首，其中七律11首、七绝9首、五绝1首、词8首、古体1首、楚辞1首。篇中诗词作品风格皆较为雅致，通篇不见俗曲，表明此篇故事的作者不同于其他，应当具有一定的文学修养。此篇中所入词虽每首均有词牌，但依《钦定词谱》校对，仅一首格式严谨，其余均有疏漏。而云琼所题《蜂情蝶意遂》词当为自度词曲。文中还入有3首《满庭芳》，但格式均不同，《钦定词谱》中《满庭芳》共有七体，此篇中的3首依谱校之均不符。与词相比，此篇所入诗则较为工整，鲜见音韵不谐处。上述现象

[1] 洪楩.清平山堂话本[M].上海：古典文学出版社，1957：68.

[2] 苏轼《浪淘沙》原文为："昨日出东城.试探春情.墙头红杏暗如倾.槛内群芳芽未吐，早已回春.绮陌敛香尘.雪霁前村.东君用意不辞辛.料想春光先到处，吹绽梅英."参见：邹同庆，王宗堂.苏轼词编年校注[M].北京：中华书局，2002：14.

一方面说明在《醉翁谈录》《清平山堂话本》的创作时期，格律诗因长期发展而形成的声律规则已较为稳固，在案头向民间流传的过程中亦被沿用并固定下来且广为人们接受；而词、曲的声律规则尚在发展进程之中，底层书会才人与民间说话艺人将词、曲运用于场域表演之中时，对词、曲的格式与音韵的使用显然更为随意且自由，全然不受文人案头创作对词"别是一家""以字声配合音乐旋律"等声律创作追求的限制，而更多地受到了以敦煌曲子词为代表的民间说唱艺术的影响。

《清平山堂话本》对日渐成熟的词体格律的忽略，并更多地选择韵律自由、更具场域表演性的自度词、自度曲及民间说唱俗韵的行为具有明显的自觉性与主动性。以《刎颈鸳鸯会》为例，此篇小说所羼入的诗体韵文中，词、曲与俗体韵文是主体。《刎颈鸳鸯会》正话虽为白话体，但入话部分却是文言体，故事来自唐传奇《非烟传》，叙事情节完整依照传奇小说搬演。《非烟传》原有诗歌9首，其中五绝1首、七绝7首、七律1首，但话本入话仅保留2首，被保留的为2首七言律诗是：

绿暗红稀（藏）[1]起暝烟，独将幽恨小庭前。沉沉良夜与谁语？星隔银河月半天。

画檐春燕须知宿，兰浦双鸳肯独飞？长恨桃源诸女伴，等闲花里送郎归。

此外，编者在入话部分另外又加入了2首诗词：

眼意心期卒未休，暗中终拟约秦楼。光阴负我难相偶，情绪牵人不自由。　　遥夜定怜（嫌）[2]香蕴膝，闷时应弄玉搔头。樱桃花谢梨花发，肠断青春两处愁。

---

[1] 此处括号中文字为唐传奇本原文，话本小说中个别字有所不同，故标出。

[2] 此段引文中诗、词括号中文字为据《全唐诗》（中华书局，1979年版）《全宋词》（中华书局，1999年版）校对的唐、宋人原作，话本小说中文字与原作相较，多有错漏，故标出。

丈夫只手把吴钩，欲（能）斩万人头；如何铁石，打成心性（肺），却为花柔？　君看（尝观）项籍并刘季，一以（怒）使（世）人愁；只因撞着，虞姬戚氏，豪杰都休。

其中，第一首为七言律诗，是话本小说中常见的入话诗体。在话本小说中七言律诗的数量较唐宋传奇中有所增加。此诗为唐代诗人韩偓所作《青春》诗，第二首为宋代卓田的《眼儿媚·题苏小楼》词，部分字词与原作有出入。入话部分保留诗作与新增诗词的共同点在于这些诗词中没有晦涩、艰深的典故。四首诗词中所涉及的典故如"星隔银河""秦楼""吴钩""项籍并刘季""虞姬"等，因其本身在宋元说话中是常见的题材与故事，因此，听众听起来并不难懂。且诗中所用意象如"画檐春燕""兰浦双鸳""玉搔头""樱桃花""梨花"等，都是较为常见的意象，而《非烟传》原文诗词尚有：

珍重佳人赠好音，彩笺芳翰两情深。薄于蝉翼难供恨，密似蝇头未写心。疑是落花迷碧洞，只思轻雨洒幽襟。百回消息千回梦，裁作长谣寄绿琴。[1]

无力严妆倚绣栊，暗题蝉锦思难穷。近来赢得伤春病，柳弱花欹怯晓风。[2]

见说伤情为见春，想封蝉锦绿蛾颦。叩头与报烟卿道，第一风流最损人。[3]

"彩笺""芳翰""蝇头""碧洞""绿琴""蝉锦""花欹""绿蛾"等意象密集，且用典晦涩难懂，情思缠绵悱恻，读之尚费神思，更何况于勾栏瓦舍中搬演？如果话本小说的编撰者在羼入诗词时只为显示其博闻广识、能诗善赋、文采斐然，则完全可以照搬《非烟传》中的诗作，而不必

---

[1]　李时人．全唐五代小说[M]．西安：陕西人民出版社，1998：1928．

[2]　李时人．全唐五代小说[M]．西安：陕西人民出版社，1998：1928．

[3]　李时人．全唐五代小说[M]．西安：陕西人民出版社，1998：1929．

另作选择，足见编撰者对话本小说中的诗体韵文进行选择时，是充分考虑了作品的场域表演性的。

《刎颈鸳鸯会》羼入的诗体韵文中，曲的运用及数量的增加值得关注。《清平山堂话本》中有三篇作品共计用到了 13 首曲[1]，其中有 10 首曲集中于《刎颈鸳鸯会》一篇当中。该篇中尚有七律 1 首、七绝 1 首、词 1 首、残诗 1 句、歌词 1 句及其他俗体韵文 3 首。羼入曲体的数量在所入诗体韵文中占有绝对优势。以《刎颈鸳鸯会》为代表的话本小说对曲的运用影响了后来世情小说对曲体的大量羼入。[2] 这 10 首单曲曲牌都是小令《商调·醋葫芦》，冯梦龙在将其改编为《蒋淑真刎颈鸳鸯会》时完整地保留了这 10 首曲。

冯梦龙"三言"中有多篇故事取自《清平山堂话本》，但在改编的过程中，冯梦龙对其中的诗词作了修改，修改的原因大致是因为原作诗词粗鄙不堪，或与作品的叙事和情景相冲突。比如前面我们提到的《清平山堂话本·陈巡检梅岭失妻记》中称颂陈巡检斩杀镇山虎功绩的那首俗曲，冯梦龙在将此故事改写为《陈从善梅岭失浑家》时，就将此曲后面四句全部删除，只留下符合情境的第一联。而冯梦龙在改编《刎颈鸳鸯会》故事时，也对其中话本表演的痕迹作了修改。如原文入话处的那首《眼儿媚·题苏小楼》词，词作内容为怀古题咏，与世情故事实不相称，冯梦龙在《蒋淑真刎颈鸳鸯会》中就将其删去。而入话与正话中有一句"权做个笑耍头回"，这是说书惯用的套语，冯梦龙也将此句删去。再如《刎颈鸳鸯会》中写蒋淑真

---

[1] 梁冬丽在其相关专著中统计《清平山堂话本》中曲的数量为 44 首，其中包括《快嘴李翠莲记》中的 31 首俗韵，这 31 首俗韵在表演中的确是说唱的内容，但是否为曲，我们持保留意见，故在此不计入。参见：梁冬丽. 话本小说与诗词关系研究 [M]. 北京：中国社会科学出版社，2013：33.

[2] 也有学者认为《刎颈鸳鸯会》十首曲的体制类似于赵令畤在《侯鲭录》中所收录的《商调·蝶恋花》，以此认为这是一篇鼓子词，但程毅中、于天池等学者的研究认为《刎颈鸳鸯会》是话本小说。参见：于天池.《刎颈鸳鸯会》是话本而非鼓子词 [J]. 文学遗产，1998（6）：99-102；程毅中. 从《商调·蝶恋花》到《刎颈鸳鸯会》：《宋元小说研究》补订之一 [J]. 文学遗产，2002（1）：61-67+144.

再嫁后因张二官出门取账，她独守空房，一日偶见对门朱小二哥，便心有所动。夜间又听得官河上梢人嘲歌，隐约记得后两句："有朝一日花容退，双手招郎郎不来"。[1] 冯梦龙在《蒋淑真刎颈鸳鸯会》中将此歌作了补充，加入了上联两句："二十去了廿一来，不做私情也是呆。"[2] 冯梦龙改编"三言"时在语言表达上要求"谐于里耳"，故在此改入的歌词也是浅俗之语，但活脱脱地写出了妇人的心思，并与后面故事的发展相呼应，小说后面写："妇人自此复萌觊觎之心，往往倚门独立，朱秉中时来调戏。彼此相慕，目成眉语，但不能一叙款曲为恨也。"[3] 这说明冯梦龙在改编作品时十分注意其中的诗体韵文与情节、场景的相互呼应。因此，他在改编《刎颈鸳鸯会》时，完整地保留了原作中的 10 首《醋葫芦》，表明这 10 首曲子在小说中的运用是比较成功的。试看文中对 10 首单曲的运用。小说一开始就交代："商调《醋葫芦》小令十篇，系于事后，少述斯女始末之情。"[4] 开头一句很容易让人以为这里会像一般作品一样，将十支小令录于文末。如《甘棠遗事·后序》就是将温婉所作 29 首诗一并辑录于文末。但小说并未采用这样的做法，也不像《西湖三塔记》或《碾玉观音》那样，在一开头就敷演多首诗词以吸引听众。而是采用了另一种方式将曲辞羼入作品中，正如《刎颈鸳鸯会》作者自己所言，是将这 10 首曲子"系于事后"，这里的"事"不是故事的"事"，而是作品中"事件"的"事"。小说中引入的第一首曲：

湛秋波，两剪明；露金莲，三寸小。弄春风杨柳细身腰；比红儿态度应更娇。他生得诸般齐妙，纵司空见惯也魂消。[5]

这首曲子是小说正话刚开始，蒋淑真登场时对她的外貌描写。类似这

[1] 程毅中. 清平山堂话本校注 [M]. 北京：中华书局，2012：246.

[2] 冯梦龙. 古本小说集成·警世通言（下）[M]. 上海：上海古籍出版社，1994：1554.

[3] 冯梦龙. 古本小说集成·警世通言（下）[M]. 上海：上海古籍出版社，1994：1554.

[4] 程毅中. 清平山堂话本校注 [M]. 北京：中华书局，2012：249.

[5] 程毅中. 清平山堂话本校注 [M]. 北京：中华书局，2012：249.

样的描写我们在话本小说中常常见到。小说的第二首曲接在故事中第一个关联性事件之后：

> 锁修眉，恨尚存；痛知心，人已亡。霎时间云雨散巫阳，自别来几日行坐想。空撇下一天情况，则除是梦里见才郎。[1]

这里故事写蒋淑真行为举止不端正，以致无人求聘，迁延岁月至二十余岁，因诱邻家幼儿阿巧强合而致其夭亡。作品写蒋淑真"闻之死，哀痛弥极，但不敢形诸颜颊"[2]，于是唱了这首曲。曲中的内容与故事中的事件相呼应，也与人物难以言表的情感相照应，是代人物以发声。阿巧之死在作品中是有意味的事件，既揭示了蒋淑真荒淫无度的天性，同时也成为作品最后的道德审判，小说最后阿巧与李二郎的魂魄同来向蒋淑真索命。小说的第三首曲子则出现在蒋淑真嫁给李二郎后，因私通西宾被李二郎撞见，导致李二郎病发身故：

> 结姻缘，十数年；动春情，三四番。萧墙祸起片时间，到如今反为难上难。把一对鸾凤惊散，倚栏干无语泪偷弹。[3]

曲辞精练地概括了蒋淑真十余年的婚姻，以及因贪欢又致人命的现实。同时伏下了后文李二郎死后，西宾被斥退、蒋淑真被婆家视如敝帚，最终罄身赶回娘家的结果。接下来的一首曲：

> 喜今宵，月再圆；赏名园，花正芳。笑吟吟携手上牙床，恣交欢恍然入醉乡。不觉的浑身通畅，把断弦重续两情偿。[4]

---

[1] 程毅中.清平山堂话本校注 [M].北京：中华书局，2012：250.

[2] 程毅中.清平山堂话本校注 [M].北京：中华书局，2012：250.

[3] 程毅中.清平山堂话本校注 [M].北京：中华书局，2012：251.

[4] 程毅中.清平山堂话本校注 [M].北京：中华书局，2012：252.

此曲描写蒋淑真再嫁张二官时的洞房花烛夜，一团喜气，亦是话本中常见的描写。可惜好景不长，张二官出门取账，蒋淑真故态复发，与邻人朱秉中眉目传情：

美温温，颜面肥；光油油，鬓发长。他半生花酒肆颠狂，对人前扯拽都是谎。全无有风云气象，一谜 [1] 里窃玉与偷香。[2]

一支曲写尽了二人丑态，鲜明地表现出作者对二人的批评与嘲讽。上面五首曲子可谓曲曲不同，又都与事件的发展紧密相连，在作品的叙事中发挥了不同的功能。既有人物外貌描写，又有情景描绘；既为人物代言，又推动情节为故事发展埋下伏笔，还包含作者的道德批判。接下来还有四首曲：

奏箫韶，一派鸣；绽池莲，万朵开。看六街三市闹攘攘，笑声高满城春似海。期人在灯前相待，几回家又恐燕莺猜。

报黄昏，角数声；助凄凉，泪几行。论深情海角未为长，难捉摸这般心内痒。不能勾相偎相傍，恶思量萦损九回肠。

揶揄来，若怨咱；朦胧着，便见他。病恹恹害的眼见花，瘦身躯怎禁没乱杀？则说不和我干罢，几时节离了两冤家！

绿溶溶，酒满斝；红焰焰，烛半烧。正中庭花月影儿交，直吃得玉山时自倒。他两个贪欢贪笑，不提防门外有人瞧。[3]

小说中蒋淑真与朱秉中约在灯宵相会，第一首曲正是写正月十三试灯之夕热闹的场景，以及二人期盼相会，又怕被人撞见的焦急、忐忑心情。

---

[1] 此处句意不通，后来冯梦龙编入"三言"时将之改为"一味里窃玉与偷香"。

[2] 程毅中.清平山堂话本校注 [M].北京：中华书局，2012：253.

[3] 程毅中.清平山堂话本校注 [M].北京：中华书局，2012：254，255，256，257.

第二首曲写蒋淑真与朱秉中偷期相会后急欲重会，却逢丈夫归家，于是害起相思病来。第三首曲写蒋淑真相思成病，病中见阿巧与李二郎前来索命。第四首则写于蒋淑真与朱秉中共赴鸳鸯会之际，末句点出下文张二官即将出现并血溅鸳鸯会。小说的最后一首曲是与一首词同时出现的：

在座看官，要备细，请看叙大略，漫听秋山一本《刎颈鸳鸯会》。又调《南乡子》一阕于后。奉劳歌伴，再和前声：

见抛砖，意暗猜；入门来，魂已惊。举青锋过处丧多情，到今朝你心还未省！送了他三条性命，果冤冤相报有神明。

词曰：

春云怨啼鹃，玉损香消事可怜。一对风流伤白刃，冤！冤！惆怅劳魂赴九泉。　　抵死苦留连，想是前生有业缘！景色依然人已散，天，天。千古多情月自圆。[1]

这首曲放于文末既收束全文，又与《南乡子》词一同组成一套唱词作为最后的演出。在话本小说中将两种或两种以上的诗体韵文放在一起表演是常见的形式。前述《西湖三塔记》《碾玉观音》等均在开头处以诗、词甚至赋体相间进行表演。而以曲加入其中有一种特殊的格式叫"诗头曲尾"或"歌头曲尾"的表演方式。所谓诗（歌）头曲尾是指一诗（歌）一曲（有时为词）交替进行，连缀表演。这种表演方式有时还表现为顶真格式，即词、曲的第一句为诗歌的最后一句。[2] 如《清平山堂话本·柳耆卿诗酒玩江楼记》中有一首"歌头曲尾"：

十里荷花九里红，中间一朵白松松。白莲则好摸藕吃，红莲则好结莲蓬。　　结莲蓬，结莲蓬，莲蓬好吃藕玲珑。开花须结子，也是一场空。一时

---

[1]　程毅中.清平山堂话本校注[M].北京：中华书局，2012：259.

[2]　李连生.从"诗（歌）头曲尾"论词曲的演变[J].福建师范大学学报（哲学社会科学版），2017（3）：126–137+171.

乘酒兴，空肚里吃三钟。翻身落水寻不见，则听得采莲船上，鼓打扑冬冬。[1]

　　这首"歌头曲尾"就是顶真格式，用语轻松诙谐，带有民间曲调的风格。"诗（歌）头曲尾"的表演形式在宋元场域表演中十分常见，有时还作为一种独立的表演形式。胡忌在《神通广大的"诗头曲尾"》中提到："把同样组合的'诗头曲尾'（一个单元）连续使用三个单元以上，方才组合成宋元时代的一种演唱伎艺——传踏（或作'转踏'）。"[2]在后来的文人白话小说中，"诗（歌）头曲尾"的形式并不常见，因为其表演形式过于俚俗。如《欢喜冤家》第二十回"杨玉京假恤孤怜寡"中就提到："村汉歌头曲尾同。"[3]《凤凰池》第二十二回写道："白丁公子狗洞里思食天鹅　青眼泰山龙座前求婚丹凤"亦嘲讽白无文所写的文章是"歌头曲尾田家账。"[4]"歌头曲尾"被认为是村汉的表演。《刎颈鸳鸯会》文末的表演类似于"曲头词尾"，作品由曲与词共同构成一套唱词。唱词结束后作者还加上一句诗白"当时不解恩成怨，今日方知色是空"，点明题旨、完结全篇。

　　十首单曲一并看下来就可以发现，《刎颈鸳鸯会》对词曲的羼入明显受到了以鼓子词和转踏为代表的宋代歌舞剧场域表演方式的影响。《刎颈鸳鸯会》中所用到的场域表演的内容比较复杂。十首《商调·醋葫芦》贯穿叙事的词曲羼入方式从形式上讲是化用了宋代鼓子词"用一曲连续歌之，以咏故事"[5]的表演方式。而文末的曲词连唱，又与"歌头曲尾"的转踏表演不无相关。《刎颈鸳鸯会》中的曲虽然较为俚俗且主要用于场域表演，但作者对曲的运用同时也注意到了其对文本叙事的影响。这些曲辞的羼入往往是与"事件"的发生相照应的，是配合故事敷演而进行的创作，是推动故事情节的叙事元素。类似于《刎颈鸳鸯会》这样的说唱话本对诗体韵

[1]　程毅中.清平山堂话本校注[M].北京：中华书局，2012：2.

[2]　胡忌.菊花新曲破：胡忌学术论文集[M].北京：中华书局，2008：32.

[3]　西湖渔隐主人.欢喜冤家[M].北京：北京师范大学出版社，1992：337.

[4]　侯忠义，等.中国古代珍稀本小说·玖[M].沈阳：春风文艺出版社，1994：435.

[5]　刘永济.宋代歌舞剧曲录要[M].上海：古典文学出版社，1957：27.

文介入小说文体叙事的熟练运用，影响了后来的世情小说创作，《金瓶梅》是其中的代表。明代四大奇书之首《金瓶梅词话》是用曲数量最多的一部作品。《三国演义》无论是嘉靖本还是毛评本都未羼入曲，《西游记》同样未羼入曲，《水浒传》羼入曲仅2首，而万历本《金瓶梅词话》存曲多达61首。

《金瓶梅》中除了散曲之外，还有大量剧曲，特别是词话本中，曲的数量更多。《金瓶梅》以曲代言、以曲叙事、以曲抒情的特征引起了学人们广泛的讨论。[1]而《红楼梦》中对曲的羼入则体现出对以曲体为代表的民间说唱叙事的创造性运用。《红楼梦》前八十回中用曲的数量相较于诗、词而言，并不算多。分别是第五回"开生面梦演红楼梦　立新场情传幻境情"中的一套《红楼梦曲》共14支；第二十二回"听曲文宝玉悟禅机　制灯谜贾政悲谶语"中有《寄生草》2首，一首引自戏剧《醉打山门》，一首为贾宝玉"参禅"后所和之作；第二十三回"西厢记妙词通戏语　牡丹亭艳曲警芳心"引《牡丹亭》中《皂罗袍》《山桃红》二曲片段；第二十八回"蒋玉菡情赠茜香罗　薛宝钗羞笼红麝串"，云儿所唱小曲1支；第五十回"芦雪广争联即景诗　暖香坞雅制春灯谜"，史湘云的《点绛唇》曲谜；第六十三回"寿怡红群芳开夜宴　死金丹独艳理亲丧"，芳官唱的一首《赏花时》。《红楼梦》前八十回用曲虽然不多，但曲曲有深意。比如第五十回史湘云的《点绛唇》，实际照应了第二十二回的《醉打山门》。第二十二回宝玉以为宝钗点的是一出热闹的戏，宝钗解释这是一套"北《点绛唇》"。史湘云的《点绛唇》原文："溪壑分离，红尘游戏，真何趣？名利犹虚，后事终难继。"[2]又照应了第二十二回宝玉所填《寄生草》曲的最后一句："从前碌碌却因何，到如今，回头试想真无趣！"[3]湘云的

[1]　代表性的研究成果有：郑铁生.《金瓶梅》唱曲叙事功能在小说发展史上的意义[J]. 内江师范学院学报，2007（3）：10-14；付善明. 曲表心声：《金瓶梅》的词曲叙事[J]. 明清小说研究，2011（4）：126-132；霍现俊. 论《金瓶梅词话》中剧曲的功用和意图[J]. 燕赵学术，2012（2）.

[2]　曹雪芹. 脂砚斋重评石头记（庚辰本）[M]. 庚辰本. 上海：上海古籍出版社，1994：1170.

[3]　曹雪芹. 脂砚斋重评石头记（庚辰本）[M]. 庚辰本. 上海：上海古籍出版社，1994：494.

谜语众人皆不解，"也有猜是和尚的，也有猜是道士的"[1]，只有宝玉猜中，亦是此意。而第二十三回黛玉隔墙听曲时，脂砚斋批曰："情小姐故以情小姐词曲警之，恰极当极！"[2]第二十八回云儿所唱的曲："两个冤家都难丢下，想着你来又记挂着他。两个人形容俊俏，都难描画。想昨宵幽期私订在荼蘼架，一个偷情，一个寻拿，拿住了三曹对案，我也无回话。"脂砚斋亦批曰："此唱一曲为直刺宝玉。"[3]第六十三回芳官所唱的《赏花时》出自汤显祖的《邯郸记》，隐喻没有抽到花签的宝玉。[4]

《红楼梦》所入曲中，最引人注目的是第五回的《红楼梦曲》14支。这14支曲除去开头的"引子"与最后的"收尾"，中间12支曲照应了前面金陵十二钗正册中的11首诗。金陵十二钗正册诗中第一首合咏宝钗、黛玉，《红楼梦曲》中则有两支曲子分咏二人。这种以诗、曲同咏一人故事的写法，在说唱艺术中是常见的表演。之前，我们提到了"歌头曲尾"这种特殊的表演形式。宁希元在《读曲日记》（二）中梳理了由北宋的"（调笑）转踏"到南宋的"缠达"、元代的杂剧"子母调"，以及"（调笑）转踏"到金元的"诗头曲尾"、元明的"歌头曲尾"、明清的"吴歌"等，这些极具生命力的民间表演方式在历代的演变。[5]文中提到："'转踏'变为'缠达'，再变为元杂剧中之子母调，已如上述，这已为学术界所公认。除此之外，还有一种情况为人们所忽视，即在金元歌坛上，当宋人歌舞剧消歇以后，作为'转踏'主体的，以诗、词合咏故事的演唱，依然流行在民间。"[6]这里提到的"以诗、词合咏故事"是宋代转踏表演时常见的叙事手法。胡忌的《宋金杂剧考》以郑仅的《调笑转踏》为例来说明北宋"转踏"的体制，即"首用勾队词，接以一诗一曲相间（曲用调笑令，故名调

[1]　曹雪芹.脂砚斋重评石头记（庚辰本）[M].庚辰本.上海：上海古籍出版社，1994：1170.

[2]　曹雪芹.脂砚斋重评石头记（庚辰本）[M].庚辰本.上海：上海古籍出版社，1994：522.

[3]　曹雪芹.脂砚斋重评石头记（甲戌本）[M].甲戌本.上海：上海古籍出版社，1994：638.

[4]　蔡义江.红楼梦诗词曲赋鉴赏[M].北京：中华书局，2004：280.

[5]　宋子俊.中国古代小说戏剧研究丛刊（第2辑）[M].兰州：甘肃教育出版社，2004：166.

[6]　宋子俊.中国古代小说戏剧研究丛刊（第2辑）[M].兰州：甘肃教育出版社，2004：165.

笑转踏，若用拂霓裳，则称拂霓裳转踏。余同此），后用放队词"。[1] 刘永济的《宋代歌舞剧曲录要》收录无名氏、郑仅、秦观、晁补之等人所作转踏九种。其中三种为专咏体，六种为分咏体。二者的区别正如王国维在《宋元戏曲史》中所提到的："北宋之转踏，恒以一曲连续歌之。每一首咏一事，共若干首则咏若干事。然亦有合若干首而咏一事者。"[2] 王国维后面所说的"合若干首而咏一事者"指的就是刘永济所说的专咏体，即一套曲辞专咏一人或一事，洪适的《渔家傲引》就是如此。这套曲前有勾队词，后有遣队词，中间用12首曲反复歌咏渔父乐事。分咏体则是一套曲辞中，每组"诗头曲尾"所咏的对象不同。如无名氏《调笑集句》在勾队词、放队词（或称遣队词）外，中间有7组"诗头曲尾"分咏"巫山""桃源""洛浦""明妃""文君""吴娘""琵琶"，且每一组"诗头曲尾"前均明确写出所咏之人或事。由于原曲辞较长，今节录部分于下：

调笑集句（无名氏）

盖闻行乐须及良辰，钟情正在吾辈。飞觞举白，目断巫山之暮云。缀玉联珠，韵胜池塘之春草。集古人之妙句，助今日之馀欢。

…………

明妃

明妃初出汉宫时，青春绣服正相宜。无端又被东风误，故著寻常淡薄衣。上马即知无返日，寒山一带伤心碧。人生憔悴生理难，好在毡城莫相忆。

相忆，无消息，目断遥天云自白。寒山一带伤心碧。风土萧疏胡国，长安不见浮云隔，纵使君来争得。

班女

九重春色醉仙桃，春娇满眼睡红绡。同辇随君侍君侧，云鬟花颜金步摇。一霎秋风惊画扇，庭院苍梧红叶遍。蕊珠宫里旧承恩，回首何时复来见。

---

[1] 胡忌. 宋金杂剧考 [M]. 北京：中华书局，2008：38.

[2] 王国维. 宋元戏曲史 [M]. 上海：上海古籍出版社，1998：32.

来见，蕊宫殿，记得随班迎凤辇，余花落尽苍苔院。斜掩金铺一片，千金买笑无方便，和泪盈盈娇眼。

…………

放队

玉炉夜起沉香烟。唤起佳人舞绣筵。去似朝云无觅处。游童陌上拾花钿。[1]

《宋代歌舞剧曲录要》收录的另外五种转踏曲辞中郑仅之作含 12 组"诗头曲尾"，分咏罗敷、莫愁、文君等。晁补之作品含 6 组"诗头曲尾"，分咏西子、宋玉、解佩、回纹等。秦观之作含 10 组"诗头曲尾"，分咏王昭君、乐昌公主、崔徽等。毛滂之作含 8 组"诗头曲尾"，分咏张好好、崔莺莺等人。洪适的《番禺调笑》含 9 组"诗头曲尾"，分咏广东著名的景点。宋代转踏作品在题材选择上有明显的女性化倾向。现存 51 首北宋转踏作品中，以女性为题材的有 46 首，涉及 38 位女性。[2] 这六种宋人转踏从曲辞格式来看，有一些细微的区别，比如曲辞中"诗头曲尾"的套数不固定，视表演需求而定。大多数作品明确写出"诗头曲尾"所分咏的人或事，但亦有作品不写。如郑仅的《调笑转踏》就未写出分咏的对象，而秦观之作不但写出所咏对象，还在"诗头曲尾"中明确以"诗曰""曲子"标出诗体，以示区别。另外，转踏中勾队词、放队词的格式并不固定，如前引无名氏所写《调笑集句》勾队词末句为"集古人之妙句，助今日之馀欢"。而郑仅的《调笑转踏》勾队词末句为"用陈妙曲，上助清欢。女伴相将，调笑入队"。晁补之的勾队词末句为"上佐清欢，深惭薄伎"。毛滂之作则为"少延重客之余欢，聊发清尊之雅兴"。放队词的格式亦不同，有的是整齐的七言诗体，有的类似于曲体，还有的会在放队词前加入一、两支的"破子"。而秦观之作则干脆没有勾队词与放队词。这表明转踏体制的首尾有一定的灵活性，可视表演的需求进行调整，其核心的内容主要

[1]　刘永济 . 宋代歌舞剧曲录要 [M]. 上海：古典文学出版社，1957：71–76.

[2]　张若兰 . 新国学（第 6 卷）：北宋转踏题材研究 [M]. 成都：巴蜀书社，2006：233.

在中间的"诗头曲尾"。而从中间主体部分的"诗头曲尾"来看，其格式大体相近，诗末二字即为曲首二字的顶真格式，适用于转踏"新词宛转递相传"的表演模式。[1]当然这种格式并非一成不变，"汴宋之末，其体渐变……盖勾队变为引子，放队变为尾声，曲前之诗，后亦变为用词"[2]。胡忌的《神通广大的"诗头曲尾"》追溯"诗头曲尾"产生的源头时，亦提到"宋代盛唱长短句词时，也流行着一种先有诗后用该诗意改写成可唱的词的风气"。[3]如《能改斋漫录》中有"贺方回《石州引》词"条：

　　贺方回眷一妓，别久，妓寄诗云："独倚危栏泪满襟，小园春色懒追寻。深恩纵似丁香结，难展芭蕉一寸心。"贺得诗，初叙分别之景色，后用所寄诗成《石州引》云："薄雨收寒，斜照弄晴，春意空阔。长亭柳色才黄，远客一枝先折。烟横水际，映带几点归鸿，东风销尽龙沙雪。还记出关来，恰而今时节。将发，画楼芳酒，红泪清歌，顿成轻别。已是经年，杳杳音尘都绝。欲知方寸，共有几许清愁？芭蕉不展丁香结。望断一天涯，两厌厌风月。"[4]

　　其中诗、词虽同咏一事，却并未采用顶真的格式。可见顶真的格式很可能是专为转踏而备的。而除了转踏之外，宋人的歌唱表演中以一诗一词（或曲）共咏一事也是常见的[5]，其中有些没有采用顶真的格式，如王安中《蝶恋花·六花冬词》即是如此，今节引其二如下：

[1]　刘永济.宋代歌舞剧曲录要[M].上海：古典文学出版社，1957：80.

[2]　刘永济.宋代歌舞剧曲录要[M].上海：古典文学出版社，1957：74.

[3]　胡忌.菊花新曲破：胡忌学术论文集[M].北京：中华书局，2008：36.

[4]　吴曾.能改斋漫录[M].上海：上海古籍出版社，1979：484.

[5]　李连生《从"诗（歌）头曲尾"论词曲的演变》辑录多首宋人诗、词同咏一题的作品。参见：李连生.从"诗（歌）头曲尾"论词曲的演变[J].福建师范大学学报（哲学社会科学版），2017（3）.

山茶口号

无穷芳草度年华。尚有寒来几种花。好在朱朱兼白白，一天飞雪映山茶。

词

巧剪明霞成片片。欲笑还颦，金蕊依稀见。　拾翠人寒妆易浅。浓香别注唇膏点。竹雀喧喧烟岫远。晚色溟蒙，六出花飞遍。　此际一枝红绿眩。画工谁写银屏面。

蜡梅口号

雪里园林玉作台。侵寒错认暗香回。化工清气先谁得，品格高奇是蜡梅。

词

剪蜡成梅天著意。黄色浓浓，对萼匀装缀。百和薰肌香旖旎。仙裳应渍蔷薇水。雪径相逢人半醉。手折低枝，拥髻云争翠。嗅蕊捻枝无限思。玉真未洒梨花泪。[1]

一诗一词（或曲）同咏一人一事的形式在清代说唱表演中仍存在。清代宋荦、毛奇龄、王士禄等人均有题为《调笑令》[2] 的转踏作品。如：

调笑令·冯二（清·毛奇龄）

兰陵酒垆江县前。垆头小妓名阿弦。妆成好咏晚桃曲，手持双带黄金钱。金钱绾带随手断，愿绁银床幔头蒜。桃枝木是红紫枝，翻作当年柳枝怨。

怨怨。柳如线。清漆鸦头红脏燕。背人偷弄金条钏。　一曲桃枝相恋。落花飞满春江面。飞过春江何限。[3]

"歌头曲尾"的表演形式在明清戏曲表演中亦十分常见，如《玉簪记》

[1]　唐圭璋.全宋词（第二册）[M].北京：中华书局：1999：967-968.

[2]　《康熙词谱》列列《古调笑》及《调笑令》两种，《调笑令》即宋人"调笑转踏"，参见：王靖懿.明词特色及其历史生成研究 [D].苏州：苏州大学，2015.

[3]　南京大学中国语言文学系《全清词》编纂研究室.全清词·顺康卷（第6册）[M].北京：中华书局，2002：3714-3716.

《鸣凤记》《玉钗记》等戏曲中，均包含"歌头曲尾"的演出。[1]而清代有一种一曲一诗的连相表演，亦可能来源于宋代的"调笑转踏"。[2]《红楼梦曲》与"金陵十二钗正册"在诗歌格式上虽没有顶真，但诗、曲同咏一人的写法，以及以诗、曲概括女性生命情境的题材，与上述说唱表演艺术的形式与题材内容均十分相似。曹雪芹本人十分熟悉曲艺表演艺术，极可能受其影响并创造性地运用了这种民间说唱艺术形式常见的叙事手法，将其化为两处、一分为二，共同构成了小说文本的隐含叙事。当然，这一推论的确立尚需要更多的文本支持。由于明清戏曲演出与歌舞剧表演方式的演变情况较复杂、资料众多，且诗、曲同咏一人的表现手法在白话小说中出现的情况尚有待进一步的梳理，对二者关系的进一步缕析尚需要更多的文献挖掘与整理。

尽管如此，从《清平山堂话本》到《金瓶梅》《红楼梦》，曲体在白话小说中的运用仍然呈现出日渐成熟且多样化的特点，表明场域表演性对白话小说羼入诗词的影响。但在白话小说羼入的诗体韵文中，始终是诗多于词，词多于曲。[3]类似于《刎颈鸳鸯会》中诗体韵文与小说文本叙事的契合程度在宋元话本小说中并不多见。冯梦龙在吸纳宋元话本故事入"三言"时就因此对其中的诗词进行了大量修改。"三言"改编《清平山堂话本》11篇故事时，删除了其中的27首诗词，并对原文中的24首诗词进行了改动，还补入了37首诗词。[4]文人对小说文本诗词的改动，体现出文人审美的情感化因素。非独如此，拟话本小说中的诗词，还成为文人在文本阅读过程中不可或缺的审美对象。空观主人在《拍案惊奇凡例》中提到："小说中之诗词，谓之蒜酪，强半出自新构；间有采用旧者，取一时切景而及之，

[1] 李连生.从"诗（歌）头曲尾"论词曲的演变[J].福建师范大学学报（哲学社会科学版），2017（3）：126-137+171.

[2] 任广世.清代连厢艺术形态考[J].文化遗产，2008（4）.

[3] 只有少数作品例外，如《韩湘子全传》就是曲多于词，而词多于诗。参见：赵义山，等.明代小说寄生词曲研究[M].北京：商务印书馆，2013：296.

[4] 数据参见：任晓燕.谈"三言"对《清平山堂话本》中诗词的改动[J].明清小说研究，1999（3）.

亦小说家旧例，勿嫌剽窃。"[1]"蒜酪"二字点出了诗词的羼入增加了小说文本阅读的审美趣味，同时这段话也说明了拟话本作品由于创作主体的文人化，使得羼入诗词的原创性有所提高。类似于"三言二拍"这类作品的刊刻，在一定程度上受到书坊主射利行为的影响，冯梦龙在《古今小说序言》中提到，"因贾人之请……畀为一刻"。[2]凌濛初亦言"二拍"的编写是受书商的煽动，但尽管如此，由于编撰者文化修养较高，文人审美仍然对拟话本小说的诗词羼入产生了影响。

拟话本小说中文人审美精神的体现不仅仅在于对羼入诗词的改动与原创性的提高，还在于对原有情节的改写。以"三言"对《清平山堂话本》的改写为例，"三言"《众名姬春风吊柳七》原出于《清平山堂话本·柳耆卿诗酒玩江楼记》。《清平山堂话本》故事中将柳永塑造成一个为达目的不择手段的卑鄙小人，冯梦龙称其"鄙俚浅薄，齿牙弗馨焉"。[3]冯梦龙在改写此故事时，一方面悉数删去原本中粗俗不堪的诗词，另一方面增加了柳永怀才不遇的描写，将其塑造成促成周月仙有情人终成眷属的有情有义之人，正如冯梦龙在此篇所加批语："此条与《玩江楼记》所载不同，《玩江楼记》谓柳县宰欲通月仙，使舟人用计，殊伤雅致。当以此说正之。"[4]这一改动体现的是一种文人的情怀，是小说审美由世俗娱乐趋向文人雅致的精神追求，而白话小说文本羼入诗词的文人化审美在明清章回小说中得到了更为充分的表现。

第四节　文学生态与章回小说羼入诗词的选择

宋元话本小说中羼入的诗词往往在满足场域表演性的同时，割裂了叙事的连续性。而随着白话小说文体渐次发展，其创作者与接受者日愈成熟，

---

[1]　凌濛初.拍案惊奇[M].陈迩冬，郭隽杰，校注.北京：人民文学出版社，1991：2.

[2]　冯梦龙.古今小说[M].上海：上海古籍出版社，1994：3.

[3]　冯梦龙.古今小说[M].上海：上海古籍出版社，1994：3.

[4]　冯梦龙.古今小说[M].上海：上海古籍出版社，1994：468.

尤其是在长篇章回小说出现后，白话小说渐渐成为案头文学，用于文本阅读。此前作品中用于场域表演而非服务于叙事，且文学性较弱的诗体韵文便失去了存在的合理性。场域表演性质的诗体韵文多无益于叙事，甚至割裂了叙事的连贯性，而其中俗陋粗鄙、不合韵律的诗作更是与文人对诗歌艺术审美的追求严重不符，此类服务于表演而无益于叙事的诗词就成了一些有较高文化修养的小说评点者与书坊刻书家们争相批评并加以删除的对象。

明清刻书业发展起来后，对白话小说羼入诗词的处理出现了比较复杂的情况。一方面，由于白话小说的阅读者不仅是有一定文化修养的儒士，还包括粗通文墨的农工商贾、儿童妇女等群体。黄汝成在《日知录集释》中引钱大昕语曰："古有儒释道三教，自明以来，又多一教，曰小说。小说演义之书，士大夫、农工商贾无不习闻之，以至儿童妇女不识字者，亦皆闻而如见之。是其教较之儒释道而更广也。"（卷十三《重厚》）[1] 这段话说明了当时小说受众的复杂性。农工商贾、儿童妇女因其文化修养有限，故其在阅读小说或听书时，大多关注故事情节设置是否激荡人心，而对小说的措辞之妙与诗词绘饰之工，并不十分在意。部分书坊主为满足这类读者的阅读需求，对白话小说中的诗词进行了大量删减。胡应麟在《少室山房笔丛》中言："余二十年前所见《水浒传》本尚极足寻味，十数载来为闽中坊贾刊落，止录事实，中间游词余韵、神情寄寓处一概删之，遂几不堪覆瓿，复数十年无原本印证，此书将永废矣。"[2] 胡应麟对明代闽中书坊主为射利而将《水浒传》中的"游词余韵"大量删减的做法提出了尖锐的批评。明代中叶以后，闽中建阳刊刻的小说以白话通俗小说为主，面向的受众群体主要是生活于市井中民众。[3] 锦心绣口的文人诗词与识字量少的市井大众审美风尚相去甚远，这是书坊主刻书时大量删除"游词余韵"的原因。另一方面，实际上书坊主并未完全摈弃诗词，今所见明代建

[1] 黄汝成. 日知录集释 [M]. 上海：上海古籍出版社，1998：190.

[2] 胡应麟. 少室山房笔丛 [M]. 上海：上海书店出版社，2001：437.

[3] 涂秀虹. 叙事艺术研究论稿 [M]. 北京：人民出版社，2014：143–163.

阳刊刻的《水浒传》各版本均羼有诗词。明代建阳刻书有明确的读者对象，即"粗识文墨的村野竖子、市井细民乃至痴顽妇孺"[1]，他们普遍接受宋元话本小说羼入诗词的场域表演形式。书坊主选择在作品中羼入通俗易懂的诗词以满足市民娱乐的审美需求。例如，嘉靖二十七年叶逢春本《新刊通俗演义三国志史传》开卷有一首"一从混沌分天地"的长诗，此诗篇幅之长独占一版，咏颂了自伏羲、神农到两汉的历代帝王。[2]此诗后在建阳刊本"三国"题材讲史小说中常被袭用，这种从开天辟地历数各代的歌词在成化本说唱词话等说唱文学中较为常见。[3]可见书坊刊刻时仍保留了说唱文学表演的痕迹，这类作品中羼入的诗词较文人审美的需求有一定的距离。胡应麟在《少室山房笔丛》曾言："《水浒》所撰语，稍涉声偶者辄呕哕不足观，信其伎俩易尽……此书所载四六语甚厌观，盖主为俗人说，不得不尔。"[4]这里的《水浒传》指的就是明代建阳刊刻的《水浒传》简本。为满足市民审美的需求，书坊主在刊刻作品时还是会沿继宋元话本小说诗文融合的形式，但羼入其中的诗作大多体现出世俗化的倾向。明代建阳刻书中，除余象斗的几种小说诗词羼入较少处，其余各家小说均有较多的诗体韵文羼入，如熊大木所撰《全汉志传》羼入的诗词就达220首[5]。试引是书羼入的诗词为例：

> 建草青青渭水流，子牙曾此独垂钓。当时未入飞熊兆，几向夕阳叹白头。
> 七雄戈戟乱如麻，四海无人得坐家。老氏却思天竺住，便将徐甲去流沙。
> 阿母瑶池宴穆王，九天仙乐送琼浆。谩言八骏行如罢，归天人间国已亡。
> 时兴悄然酒力微，暖风轻扇落花节。无端几点黄梅雨，送断年光春又归。
> 眉头一缩计千条，三寸舌如两刃刀。举手稳处龙凤阁，兴心要换滚

[1] 涂秀虹.叙事艺术研究论稿[M].北京：人民出版社，2014：173.

[2] 陈翔华.西班牙藏叶逢春刊本三国志史传[M].北京：北京图书馆出版社，2009：20.

[3] 涂秀虹.叙事艺术研究论稿[M].北京：人民出版社，2014：173.

[4] 胡应麟.少室山房笔丛[M].上海：上海书店出版社，2001：437.

[5] 数据来源：赵义山，等.明代小说寄生词曲研究[M].北京：商务印书馆，2013：51.

龙袍。[1]

这五首诗中，前三首为晚唐胡曾所作咏史诗。胡曾的咏史诗因浅畅通俗且用韵规范，在后世的流传过程中逐渐成为宋元时期的蒙学教材[2]，并受到民间讲史艺人的喜爱，常被羼入宋元讲史话本中[3]，是大众喜闻乐见的诗作。但刻书家在引用时个别字有所出入，有些文字甚至出现明显的错漏，如第三首中"谩言八骏行如罢"一句，胡曾诗原诗为"谩矜八骏行如电"，显然诗意更加通畅。建阳本小说刻字错漏并不鲜见，同时这也说明刻书家在引入诗歌时，并不十分在意。后两首诗未见于前人作品，当是编撰者加入。其中，前一首为咏春诗。接在时值春日，人人赏玩、处处笙歌之际。彼时秦军伐赵，被赵国大将廉颇逐败，并得秦皇孙子楚回赵。这里本该是一派春日融融的景象，但诗作体现出的气氛却是暮春之际伤春之景。诗作与作品叙事的融合度并不理想。而后一首诗中"眉头一缩""三寸舌""两刃刀""滚龙袍"等表述则明显体现出市井民众的声口，更像一首适宜说唱的打油诗。身为建阳名士的熊大木，刊刻作品时具有明显的培养读者的意识。[4]上述诗作虽然也具有明显的世俗化倾向，但同时也体现出讲史小说"通俗而不媚俗"的特点。

早期章回小说如《三国演义》《水浒传》《西游记》都带有世代累积的场域表演的特色。周亮工在《因树屋书影》中曰："故老传闻：'罗氏为《水浒传》一百回，各以妖异语引其首。'嘉靖时，郭武定重刻其书，削其致语，独存本传。"[5]皇帝大宴与私家会宴，凡用乐舞的都有致语。后来大概不但乐舞有致语，就是说平话的也有致语。这种小说的致语大概

[1] 《古本小说集成》编委会. 古本小说集成第4辑119全汉志传[M]. 上海：上海古籍出版社：2017：1-9.

[2] 许晴. 论胡曾咏史诗的通俗性及其文学影响[J]. 宁夏师范学院学报，2018（8）.

[3] 罗筱玉. 宋元讲史话本研究[D]. 上海：复旦大学，2005.

[4] 涂秀虹. 叙事艺术研究论稿[M]. 北京：人民出版社，2014：174.

[5] 周亮工《因树屋书影》卷一，据赖古堂刊本。此处转引自：齐裕焜. 学理思考与文本细读：中国古代小说论集续编[M]. 北京：高等教育出版社，2018：87.

是用四六句调或是韵文的。[1] 王利器也认为《水浒传》的引头诗、词相当于乐工的"致语"。[2] 早期《水浒传》版本前的致语带有场域表演的性质，但随着版本的演变，小说文本"越来越远离说书，越来越书面化"[3]，这些带有"致语"性质的引头诗便在许多版本中被删去了。早期章回小说中，《金瓶梅》尽管不属于世代累积型的作品，是文人独立创作白话小说的开始。但在其刊刻传播的过程中，也出现了多个版本。目前，学界将其大致划分为三个系统，即以《新刻金瓶梅词话》为代表的词话本系统、以《新刻绣像批评金瓶梅》为代表的崇祯本系统和以《张竹坡批评第一奇书金瓶梅》为代表的张评本系统。其中，崇祯本《金瓶梅》在大量删除词话本《金瓶梅》中的说唱韵文时，还增补了一定数量的诗词，所增补的诗词大部分来自当代或前代的文人诗作。[4] 小说刊刻版本的变迁，体现出文人审美消除白话小说场域表演痕迹的努力。

相较书商射利行为对白话小说文本的创作干预，小说评点者及刻书家出于阅读兴趣及文人审美而对章回小说羼入诗词所作的删改，显然更有助于白话小说文体的成熟。毛宗岗本《三国演义》因不满于俗本诗词"俚鄙可笑"[5]，便用唐、宋人之作取代原文处处可见的周静轩诗，并删除了嘉靖本中近一半的诗作。余象斗在改编《水浒传》时则言："今双峰堂余子改正增评，有不便览者芟之，有漏者删之。内有失韵诗词欲削去，恐观者言其省漏，皆记上层。"[6] 这表达了其对"失韵诗词"的不满。容与堂本《水

[1] 胡适. 中国章回小说考证 [M]. 合肥：安徽教育出版社，2006：66.

[2] 王利器. 水浒全传校注·序 [M]. 石家庄：河北教育出版社，2009.

[3] 齐裕焜. 学理思考与文本细读：中国古代小说论集续编 [M]. 北京：高等教育出版社，2018：88.

[4] 相关研究成果参见：荒木猛. 关于崇祯本《金瓶梅》各回的篇头诗词 [M]. 南京：江苏古籍出版社，1993：204-221；孟昭连. 崇祯本《金瓶梅》诗词来源新考 [J]. 厦门教育学院学报，2005（2）：24-28+33；龚霞. 崇祯本《金瓶梅》回前诗词来源补考 [J]. 明清小说研究，2013（1）：66-73.

[5] 陈曦钟，宋祥瑞，鲁玉川. 三国演义会评本 [M]. 北京：北京大学出版社，1986：21.

[6] 余象斗. 水浒志传评林 [M]. 北京：中华书局，1991：2-3.

浒传》对这些诗词也均批注为可以删除。袁无涯刻本卷首《出像评点忠义水浒全传·发凡》认为是书："旧本去诗词之烦芜，一虑思绪之断，一虑眼路之迷，颇直截清明。第有得此以形容人态，顿挫文情者，又未可尽除。兹复为增定：或审原本而进所有，或逆古意而益所无。"[1] 这里点明了是书对旧本《水浒传》诗词处理的基本原则，即删除有碍于叙事流畅度的诗词，增定有助于人物与情节发展的诗词。这一认识具有进步意义，表明评点者与刻书家在对作品羼入诗词进行处理时，不仅考虑到羼入诗词艺术水平的高低，还考虑到了其对小说文本叙事及人物塑造的影响，这样的处理显然更有利于推动诗词与小说的文体互动。金圣叹在批注《水浒传》时，对其中胡乱羼入的诗词韵文亦多有删减，所保留的多是能够推动叙事且符合文人审美经验的诗作。可以说，小说评点者与刊刻者对白话小说羼入诗词的删改有助于白话小说的文体成熟，体现出白话小说文体发展的特征。

与宋元话本小说相比，明清章回小说中的诗词，通过民间多方演绎及文人作家的创作，以及小说评点者与刻书家的增删、修改后，较宋元话本小说中的诗体韵文呈现出不同的风貌，其中的作品多为小说评论者与刊刻者所激赏。如《水浒传》第十回林冲落草梁山之前在酒店粉壁上的题诗："仗义是林冲，为人最朴忠。江湖驰誉望，京国显英雄。身世悲浮梗，功名类转蓬。他年若得志，威镇泰山东！"[2] 此诗虽不脱话本诗词适俗的特点，但具有文人化的内在精神特质，为"言志"之作。金圣叹夹批曰："何必是歌，何必是诗，悲从中来，写下一篇，既毕数之，则八句也，岂如村学究拟作咏怀诗耶？"[3] 余象斗评曰："观林冲诗句，诚毅气所发，是故感朱贵之相投，入伙之渐在此。"[4] 经过小说刊刻者与评点者的整理，白话小说中的诗词呈现出雅俗共赏的特征，这是文人审美精神影响的直接结果。

至于后来的《红楼梦》诗词，则体现出白话小说羼入诗词全面向文人

---

[1] 陈曦钟，侯忠义，鲁玉川. 水浒传会评本 [M]. 北京：北京大学出版社，1981：41-32.

[2] 陈曦钟，侯忠义，鲁玉川. 水浒传会评本 [M]. 北京：北京大学出版社，1981：223.

[3] 陈曦钟，侯忠义，鲁玉川. 水浒传会评本 [M]. 北京：北京大学出版社，1981：223.

[4] 陈曦钟，侯忠义，鲁玉川. 水浒传会评本 [M]. 北京：北京大学出版社，1981：223.

审美回归的倾向。作品中的诗体韵文虽亦有如刘姥姥的俗韵、薛蟠的歪诗之类的俚词俗曲，但这仅仅是为了符合人物声口、塑造经典人物的需要而有意为之。作品中的绝大多数诗词不但各体兼备、音韵和谐、格调雅致、风格多变，整体水平较高，而且全面地参与了小说的文本叙事。隐喻创作主题、暗示人物命运与故事走向、推动情节发展、渲染典型环境、塑造人物形象……举凡诗词韵文在小说文本中的叙事功能，《红楼梦》中无所不包，而又与主导叙事的白话文体融合得亲密无间，如盐着水。《红楼梦》中羼入的诗词曲在数量上与"四大奇书"相较其实并不占优势，"四大奇书"与《红楼梦》中诗词曲的数量前人已多有统计，纵观前人对各版本作品诗词曲数量的统计，大体而言，《三国演义》诗词数量近200首，《水浒传》近600首，《西游记》700余首，《金瓶梅》近800首，《红楼梦》百二十回本为200余首。[1] 从总体分布来看，《红楼梦》诗体韵文数量仅与《三国演义》相当，还不到《水浒传》的一半，更不要说大量羼入诗体韵文的《西游记》与《金瓶梅》。这表明《红楼梦》作者在使用诗体韵文羼入作品时虽有传诗之意，却是十分克制的。而且《红楼梦》在诗体韵文融入小说叙事的实践中无疑获得了巨大的成功，成为明清白话小说文备众体、情兼雅怨的典范之作，预示着白话小说文体的成熟，在诗词韵文的运用上也为后世白话小说的创作明示了方向。

但在与之几乎同时的另一部著作《儒林外史》中，白话小说羼入诗体韵文的创作倾向却发生了断崖似的转变。《儒林外史》是对百年士林精神的反思之作，小说中的"诗"作为士人的精神象征与文化活动无所不在，士人们写诗、论诗、评诗，开诗会、出诗集……无处不是"诗"。在小说

---

[1] 李万钧在《"诗"在中国古典长篇小说中的功能》（《文史哲》，1996第3期）中统计《三国演义》中诗词曲共198首，《水浒传》有576首，《西游记》有714首，《金瓶梅》超过800首，《红楼梦》的诗词曲有268首。后人依版本不同，统计结果略有偏差，但大体不出上述范围。考虑到明清小说版本的复杂性以及书商对作品诗词删减的任意性，且使用概数并不影响我们对诗体韵文数量在各部作品中分布的总体情况的衡量，本书在此对五部作品中的诗体韵文数量不另作统计。

开篇第一回隳栝全文的"楔子"中，作者塑造了"历年卖诗卖画"[1]、奉养老母、不以仕进为意的桀骜书生王冕。第八回中，蘧景玉引前任臬司言蘧太守衙门中的三样声息："吟诗声、下棋声、唱曲声。"[2] 而蘧公孙因刊刻《高青邱集诗话》而成一方名士，蘧太守"就此常教他做些诗词，写斗方，同诸名士赠答"[3]。第九回中杨执中因诗作而受到娄家两位公子的青睐。第十二回"名士大宴莺脰湖"，牛布衣吟诗。第十七回"赵医生高踞诗坛"，第十八回"约诗会名士携匡二"。第二十回牛布衣临终托诗，引出第二十一回牛浦郎盗诗。第二十三回"发阴私诗人被打"。第二十九回杜慎卿品评萧金铉所作诗句。第三十四回迟衡山等人与杜少卿谈论其所作《诗说》及其对"《诗》大旨"的观点。第三十五回庄征君与娘子共读杜少卿《诗说》。第三十三回借《识舟亭怀古》诗引出韦四太爷。第四十回萧云仙慕诗会武书。第四十一回沈琼枝因善作诗得知县开释文书。第四十六回"三山门贤人饯别"，"在会诸人，都做了诗"。第四十九回带出武正字在庄濯江家作了《红芍药》诗，并引出其对"毛诗"与杜少卿《诗说》的评论。第五十四回又照映出莺脰湖诗会的一段公案："胡三公子约了赵雪斋、景兰江、杨执中先生，匡超人、马纯上一班大名士，大会莺脰湖，分韵作诗。"[4] 在《儒林外史》中，可谓处处皆言"诗"。

然而，在小说文本中，《儒林外史》对诗词原文的羼入却十分有限，达到了几近"无诗"的境界。作品虽保留了章回小说卷首诗词开篇，卷终诗词归结，每回回末以韵文对句作结的基本形式，但整部小说引用诗词者仅 15 处，相对完整引用的仅 7 处。分别为第一回开篇的《蝶恋花》词，隐喻题旨。第二回梅玖念一字至七字的"呆秀才"歪诗以为戏。第七回陈礼扶乩得《西江月》词一首，乃神棍预言王惠后来的命运走向。第九回杨执中"作"七言绝句诗一首以自我标举。第十五回马二先生在洪憨仙处看

---

[1] 李汉秋.儒林外史会校会评本 [M].上海：上海古籍出版社，1984：10.

[2] 李汉秋.儒林外史会校会评本 [M].上海：上海古籍出版社，1984：116.

[3] 李汉秋.儒林外史会校会评本 [M].上海：上海古籍出版社，1984：122.

[4] 李汉秋.儒林外史会校会评本 [M].上海：上海古籍出版社，1984：732.

到的一首七绝："南渡年来此地游，而今不比旧风流。湖光山色浑无赖，挥手清吟过十洲。"[1] 马二先生见此惊其为神仙。第四十四回迟衡山引前人诗说明风水之谈的荒谬。第五十五回归结全文的《沁园春》词一首。这7首诗（词）中，梅玖所吟乃打油诗。有学者考证杨执中的诗截取自元人吕思诚所作七律《戏作》的后面两联[2]，论者多以其所揭露的是"名士"的抄袭欺骗与欺世盗名。迟衡山所引之诗出自明代人沈周的《郭璞墓》，原诗为七律，文中仅引用前四句。[3] 也就是说，除了第一回开篇的《蝶恋花》与最后一回归结全文的《沁园春》，文中相对完整引用的诗词均带有戏谑性，多是对人物的嘲讽。文中另有8句残诗，第七回陈礼扶乩附会李梦阳事时，引了周密《齐东野语》卷十六《降仙》中所录诗句："因到江南省宗庙，不知谁是旧京人？"[4] 第八回末二娄引"宋代词人"词句"算计只有归来是"[5] 来表示归隐之心。此句未见诸宋人词作，当为吴敬梓假托古人所作。第十一回杨执中家中的一副对联："三间东倒西歪屋，一个南腔北调人。"此联实为徐渭《青藤书屋图》题画诗中的句子。[6] 第十五回"仙人"遇着马二先生时的一句"天下何人不识君"化用了高适《别董大》的名句。第二十九回杜慎卿评萧金铉所作"桃花何苦红如此？杨柳忽然青可怜"诗句，以为前句："只要添一个字，'问桃花何苦红如此'，便是《贺新凉》中间一句好词。"[7] 第五十三回，陈木南引唐代吴融的诗句"无人知道外边

---

[1] 李汉秋 .《儒林外史》会校会评本 [M]. 上海：上海古籍出版社，1984：211.

[2] "杨允窃吕思诚诗句"条，参见：李汉秋 .《儒林外史》研究资料 [M]. 上海：上海古籍出版社，1984：23.

[3] 《儒林外史》中迟衡山所引诗："气散风冲那可居，先生埋骨理何如？日中尚未逃兵解，世上人犹信葬书！"个别字与沈周之诗原文有出入。沈周《郭璞墓》原文："气散风冲岂可居，先生埋骨理何如？日中数莫逃兵解，世上人犹信葬书！漂石龙涎春雾后，交沙鸟迹晚潮余。只怜玉立三峰好，浮弄江心月色虚。"见《儒林外史》资料汇编，第104页。

[4] 李汉秋 .《儒林外史》研究资料 [M]. 上海：上海古籍出版社，1984：172.

[5] 李汉秋 . 儒林外史会校会评本 [M]. 上海：上海古籍出版社，1984：125.

[6] 李汉秋 .《儒林外史》研究资料 [M]. 上海：上海古籍出版社，1984：175–176.

[7] 李汉秋 . 儒林外史会校会评本 [M]. 上海：上海古籍出版社，1984：398.

寒"赞徐九公子的园子。[1]第五十四"莺脰湖诗会"公案中被引以为证的、传为赵雪斋所作"湖如莺脰夕阳低"残诗一句。另有一些诗存目，如武平所作《红芍药》《广武山怀古》，牛布衣所作《呈相国某大人》《怀督学周大人》《娄公子偕游莺脰湖分韵，兼呈令兄通政》《与鲁太史话别》《寄怀王观察》等，其余如杜慎卿、杜少卿、沈琼枝等人，皆只闻其诗名，而未见其诗。《儒林外史》用诗有别于同时代的其他作品，这一点，小说评点者也已然观察到，小说第四十一回知县命沈琼枝以"槐树"为题作诗，"沈琼枝不慌不忙，吟出一首七言八句，又快又好。"[2]黄小田在此评曰："寻常小说必将诗写出，无关正文而且小家气。"[3]评语对吴敬梓用诗的不落俗套赞誉有加。以《儒林外史》如此皇皇巨著，对诗词的引用却如此节制，这显然是作者的一种刻意回避。据清人金和《儒林外史·跋》载，吴敬梓著有《诗说》七卷、《文木山房文集》五卷、《诗集》七卷，其诗文作品多已亡佚，今尚存诗词213首[4]。从现存诗词来看，吴敬梓"少攻声律之文"（程廷祚《文木山房集·序》）[5]，对各体诗词的创作都驾轻就熟，且不乏佳作。如：

辛苦青箱业，传家只赐书。荒畦无客到，春日闭门居。柳线如烟结，梅根带雨锄。旧时梁上燕，渺渺独愁予。（《遗园》其一）[6]

满地霜华满舵风，桑阴零落稻粱空。浓沾两袖西湖雨，洒向烟波月色中。（《西湖归舟有感》）[7]

浩荡天无极，潮声动地来。鹏溟流陇域，蜃市作楼台。齐鲁金泥没，

[1] 李汉秋.儒林外史会校会评本[M].上海：上海古籍出版社，1984：709.

[2] 李汉秋.儒林外史会校会评本[M].上海：上海古籍出版社，1984：568.

[3] 吴敬梓.儒林外史[M].黄小田，评点.李汉秋，辑校.合肥：黄山书社，1986：386.

[4] 参见：吴敬梓.吴敬梓诗文集[M].李汉秋，辑校.北京：人民文学出版社，2002.

[5] 李汉秋.《儒林外史》研究资料[M].上海：上海古籍出版社，1984：25.

[6] 吴敬梓.吴敬梓诗文集[M].李汉秋，辑校.北京：人民文学出版社，2002：14.

[7] 吴敬梓.吴敬梓诗文集[M].李汉秋，辑校.北京：人民文学出版社，2002：83.

乾坤玉阙开。少年多意气，高阁坐衔杯。（《观海》）[1]

玉门关外狼烽直，毳帐穷庐犄角立。鸣镝声中欲断魂，健儿何处吹羌笛。使君衔命出云中，万里龙堆广漠风。夕阳寒映明驼紫，霜花晓衬鹔袍红。顾陆丹青工藻绘，不画凌烟画边塞。他日携从塞外归，图中宜带风沙态。披图指点到穷发，转使精神同发越。李陵台畔抚残碑，明妃冢上看明月。天恩三载许君还，江南三度繁花殷。繁花殷，芳草歇，蔽芾甘棠勿剪伐。（《奉题雅雨大公祖出塞图》）[2]

这些诗既有律诗、绝句，也有古体，体式多样；诗句或深婉曲折，或清新秀丽，或雄浑雅健，或慷慨悲凉，皆格律严谨而又富于变化。堂兄吴檠在《为敏轩三十初度作》中评价吴敬梓"赋诗诈人称沈约""香词唱满吴儿口"。[3]友人程晋芳在《文木先生传》中亦言吴敬梓："诗赋援笔立成，夙构者莫之为胜。"[4]清人方嶟在《文木山房集·序》中言其："能以诗赋力追汉唐作者。"[5]这证明了吴敬梓在诗歌创作上卓有建树。而吴敬梓本人对文人间诗歌酬唱的活动也并不排斥，相反还乐在其中，其作品中多有与友人赠答之诗作。在诗作《送家广文先生俸满入都谒选》中，吴敬梓更是追忆了自己与友人八年的诗酒酬唱生活，所谓："金陵八载欢相聚，诗筒酒盏无朝暮；桃叶轻阴泛小船，梅花香霭吟新句。"[6]但在《儒林外史》的创作中，吴敬梓对诗词的运用却惜字如金。关于这一问题，前辈学者亦曾提出自己的看法，以为："这一现象表明吴敬梓的一种美学追求：不逞才、不炫耀，朴朴实实地去塑造人物，叙述情节，描摹环境，力避行文中夹杂大量韵文，努力形成自己纯净、精粹的白话书面语的小说文体。因此他把诗词的数量压缩到最低限度。有许多情节明显应该有诗词，但他都一

[1] 吴敬梓.李汉秋，辑校.吴敬梓诗文集[M].北京：人民文学出版社，2002：13.

[2] 吴敬梓.吴敬梓诗文集[M].李汉秋，辑校.北京：人民文学出版社，2002：94–95.

[3] 李汉秋.《儒林外史》研究资料[M].上海：上海古籍出版社，1984：3.

[4] 李汉秋.《儒林外史》研究资料[M].上海：上海古籍出版社，1984：12.

[5] 李汉秋.《儒林外史》研究资料[M].上海：上海古籍出版社，1984：25.

[6] 吴敬梓.吴敬梓诗文集[M].李汉秋，辑校.北京：人民文学出版社，2002：94–95.

笔带过，或者换成了叙述描写。"[1] 同时，前辈学者还指出吴敬梓这一美学追求与当时小说创作尚逞才、诗文小说大量出现的现实相关，是对流弊的一种反拨。诚然，在小说中克制地使用诗词，说明吴敬梓对小说的文体创作有着较为清晰且独到的认识。冥飞在《古今小说评林》中评论道："纯粹之白话小说以《儒林外史》为最，盖其他之书无不有文言及俗话官话夹杂其中者。长篇小说中，有以俗话为白话者，如《金瓶梅》是也；有以官话为白话者，如《儿女英雄传》是也；有白话而夹杂以文言者，如《红楼梦》中之'凤尾森森，龙吟细细'等词是也；有白话而夹杂以俗话者，如《水浒》中之'干鸟么''干呆么'等语是也。其完全白话之小说，予生平实未之有见。其俗话、官话、文言较少者，似不得不推《儒林外史》为首屈一指。"[2] 这说明《儒林外史》的语言风格既不过于浅俗，亦不过于书面，是当时白话文学的典范。

应该说吴敬梓对白话语体的纯熟运用与白话小说语体的渐次成熟直接相关。但与此同时，对《儒林外史》鲜少使用诗词的文学大背景尚有值得讨论之处。且看《儒林外史》中的几段故事：

那童生道："童生诗词歌赋都会，求大老爷出题面试。"学道变了脸道："'当今天子重文章，足下何须讲汉唐'！像你做童生的人，只该用心做文章；那些杂览学他做甚么！况且本道奉旨到此衡文，难道是来此同你谈杂学的吗？看你这样务名而不务实，那正务自然荒废，都是些粗心浮气的说话，看不得了！左右的，赶了出去！"一声吩咐过了，两旁走过几个如狼似虎的公人，把那童生叉着膊子，一路跟头叉到大门外。（第三回"周学道校士拔真才　胡屠户行凶闹捷报"）[3]

鲁编修看罢，愁着眉道："老世兄，似你这等所为，怕不是自古及今的贤公子？就是信陵君、春申君也不过如此。但这样的人，盗虚声者多，

---

[1] 杨栋，杨执中其诗与其人 [J]. 明清小说研究，1989（3）：110-116.

[2] 李汉秋 .《儒林外史》研究资料 [M]. 上海：上海古籍出版社，1984：276.

[3] 李汉秋 . 儒林外史会校会评本 [M]. 上海：上海古籍出版社，1984：39.

有实学者少。我老实说：他若果有学问，为甚么不中了去？只做这两句诗当得甚么？"（第十回"鲁翰林怜才择婿 蘧公孙富室招亲"）[1]

（鲁编修）闲居无事，便和女儿谈说："八股文章若做得好，随你做甚么东西，要诗就诗，要赋就赋，都是一鞭一条痕，一掴一掌血。若是八股文章欠讲究，任你做出甚么来，都是野狐禅、邪魔外道。"小姐听了父亲的教训，晓妆台畔、刺绣床前，摆满了一部一部的文章。每日丹黄烂然，蝇头细批。人家送来的诗词歌赋，正眼儿也不看他。家里虽有几本甚么《千家诗》、《解学士诗》、东坡小妹诗话之类，倒把与伴读的侍女采苹、双红们看，闲暇也教他诌几句诗，以为笑话。（第十一回"鲁小姐制义难新郎 杨司训相府荐贤士"）[2]

魏好古求面试诗词歌赋，但在八股取士的制度之下，作为一府之学道的周进竟将诗词韵文的写作视为"杂学"。娄三公子将杨执中诗作给鲁编修看，本意是举荐贤才，但在鲁编修看来，作诗成了欺世盗名之事。鲁编修因没有儿子，便将为学的心思都教导给女儿鲁小姐，但只一味地教她作八股文章，诗词歌赋"正眼儿也不看"，连大学士苏东坡的诗也成了伴读侍女们的消遣。无怪乎范进不识苏东坡（第七回），齐省堂本戏评鲁小姐："以八股文为正务，以诗为笑话，此小姐真脱尽小说中之小姐窠臼矣。"[3]诗道之衰微可见一斑。小说第三十三回借迟衡山的话一语道出了一代文人的窘境——"而今读书的朋友，只不过讲个举业，若会做两句诗赋，就算雅极的了。"[4]。

科举摒弃诗词的现象始自明初，洪武中为淮南学官的茅大芳曾言及当时的科举考试："先之经术以询其道，次之论判以观其学，次之策时务以察其才之可用。诗赋文辞之夸乎靡丽者，章句训诂之狃于空谈者，悉屏去

[1] 李汉秋.儒林外史会校会评本 [M].上海：上海古籍出版社，1984：142.

[2] 李汉秋.儒林外史会校会评本 [M].上海：上海古籍出版社，1984：155–156.

[3] 李汉秋.儒林外史会校会评本 [M].上海：上海古籍出版社，1984：156.

[4] 李汉秋.儒林外史会校会评本 [M].上海：上海古籍出版社，1984：459.

之。"[1] 清初黄生在《诗麈》中谈道："谈诗道于今日，非上材敏智之士则不能工。何也？以其非童而习之，为父兄师长所耳提而面命者也。大抵出于攻文业举之暇，以其余力为之，既不用以取功名，博科第，则于此中未必能专心致志，深造自得，以到古人所必传之处。"（卷二）[2] 汪愚麟谓："方今制科取士，专试时文，士皆斤斤守章句，习程式，非是则目为外道，而于诗尤甚，曰旁及者必两失。"[3] 稍早于吴敬梓的刘大櫆、毛奇龄则言："天下之习为举子业者，多不能诗。"[4] "旧习举义者，戒勿为诗；而为诗者，谓为举义家，必不工。"[5] 非但如此，为应科举而长期不断重复僵化的八股时文研习，亦对文人的诗歌创作造成了负面的影响。袁枚在《随园诗话》中谈道："时文之学，不宜过深；深则兼有害于诗。前明一代，能时文，又能诗者，有几人哉？金正希、陈大士与江西五家，可称时文之圣；其于诗，一字无传。"[6] 诗歌创作自明代始被摒弃于科举考试的项目之外，直至清乾隆二十二年，才加试"试帖诗"，但"试帖诗"的创作同样无法完全自由地发挥文人的创造才能。[7] 明清两代科举考试专以八股时文为业，致使以诗词创作为中心的文学传统

[1]　茅大芳《希董堂集》卷上《乡试小录序》，道光十五年重刊本。

[2]　黄生. 诗麈 [M]. 合肥：黄山书社，1995：85.

[3]　顾图河. 雄雉斋选集 [M]. 济南：齐鲁书社，1997：372.

[4]　刘大櫆. 刘大櫆集 [M]. 上海：上海古籍出版社，1990：65.

[5]　毛奇龄《吴应辰诗序》《西河文集》序十，乾隆间萧山书留草堂刊本。转引自：蒋寅. 科举阴影中的明清文学生态 [J]. 文学遗产，2004（1）：18-32.

[6]　袁枚. 随园诗话 [M]. 顾学颉，校点. 北京：人民文学出版社，1982：267.

[7]　王鸿泰《迷路的诗——明代士人的习诗情缘与人生选择》，《近代史研究所集刊》第50期，第12页。另据井玉贵《〈儒林外史〉有关科举事象之考释：乾隆十九年前的科考诗赋问题》一文考证：大体说来，乾隆二十二年之前的明清时期，测验诗赋写作能力一般仅在制科、召试及庶吉士朝考等场合，在童生试、乡试、会试等常规考试中则非常罕见……一些擅长诗赋写作的考生在如上基层考试中会幸运地获得青睐，从而或取得高名次，或凭此晋升为秀才。当然，擅长诗赋写作的考生要获此好运，有一个先决条件，即试官也是颇擅诗赋写作的同道者。此种幸运可遇而不可求。对于讲求实际的考生来说，写好八股仍是必不可少的功课。

被打断。尽管有识之士对八股时文的流弊早已有所洞见并加以批判，且纷纷在为诗、为文上师法汉唐以期力挽狂澜，但无法改变诗道渐衰的现实。恰如施闰章所言："今人束发受举子业，父师之所督，侪友之所切磨，胥是焉在，犹患不工。及壮长通籍，或中年放废，始涉笔于诗，稍顺声律，便登简帙。以不专之业，兼欲速之心，弋无涯之名，怀难割之爱，固宜出古人下也。"（《天延阁诗序》）[1] 纵观明清诗坛，不可谓不热闹，但在现实层面，明清士人对举业的热衷使其对诗词歌赋弃如敝屣[2]，只有当其"绝意仕途，乃纵情诗酒"[3]。在举业上功成富贵者，往往拙于诗词；而举业无望者，在痛斥八股时文之余虽欲借诗词以自名，却往往在创作上捉襟见肘；能够两相兼美者少之又少。中国文学重诗歌创作的传统至此被打断，这是一代"文厄"，也是一代"诗厄"。对此，《儒林外史》作了全面、生动的展现，在作品中，"诗"成为一个文化符号，昭示着诗道衰微的现实，也预示着一代"文厄"的根源。作品中写诗、评诗者可分为三类。一类是举业富贵者，如周进、范进、鲁编修、万中书之流，他们对诗可谓一窍不通，却沾沾自喜、不以为耻、反以为荣。一类是借诗沽名钓利、欺世盗名的假名士，这类人在书中比比皆是，如魏好古、蘧公孙、匡超人、牛浦郎、景兰江、赵雪斋之流。小说对此进行了辛辣的讽刺。魏好古自负诗词歌赋俱作得，但写个荐亡的疏，"倒别了三个字"（第四回）[4]，最令人喷饭的是对匡超人学作诗的描写："到晚无事，因想起明日西湖上须要作诗，我若不会，不好看相，便在书店里拿了一本《诗法入门》，点起灯来看。他

---

[1] 施闰章.施愚山集（第1册）[M].合肥：黄山书社，1993：141.

[2] 蒋寅在《科举阴影中的明清文学生态》中曾言："从明清两代对八股取士的批判及时文与文章的分流来看，社会普遍的价值观显然更重视诗古文辞写作。然而现实中影响力更大的是科举，它所造成的彻底排斥学问和文章的结果，恰好产生与唐代科举相反的作用力——不是刺激文学繁荣，而是对文学发展造成阻碍和伤害。参见《文学遗产》2004年第1期，第18-32页。

[3] 陈栩《栩园诗话》卷三，光绪间刊本。转引自：蒋寅.科举阴影中的明清文学生态[J].文学遗产，2004（1）：18-32.

[4] 李汉秋.儒林外史会校会评本[M].上海：上海古籍出版社，1984.

是绝顶的聪明，看了一夜，早已会了。次日又看了一日一夜，拿起笔来就做，做了出来，觉得比壁上贴得还好些。当日又看，要已精而益求其精。"（第十八回）[1]只消一日一夜，匡超人便"学会"了作诗，待到分韵赋诗时，他"看那卫先生、随先生的诗，'且夫''尝谓'都写在内，其余也就是文章批语上采下来的几个字眼。拿自己的诗比比，也不见得不如他。众人把这诗写在一个纸上，共写了七八张。匡超人也贴在壁上。"[2]这一段描写真是令人捧腹，但笑过之后，却不由得感慨，作诗沦为沽名钓利的手段，西湖诗会完全就是一场闹剧，诗道之衰微竟已至此。

这两类人物群像都是作者不遗余力加以鞭挞的对象，正如天目山樵评语："有等人只知时文制艺，不知诗为何物；有等人却又浮慕作诗，开口乱嚼。不知二者孰得孰失。"[3]在第四十七回作者借五河县的风俗："说起那人有品行，他就歪着嘴笑；说到前几十年的世家大族，他就鼻子里笑；说那个人会做诗赋古文，他们就眉毛都会笑。"[4]作者写出了在科举制业的影响下，"士"风日下、诗道衰微的现实。

书中还塑造了一批真正的诗酒风流人物，但值得玩味的是，这一群人在作品所描写的诗歌创作活动中出现了集体性的"失声"。杜少卿是作者自况，他胸襟坦荡、志趣高雅，所谓"海内英豪，千秋快士"[5]，书中写其著有《诗说》[6]，对诗词自有一番见解。第三十四回杜少卿谈诗，黄小田评曰："认真论诗非小说矣，妙在不失本旨。"[7]少卿亦有诗集见传，第三十六。虞博士曾言："曾在尤滋深案头见过他的诗集，果是奇才。"[8]但书中从不渲染其作诗、结社。庄征君与夫人隐居元武湖，"闲着无事，

[1] 李汉秋 . 儒林外史会校会评本 [M]. 上海：上海古籍出版社，1984：255.

[2] 李汉秋 . 儒林外史会校会评本 [M]. 上海：上海古籍出版社，1984：258.

[3] 李汉秋 . 儒林外史会校会评本 [M]. 上海：上海古籍出版社，1984：299–230.

[4] 李汉秋 . 儒林外史会校会评本 [M]. 上海：上海古籍出版社，1984：633.

[5] 李汉秋 . 儒林外史会校会评本 [M]. 上海：上海古籍出版社，1984：450.

[6] 吴敬梓著有《文木山房诗说》，文中杜少卿《诗说》的一番议论俱从此出。

[7] 吴敬梓 . 儒林外史 [M]. 黄小田，评点 . 李汉秋，辑校 . 合肥：黄山书社，1986：319.

[8] 李汉秋 . 儒林外史会校会评本 [M]. 上海：上海古籍出版社，1984：495.

又斟酌一樽酒，把杜少卿做的《诗说》，叫娘子坐在旁边，念与他听。念到有趣处，吃一大杯，彼此大笑"[1]，但却也未见其写诗、论诗。虞育德是"书中第一人"（黄小田评）。[2] 六岁就开蒙，却到了十七八岁时方跟着"古文诗词天下第一"[3]的云晴川先生学诗文。乡试进了学也曾"住在衙门里，代做些诗文"[4]。但赴任南京国子监博士时，"屡次考诗赋，总是一等第一"的武书要拿"平日考的诗赋，还有所作的《古文易解》"来请教，他却极有礼貌地说"容日细细捧读"。[5] 之后亦鲜少写他作诗、论诗。小说仅在两处透露出诸公是写诗的：一处是第四十四回，从余大先生眼中见到诸公在萧云仙"西征小纪"上的题诗；另一处是第四十六回写饯别虞博士时，杜少卿、庄征君等人都在《登高送别图》上做了诗。但作者均刻意地一笔带过[6]，真正作诗的雅事却湮没于日常的叙事洪流之中。即便是具有争议性的人物杜慎卿，虽在士行上有所缺损，却也不乏真性情。申学台合考二十七州县诗赋时，杜慎卿是卷首，第二十九回"诸葛佑僧寮遇友杜慎卿江郡纳姬"写萧金铉、季恬逸受葛天申之邀选刻文章，偶遇杜慎卿：

　　当下坐着，吃了一杯茶，一同进到房里。见满桌堆着都是选的刻本文章，红笔对的样，花蓼胡哨的。杜慎卿看了，放在一边。忽然翻出一首诗来，便是萧金铉前日在乌龙潭春游之作，杜慎卿看了，点一点头道："诗句是清新的。"便问道："这是萧先生大笔？"萧金铉道："是小弟拙作，要

[1] 李汉秋.儒林外史会校会评本[M].上海：上海古籍出版社，1984：486.

[2] 吴敬梓.儒林外史[M].黄小田，评点.李汉秋，辑校.合肥：黄山书社，1986：333.

[3] 李汉秋.儒林外史会校会评本[M].上海：上海古籍出版社，1984：491.

[4] 李汉秋.儒林外史会校会评本[M].上海：上海古籍出版社，1984：493–494.

[5] 李汉秋.儒林外史会校会评本[M].上海：上海古籍出版社，1984：496.

[6] 第四十四回原文为："杜少卿取了出来，余大先生打开看了图和虞博士几个人的诗。看毕，乘着酒兴，依韵各和了一首，三人极口称赞，当下吃了半夜酒，一连住了三日。"第四十六回原文为："当日吃了一天酒。做完了戏，到黄昏时分，众人散了。庄濯江寻妙手丹青画了一幅《登高送别图》。在会诸人都做了诗。又各家移樽到博士斋中饯别。"见：李汉秋.儒林外史会校会评本[M].上海：上海古籍出版社，1984：605，623.

求先生指教。"杜慎卿道："如不见怪，小弟也有一句盲瞽之言。诗以气体为主。如尊作这两句：'桃花何苦红如此？杨柳忽然青可怜。'岂非加意做出来的？但上一句诗，只要添一个字，'问桃花何苦红如此'，便是《贺新凉》中间一句好词。如今先生把他做了诗，下面又强对了一句，便觉索然了。"几句话把萧金铉说得透身冰冷。季恬逸道："先生如此谈诗，若与我家苇萧相见，一定相合。"杜慎卿道："苇萧是同宗吗？我也曾见过他的诗，才情是有些的。"坐了一会，杜慎卿辞别了。[1]

　　杜慎卿对萧金铉诗句的评点十分到位，是诗里行家，齐省堂本在此处评曰："绝妙谈吐，此真深于诗词者，彼斗方诸公何足以知之！"[2]足见其诗词功力。但当次日杜慎卿回请三人到府中赏牡丹，萧金铉在席上提出"即席分韵"时，杜慎卿却说："先生，这是而今诗社里的故套。小弟看来，觉得雅的这样俗，还是清谈为妙。"[3]他不愿附和斗方名士的恶趣味。宗老爷送行乐图来求题，他"只觉得可厌"。在作品中，"作诗"成为抽象化的文化象征符号，真名士们在"诗"前的集体失声与假名士在"诗"前的众声喧嚣构成了鲜明的对比。

　　明清文人热衷举业却痛恨八股时文，极力作诗却又无力作诗。在此背景下，我们需要重新审视白话小说中羼入诗词韵文的文学现象，即创作者究竟为何需要借小说以传诗，又是以怎样的心态、抱有多大的热情选择和创作羼入小说中的诗词？《儒林外史》羼入诗词数量的锐减，与作品对一代"诗厄"的呈现不无关联。明清举业重八股而轻诗词的文学生态，对中国文学的诗词创作传统造成了根本性的冲击，前后七子对汉唐遗韵的追慕亦无法改变诗道衰微的现实。真名士挣扎于无力作诗的窘境，而在诗词的话语体系中普遍呈现出一种失语的状态；假名士们却以此为附庸风雅的工具，这一现实被深刻地写入小说中。白话小说羼入诗词的文人化倾向，不

[1] 李汉秋.儒林外史会校会评本[M].上海：上海古籍出版社，1984：398-399.

[2] 李汉秋.儒林外史会校会评本[M].上海：上海古籍出版社，1984：398-399.

[3] 李汉秋.儒林外史会校会评本[M].上海：上海古籍出版社，1984：400.

仅表现在作品中诗词的雅俗之分，以及诗词所承载的叙事功能的多寡，而且还体现在知识精英对时代的细致观察与深刻反思上。《儒林外史》在作品中极为节制的诗词羼入，也因此具有了深刻的象征意味。

另一方面，在白话小说语体渐次成熟，诗词创作日渐式微的文学生态下，以《儒林外史》为代表的中国古代白话小说创作也终于可以逐渐摆脱文言小说与话本小说羼入诗词韵文的先天性影响，小说作者们在创作白话小说时也终得以抛开对诗词创作的依赖与依恋，从而使中国古代白话小说演变为具有现代意义的白话语体创作成为可能。尽管此时的中国白话小说仍无法完全摆脱传统章回小说卷首、卷末及回末以韵文结尾的结构特征，以及旧有"说话人"叙述方式的影响。但毫无疑问，《儒林外史》对诗词的摒弃是对小说文本话语体系的一种变革，虽然这种变革多多少少是被时代的文学语境裹挟着前行，作者在这场变革之中具有多少的文体自觉意识尚待进一步的讨论，但这一变革却客观上预示着中国白话小说文体的外部结构方式正渐渐走向成熟。此前的《红楼梦》虽然昭示了小说文体与诗体相融合的极大的可能性，但《儒林外史》的新变显然更加富有白话小说文体独立的意识，具有白话小说文体现代化转型的意义。此后的《官场现形记》《老残游记》《二十年目睹之怪现状》等作品的创作，虽或不十分彻底，却也都体现出对这一创作转变的认同。需要特别注意的是，中国古代白话小说的话语体系不再以羼入诗词为意，并不意味着小说文体诗性的消亡，因为中国古代白话小说的诗性特征，并不全然表现在诗词韵文的羼入这一外在的语体形式特征上，除此之外，它还包含着更为丰富的内涵与文本表现。

诗道衰微、文道衰微对明清文学的另一客观影响则是小说文体的振兴。恰如清代天空啸鹤在《豆棚闲话·叙》中所言："卖不去一肚诗云子曰，无妨别显神通。"[1]说部成了当时文人们在诗文之外的选择。清代署名锺离濬水所作的《十二楼·序》亦言："道人尝语余云：'吾于诗文非不究心，而得志愉快，终不敢以稗史为末技。'嗟呼！诗文之名诚美矣，顾今

---

[1]　丁锡根.中国历代小说序跋集（中）[M].北京：人民文学出版社，1996：848.

之为诗文者，岂诗文哉！是曾不若吹篪蹴鞠，而可以傲入神之艺乎！吾谓与其以诗文造业，何如以小说造福；与其以诗文贻笑，何如以小说名家。"[1] 从传统的文学价值观念而言，诗文的正统地位虽未发生根本性的改变，但在现实层面，科举时文所造成的对诗古文辞创作的彻底排斥却是不争的事实，诗古文辞创作群体与读者群体的大量削减造成了传统诗文创作水平的整体性下滑。诗词创作的"平仄"与韵律功夫、古文的微辞妙义，极依赖于自蒙学而始、经年累月的积累与训练，明清文人困于场屋、专注时文，对诗古文辞的创作苦于力所不逮，普遍丧失了在诗文创作上与古人一较长短之心，转而将创作精力投向了写作更为自由却同样可以"声情激越""可歌可泣，颇足兴起百世观感之心"[2] 的白话小说创作，从而迎来了一代文学之兴。

[1] 丁锡根 . 中国历代小说序跋集（中）[M]. 北京：人民文学出版社，1996：825.

[2] 李汉秋 . 儒林外史会校会评本 [M]. 上海：上海古籍出版社，1984.

第三章　功能的诗性：白话小说
文体功能的诗学转向

　　白话小说表现对象的诗化过程与白话小说文体功能的诗学转向相伴而生。鲁迅在《中国小说史略》中曾言及俗文学兴起的原因："以意度之，则俗文之兴，当由二端，一为娱心，一为劝善，而尤以劝善为大宗。"[1]作为俗文学的白话小说，其最初的功能不外乎世俗娱乐和以"劝善"为特征的佛家教化，表现对象取自城市平民各阶层的生活，是市民阶层喜闻乐见的故事，符合民众的思想感情与审美追求。但这一最初功能在白话小说创作文人化之后就被加以拓展，文人审美在一定程度上取代了世俗娱乐，呈现出对情感体验与精神品格的诗性追求。再者，在《毛诗序》确立的"上以风化下，下以风刺上"的诗教传统的影响下，白话小说的教化功能，一方面由最初的具有浓郁佛教文化色彩的"劝善"转变为自上而下的道德教化，表现对象亦从因果报应的题材范围扩展到儒家对人伦关系的重视和对个体生命价值的思考。另一方面，在补察时政的诗教传统下，白话小说文本体现出强烈的现实关注，讽刺现实、暴露黑暗成为小说家的创作自觉。在济世情怀与个人理想的影响下，白话小说的文体功能呈现出借小说"言志"的诗学转向。

---

[1]　鲁迅．中国小说史略 [M]．北京：人民文学出版社，2006：113．

第一节 "娱目"到"娱情"：白话小说娱乐功能的诗化

对中国古代小说娱乐功能的研究，学者们成果迭出，胡怀琛、杨义等皆从中国古代小说的源头，说明了作为"丛残短语"的小说所带有的取"悦"于人之意。[1]早期中国文言短篇小说的娱乐对象是有一定文化修养的知识分子，故较之诗文等文学样式，虽然带有娱乐性的特征，却未明显地体现出世俗化的倾向。这与后来生发于民间场域具有表演性质的白话小说不同，接受对象的差异使早期白话小说的叙事呈现出更为彻底的世俗娱乐性质。

白话小说的产生与敦煌俗讲、变文及民间说话艺术直接相关，宋元话本小说场域表演的特征决定了初期白话小说的文本在适应世俗民众的娱乐需求上表现得更为直接。正如鲁迅所说："其取材多在近时，或采之他种说部，主在娱心，而杂以惩劝。"[2]这自然与"虽小道，必有可观者焉"的文言小说拉开了距离。白话小说文本的娱乐性功能贯穿于白话小说发生、发展乃至成熟的整个过程，经典如《红楼梦》者，作者在开篇亦言："只愿他们当那醉余饱卧之时，或避世去愁之际，把此一玩。"[3]这一段话虽为作者谦逊之说，却也客观表现出当时文人对小说这一文体的认识，即小说是人们在茶余饭后的消遣与娱乐。但从话本小说到《儒林外史》《红楼梦》等文人独立创作的章回小说，中国古代白话小说的娱乐功能经历了由市井调笑的"娱目"向文人审美的"娱情"转变的过程。这一过程伴随着小说创作者与接受者的成熟，也是白话小说娱乐功能的诗化过程，并最终使白话小说在审美精神上体现出诗性特征。

诗歌进入白话小说并承载世俗娱乐功能在很大程度上是由话本小说的场域表演特性决定的。而市井细民踏入勾栏瓦肆的目的纯为娱乐，为迎合

---

[1] 胡怀琛.中国小说概论[M]//刘麟生.中国文学八论.郑州：中州古籍出版社，1991：3；杨义.中国古典小说史论[M].北京：中国社会科学出版社，1995：3.

[2] 鲁迅.中国小说史略[M].北京：人民文学出版社，2006：118.

[3] 曹雪芹.脂砚斋重评石头记[M].甲戌本.上海：上海古籍出版社，1994：14.

听众，说书人往往选择符合大众审美期待和道德、伦理观念的题材。《醉翁谈录》中提到的"灵怪、烟粉、传奇、公案，兼朴刀、捍棒、妖术、神仙"等故事，皆是大众喜闻乐见的题材。有别于唐传奇作品娱乐功能的文人化，白话小说的接受对象主要是普通民众，"唐人选言，入于文心；宋人通俗，谐于里耳。天下之文心少而里耳多，则小说之资于选言者少，而资于通俗者多。"（冯梦龙《古今小说·序》）[1] 白话小说的审美与娱乐功能一开始就呈现出明显的世俗娱乐的倾向，不入"文心"而"谐于里耳"。所谓："开卷则市井能谙，入耳则妇竖咸晓。"（姜殿扬《全相平话三国志·序》）[2] 这种"谐于里耳"的内容，常常是诉诸感官的娱心快意。凌濛初在《拍案惊奇·序》中谓是书："因取古今来杂碎事可新听睹、佐谈谐者，演而畅之。"[3]《飞花艳想·序》指出："稗官野史，如世上山海珍馐，爽口亦不可少。"[4] 不论是"谐于里耳""新听睹"还是"爽口"，都是一种由感官刺激引起的快乐。

以白话小说中的景物描写及人物描写为例，早期话本小说往往借用诗赋铺陈描写的方法来展现四时之景与物产之丰，以此触发听众的感官联想。如《清平山堂话本·西湖三塔记》开头有多首韵文及大段文字铺陈描写西湖景致，今仅节录其中一段：

这西湖，晨、昏、晴、丽、月总相宜：

清晨豁目，澄澄潋滟，一派湖光；薄暮凭栏，渺渺暝濛，数重山色。遇雪时，两岸楼台铺玉屑；逢月夜，满天星斗漾珠玑。双峰相峙分南北，三竺依稀隐翠微。满寺僧从天竺去，卖花人向柳阴来。

每遇春间，有艳草奇葩，朱英紫萼，嫩绿娇黄；有金林檎、玉李子、越溪桃、湘浦杏、东都芍药、蜀都海棠；有红郁李、山茶蘼、紫丁香、黄

[1] 冯梦龙. 古今小说 [M]. 上海：上海古籍出版社，1994：5-6.

[2] 丁锡根. 中国历代小说序跋集（中）[M]. 北京：人民文学出版社，1996：745.

[3] 凌濛初. 拍案惊奇 [M]. 陈迩冬，郭隽杰，校注. 北京：人民文学出版社，2007：1.

[4] 丁锡根. 中国历代小说序跋集（中）[M]. 北京：人民文学出版社，1996：1274.

蔷薇、冠子样牡丹、耐戴的迎春：此只是花。更说那水，有蘸蘸色漾琉璃，有粼粼光浮绿腻。那一湖水，造成酒便甜，做成饭便香，做成醋便酸，洗衣裳莹白。这湖中出来之物：菱甜，藕脆，莲嫩，鱼鲜。那装銮的待诏取得这水去，堆青叠绿，令别是一般鲜明。那染坊博士取得这水去，阴紫阳红，令别是一般娇艳。[1]

这段文字先极写西湖在一日之中的景色变化，既有闪烁的湖光，又有如画的山色，特别点出"楼台铺玉屑"的雪景与"满天星斗漾珠玑"的月夜之景，令人目不暇接。复又铺陈春日繁花盛开时的情景，此处描写以浓烈的色彩取胜。"朱英""紫萼""嫩绿""娇黄""金林檎""玉李子""紫丁香""黄蔷薇"……色彩艳丽繁富，令人眼花缭乱、目眩神迷。颜色首先是诉诸视觉的，各种炫目的色彩让人产生丰富的视觉联想。再写西湖之水，此处则强调味觉的体验，以甜酒、饭香、醋酸引发味觉的联想，佐以水中之物"菱甜，藕脆，莲嫩，鱼鲜"，真是令人听之、读之齿颊生津。但这似乎还不够，说书人还要进一步刺激听众的感官，"堆青叠绿，令别是一般鲜明""阴紫阳红，令别是一般娇艳"，在色彩斑斓之中引发感官的无限想象与联想。再加上"弄舌黄莺啼别院，寻香粉蝶绕雕栏"[2]，视觉与味觉之外，更有听觉的加入，静态的写景之外更有动态的声响；真可谓"目极世间之色，耳极世间之声，身极世间之鲜"[3]。说书人意在调动听众所有的感官参与叙事，话本小说对耳目声色的娱心快意有着明显的出于世俗娱乐的追求。

再以话本小说在人物外貌上的描写为例，白话小说在对人物进行外貌描写时亦常调动丰富的感官体验，如《醉翁谈录·林叔茂私挈楚娘》中借两首诗来描写楚娘：

---

[1] 洪楩编.清平山堂话本 [M]. 上海：古典文学出版社，1957：24.

[2] 洪楩编.清平山堂话本 [M]. 上海：古典文学出版社，1957：24.

[3] 钱伯城.袁宏道集笺校（卷五）[M]. 上海：上海古籍出版社，2008：205.

破晓寻春缓辔行，满城桃李斗芳英，桃红李白皆粗俗，争似冰肌莹眼明。

丹桂迎风蓓蕾开，摘来斜插竞相恨，清香不与群芳并，仙种仍从月里来。[1]

此处采用了中国文学在人物外貌描写中十分常见的"以物拟人"的笔法，这一笔法始自《诗经》中对人物外貌的描写，如《诗经·硕人》对美人的描写："手如柔荑，肤如凝脂，领如蝤蛴，齿如瓠犀，螓首蛾眉。"[2]这两首诗均是以花喻人，虽没有直接描写其外貌给人的感官印象，但前者以视觉冲击的桃红、李白来衬托人物之艳，后者以味觉上给人以浓郁刺激的丹桂之香来比之人物，充满了强烈的感官暗示。再如《清平山堂话本·西湖三塔记》写白衣妇人："绿云堆发，白雪凝肤。眼横秋水之波，眉插春山之黛。桃萼淡妆红脸，樱珠轻点绛唇。步鞋衬小小金莲，玉指露纤纤春笋。"[3]作品拈出发肤、眉眼、红妆、朱唇、金莲、玉指等充满感官刺激与联想的物象对人物外貌进行直观的描写。而随后对宴会场景的描写："琉璃钟内珍珠滴，烹龙炮凤玉脂泣。罗帏绣幕生香风，击起鼍鼓吹龙笛。当筵尽劝醉扶归，皓齿歌兮细腰舞。正是青春白日暮，桃花乱落如红雨。"[4]这里满足了听众对感官娱乐的全部想象，既有活色生香的艳丽佳人以娱目；又有美酒珍馐以满足口腹之欲，还有"皓齿歌""细腰舞""琵鼓""龙笛"以尽声色。类似这样的充满感官刺激的娱心快意在艳情类小说中更是比比皆是，前人对此多有讨论[5]，在此不再赘述。

话本小说注重世俗感官娱乐的审美特征在以文人为创作主体编纂的拟话本小说中同样得到体现，冯梦龙的"三言"在景物描写、人物外貌描写时，虽已从文人审美的角度摈弃了其中较低俗、浓艳的部分，如《众名姬春风吊柳七》对《柳耆卿诗酒玩江楼记》中诗词的改写。但在许多篇目中

---

[1] 罗烨.醉翁谈录 [M].上海：古典文学出版社，1957.

[2] 周振甫.诗经译注 [M].北京：中华书局，2002：82.

[3] 洪楩.清平山堂话本 [M].上海：古典文学出版社，1957：27.

[4] 洪楩.清平山堂话本 [M].上海：古典文学出版社，1957：27.

[5] 李桂奎.中国小说写人学 [M].北京：新华出版社，2008.

仍体现出世俗审美的感官娱乐性。如《宿香亭张浩遇莺莺》中描写张浩所置园林的景致：

> 风亭月榭，杏坞桃溪，云楼上倚晴空，水阁下临清沚。横塘曲岸，露偃月虹桥；朱槛雕栏，叠生云怪石。烂漫奇花艳蕊，深沉竹洞花房。飞异域佳禽，植上林珍果，绿荷密锁寻芳路，翠柳低笼斗草场。[1]

文辞虽已较为雅致，但仍然是雕缋满眼，极尽感官铺排之能事。而小说中对莺莺的描写："新月笼眉，春桃拂脸，意态幽花未艳，肌肤嫩玉生光。莲步一折，着弓弓扣绣鞋儿；螺髻双垂，插短短紫金钗子。似向东君夸艳态，倚栏笑对牡丹丛。"[2] 同样将人物外貌描写中的感官性拟物发挥到了极致。

随着白话小说创作主体与阅读主体的逐步文人化发展，他们开始不满于这种仅仅诉诸感官愉悦的娱乐方式，纷纷提出了批评。冯梦龙在《古今小说叙》中就批评《玩江楼》《双鱼坠记》等作品中的描写"皆鄙俚浅薄，齿牙弗馨焉"[3]。在明人所作的《新刻续编三国志引》中亦言："今世所刻通俗列传，并梓《西游》、《水浒》等书，皆不过快一时之耳目。"[4]言下不无批评之意。清人所作《跋金瓶梅后》云："市井细人，往往以假托之词，据为典故，其不令人喷饭者鲜矣，是又出不识一丁下也。"[5]观鉴我斋在《儿女英雄传·序》中提到友人评论近世小说："予以为每况愈下，但供喷饭也。"[6]这些观点都透露出士人对仅供娱心、耍笑之文令人"喷饭"的嘲笑。眷秋则在《小说杂评》中论及《红楼梦》："更有熏心富贵者，则徒好书中所纪衣饰饮馔、园亭陈设，则俗目耳。"[7]《红楼梦》作为中国古代白话小说的经典之作，被誉为中国古代贵族生活的百科全书，其中

[1] 冯梦龙.警世通言（下）[M].上海：上海古籍出版社，1994：1201.

[2] 冯梦龙.古本小说集成·警世通言（下）[M].上海：上海古籍出版社，1994：1202.

[3] 冯梦龙.古今小说[M].上海：上海古籍出版社，1994：3.

[4] 丁锡根.中国历代小说序跋集（中）[M].北京：人民文学出版社，1996：935.

[5] 丁锡根.中国历代小说序跋集（中）[M].北京：人民文学出版社，1996：1109.

[6] 丁锡根.中国历代小说序跋集（中）[M].北京：人民文学出版社，1996：1590.

[7] 阿英.晚清文学丛钞·小说 戏曲研究卷[M].北京：中华书局，1960：445.

不乏对世家大族五光十色的物质生活的描写。如第十七回写大观园园中景致，免不了类似"过了荼蘼架，再入木香棚，越牡丹亭，度芍药圃，入蔷薇院，出芭蕉坞"[1]这样落俗套的铺陈，第十八回写元妃省亲之际元夕夜景：

帐舞蟠龙，帘飞彩凤，金银焕彩，珠宝争辉，鼎焚百合之香，瓶插长春之蕊，静[2]悄无人咳嗽[3]……只见园中香烟缭绕，花彩缤纷，处处灯光相映，时时细乐声喧，说不尽这太平景象，富贵风流[4]……只见清流一带，势若游龙，两边石栏上，皆系水晶玻璃各色风灯，点的如银光雪浪；上面柳杏诸树虽无花叶，然皆用通草紬绫纸绢依势作成，粘于枝上的，每一株悬灯数盏；更兼池中荷荇凫鹭之属，亦皆系螺蚌羽毛之类作就的。诸灯上下争辉，真系玻璃世界，珠宝乾坤。船上亦系各种精致盆景诸灯，珠帘绣幕，桂楫兰桡，自不必说[5]……但见庭燎烧空，香屑布地，火树琪花，金窗玉槛。说不尽帘卷虾须，毯铺鱼獭，鼎飘麝脑之香，屏列雉尾之扇。[6]

这几段的描写确是"豪华富丽"，对普通读者而言当可悦其耳目，满足其对钟鼎之家、富贵园林的感官想象。但《红楼梦》对故事展开场景的描写显然已经刻意地做了调整，不再以激发读者的感官想象为意。如对作为元妃省亲重要场所的大观园正殿的描写，作者只以"崇阁巍峨，层楼高起，面面琳宫合抱，迢迢复道萦纡。青松拂檐，玉兰绕砌。金辉兽面，彩焕螭头"[7]这样简单的几句带过。而且，在《红楼梦》中感官愉悦的描写是附着于以抒情审美为目的的情感体验之上的。上面所引的几段元夕夜景的描写，作者并未像一般的白话小说那样连篇累牍地加以铺陈，而是分

[1] 曹雪芹. 脂砚斋重评石头记[M]. 庚辰本. 上海：上海古籍出版社，1994：357.

[2] 原本为"净"字，当有误，改入。

[3] 曹雪芹. 脂砚斋重评石头记[M]. 庚辰本. 上海：上海古籍出版社，1994：375.

[4] 曹雪芹. 脂砚斋重评石头记[M]. 庚辰本. 上海：上海古籍出版社，1994：377.

[5] 曹雪芹. 脂砚斋重评石头记[M]. 庚辰本. 上海：上海古籍出版社，1994：378.

[6] 曹雪芹. 脂砚斋重评石头记[M]. 庚辰本. 上海：上海古籍出版社，1994：381.

[7] 曹雪芹. 脂砚斋重评石头记[M]. 庚辰本. 上海：上海古籍出版社，1994：362.

散在这一回的叙事中进行片段式的展示，并且有意在热闹的富贵景象描写之后加入客观冷静的回忆，从而冲淡富贵景象给人的感官刺激，并转入对情感体验的激发。如在"说不尽这太平景象，富贵风流"[1]之后，作者紧接着十分突兀地加入了一段回忆性文字：

> 此时自己回想当初在大荒山中，青埂峰下，那等凄凉寂寞；若不亏癞僧、跛道二人携来到此，又安能得见这般世面。本欲作一篇《灯月赋》《省亲颂》，以志今日之事，但又恐入了别书的俗套。按此时之景，即作一赋一赞，也不能形容得尽其妙；即不作赋赞，其豪华富丽，观者诸公亦可想而知矣。所以倒是省了这工夫纸墨，且说正经的为是。[2]

这一段话以青埂峰下无力补天的顽石为叙事视角，回忆其当初在大荒山"凄凉寂寞"的生活，仿佛给烈火烹油的富贵景象当头泼了一盆凉水。作者又以自说自话的调侃草草地结束了对"此时之景"的描述，一热一冷的描写犹如棒喝，充满了自觉自省的批判力量，从而达到了"以乐景写哀"倍增其哀（王夫之《薑斋诗话》）的艺术效果，无怪乎脂评庚辰本在此处眉批曰："如此繁华盛极花团锦簇之文忽用石兄自语截住，是何笔力！令人安得不拍案叫绝。是阅历来诸小说中有如此章法乎？"[3]在这里，对情感体验的审美超越了感官愉悦的局限而成为最终的目的，作品的审美精神得到升华，具有了诗性之美。

在人物外貌描写方面，《红楼梦》同样不以感官性的拟物为意。如第一回写贾雨村初见娇杏，对贾雨村眼中的娇杏，作者只有八字概括："仪容不俗，眉目清朗。"[4]脂评甲戌本在此侧批曰："八字足矣。"[5]小说

---

[1] 曹雪芹. 脂砚斋重评石头记 [M]. 庚辰本. 上海：上海古籍出版社，1994：377–378.

[2] 曹雪芹. 脂砚斋重评石头记 [M]. 庚辰本. 上海：上海古籍出版社，1994：377–378.

[3] 曹雪芹. 脂砚斋重评石头记 [M]. 庚辰本. 上海：上海古籍出版社，1994：377–378.

[4] 曹雪芹. 脂砚斋重评石头记 [M]. 甲戌本. 上海：上海古籍出版社，1994：25.

[5] 曹雪芹. 脂砚斋重评石头记 [M]. 甲戌本. 上海：上海古籍出版社，1994：25.

此后又接着一句评论："虽无十分姿色，却亦有动人之处。"[1]甲戌本复眉批曰："更好。这便是真正情理之文。可咍近之小说中满纸'羞花闭月'等字。"[2]这一评点说明《红楼梦》在人物外貌描写上与一般通俗小说不同，对于这一不同，脂砚斋以"情理"二字论之。人物外貌描写不再以拟物性的感官体验为主，转而注意人物外貌描写是否合乎"情理"，即人物外貌给人带来的情感体验，这使得《红楼梦》对人物外貌的描写体现出一种诗性的审美。这一特征在《红楼梦》人物外貌描写最经典的场景"林黛玉进贾府"中亦有所体现。作者先从黛玉眼中写出三春，写迎春："温柔沉默，观之可亲。"[3]写探春："文彩精华，见之忘俗。"[4]写惜春："身量未足，形容尚小。"[5]脂评甲戌本在此眉批曰："浑写一笔更妙！必个个写去则板矣。可嗳近之小说中有一百个女子，皆是如花似玉一副脸面。"[6]对人物外貌描写不再以"如花似玉"般的感官物态化铺陈为意，而是"浑写一笔"，落在人物给人的情感体验之上。接着写宝黛初见，"黛玉一见，便吃一大惊，心中想道：'好生奇怪，倒像在那里见过一般'。"[7]脂评蒙古王府本此处有一段侧批："此一惊，方下文之留连缠绵，不为孟浪，不是淫邪。"[8]这一段评语亦是落在合乎"情理"二字之上。而宝玉见黛玉，"因笑道：'这个妹妹我曾见过'。"[9]在"笑"字后面脂评甲戌本眉批一段："黛玉见宝玉写一'惊'字，宝玉见黛玉写一'笑'字，一存于中，一发乎外，可见文于下笔必推敲的准稳，方才用字。"[10]此处亦是强调宝

[1] 曹雪芹.脂砚斋重评石头记[M].甲戌本.上海：上海古籍出版社，1994：25.

[2] 曹雪芹.脂砚斋重评石头记[M].甲戌本.上海：上海古籍出版社，1994：25.

[3] 曹雪芹.脂砚斋重评石头记[M].甲戌本.上海：上海古籍出版社，1994：72.

[4] 曹雪芹.脂砚斋重评石头记[M].甲戌本.上海：上海古籍出版社，1994：72.

[5] 曹雪芹.脂砚斋重评石头记[M].甲戌本.上海：上海古籍出版社，1994：72.

[6] 曹雪芹.脂砚斋重评石头记[M].甲戌本.上海：上海古籍出版社，1994：72.

[7] 曹雪芹.脂砚斋重评石头记[M].甲戌本.上海：上海古籍出版社，1994：89.

[8] 曹雪芹.蒙古王府本石头记（第1册）[M].北京：北京图书馆出版社，2007：109.

[9] 曹雪芹.脂砚斋重评石头记[M].甲戌本.上海：上海古籍出版社，1994：92.

[10] 曹雪芹.脂砚斋重评石头记[M].甲戌本.上海：上海古籍出版社，1994：92.

黛二人在情感上的相互呼应。

从追求感官愉悦的娱目娱心到追求情景互衬、情理呼应的娱情娱性，白话小说的娱乐功能出现了由世俗娱乐的耳目声色向文人审美所侧重的情感体验的转化，从而使作品呈现出审美精神的诗性特征。非独《红楼梦》如此，在《儒林外史》《镜花缘》等文人审美的小说作品中，虽表现方式不尽相同，但同样呈现出审美精神的诗性特征。《儒林外史》第二回写周进在乡间设馆时见到乡间景致："虽是乡村地方，河边却也有几树桃花柳树，红红绿绿，间杂好看。"[1] 天目山樵评曰："写乡村景物且亦人情，亦见自开馆以来两个多月正是清明天气。"[2] 此处写景照应人物情绪。关于白话小说中情景互衬的问题，我们留待下文进一步讨论。而在人物外貌描写上，《儒林外史》《镜花缘》等小说也不再以感官拟物化的方式来塑造人物外貌，而是侧重人物的品评。如《儒林外史》第一回具有精神象征意义的人物王冕，《稗史集传》谓其："长七尺余，仪观甚伟，须髯若神。"[3]《儒林外史》对其外貌竟无一字描写，只用了"嵌崎磊落"四字评论其人，其余全以人物行藏来塑造人物，作品不再以貌取人、以貌悦人，而是侧重对人物精神品格的展示，可谓"不着一字，尽得风流"。不仅如此，《儒林外史》中对人物外貌的感官性描写十分有限、几不可见，正面人物如虞博士、杜少卿、沈琼枝等均无一字写其外貌，庄绍光、萧云仙的外貌描写则纯以朴素的白描。如写庄绍光是："头戴方巾，身穿宝蓝夹纱直裰，三绺髭须，黄白面皮。"[4] 写萧云仙是："头戴武巾，身穿藕色战袍，白净面皮，生得十分美貌。"[5]。《红楼梦》《儒林外史》塑造人物、描写人物外貌的技法显然有所不同，前者侧重人物带来的情感体验，后者侧重人物的精神风貌，但二者都体现出文人审美超越世俗娱乐的感官体验，而注重内在情感与精神的诗性特征。

[1] 李汉秋.儒林外史会校会评本 [M].上海：上海古籍出版社，1984：27.

[2] 李汉秋.儒林外史会校会评本 [M].上海：上海古籍出版社，1984：27.

[3] 朱一玄，刘毓忱.《儒林外史》资料汇编 [M].天津：南开大学出版社，2003：2.

[4] 李汉秋.儒林外史会校会评本 [M].上海：上海古籍出版社，1984：471.

[5] 李汉秋.儒林外史会校会评本 [M].上海：上海古籍出版社，1984：533.

随着白话小说娱乐功能由世俗娱乐过渡到文人审美、审美对象由诉诸外在感官转向追求内在情感与精神，其审美趣味也发生了转变。尚"奇"是中国古代小说最具代表性、也最具世俗性的审美趣味，从上古神话超越自然的神奇想象到六朝志怪的"发明神道之不诬"，再到"作意好奇"的唐传奇，中国古代小说先天带有猎奇心理与尚奇的审美趣味。自宋元至明清，小说家更是将尚"奇"之风发展到极致，所谓："人不奇不传，事不奇不传，其人其事俱奇，无奇文演说之亦不传。"（寄生氏《争春园全传叙》）[1] 同时，自宋元话本到明清章回小说，随着小说评点理论的日渐成熟，对白话小说尚"奇"的讨论亦日渐丰富，由此衍生出了"幻""趣""险""怪""异""巧""正""新""俗""艳""惊""骇"等一系列相对应的古代小说评点概念。其中尤其引起我们关注的是对"奇"与"正"的讨论。明代笑花主人在《今古奇观·序》中言："《水浒》《三国》奇奇正正，河汉无极。"[2] 吴沃尧在《两晋演义·序》中亦曰："'小说虽一家言，要其门类颇复杂，余亦不能枚举，要而言之，奇正两端而已。'余畴曩喜为奇言，盖以为正规不如谲谏，庄语不如谐词之易入也。"[3] 在有关"奇"与"正"的讨论中，白话小说文体地位的边缘化使其具有明显的以"奇"化"正"的倾向，"奇"成为白话小说以世俗娱乐消解雅正文学传统的方法。然而随着审美对象的变迁，白话小说的适俗尚"奇"之风亦发生了向雅正文学的转变。清初刊刻的《赛花铃》封面题识云："近今小说家不下数十种，皆效颦剽窃，文不雅驯，非失之荒诞，即失之鄙俗，使观者索然无味，奚足充骚人之游笈、娱雅士之闲着哉。"[4]《红楼梦》第三回写黛玉随身带来的小丫头名唤雪雁，脂评甲戌本侧批曰："新雅不落套，是黛玉之文章也。"[5] 写贾母丫头名唤鹦哥，脂评甲戌本又眉批曰：

[1] 丁锡根．中国历代小说序跋集（中）[M]．北京：人民文学出版社，1996：1595.

[2] 丁锡根．中国历代小说序跋集（中）[M]．北京：人民文学出版社，1996：793.

[3] 丁锡根．中国历代小说序跋集（中）[M]．北京：人民文学出版社，1996：942.

[4] 古本小说集成·赛花铃 [M]．影印本．上海：上海古籍出版社，1991.

[5] 曹雪芹．脂砚斋重评石头记 [M]．甲戌本．上海：上海古籍出版社，1994：95.

"妙极！此等名号方是贾母之文章。最厌近之小说中，不论何处，满纸皆是红娘、小玉、嫣红、香翠等俗字。"[1]《红楼梦》第七回写到薛宝钗所服的药叫作"冷香丸"的时候，脂评甲戌本有夹批云："新雅奇甚。"[2]当该书写到大观园中有亭取名"沁芳"时，脂评庚辰本有夹批云："真新雅。"[3]这里反复出现的"新雅"二字代表着一种新的文人审美趣味的产生。

需要说明的是，白话小说的娱乐功能由世俗娱乐转向文人审美，但文人审美并没有完全取代市井娱乐。一方面，满足世俗娱乐的白话小说依然存在且长盛不衰，甚至出现了《肉蒲团》之类的满足市井低俗趣味的艳情小说。另一方面，带有文人审美性质的小说也出现了极端如诗文小说者。但真正优秀的古代白话小说文本则很好地平衡了二者，从而在娱乐功能上呈现出世俗娱乐与文人审美兼容的特征。在这一方面，《红楼梦》是典型的代表，文本体现出对世俗娱乐与文人雅趣的兼容，而《水浒传》版本的变化亦具有代表性。简本系统《水浒传》与繁本系统《水浒传》的分别出现与流行正是为了满足世俗娱乐与文人审美的不同需求，简本更适合世俗娱乐，而繁本更趋向文人审美的精致与雅化。

第二节 "劝善"到"讽谏"：白话小说教化功能的"诗教"回归

中国古代白话小说往往在满足世俗娱乐的同时，兼具以"劝善"为代表的教化功能。推究白话小说教化功能的产生，可追溯至小说的源起。小说乃"街谈巷议，道听途说之所造"（班固《汉书·艺文志》）。其最初

---

[1] 曹雪芹. 脂砚斋重评石头记 [M]. 甲戌本. 上海：上海古籍出版社，1994：95.

[2] 曹雪芹. 脂砚斋重评石头记 [M]. 甲戌本. 上海：上海古籍出版社，1994：195.

[3] 曹雪芹. 脂砚斋重评石头记 [M]. 庚辰本. 上海：上海古籍出版社，1994：349.

的作用在于："王者欲知闾巷风俗，故立稗官使称说之。"[1] 小说是统治者用于体察民意的工具之一。这与早期有关"采诗"的相关文献记载相类似。最初的小说与诗同样承担着以"风"为代表的政治教化功能，这一点在相关文献中可以看到。早期历史文献中涉及统治者体察民意的记载，较具代表性的有如下几条：

> 为川者决之使导，为民者宣之使言，故天子听政，使公卿至于列士献诗，瞽献曲，史献书，师箴，瞍赋，矇诵，百工谏，庶人传语，近臣尽规，亲戚补察，瞽史教诲，耆艾修之，而后王斟酌焉，是以事行而不悖。（《国语·周语上》）[2]

> 古之言王者，政德既成，又听于民。于是乎使工诵谏于朝，在列者献诗，使勿兜，风听胪言于市，辨袄祥于谣，考百事于朝，问谤誉于路，有邪而正之，尽戒之术也。（《国语·晋语六》）[3]

> 是故天子有公，诸侯有卿，卿置侧室，大夫有贰宗，士有朋友，庶人工商皂隶牧圉皆有亲昵，以相辅佐也。善则赏之，过则匡之，患则救之，失则革之。自王以下，各有父兄子弟以补察其政。史为书，瞽为诗，工诵箴谏，大夫规诲，士传言，庶人谤，商旅于市，百工献艺。（《左传·襄公十四年》）[4]

---

[1] 《汉书·艺文志》载："小说家者流，盖出于稗官，街谈巷语，道听途说者之所造也。孔子曰：'虽小道，必有可观者焉；致远恐泥。是以君子弗为也。'然亦弗灭也，闾里小知者之所及，亦使缀而不忘，如或一言可采，此亦刍荛狂夫之议也。"《汉书》颜师古注引如淳注曰："《九章》：'细米为稗。'街谈巷语，其细碎之言也。王者欲知闾巷风俗，故立稗官使称说之。今世亦谓偶语为稗。"此处说明小说作为"街谈巷语"的功能是使王者"知闾巷风俗"。参见《汉书·艺文志》文字及注引自：黄霖，韩同文.中国历代小说论著选（上册）[M].南昌：江西人民出版社，2000：5-6.

[2] 徐元诰.国语集解[M].北京：中华书局：2002：11-12.

[3] 徐元诰.国语集解[M].北京：中华书局：2002：387-388.

[4] 杜预，孔颖达.春秋左传正义[M]//黄侃.经文句读，十三经注疏.上海：上海古籍出版社，1990：562-563.

上述文字表明统治者借以体察民意的工具，除"诗"外尚有"书""曲""箴""赋""谏""诵""诲""言""谤"等多种形式，而其中的士人所传之"言"与庶人所传之"谤"，即所谓"街谈巷语"，正是后世所说的小说家之言[1]。恰如金圣叹在《第五才子书》（即金圣叹的《水浒传》评点本）第一回总评中所言："天下有道，然后庶人不议也。今则庶人议矣。何用知其天下无道？"[2]这表明《第五才子书》的命意与小说家出于辅政之需而"采道途之言，达之于君"的理想密切相关，其功能在于"有邪而正之，尽戒之术也"，是一种出于政治需要的劝诫与教化，而劝诫与教化的对象乃是居于统治地位的"王者"，这种劝诫与教化功能往往源于自下而上的辅政理想。

小说在其产生之初与"可以观风俗，知得失，自考正也"[3]的诗歌共同承担了补察时政的讽谏功能，这或许正是小说家得以列入诸子百家的原因所在。小说的这一功能，我们在后来的文献记载中尚可见，如《隋书·经籍志》中所记：

小说者，街说巷语之说也。《传》载舆人之诵，《诗》美询于刍荛。古者圣人在上，史为书，瞽为诗，工诵箴谏，大夫规诲，士传言而庶人谤。孟春，徇木铎以求歌谣，巡省观人诗，以知风俗。过则正之，失则改之，道听途说，靡不毕纪。《周官》，诵训"掌道方志以诏观事，道方慝以诏避忌，以知地俗"；而训方氏"掌道四方之政事，与其上下之志，诵四方之传道而观衣物"，是也。孔子曰，"虽小道，必有可观者焉；致远恐泥"。[4]

《隋书·经籍志》将"采诗"的活动与对"街谈巷语之说"的收集并置。上述文献内容的意义在于其论述实际上将作为"街谈巷语"的小说与有益

---

[1] 余嘉锡. 余嘉锡论学杂著·小说家出于稗官说 [M]. 北京：中华书局：265-279.

[2] 陈曦钟，侯忠义，鲁玉川. 水浒传会评本 [M]. 北京：北京大学出版社，1981：54.

[3] 黄霖，韩同文. 中国历代小说论著选（上册）[M]. 南昌：江西人民出版社，2000：5-6.

[4] 魏徵，令狐德棻. 隋书 [M]. 北京：中华书局，1973：1012.

于政教风化的诗联系起来，赋予了小说与诗同等的劝诫与教化的功能，可惜的是这一点似乎并未被人重视。"诗"之政治与人伦的教化功能自《诗·周南·关雎·序》中言及"经夫妇，成孝敬，厚人伦，美教化，移风俗"[1]之际既已确认，但小说的地位与功能却一直未能摆脱"刍荛鄙说，闾巷谰言"[2]的尴尬局面，小说补察时政、以观风俗的劝诫与教化功能在此后的很长时间内并未被发扬，而是在佛教东传的影响下先朝着另一个方向发展起来。

在佛教传入中国之后，教化之意在儒家传统的政治与人伦教化之外，又多出一层佛教教化的含义。白话小说的教化功能受敦煌俗讲与变文的影响尤为明显，具有十分显著的宣讲劝善惩恶之佛教教义的作用，与佛教教化众生的理念相关。这类作品的叙事往往遵循因果报应的模式，主人公或因积德累功而受福报，或因行恶作害而受惩戒，这里功与过皆历历可数，有着与佛教教义相呼应的计算方式，这类作品实际上是借助因果报应的功利刺激，引领人向善，与传统儒家强调的修己达人、补察时政、以观风俗有着本质的不同。但白话小说最初的受众是底层民众而非知识精英，佛教教义在底层民众中具有广泛的影响力，因此，白话小说宣传因果报应、劝善惩恶的宗教教化功能在话本小说和拟话本小说中的表现十分明显，恰如无碍居士评价《警世通言》曰："余阅之，大抵如僧家因果说法度世之语，譬如村醪市脯，所济者众。"[3]有趣的是，冯梦龙在《警世通言·序》中却云："《六经》《语》《孟》，谭者纷如，归于令人为忠臣，为孝子，为贤牧，为良友，为义夫，为节妇，为树德之士，为积善之家，如是而已矣。经书著其理，史传述其事，其揆一也……而通俗演义一种，遂足以佐经书史传之穷。"[4]这表明作者的创作目的是对儒家道德教化功能的回归，这里表达了与无碍居士不同的看法。在冯梦龙看来，小说所承担的教化功

[1]　毛公，郑玄，孔颖达．毛诗正义[M]//黄侃．经文句读，十三经注疏．上海：上海古籍出版社，1990：17.

[2]　刘知几．史通评注[M]．北京：中央编译出版社，2010：438.

[3]　丁锡根．中国历代小说序跋集（中）[M]．北京：人民文学出版社，1996：776.

[4]　冯梦龙．警世通言[M]．上海：上海古籍出版社，1994：1-4.

能应是当与儒家经典所建立的纲常伦理相对应的道德教化，而不仅仅是僧家因果度世之说，从而使"三言"的作品更多地体现出对"经夫妇，成孝敬，厚人伦，美教化，移风俗"[1]的诗教传统的回归。正是"话须通俗方传远，语必关风始动人"（《警世通言·卷十二》）[2]，此处的"风"指的是"诗三百"中的国风精神，冯梦龙认为话本小说所演故事需关乎风化，才能感动人心。

随着白话小说创作群体的精英化，白话小说的教化功能开始出现变化。白话小说的教化功能最初受敦煌讲唱变文影响，主要是宣讲佛教教义的因果报应，此时则转向对传统儒家政教与人伦的关注，呈现出对"可以观风俗，知得失，自考正也"[3]的诗教传统的回归。有别于佛教惩戒的主题，白话小说中传统儒家道德教化的主题突显并发展起来。譬如，李渔《无声戏》中的许多故事看似宣扬佛道之说，但实际指向的亦是儒家的道德教化。其中《改八字苦尽甘来》一篇，小说开头故意强调"死生由命，富贵在天"的道理是不可改变的，但在此后笔锋一转写出一个"如今却又有个改得的""理之所无、事之所有的奇话"。[4]其文末一段议论："古圣贤'死生由命，富贵在天'的话，难道反是虚文不成？看官，要晓得蒋成的命原是不好的，只为他在衙门中做了许多好事，感动天心，所以神差鬼使，教那华阳山人替他改了八字，凑着这段机缘。这就是《孟子》上'修身所以立命'的道理。究竟这个八字不是人改，还是天改的。又有一说，若不是蒋成自己做好事，怎能够感动天心？就说这个八字不是天改，竟是人改的也可。"[5]这一段话说得云里雾里，看似自相矛盾，实则欲盖弥彰，李渔此篇文章的落脚点并非善恶有报的佛道教化，而是意在强调儒家传统对修身立命的重视，作品并未像一般佛教劝善小说那样，突出展示善与恶的对比，而专在讲述主人公蒋成的日常品行。善恶之说非佛家独有，儒家传统

[1] 郭丹. 先秦两汉文论全编 [M]. 南京：江苏教育出版社，2012：429-430.

[2] 冯梦龙. 古本小说集成·警世通言 [M]. 上海：上海古籍出版社，1994：430.

[3] 黄霖，韩同文. 中国历代小说论著选（上册）[M]. 南昌：江西人民出版社，2000：5-6.

[4] 李渔. 李渔全集（第 8 卷）·无声戏 连城璧 [M]. 杭州：浙江古籍出版社，1991：56-57.

[5] 李渔. 李渔全集（第 8 卷）·无声戏 连城璧 [M]. 杭州：浙江古籍出版社，1991：66.

思想中更有善恶之辨，但不论孟子之性善论或是荀子之性恶论，其重点均在于说明后天教化的重要性，即引领人向善的力量不在于因果报应，而在于后天的道德涵养与人伦教化。小说实际是以儒家的修身对佛家因果及"死生由命，富贵在天"的观念进行反驳。明清白话小说中对儒家人伦和道德教化的发现正是对传统诗教的回归。只不过在佛教因果报应之说盛行的背景之下，为了更有效地实现对普通民众的教化，此类作品往往假借因果报应的故事框架来书写儒家道德教化的实质。

需要指出的是，这里的劝诫与教化功能与前面我们所论及的小说教化的原初功能略有不同，如前我们对早期先秦文献的分析，彼时的小说教化是采闾巷之言达于上听以补察时政，是一种自下而上的信息流动，其受教的对象是以"王者"为代表的统治阶级。而这里的劝诫与教化功能却是自上而下的施教过程，是精英层面的道德自律向社会底层的流动，其受教的对象仍是居于社会底层的市井细民，是对民众的思想统一与政治教化。这一转变在一定程度上与佛教俗讲、变文教化众生功能的影响相关，小说在佛教俗讲的影响下形成了自上而下的道德教化功能。

然而，随着白话小说创作群体与接受群体的成熟，白话小说的劝诫与教化功能更多受到来自《诗大序》的诗教传统的影响。《诗大序》言："上以风化下，下以风刺上。主文而谲谏，言之者无罪，闻之者足以戒，故曰风。"[1]清人管窥子在《今古奇观·序》中亦言："其言颇合风人之言，善者感人善心，恶者惩人逸志，令阅者如闻清夜钟声，勃然猛省，非徒快人耳目，供谈麈于闲窗也。"[2]这表明白话小说在"快人耳目"之外，同时也是"风人之言"，具有讽谏之意。这种自上而下的道德教化常常体现出对市井民情的关注，不仅小说创作如此，而且小说评点亦然。在小说评点中，我们常见到评点者在评点的过程中，不自觉地跳出文本，抒发对市井民情的看法。如《李卓吾先生批点西游记》第二回总批："样样不学，

---

[1] 毛公，郑玄，孔颖达．毛诗正义 [M]// 黄侃．经文句读，十三经注疏．上海：上海古籍出版社，1990：18.

[2] 丁锡根．中国历代小说序跋集（中）[M]．北京：人民文学出版社，1996：794.

只学长生，猴且如此，而况人乎！世人岂惟不学长生，且学短生矣。何也？酒、色、财、气，俱短生之术也。世人有能离此四者，谁乎？"[1] 憺漪子在此回回首亦有一段评论："成道之后，其难犹且如此，今人日日在雷、火、风三灾之中，而绝无办道之想，虽学成人像，着衣穿履，断送一生憔悴，能消几个黄昏乎？可悲可悯……今人因循苟且，才得一知半见，辄沾沾自喜，曰：'道在是矣。'毫厘千里，差谬无穷。非熟读此回万遍，不见其妙。"[2]《西游记》虽为神魔小说，但李卓吾与憺漪子却由其联想到了现实：李卓吾批评世人皆奢求长生，却又与之背道而驰；憺漪子则从证道观出发，讽刺了世人对道的一知半解。这样的批评从普通民众出发，体现了强烈的现实关注。尽管白话小说在一定程度上承担了教化民众的功能，但由于小说作者士大夫的身份，仍然使其难免在关注市井百态的同时，表现出对现实的反省与批判，并将其上升到补察时政的政治理想。前述金圣叹评《第五才子书》即是一例，到了清代中晚期随着白话小说文体的成熟，更是出现了大量暴露现实黑暗、讽刺现实的白话小说作品，标志着白话小说创作对小说原初自下而上讽谏功能的回归。

由于小说原初的教化功能在相当长的时间内已被遗忘，所以这种回归又往往体现为对传统诗教政治讽谏功能的回归。在明代建阳吴观明刊本《李卓吾先生批评三国志》的卷首《三国志·序》（庸愚子《三国志通俗演义·序》）中，我们看到了这样的表述："文不甚深，言不甚俗，事纪其实，亦庶几乎史，盖欲读诵者，人人得而知之，若《诗》所谓里巷歌谣之义也。"[3] 这里明确将白话小说的功能与诗教传统并置，"里巷歌谣之义"所指向的正是《诗经》所确立的政治与人伦教化的文学传统。在此背景之下，明末清初出现了所谓"木铎醒世"的小说观念：

---

[1] 吴承恩.李卓吾先生批点西游记 [M].李贽，批点.郑州：中州书画社：1981：62.

[2] 《古本小说集成》编委会.古本小说集成·西游证道书 [M].上海：上海古籍出版社，2017：26-27.

[3] 陈曦钟，宋祥瑞，鲁玉川.三国演义会评本 [M].北京：北京大学出版社，1986：24.

兹刻出自平平阁主人手授，非警世劝俗之语，不敢滥入，庶几木铎老人之遗意，或亦士君子所不弃也。（明代天启年间兼善堂刊本《警世通言·识语》）[1]

本坊重价购求古今通俗演义一百二十种，初刻为《喻世明言》，二刻为《警世通言》，海内均奉为邺架玩奇矣。兹三刻为《醒世恒言》，种种典实，事事奇观。总取木铎醒世之意，并前刻共成完璧云。（衍庆堂刻本《醒世恒言·识语》）[2]

"木铎老人"是明代圣谕宣讲的一种方式，据《明太祖实录》："上命户部下令天下民，每乡里各置木铎一，内选年老或瞽者，每月六次持铎徇于道路，曰：'孝顺父母，尊敬长上，和睦乡里，教训子孙，各安生理，毋作非为。'"[3] 以木铎宣教古已有之，《周礼·天官冢宰第一》记载小宰之职："正岁，帅治官之属而观治象之法，徇以木铎，曰：'不用法者，国有常刑。'"木铎老人在这里具有警醒世人、谕众劝俗之功能，"木铎醒世"之意与此相同。

但以"木铎"而论小说并非仅有此意，清代金和在其所作《儒林外史·跋》中谈到另一种观点：

先生著有《诗说》七卷，是书载有说《溱洧》篇数语；他如"南有乔木"为祀汉江神女之词，《凯风》为七子之母不能食贫居贱，与淫风无涉；"爰采唐矣"为戴妫答庄姜"燕燕于飞"而作。皆前贤所未发。《文木山房文集》五卷，《诗集》七卷。是书则先生嬉笑怒骂之文也。盖先生遂志不仕，所阅于世事者久，而所忧于人心者深，彰阐之权，无假于万一，始于是书焉发之，以当木铎之振，非苟焉愤世嫉俗而已。[4]

[1] 丁锡根.中国历代小说序跋集［M］.北京：人民文学出版社，1996：777.

[2] 丁锡根.中国历代小说序跋集［M］.北京：人民文学出版社，1996：780.

[3] 《明太祖实录》卷255，洪武三十年九月辛亥，参见：台北"中央研究院"历史语言研究所校勘影印本，1962年版，第3677页。

[4] 朱一玄.《儒林外史》资料汇编[M].南京：南开大学出版社，2003：279.

金和在这里将《儒林外史》区别于一般的"愤世嫉俗"之书。明清白话小说中，有相当一部分作家如李渔、陈忱、董说、周楫、艾衲居士等，其作品延续了《史记》"发愤著书"的传统，作品为"愤世嫉俗"的宣泄之作。相较于这类作品，金和以为《儒林外史》更像是"木铎之振"。"木铎之振"若单纯从字面上理解，极易与上述"木铎醒世"之说相混，让人联想到《礼记·明堂位第十四》中所说的"振木铎于朝，天子之政也"，从而将之视为自上而下的宣教。但金和在上述"木铎之振"的议论之前，却有一段关于吴敬梓《诗说》的论述，《诗说》是吴敬梓对《诗经》中诗句的理解。这就让我们联想起"木铎"另一个更为人所津津乐道的功能：

每岁孟春，道人以木铎徇于路，官师相规，工执艺事以谏，其或不恭，邦有常刑。（《尚书·夏书·胤征》）[1]

孟春三月，群居者将散，行人振木铎徇于路，以采诗，献之大师，比其音律，以闻于天子。故曰："王者不窥牖户而知天下。"（《汉书·食货志》）[2]

古之道人以木铎记诗言。（许慎《说文解字·丌部》）[3]

三代周秦轩车使者、道人使者以岁八月巡路，求代语僮谣歌戏。（刘歆《与扬雄书从取〈方言〉》）[4]

可见金和视《儒林外史》为"木铎之振"与前面的"木铎老人""木铎醒世"看似一致，实则不同。其所指向并非喻世化俗的宣教，而是以闻达上听为目的的政治理想，是对由"采诗"制度而产生的传统儒家诗教的回归。尽管三代周秦是否真有"采诗"制度学界仍存在争议，但采诗、献

---

[1] 孔安国传.尚书正义[M].上海：上海古籍出版社，2007：268.

[2] 班固.汉书[M].北京：中华书局，1964，1123.

[3] 许慎.说文解字[M].段玉裁，注.上海：上海古籍出版社，1981：199.

[4] 严可均.全上古三代秦汉三国六朝文[M].北京：中华书局，1958：349.

诗的活动在代代相传的文献描写中早已成为一个重要的文化符号，是"民意畅达、政通人和、世风醇厚的理想时代的隐喻性图景"[1]。而笑花主人在《今古奇观·序》中说："至有宋孝皇以天下养太上，命侍从访民间奇事，日进一回，谓之'说话人'。"[2] 这句话说明了以小说而达于上听的可能。凌濛初在《拍案惊奇·自序》中亦言："宋、元时有小说家一种，多采闾巷新事为宫闱承应谈资，语多俚近，意存劝讽。"[3] 这句话表明自宋代始，白话小说即已具备了进入宫廷而发挥讽谏作用的可能性，明清两代禁毁书目中，白话小说作品历历在目，更说明了白话小说出自民间却上触天听的普遍现象。因此，《儒林外史·跋》中的"木铎之振"不是一种自上而下的训诫，而是一种希冀向上传递心声的渴望，是文人借小说以"言志"的情感表达。恰如柳宗元被贬柳州时所言："买土一廛为耕氓，朝夕歌谣，使成文章。庶木铎者采取，献之法宫，增圣唐大雅之什，虽不得位，亦不虚为太平人矣。"[4] 作为政治斗争的牺牲品，柳宗元困居柳州，却仍抱着自己的"朝夕歌谣"能够达于上听的希望。金和以"木铎之振"来看待《儒林外史》，同样饱含小说创作者或者小说评论者人微言轻的困顿与苦闷，这种精神上的苦痛在"木铎之振"的想象中获得了安慰。无独有偶，署名"观鉴我斋甫"所作的《儿女英雄传·序》中亦言该部小说："有时诙词谐趣，无非借褒弹为鉴影而指点迷津；有时名理清言，何异寓唱叹于铎声而商量正学。是殆亦有所为而作与不得已于言者也！"[5] 同样表达了一种借木铎发声的渴望，这种渴望的背后正是意欲有所作为，却"不得已于言者"的困境。

可以说在这些作品中，对现实与社会、政治黑暗的嘲讽与批判，不仅仅是一种醒世与劝诫，更成为文人表达自我理想、实现自我价值的方式之一。尽管选择这样的方式来实现自我对文人而言不无悲哀，却是落拓文人

[1]　郗文倩. 古代的木铎及其想象 [J]. 文史博览（理论），2010（9）：19–21.

[2]　丁锡根. 中国历代小说序跋集（中）[M]. 北京：人民文学出版社，1996：792–793.

[3]　凌濛初. 拍案惊奇 [M]. 陈迩冬，郭隽杰，校注. 北京：人民文学出版社，1991：1

[4]　欧阳修，等. 新唐书（卷一百六十八）[M]. 北京：中华书局，1975：5137.

[5]　丁锡根. 中国历代小说序跋集（中）[M]. 北京：人民文学出版社，1996：1590.

在时局与个人境遇之下得以实现自我理想与抱负的最后一根稻草。关于这一点，天花藏主人在《四才子书序》中说得更为具体："徒以贫而在下，无一人知己之怜；不幸憔悴以死，抱九原埋没之痛，岂不悲哉！予虽非其人，亦尝窃执雕龙之役矣。顾时命不伦，即间掷金声，时裁五色，而过者若罔闻罔见。淹忽老矣！欲人致其身，而既不能，欲自短其气，而又不忍，计无所之，不得已而借乌有先生以发泄其黄粱事业。有时色香援引，儿女相怜；有时针芥关投，友朋爱敬；有时影动龙蛇，而大臣变色；有时气冲牛斗，而天子改容。"[1] 掷地金声与五色华章世人均置若罔闻，在无可奈何的情况下，只能借子虚乌有的小说家语来寄托其"黄粱事业"般的人生理想，以求"大臣变色""天子改容"，序言中弥漫着强烈的时运不济与怀才不遇之感，在"闻于天子"的渴望之中，又包含了一层借小说以"言志"的倾向。

第三节　言志：文体功能的诗学拓展

"诗言志"是中国诗学的纲领性命题，具有强大的渗透性，对中国文学传统产生了深远的影响。在中国文学批评语境里，"志"的内涵是多层面的，《毛诗序》曰："诗者，志之所之也。在心为志，发言为诗。情动于中，而行于言。"[2] 这里"志"与"情"相互关联。关于"志"与"情"之关系，我们还可以在《文心雕龙》中窥见，《文心雕龙·体性》篇曰："气以实志，志以定言；吐纳英华，莫非情性。"[3] 此中，"志"不但与"情"相关，更与"气"相关。"气以实志"出自《左传·昭公九年》："味以

---

[1] 天花藏主人.平山冷燕·四才子书序 [M].北京：中华书局，2000：202.

[2] 毛公，郑玄，孔颖达.毛诗正义 [M]// 黄侃.经文句读，十三经注疏.上海：上海古籍出版社，1990：15.

[3] 黄霖.文心雕龙汇评 [M].上海：上海古籍出版社，2005：98.

行气，气以实志；志以定言，言以出令。"[1]杜预在此注曰："气和则志充；在心为志，发口为言。"[2]而在《左传·昭公二十五年》中又有另一段话："民有好、恶、喜、怒、哀、乐，生于六气，是故审则宜类，以制六志。"[3]孔颖达释曰："此六志，《礼记》谓之六情。在已为情，情动为志，情志一也。"[4]另外，郑玄在笺注《诗经》时对"诗言志"注为："诗所以言人之志意也。"[5]清人吴淇在《六朝选诗定论缘起》中曰："诗有内有外，显于外者曰文曰辞，蕴于内者曰志曰意。"[6]可见"志"之多义，是对人之精神结构的概括性阐释，其指向文人内心世界的复杂性显而易见。但无论如何，它所指向的内容常常与人生理想甚至政治理想息息相关，而与以爱情为代表的纯粹个人化的情意泾渭分明。"诗言志"之"志"既泛指人的内心所包含的各种情感与情意，又特指与政教、人伦等礼之秩序相关的"怀抱"。[7]"志"所指的仍是人之意志或志向，是"有意识运用诗歌来表示自己对人生、社会、政治的态度"[8]，是对中国古代社会的政教与人伦秩序的回应。这一回应既有正向的自觉担当，如对现实的"讽"与"颂"及其所代表的士人的理想抱负；亦有负向的自我放逐，如以"情寄八方之表"为代表的超然旷世之"志"；还有以"贫士失职兮志不平"为代表的

[1] 杜预，孔颖达. 春秋左传正义 [M]// 黄侃. 经文句读，十三经注疏. 上海：上海古籍出版社，1990：789.

[2] 杜预，孔颖达. 春秋左传正义 [M]// 黄侃. 经文句读，十三经注疏. 上海：上海古籍出版社，1990：790.

[3] 杜预，孔颖达. 春秋左传正义 [M]// 黄侃. 经文句读，十三经注疏. 上海：上海古籍出版社，1990：902.

[4] 杜预，孔颖达. 春秋左传正义 [M]// 黄侃. 经文句读，十三经注疏. 上海：上海古籍出版社，1990：902–903.

[5] 孔颖达. 毛诗正义 [M]. 郑玄，笺. 上海：上海古籍出版社，1990：3.

[6] 郭绍虞. 中国历代文论选（上）[M]. 北京：中华书局，1962：15.

[7] 朱自清. 朱自清古典文学论文集 [M]. 上海：上海古籍出版社，1981：194.

[8] 顾易生，蒋凡. 先秦两汉文学批评史 [M]. 上海：上海古籍出版社，1990：29.

"一已穷通出处"的自我书写[1]。

白话小说的原初功能"主在娱心，而杂以惩劝"[2]。随着白话小说创作者与接受者的文人化，小说作者与评点者进一步拓展了小说的文本表现对象，将原本主要由诗文等传统文体书写的理想抱负、一已穷通出处等内容亦纳入了白话小说的题材范围及评点之中，从而使白话小说及其评点具备了以小说言志的诗性功能。

最先发现小说具有言志功能的是白话小说的评点者，在这方面具有开创之功的是署名"李卓吾"批评的几部《水浒传》评本[3]。"李卓吾"以三十年之功而批点一部《水浒传》，认为《水浒传》乃"发愤"之作，是施、罗二公于江山将倾之际的"泄愤"之作，是对现实的"讽"与"颂"。而"李卓吾"的小说评点本身亦是对现实的"讽"与"颂"，"李卓吾"在评语中常常借评点作品而鞭挞现实，如容与堂本《李卓吾先生批评忠义水浒传》（下文简称容与堂本）第四十九回有夹评曰："顾大嫂一妇人耳，能缓急人如此。如今竟有戴纱帽的，国家若有小小利害，便想抽身远害，不知可为大嫂作婢也否。"[4]这一评语就带有明显的讽世意味。再如第五十七回回评说"一僧读到此处，见桃花山、二龙山、白虎山都是强盗，叹曰：'当时强盗直恁地多。'余曰：'当时在朝强盗还多些。'"[5]这样的评语带有强烈的针砭时弊的色彩。同时，"李卓吾"的小说评点还带有明显的主观性，在容与堂本第二十八回总评中"李卓吾"评论武松与施恩事曰："士为知己者死。设令今日有施恩者，一如待武二郎者等待卓吾老子，卓吾老子即手无缚鸡之力，亦当为之夺快活林、打蒋门神也。"[6]这种具有强烈

---

[1] 朱自清《诗言志辨》，参见：朱自清.朱自清古典文学论文集[M].上海：上海古籍出版社，1981：194.

[2] 鲁迅.中国小说史略[M].北京：人民文学出版社，2006：118.

[3] 署名"李卓吾"评点的《水浒传》评点者的情况较为复杂，在此且先搁置不论，统一以"李卓吾"目之，其所代表的是李贽、叶昼等最早进行白话小说评点的一批评点者。

[4] 施耐庵.容与堂本水浒传[M].上海：上海古籍出版社，1988：738.

[5] 施耐庵.容与堂本水浒传[M].上海：上海古籍出版社，1988：756.

[6] 施耐庵.容与堂本水浒传[M].上海：上海古籍出版社，1988：407.

代入感的评论在"李卓吾"的评点中十分常见。怀林谓："和尚自入龙湖以来，口不停诵，手不停批者三十年，而《水浒传》《西厢记》尤其所不释手者也。盖和尚一肚皮不合时宜，而独《水浒传》足以发抒其愤懑，故评之为尤详。"[1] 可以说，"李卓吾"评点《水浒传》实际也是借小说评点以言志，正如李贽在《读书乐》中所言："读书伊何？会我者多。一与心会，自笑自歌。歌吟不已，继以呼呵，恸哭呼呵，涕泗滂沱。歌匪无因，书中有人。我观其人，实获我心。"[2] 作品中人物的境遇与评点者的个人遭遇产生了共鸣，从而使"李卓吾"对《水浒传》的评点带有强烈的主观色彩。

金圣叹的小说评点亦体现出明显的主观性，《水浒传》第十四回借阮小二的口写道："如今那官司一处处动掸便害百姓；但一声下乡村来，倒先把好百姓家养的猪羊鸡鹅尽都吃了，又要盘缠打发他；如今也好教这伙人奈何！那捕盗官司的人哪里敢下乡村来！"[3] 金圣叹在此处有两条夹批："作者胸中悲愤之极""一路痛恨强人，乃说到官司，便深感之，笔力飘忽夭矫之极"。[4] 这里点出了《水浒传》作者借阮小二的话来寄寓悲愤之情、鞭挞现实的隐约之意。袁无涯在此亦有眉批曰："说透千古情弊，使人见官府痛恨，见盗贼快意。"[5] 评点者在此均已注意到《水浒传》作者借小说来表达自我对社会及政治现实之批判的用意，并且也注意到这种一己之思往往是以曲笔含蓄写出，这样的叙述策略，使得作品具有了更深一层的审美韵味。此回文字颇值得玩味，其中阮小五与吴用之间有一段关于"识我"的讨论：

阮小五道："我也常常这般思量：我弟兄三个的本事又不是不如别人。谁是识我们的？"吴用道："假如便有识你们的，你们便如何肯去。"阮

---

[1] 施耐庵. 容与堂本水浒传 [M]. 上海：上海古籍出版社，1988：1485.

[2] 李贽. 焚书·续焚书 [M]. 长沙：岳麓书社，1990：226.

[3] 陈曦钟，侯忠义，鲁玉川. 水浒传会评本 [M]. 北京：北京大学出版社，1981：278.

[4] 陈曦钟，侯忠义，鲁玉川. 水浒传会评本 [M]. 北京：北京大学出版社，1981：278.

[5] 陈曦钟，侯忠义，鲁玉川. 水浒传会评本 [M]. 北京：北京大学出版社，1981：278.

小七道："若是有识我们的，水里水里去，火里火里去！若能够见用得一日，便死了开眉展眼！"[1]

此段文字不足百字，但金圣叹却细细作了夹批，先在"我也常常这般思量"后面批了一句："接一句，藏下生平无数心事，不描已见。"[2] 提醒读者注意，此处虽"不描已见"，却隐藏着作者生平的无数心事，那么这"心事"是什么？在阮小五的第二句话："我弟兄三个的本事又不是不如别人。谁是识我们的！"之后，金圣叹又批一句："另自增出识我二字，又加一倍精彩。"[3] 这里金圣叹刻意拈出"识我"二字，并且意犹未尽地进一步批道："前只说得官司糊涂，及快活不快活等语，见豪杰悲愤，此增出'识我'二字，见豪杰肝肠，必不可少也。"[4] 也就是说，"识我"二字是此处的关键，而在阮小七说出最后一段话时，金圣叹进一步批曰："中心藏之语。"联系此段文字前面写阮小七说道："人生一世，草生一秋！"金圣叹在此夹批："八字是弟兄三人立号之意。"[5] 而后面阮氏三兄弟在吴用的旁敲侧击之下又说出"这腔热血只要卖与识货的！"[6] 这样的豪言壮语。此后，金圣叹再次批道："拉杂如火，使读者增长义气。"[7] 前后贯通，足见此处金圣叹所说的作者"心事"实际隐含了包括生命有限而无人"识我"的遗憾，以及愿为"识我"者喷洒一腔热血的豪情壮志等丰富的内容。然而，在欣赏金圣叹细致批语时，我们不禁还会产生这样的疑惑：这"心事"果真是《水浒传》作者之意吗？抑或是金圣叹自己"藏下生平无数心事，不描已见"？因为在金圣叹的评语中，我们不难找出其借题发挥之处。在此回回首的总批中，金圣叹针对阮小七"人生一世，草

[1] 陈曦钟，侯忠义，鲁玉川.水浒传会评本 [M].北京：北京大学出版社，1981：279.

[2] 陈曦钟，侯忠义，鲁玉川.水浒传会评本 [M].北京：北京大学出版社，1981：279.

[3] 陈曦钟，侯忠义，鲁玉川.水浒传会评本 [M].北京：北京大学出版社，1981：279.

[4] 陈曦钟，侯忠义，鲁玉川.水浒传会评本 [M].北京：北京大学出版社，1981：279.

[5] 陈曦钟，侯忠义，鲁玉川.水浒传会评本 [M].北京：北京大学出版社，1981：278.

[6] 陈曦钟，侯忠义，鲁玉川.水浒传会评本 [M].北京：北京大学出版社，1981：281.

[7] 陈曦钟，侯忠义，鲁玉川.水浒传会评本 [M].北京：北京大学出版社，1981：281.

生一秋"的感叹发出了"嗟乎！意尽乎言矣"[1]的感慨，并由此生发，用了大段篇幅来讨论人生在世能称意者几何的问题：

> 夫人生世间，以七十年为大凡，亦可谓至暂也。乃此七十年也者，又夜居其半，日仅居其半焉。抑又不宁唯是而已，在十五岁以前，蒙无所识知，则犹掷之也。至于五十岁以后，耳目渐废，腰髋不随，则亦不如掷之也。中间仅仅三十五年，而风雨占之，疾病占之，忧虑占之，饥寒又占之，然则如阮氏所谓论秤秤金银，成套穿衣服，大碗吃酒，大块吃肉者，亦有几日乎耶！而又况乎有终其身曾不得一日也者！故作者特于三阮名姓深致叹焉：曰立地太岁，曰活阎罗，中间则曰短命二郎。嗟乎！生死迅疾，人命无常，富贵难求，从吾所好，则不著书，其又何以为活也。[2]

这段议论虽是感慨作品中人物之言而发，但显然已超出了作品的叙事内容，实际是金圣叹个人的生命感叹，带有强烈的主体精神。小说评点者不仅发现了白话小说言志的可能，而且以极具主体精神的评点在一定程度上越俎代庖地强化了白话小说的言志功能。借小说评点而言志，这或许正是越来越多的文人加入白话小说评点的队伍中去的原因。金圣叹的小说评点实践在一定程度上影响了后来白话小说评点基本面貌的形成，廖燕在《金圣叹先生传》中指出金圣叹离世后效仿其评书的有毛宗岗、徐而庵、吴见国、许庶庵等。[3] 刘廷玑在《在园杂志》中言："杭永年一仿圣叹笔意批之，似属效颦……若深切人情世务，无如《金瓶梅》……彭城张竹坡为之先总大纲，次则逐卷逐段分注批点，可以继武圣叹。"[4]《竹坡闲话》谓《金瓶梅》的创作"乃作者固自有志，耻作荆、聂，寓复仇之义于百回微言之

---

[1] 陈曦钟，侯忠义，鲁玉川．水浒传会评本 [M]．北京：北京大学出版社，1981：270.

[2] 陈曦钟，侯忠义，鲁玉川．水浒传会评本 [M]．北京：北京大学出版社，1981：270.

[3] 孙中旺．金圣叹研究资料汇编 [M]．扬州：广陵书社，2007：15.

[4] 刘廷玑．在园杂志 [M]．张守谦，点校，北京：中华书局，2005：83-84.

中，谁为刀笔之吏不杀人于千古哉"[1]，点明了作者借作品以隐其志的创作动机。张竹坡在《竹坡闲话》中还言："然则我自做我之《金瓶梅》，我何暇与人批《金瓶梅》也哉！"[2] 大抵亦是看到了小说评点抒发一己之志的功能。《金瓶梅》第七回回首总评中写道：

盖作者必于世，亦有大不得已之事。如史公之下蚕室，孙子之刖双足，乃一腔愤懑而作此书。言身已辱矣，唯存此牢骚不平之言于世，以为后有知心，当悲我之辱身屈志，而负才沦落于污泥也。且其受辱，必为人所误，故深恨友生，追思兄弟，而作热结、冷遇之文，且必因泄机之故受辱，故有倪秀才、温秀才之串通等事，而点出机不密则祸成之语，必误信人言，又有吃人哄怕之言。信乎，作者为史公之忍辱著书，岂如寻常小说家之漫肆空谈也哉！

月琴与胡珠，双结入一百回内。盖月琴寓悲愤之意，胡珠乃自悲其才也。月琴者，阮也。阮路之哭，千古伤心。故玉楼弹阮，而爱姐亦弹阮，玉楼为西门所污，爱姐亦为敬济所污，二人正是一样心事，则又作者重重愤懑之意。爱姐抱月琴而寻父母，则其阮途之哭，真抱恨无穷。不料后古而有予为之作一知己。噫！可为作者洒酒化囚虫矣。[3]

在此回总评中，张竹坡自诩为《金瓶梅》作者的"知己"。《金瓶梅》的作者"厌说韶华，无奈穷愁"，自己作为"今古有心人"与作者"同困此冷热中之苦"，并以太史公、孙子喻作者之志。张竹坡认为月琴寄寓了作者的"悲愤之意"，而胡珠则是作者"自悲其才"；在全书的评点中他还多次指出孟玉楼乃作者"自喻"。借物象以自喻源自《诗经》的"比兴"

---

[1] 兰陵笑笑生，张竹坡.金瓶梅：皋鹤堂批评第一奇书 [M].长春：吉林大学出版社，1994.

[2] 兰陵笑笑生，张竹坡.金瓶梅：皋鹤堂批评第一奇书 [M].长春：吉林大学出版社，1994.

[3] 兰陵笑笑生，张竹坡.金瓶梅：皋鹤堂批评第一奇书 [M].长春：吉林大学出版社，1994：115-116.

传统，屈原的《楚辞》创作更使"香草美人"之喻成为中国文学最经典的比兴意象。张竹坡在评语中多次以孟玉楼比之杏花，并认为其具有"含酸抱阮"的寓意，这些说法向来为人质疑，晚清批评家文龙就认为这些说法"何其谬也"。细读张竹坡的评语，不难看出其中带有强烈的主观性。在张竹坡的批语中，孟玉楼的受辱与忍辱成为作者乃至评点者辱身屈志、负才沦落的象征。而"待时之杏"作为"知时知命知天之人，一任炎凉世态，均不能动之"[1]（第七回总评）"安命待时、守礼远害"[2]（第八十五回总评）的处世哲学实际亦是张竹坡的自我认同，所谓："杏者，幸也，幸我道存德立，且苟全性命于乱世之中也。"[3]（第一百回总评）张竹坡痛感自身身世遭遇，而借《金瓶梅》的评点抒发一己之志的倾向是显而易见的。

白话小说评点者借评点小说而言志的倾向极大地影响了白话小说的创作实践，随着白话小说创作群体与接受群体的改变，大批具有较高文化修养的士子加入白话小说的创作与评点中，借小说以言志的作品越来越多。白话小说的创作者不再视小说为仅供娱乐的游戏之作，也不仅视其为道德教化的工具，而是以更加严肃的态度与无比的热情来对待白话小说这一文体。始于诗学的言志功能被引入白话小说的创作中，白话小说的表现对象被极大地拓展，不再只是历史公案、烟粉灵怪、棍棒朴刀等世俗内容，举凡传统诗文所涉及的内容都成为白话小说表现的对象。文人们在作品之中寄寓理想、书写情志，表达对人生、对个体命运的思考，以及对理想幻灭、壮志难酬的感伤与哀悼，从而使白话小说的品格得到提升，在表现对象和审美精神上与传统诗文创作达成了一致。马从善在《儿女英雄传·序》中言："先生少席家世馀荫，门第之盛，无有伦比，晚年诸子不肖，家道中落，先时遗物斥卖略尽。先生块处一室，笔墨之外无长物，故著此书以自遣。

---

[1] 兰陵笑笑生，张竹坡.金瓶梅：皋鹤堂批评第一奇书[M].长春：吉林大学出版社，1994：111.

[2] 兰陵笑笑生，张竹坡.金瓶梅：皋鹤堂批评第一奇书[M].长春：吉林大学出版社，1994：1423.

[3] 兰陵笑笑生，张竹坡.金瓶梅：皋鹤堂批评第一奇书[M].长春：吉林大学出版社，1994：1648.

其书虽托于稗官家言，而国家典故，先世旧闻，往往而在。且先生一身亲历乎盛衰升降之际，故于世运之变迁，人情之反复，三致意焉。先生殆悔其已往之过，而抒其未遂之志欤？"[1] 这段话明确指出此书言志的主旨。自怡轩主人在《娱目醒心编·序》中亦坦言此书是"老不得志"而著。[2]

文人言志的白话小说创作自清初到清中叶蓬勃兴起，这些作品往往以强烈的责任感表达了对现实的"讽"与"颂"，无论是《儒林外史》对清代文化环境鞭辟入里的辛辣讽刺，还是《红楼梦》对大厦将倾的钟鼎之家的隐讳批评，抑或夏敬渠的《野叟曝言》、李百川的《绿野仙踪》、李绿园的《歧路灯》等对现实黑暗的暴露，都体现出文人士子超越个体利害得失而对现实深切关注的理想主义情怀。在这些作品中文人士子代替帝王将相与英雄豪杰成为主要的表现对象，主人公的形象往往成为作者自喻，作者常常将人生阅历化入描写对象之中，并在作品中塑造出极具个人化与理想化的自我形象。《野叟曝言》的文素臣应试不第却因文韬武略出众而被保举进京，遭遇了谪辽东、赈灾荒、灭叛逆、靖边疆、勤王剿倭等一系列危急时刻，后被天子尊为素父，最终实现了灭佛兴儒的大志。《绿野仙踪》的冷于冰少有诗名、满腹经纶却因不愿与严嵩党同流合污而名落孙山，后因得火龙真人真传而杀妖平乱、铲除权奸、飞升成仙。《希夷梦》的主人公仲卿、韩速为复兴故国而梦入岛国成就功业。还有《岭南逸史》中的黄逢玉、《雪月梅》中的岑秀、《儿女英雄传》中的安骥等，这些人物身上往往带有强烈的文人色彩，他们才华横溢，在他们的身上寄寓了作者个人怀才不遇的身世之感，并以极其夸张的方式完成了作者在现实中无法实现的人生理想。而在功成名就之后，他们或超然世外，或得道成仙，或看彻繁华，作品的结尾常常弥漫着幻灭之感。非独长篇如此，短篇亦然，李渔的话本小说中，将自我的人生趣味与精神理想化入其中，"创造了我国话本小说的'有我之境'"。[3] 这些借小说以言志的作品完成了文人自我形

---

[1] 丁锡根. 中国历代小说序跋集（中）[M]. 北京：人民文学出版社，1996：1592.

[2] 丁锡根. 中国历代小说序跋集（中）[M]. 北京：人民文学出版社，1996：827.

[3] 杨义. 中国古典小说史论[M]. 北京：人民出版社，1998：392.

象的多角度塑造，表达了作者对时代与个人命运的思考，是白话小说的成熟，也是小说诗性的呈现。"志"与"事"本是中国诗学与叙事学的分野[1]，但在明清小说文人化写作后，"志"与"事"的交流与互渗就在所难免。白话小说的表现对象渐渐超越了叙事传统的外部指向，而更多地朝向了作者的内心世界，小说文本在展现作者内心世界之时具有了丰富的可能性，不仅可以抒发情志、高歌理想，更可以沉潜生命、张扬个性，从而使小说的审美精神体现出诗性的特征。

---

[1]　罗书华在《志与事：中国诗学与叙事学比较论》中谈道："中国诗学以志为本体，中国叙事学以事为本体……它们对自己本体的坚守，对对方特点的强烈排斥，使中国文学形成了诗学与叙事学分流并立的基本布局。"另一方面，"诗学与叙事学的心与事之间有时也有交流与互渗，诗的叙事化追求与叙事的诗意追求，在各自的发展过程中都有着特别的作用"。参见《文学评论》2008 年第 1 期。

第四章　抒情的诗性：白话小说的情感表达

随着白话小说创作主体的进一步精英化，以及白话小说创作在表现对象与审美精神上的渐次成熟，白话小说的文体功能从最初的世俗娱乐、道德劝诫转变为个体性情的抒写，呈现出异常丰富的生命形态。落拓文人将个体生命置入小说文本的写作，对个体生命形态的沉潜与张扬使白话小说文本呈现出极具诗性的审美精神追求，在"诗言志"的传统之外，还体现出对"吟咏情性""诗可以怨"等诗学传统的追慕。在这里，我们希望以中国传统诗学和小说评点理论交叉的视角来讨论有关白话小说情感表达的两个重要关键词，即"性情说"与"发愤著书说"，追溯其中的诗学传统。

第一节　从"吟咏情性"到"性情说"

"吟咏情性"作为中国诗学本体论的重要概念在《毛诗序》中即已确立，与"诗言志"同为中国传统诗学的纲领性命题。《毛诗序》用"吟咏情性"来阐明诗六义之一的"风"。关于"风"，其开篇即言："风，风也，教也，风以动之，教以化之。"[1]这句话表明"风"包含"动人"及"教化"之功。"风"何以动人，则在于其仍是"情发于声"[2]，并进一步论述诗之"吟咏情性"始于"变风"作，是在"明乎得失之迹，伤人伦之废，哀刑政之苛"[3]基础上的"发乎情"。"发乎情，民之性也。"[4]这是民众天性的一种情感抒发，这种情感抒发是"止乎礼"的，即有所节制的、是理性的且带有明确的目的——"以风其上"。也就是说，"吟咏情性"不是单纯的情感抒发，而是带有明确思想的情感表达。但有关"吟咏情性"的阐释中，对后世影响更大的一种说法则见于钟嵘的《诗品》。钟嵘的《诗品》以诗学评论的面貌出现，在《诗品》中他同样引用了"吟咏情性"的概念："至乎吟咏情性，亦何贵於用事？"[5]他借此说明了诗歌中是否需要用典的问题。《诗品》中有关诗歌本体的重要论述则在其开篇："气之动物，物之感人，故摇荡性情，行诸舞咏。照烛三才，晖丽万有，灵祇待之以致飨，幽微藉之以昭告，动天地，感鬼神，莫近於诗。"[6]钟嵘在此处的论述虽看似同样借用了《毛诗序》中的论述，即"情动于中而形于言，言之不足，故嗟叹之，嗟叹之不足，故咏歌之，咏歌之不足，不知手之舞之足之蹈之也……故正得失，动天地，感鬼神，莫近于诗"[7]，却创设了与《毛诗序》"在心为志，发言为诗"[8]不同的前提——"气之动物，物之感人，故摇荡性情，行诸舞咏"。此处行诸舞咏的仍是人随节气变化、感物而发的"性情"。

---

[1] 毛公，郑玄，孔颖达 . 毛诗正义 [M]// 黄侃 . 十三经注疏 . 上海：上海古籍出版社，1990：14.

[2] 毛公，郑玄，孔颖达 . 毛诗正义 [M]// 黄侃 . 十三经注疏 . 上海：上海古籍出版社，1990：15.

[3] 毛公，郑玄，孔颖达 . 毛诗正义 [M]// 黄侃 . 十三经注疏 . 上海：上海古籍出版社，1990：19.

[4] 毛公，郑玄，孔颖达 . 毛诗正义 [M]// 黄侃 . 十三经注疏 . 上海：上海古籍出版社，1990：19.

[5] 周振甫 . 诗品译注 [M]. 北京：中华书局，1998：24.

[6] 周振甫 . 诗品译注 [M]. 北京：中华书局，1998：15.

[7] 毛公传，郑玄笺，孔颖达 . 毛诗正义 [M]. 上海：上海古籍出版社，1990：15-16.

[8] 毛公传，郑玄笺，孔颖达 . 毛诗正义 [M]. 上海：上海古籍出版社，1990：16.

情感抒发的起点不再是对现实的"志思蓄愤",而是个体幽微的生命体验,其指向的是更加私人化的情感维度。

"诗言志"和诗"吟咏情性""缘情而绮靡"到了唐代出现了情与志统一的倾向,所谓"在己为情,情动为志,情志一也"[1]。而文人白话小说的创作指向也呈现出"情志一也"的变化,在这一过程中,主张白话小说可以抒写一己之性灵与情感的"性情说"影响深远。白话小说创作者在借小说以"言志"的同时,加入了文人个体化、私密化情绪的抒发,从而使作品的审美精神呈现出一种复杂矛盾的状态。白话小说的创作者往往是落拓的文人,一方面落拓文人执着的济世情怀与家国理想使作品普遍呈现出建功立业的昂扬气象,另一方面落拓文人对个体生命的幽微体验又常常使作品呈现出丰富的生命形态。天花藏主人在《四才子书序》中言:"凡纸上之可喜可惊,皆胸中之欲歌欲哭……嗟嗟!虽不如忠孝节义之赫烈人心,而所受于天之性情,亦云有所致矣。"[2]小说在表现前述的以"忠孝节义"为代表的、与政教人伦等礼之秩序相关的"言志"倾向之外,更多地包含着文人对个人生命的体验与抒发,序言中弥漫着强烈的个人感伤情怀。这里的性情是"天赋人以性",是"一品一行,随人可立",是非关"忠孝节义"之志的"才情"[3]。

主张小说应当表达创作者之性灵与情感的"性情说"并非天花藏主人的独创,在此之前,冯梦龙在《警世通言·叙》中即言小说创作之功能仍在于:"触性性通,导情情出。"[4]而"性情说"更是冯梦龙关于文学本体论的重要观点。[5]冯梦龙在其另一部著作中曾言:"文之善达性情者,无如诗,三百篇之可以兴人者,唯其发于中情,自然而然故也。"[6]对"性

[1] 杜预,孔颖达.春秋左传正义 [M]// 黄侃.经文句读,十三经注疏.上海:上海古籍出版社,1990:902–903.

[2] 天花藏主人.平山冷燕·四才子书序 [M].北京:中华书局,2000:202.

[3] 天花藏主人.平山冷燕·四才子书序 [M].北京:中华书局,2000:202.

[4] 冯梦龙.警世通言 [M].上海:上海古籍出版社,1994:8.

[5] 傅承洲.冯梦龙与通俗文学 [M].郑州:大象出版社,2000:33.

[6] 冯梦龙.冯梦龙全集·太霞新奏·序 [M].南京:凤凰出版社,2007:1.

情说"的讨论在中国文学的批评语境中最早见诸诗学评论之中，除上述《毛诗序》和《诗品》中的论述之外，刘勰在《文心雕龙》中谓："诗者，持也，持人情性。"（《明诗》）[1] "盖风雅之兴，志思蓄愤，而吟咏情性，以讽其上，此为情而造文也。"（《情采》）[2] 此处强调了诗歌作为人之情感个性表达的基本功能。在《文心雕龙》的其他篇章中，刘勰多次强调了文学"义既埏乎性情，辞亦匠于文理"[3] "吐纳英华，莫非性情"[4] 的表现功能，以及"雕琢情性""陶铸性情"的审美精神。钟嵘、刘勰之后，"性情说"的流风余韵绵延千载，有关诗歌创作的"性情说"在历代诗论中层出不穷。唐代皎然坦言："但见情性，不睹文字，盖诣道之极也。"（《诗式·重意诗例》）[5] 《二十四诗品·实境》亦谓："情性所至，妙不自寻。遇之自天，泠然希音。"[6] 宋代吕祖谦在《诗说拾遗》中强调："诗者，人之性情而已。"[7] 严羽重申"诗者，吟咏情性也"。（《沧浪诗话》）[8] 文天祥则云："诗所以发性情之和也。性情未发，诗为无声，性情既发，诗为有声。"（《文山先生全集·罗主薄一鹗诗序》）[9] 到了元代，文人同样推崇诗歌吟咏情性的特质，元初刘将孙即言："夫诗者，所以自乐吾之性情也，而岂观美自鬻之技哉！"（《九皋诗集·序》）[10] 《诗法正宗》谓："吟咏本出情性。"[11] 杨维桢亦谓："诗本情性，有性此有情，有情此有诗也。"（《剡韶诗序》）[12] 上述论断无不强调吟咏情性、抒发个体情性

[1]　黄霖.文心雕龙汇评[M].上海：上海古籍出版社，2005：27.

[2]　黄霖.文心雕龙汇评[M].上海：上海古籍出版社，2005：109.

[3]　黄霖.文心雕龙汇评[M].上海：上海古籍出版社，2005：19.

[4]　黄霖.文心雕龙汇评[M].上海：上海古籍出版社，2005：98.

[5]　何文焕.历代诗话[M].北京：中华书局，1981：31.

[6]　郭绍虞.诗品集解·续诗品注[M].北京：人民文学出版社，2005：34.

[7]　吕祖谦.吕祖谦全集[M].杭州：浙江古籍出版社，2008：112.

[8]　严羽著.沧浪诗话校释[M].郭绍虞，校释.北京：人民文学出版社，1983：26.

[9]　文天祥.文天祥全集[M].北京：中国书店出版社，1985：226.

[10]　刘将孙.养吾斋集[M].台北：台湾商务印书馆，1986：83.

[11]　张健.元代诗法校考[M].北京：北京大学出版社，2001：314.

[12]　曾永义.元代文学批评资料汇编[M].台北：成文出版社，1978：603.

作为诗学本体论的重要意义。以"吟咏情性"为代表的"性情说"对明清之际的诗文创作的影响是显而易见的:"诗乃吟咏情性之具。"(宋濂)[1]"诗以性情为主,《三百篇》亦只是性情。"(何良俊《四友斋丛说》)[2]"夫诗由性情生者也。"(屠隆《唐诗品汇选释断序》)[3]"情缘物而动,物感情而迁,是发诸性情,而协于律吕,非先协律吕,而后发性情也。"(杨慎《李前渠诗引》)[4]"诗者,心之声也,性情所流露者也。"(袁枚《随园诗话》)[5]……凡此种种,不一而足。

明清之际对"性情说"的讨论最先见于诗歌创作的领域,明清小说创作者与评点者将"性情说"这一传统的诗学观念移植于白话小说的创作与评点中,演化为白话小说对真性情的书写。如晚清小说《儿女英雄传》就是一部寓性情忠孝节义于其中的小说。[6]在作者文康托名观鉴我斋所作的《儿女英雄传》序中即言:"其书以天道为纲,以人道为纪,以性情为意旨,以儿女英雄为文章。其言天道也,不作元谈。其言人道也,不离庸行。其写英雄也,务摹英雄本色。其写儿女也,不及儿女之私。本性为情,援情入性。"[7]在第二十六回中又强调,"这《儿女英雄传》评话却是借题目写性情"。而"性情"二字在小说中更是反复出现。[8]

白话小说创作"性情说"的背后是人的生命存在,这种生命存在,既是个体的,也是群像的,是人与生俱来的对自身生命存在的体验与感受。再回到天花藏主人对《平山冷燕》的评论,他认为《平山冷燕》的创作可

[1] 郭绍虞.中国历代文论选(中)[M].北京:中华书局,1962:254.

[2] 何良俊.历代笔记小说大观:四友斋丛说[M].上海:上海古籍出版社,2012:155.

[3] 郭绍虞.中国历代文论选(中)[M].北京:中华书局,1962:255.

[4] 王大厚.升庵诗话新笺证[M].北京:中华书局,2008:1192.

[5] 袁枚.随园诗话[M].北京:人民文学出版社,1982:423.

[6] 袁锦贵."借题目写性情":《儿女英雄传》主题新探[J].社会科学论坛,2005(12):139-142.

[7] 丁锡根.中国历代小说序跋集(中)[M].北京:人民文学出版社,1996:1590.

[8] 据李永泉统计,《儿女英雄传》中"性情"二字共出现了66次,参见李永泉.《儿女英雄传》考论[D].哈尔滨:哈尔滨师范大学,2011.

以慰藉"天地生才之意，与古今爱才之心"。此处之"才"所指的乃是："笃志诗书，精心翰墨，不负天地所生矣，则吐辞宜为世惜，下笔当使人怜。纵福薄时屯，不能羽仪廊庙，为麟为凤，亦可诗酒江湖，为花为柳……若夫两眼浮六合之间，一心在千秋之上；落笔时惊风雨，开口秀夺山川，每当春花秋月之时，不禁淋漓感慨，此其才为何如？"[1]也就是说，这里的"才"指的是人禀受于天的性情、气质与个性，是个体生命的感性体验。刘勰在《文心雕龙·体性》中对此有明确的表述："才有庸俊，气有刚柔，学有浅深，习有雅郑：并情性所铄，陶染所凝……才力居中，肇自血气；气以实志，志以定言。吐纳英华，莫非情性。"[2]天地生才、莫非情性，这种生命体验恰如钟嵘在《诗品序》中妙言：

　　若乃春风春鸟，秋月秋蝉，夏云暑雨，冬月祁寒，斯四候之感诸诗者也。嘉会寄诗以亲，离群托诗以怨。至于楚臣去境，汉妾辞宫；或骨横朔野，魂逐飞蓬；或负戈外戌，杀气雄边；塞客衣单，孀闺泪尽；或士有解佩出朝，一去忘返；女有扬蛾入宠，再盼倾国。凡斯种种，感荡心灵，非陈诗何以展其义？非长歌何以骋其情？故曰："诗可以群，可以怨。"使穷贱易安，幽居靡闷，莫尚于诗矣。[3]

　　钟嵘此段文字虽是以诗为论述对象，说明诗歌最善于对人之生命体验进行表达与书写，但这并不妨碍千载之后文人们将之运用于白话小说的创作与评点，天花藏主人在《四才子书序》中对"天地生才"的议论与钟嵘论诗正可比照而读。抒写个体性情在明清小说创作者中早已达成共识，欣欣子序《金瓶梅》开篇既云："人有七情，忧郁为甚。上智之士，与化俱生，雾散而冰裂，是故不必言矣。次焉者，亦知以理自排，不使为累。惟下焉者，既不出了于心胸，又无诗书道腴可以拨遣。然则，不至于坐病者

[1] 天花藏主人.平山冷燕·四才子书序[M].北京：中华书局，2000：202.

[2] 黄霖.文心雕龙汇评[M].上海：上海古籍出版社，2005：97-98.

[3] 周振甫.诗品译注[M].北京：中华书局，1998：20-21.

几希！吾友笑笑生为此，爰罄平日所蕴者，著斯传，凡一百回，其中语句新奇，脍炙人口，无非明人伦，戒淫奔，分淑慝，化善恶，知盛衰消长之机，取报应轮回之事，如在目前始终；如脉络贯通，如万系迎风而不乱也，使观者庶几可以一哂而忘忧也。"[1] 这段话表明小说的创作是诗书之外、抒写个体性情的一种补充，此书之作，正为化解胸中郁结。

白话小说创作中的"性情说"是创作个体的自我观照、自我宣泄与自我实现。天目山樵在《西游补·序》中云："南潜本儒者，遭国变，弃家事佛；是书虽借径《西游》，实自述平生阅历了悟之迹，不与原书同趣，何必为悟一子之诠解。且读书之要，知人论世而已。令南潜之人与世，子既考而得之矣，则参之是书，性情趣向，可以默契，得失离合之间，盖几希矣。"[2] 此处，即已言明董说作《西游补》不过是我口写我心的作品，是"性情趣向，可以默契"也。

传统诗学对"性情"的阐释中，还有一层含义。且看严羽在《沧浪诗话》中所述：

诗者，吟咏情性也。盛唐诸人惟在兴趣，羚羊挂角，无迹可求。故其妙处透彻玲珑不可凑泊，如空中之音、相中之色、水中之月、镜中之象，言有尽而意无穷。近代诸公乃作奇特解会，遂以文字为诗，以才学为诗，以议论为诗。夫岂不工，终非古人之诗也。[3]

严羽此番论述以唐人作诗为例，说明诗所吟咏之性情贵在自然，讲究率性而作，反对刻意的雕琢，所谓"清水出芙蓉，天然去雕琢"（李白《经乱离后天恩流夜郎忆旧游书怀赠江夏韦太守良宰》）[4]，"不著一字，尽得风流"（《二十四诗品》）[5]，其共同强调的仍是诗歌表现对象的绝假纯真，

[1] 丁锡根. 中国历代小说序跋集（中）[M]. 北京：人民文学出版社，1996：1078.

[2] 丁锡根. 中国历代小说序跋集（中）[M]. 北京：人民文学出版社，1996：1392.

[3] 郭绍虞. 沧浪诗话校释 [M]. 北京：人民文学出版社，1983：26.

[4] 李白. 李白全集 [M]. 鲍方，校点. 上海：上海古籍出版社，1996：96.

[5] 郭绍虞. 诗品集解·续诗品注 [M]. 北京：人民文学出版社，2005：21.

以及表现方法的自然而然、不假绳墨。在中国传统文论中，对自然兴会、妙语天成的强调未有若诗者，这是中国诗学的重要特质。因此，诗学视域中的"吟咏情性"便不能简单地理解为情感的抒发，内中更含有一层对真性情的追求，即自然率真地呈现自我之天性及对个体生命存在的真实体验与感受，"浑然天成""无迹可求""率性自然"也因此成为中国诗学重要的审美精神。对"真性情"的追求成为诗学品鉴的重要标准，在传统诗论中，我们常常看到这样的评论：

直于情性，尚于作用，不顾词彩，而风流自然。（皎然《诗式》）[1]

《三百篇》直写性情，靡不高古，虽其逸计，汉人尚不可及。今学之者，务去声律，以为高古。殊不知文随世变，且有六朝唐宋影子，有意於古，而终非古也……诗有天机，待时而发，触物而成，虽幽寻苦索，不易得也……渊明最有性情，使加藻饰，无异鲍谢，何以发真趣於偶尔，寄至味於澹然？……今之学子美者，处富有而言穷愁，遇承平而言干戈，不老曰老，无病曰病，此摹拟太甚，殊非性情之真也。（《四溟诗话》）[2]

而傅玄、潘岳，并擅时誉，然文采徒存，性真不附，诗道至此少衰。惟太冲《咏史》，景纯《游仙》，刘琨伤乱，颇能振兴。迄陶公降生，以西山之节，师柳下之行，不激不随。超然闲淡，时时歌咏其性情，而真诗以出，风雅之盛，复媲於建安矣……盖自谢氏游山，体尚排偶，词工雕绘，虽在彼为之，弥见古朴，而由此日趋日下，性情愈隐，至陈极矣。（《诗学源流考》）[3]

言语之中，既有对真性情的激赏，也有对不见性情的批评。"吟咏情性"的中国诗学传统所传达的绝假存真、率性自然的审美精神追求塑造了中国文人的品格，明清之际文坛对真情真性的呼唤正是对这一审美精神的回应。

---

[1] 何文焕.历代诗话[M].北京：中华书局，1981：30.

[2] 丁福保.历代诗话续编[M].北京：中华书局，1983：1137，1161，1165.

[3] 郭绍虞，富寿荪.清诗话续编[M].上海：上海古籍出版社，1983：1354.

在白话小说的创作与评点中，对真性情的书写俯拾皆是穿透了层层道德劝诚的包裹。《儒林外史》中对真名士的热情歌颂与对假名士的讽刺批判正体现出其对"真性情"的呼唤。而更具隐喻性的描写则在《红楼梦》中。《红楼梦》的作者曹雪芹工于诗词，且常于作品中以诗论人，或借人物以谈论诗词。在进入《红楼梦》的文本分析之前，我们需要先回顾一下宋代词人姜夔对"吟咏情性"之诗学观点的一段讨论：

> 吟咏情性，如印印泥，止乎礼义，贵涵养也。沉着痛快，天也。自然学到，其为天一也。（《白石道人诗说》）[1]

姜白石在这里提出"涵养情性"的观点，他本人虽未细加阐释，但元代文人对此有进一步的生发。元人范梈在《木天禁语》中写道："性情褊隘者，其词躁；宽裕者，其词平；端靖者，其词雅；疏旷者，其词逸；雄伟者，其词壮；蕴藉者，其词婉。涵养情性，发于气，形于言，此诗之本源也。"[2] 作为元诗四大家之一，范梈的诗论在当时影响甚广，但范梈此处的"情性"，实际指的是个人的气质禀性。由此，他进一步谈道："学者以变化气质，须仗师友所习所读，以开导佐助，然后能脱去俗近，以游高明。谨之慎之。"[3] 范梈认为气质禀性的涵养依靠学习，这种学习不单单是个人的行为，还需要师友的"开导佐助"。这一观点在明清诗论中亦得到回应，清代文人热情地在儒家诗教中寻找"涵养情性"的方法，并将之与"学问"二字相联系。"学力深始能见性情，此一语是造微破的之论。"（《师友诗传录》）[4]"学者诚知诗无可学，而日治其性情学问，则诗不学而亦能之。"（《养一斋诗话》）[5] 但亦有论者对姜白石"涵养情性"的观点提出异议。早在明代，诗人谢榛在《四溟诗话》中即对涵养性情之

---

[1] 何文焕.历代诗话[M].北京：中华书局，1981：682.

[2] 何文焕.历代诗话[M].北京：中华书局，1981：682，751.

[3] 何文焕.历代诗话[M].北京：中华书局，1981：682，751.

[4] 丁保福.清诗话（上）[M].上海：上海古籍出版社，1978：125.

[5] 潘德舆.养一斋诗话[M].朱德慈，辑校.北京：中华书局，2010：18.

说提出疑问：

> 陶潜不仕宋，所著诗文，但书甲子。韩偓不仕梁，所著诗文，亦书甲子。偓节行似潜而诗绮靡，盖所养不及尔。薛西原曰："立节行易，养性情难。"[1]

谢榛在此处将陶渊明与晚唐诗人韩偓的创作进行比较，二人相似之处在于不仕新朝，此其节行也，两人诗作但写日常体验而陶诗胜韩诗者在其性情。谢榛借薛蕙之言提出"立节行易，养性情难"的观点。此处，将节行与性情分而为二，节行与道德规范相关、可以习得；而真性情却是天赋于人，难以养成。这一观点的重要意义在于抛开传统道德规范对文人的家国期许，而将个人天性禀赋之性情作为论诗的关键。从这一角度讲，曹雪芹所塑造的"于国于家无望"的贾宝玉形象正是"立节行易，养性情难"的生动注脚，贾宝玉这一人物之所以充满了诗性的光辉，正在于其难得的真性情，这种真性情是天赋与之的，纵是后天如何强调教化，亦难以养成、难以改变。在《红楼梦》第二回冷子兴演说荣国府中，作者以隐喻的方式对此进行了说明。小说写贾宝玉抓周之时单挑女儿之脂粉钗环，贾雨村由此生发了一段"正邪两赋论"，借以说明宝玉对"脂粉钗环"的喜爱并非世俗所理解的"淫魔色鬼"之意，而是另有象征，这就赋予了"脂粉钗环"在小说中作为叙事意象的功能，其所象征的仍是宝玉禀受于天的真性情。小说中反复提及宝玉喜爱"调脂弄粉""吃人嘴上擦的胭脂""与那个爱红的毛病儿"。[2] 尽管作为父亲的贾政对此严加管教，逼迫其读四书五经、做学问，以涵养性情，却收效甚微，无法改变其天性，小说中对金钏投井、宝玉挨打的描写正说明了宝玉天赋之性情是极难以改变的。对宝玉的这一独特个性，小说在第十九回还借袭人写出：

---

[1] 丁保福. 历代诗话续编 [M]. 北京：中华书局，1983：1140.

[2] 曹雪芹. 古本小说集成. 脂砚斋重评石头记 [M]. 庚辰本. 上海：上海古籍出版社，1990：418–419.

如今且说袭人自幼见宝玉性格异常，其淘气憨顽出于众小儿之外，更有几件千奇百怪口不能言的毛病儿。近来仗着祖母溺爱，父母亦不能十分严紧拘管，更觉放荡弛纵，任情恣性，最不喜务正。每欲劝时，料不能听。今日可巧有赎身之论，故先用骗词以探其情，以压其气，然后好下箴规。[1]

脂砚斋在此有数条批语："（性格异常）四字好。所谓说不得好，又说不得不好也。""只如此说更好。所谓说不得聪明贤良，说不得痴呆愚昧也。""（放荡弛纵）四字妙评。""（任性恣情）四字更好。亦不涉于恶，亦不涉于淫，亦不涉于骄，不过一味任性耳。"袭人对宝玉的劝谏之辞："不任意任情的就是了。"脂批云："总包括尽矣。"[2]脂砚斋此处的评语正可与贾雨村的正邪两赋论相对而读，二者所强调的都是宝玉身上天赋与之的性情，这一性情无关世俗的道德规范。"于世道中未免迂阔怪诡，百口嘲谤，万目睚眦。"[3]然而其所指涉的个体生命本真之意义恰是宝玉身上诗性光芒的显现，亦是这一人物虽"于国于家无望"，却令人无限向往的原因。宝玉身上的率性而为、天真灿烂、自然无拘的性情特征正是赤子之心的显现，恰如解盦居士所云："宝玉生平，纯是天真，不脱孩提之性。"[4]葆有童心，"率其天真，皭然泥而不渣"[5]是宝玉的真性情，是中国诗学吟咏情性的审美精神追求，亦是中国文学一以贯之的精神脉络。关于这一点，实际上李贽在其"童心说"中既已言明：

天下之至文，未有不出于童心焉者也。苟童心长存，则道理不行，闻见不立，无时不文，无人不文，无一样创制体格文字而非文者。诗何必古选，文何必先秦，降而为六朝，变而为近体；又变而为传奇，变而为院本，为杂剧，为《西厢曲》，为《水浒传》，为今之举子业，大贤言圣人之道

[1] 曹雪芹.脂砚斋重评石头记 [M].庚辰本.上海：上海古籍出版社，1990：418-419.

[2] 以上据：曹雪芹.脂砚斋重评石头记 [M].庚辰本.上海：上海古籍出版社，1990：421-422.

[3] 曹雪芹.脂砚斋重评石头记 [M].庚辰本.上海：上海古籍出版社，1990：121.

[4] 一粟.《红楼梦卷》[M].北京：中华书局，1985：187.

[5] 陈其泰，刘操南.桐花凤阁评《红楼梦》辑录 [M].天津：天津人民出版社，1981：54.

皆古今至文，不可得而时势先后论也。[1]

"童心说"背后所包含的是对天赋与人的真性情的肯定。中国文学吟咏情性、率性自然的审美精神自《诗三百》起既已确立并绵延千载，尽管"一代有一代之文学"，但无论时代如何变迁，亦无论文体如何演变，对吟咏情性的审美精神追求始终不变。民国时期吴宓在《伦理小说〈青年镜〉序》中言：

> 文非至性至情不能作，而小说为尤甚。诗虽主性情，尚可以辞藻艳丽见长，移人于不知不觉之中。小说则写人生俗事，平庸凡近，而又须鞭辟近里，深切入微。苟不以至性至情贯注其间，则如仅存糟粕而丧其精华。又如杂置磁片，盛陈机括，而无力以团结之使厚，驱遣之使前也。故凡小说，皆可名曰写情（或言情）。然小说家之情，必得其正，亦如诗者持也，"持"即端其性情而表示之之义。夫真正之道德行为，皆生于至情。小说之佳者，必寓有平正深厚之人生观。此种人生观为何？盖即至性至情之人，涉历社会之真切经验与审慎结论耳。小说最忌直说道德，最忌训诲主义，固也……惟至性至情之人始能作小说。又惟至性至情之人，始能作写实小说而臻佳美。[2]

《青年镜》于1906年10月18日由上海广智书局出版，是"小说界革命"之后的作品，作为中国古代白话小说向中国近代白话小说过渡的一环，吴宓在此提出的小说批评观点颇具现代性的意味。吴宓认为小说对"至性至情"的审美追求应当是超越了其他文体的，他比较了诗与小说在吟咏情性上的区别，认为诗歌虽以抒情为主，但其情感表达是借助文辞修饰以含蓄的方式传达出来的；而小说的叙事如不倚重"至性至情"情感表达"贯注其间"，则终将成为糟粕而精华尽失。这里"至性至情"成为小说精华所

---

[1] 陈良运．中国历代文章学论著选 [M].南昌：百花洲文艺出版社，2003：762.

[2] 吴宓．吴宓诗话 [M].北京：商务印书馆，2007：235–236.

在，亦是评价小说良莠的关键性因素。这说明了吴宓对白话小说抒情性的重视，也使白话小说对"至性至情"的抒情性的强调超越了对"道德""训诲"的功能性，以及对"人生俗事"的叙事性的强调，为白话小说的现代性转型指示了方向。吴宓还提出"小说家之情，必得其正"的观点，并以刘勰在《文心雕龙·明诗》中对"诗者，持也，持人情性"的观点来解释何谓小说家情之"正"，强调了小说家的情感表达应当是有所节制的、理性的。

由此出发，在明清之际对"性情说"的阐释中，还有一条内容值得注意。杨慎在《升庵诗话笺证》中谓："《诗》以道性情……《三百篇》皆约情合性而归之道德也，然未尝有道德字也，未尝有道德性情句也。"[1]杨慎论诗主情，推崇《诗三百》作为诗歌创作典范的意义，常以《诗经》作为诗歌品鉴之标准，如："唐人诗主情，去《三百篇》近；宋人诗主理，去《三百篇》却远矣。"[2]他在此处直接评价《诗经》，所言之性情观的特点在于将原本指向个人才气、性格、气质、情感、心境的情性与道德的规制相联系，即主张"情"与"理"相互协调，强调"情"归于"理"而"理"化于"情"的不着痕迹。这实际是对《毛诗序》"发乎情，止乎礼义"及刘勰"诗者，持也，持人情性"观点的回归。

类似的诗歌创作主张伴随着宋明理学"性即理也"[3]对"理"之强调及明清诗学对"情"之强调，深刻影响了明清文学的创作。反映在白话小说的创作上，小说评点者与创作者在"性情说"对天赋于人之性灵与情感强调的基础上，升华出以"情理论"为代表的白话小说创作理念。小说创作者与评点者在"事理""义理""文理"之外特别拈出"情理"二字，以彰显白话小说创作中对"情"之倚重，由此生发出一套强调"人情"与"天理"两相契合的叙事理论。李卓吾评《水浒传》言其："文字不好处只在说梦、说怪、说阵中，其妙处都在人情物理上。"（第九十七回回末总评）[4]

[1] 王大厚. 升庵诗话新笺证 [M]. 北京：中华书局，2008：212.

[2] 王大厚. 升庵诗话新笺证 [M]. 北京：中华书局，2008：212，189.

[3] 程颢，程颐. 二程集 [M]. 北京：中华书局，2004：84.

[4] 施耐庵. 容与堂本水浒传 [M]. 上海：上海古籍出版社，1988：1428.

张竹坡评点《金瓶梅》也十分强调"情理"二字[1]。"做文章，不过是'情理'二字。今做此一篇百回长文，亦只是'情理'二字。于一个人心中，讨出一个人的情理，则一个人的传得矣。虽前后夹杂众人的话，而此一人开口，是此一人的情理；非其开口便得情理，由于讨出这一人的情理方开口耳。是故写十百千人皆如写一人，而遂洋洋乎有此一百回大书也。"[2] 张竹坡评点《金瓶梅》时所用的"情理"二字内涵丰富，此处的"情理"二字是就人物塑造而言的，他认为只有把握"人情物理"，深入挖掘人物的内心世界，"文字俱于人情深浅中一一讨分晓"（第二十六回回评）[3]，方能塑造出鲜活的人物形象。而张竹坡在第一回回评中进一步论及"人情"与"天理"之关系："每疑作者非神非鬼，何以操笔如此？近知作者骗了我也。盖他本是向人情中讨出来的天理，故真是天理。然则不在人情中讨出来的天理，又何以为之天理哉！自家作文，固当平心静气，向人情中讨结煞，则自然成就我的妙文也。"[4] 张竹坡认为"理"出于"情"，"人情"与"天理"之间是内在相统一的，二者的协调顺应正是文章之妙处。脂砚斋在评点《红楼梦》时也强调作品的"情""理"相协，他以《红楼梦》为"至情至理之妙文"[5]，"一部中皆是近情近理必有之事，必有之言"。[6] 陶家鹤亦谓《绿野仙踪》："无不曲尽情理，又非破空捣虚辈所能以拟万一。使余竟日夜把玩，目荡神怡。"[7] 清代种柳主人则在《玉蟾记·序》中提出

[1] 有学者统计在张竹坡的评点文字中，"情理"概念直接出现便有 16 处，而如"人情""世情""天道"等相关的概念则出现 60 处之多。参见：王楠.论张竹坡《金瓶梅》评点中的"情理"[J].沈阳师范大学学报（社会科学版），2013（5）：169–172.

[2] 兰陵笑笑生，张竹坡.金瓶梅：皋鹤堂批评第一奇书[M].长春：吉林大学出版社，1994.

[3] 兰陵笑笑生，张竹坡.金瓶梅：皋鹤堂批评第一奇书[M].长春：吉林大学出版社，1994：400.

[4] 兰陵笑笑生，张竹坡.金瓶梅：皋鹤堂批评第一奇书[M].长春：吉林大学出版社，1994：1–2.

[5] 曹雪芹.脂砚斋重评石头记[M].甲戌本.上海：上海古籍出版社，1990：46.

[6] 曹雪芹.脂砚斋重评石头记[M].庚辰本.上海：上海古籍出版社，1990：339.

[7] 丁锡根.中国历代小说序跋集[M].北京：人民文学出版社，1996：1423

以"理"抑"情"的观点："上天下地，资始资生，罔非一情字结成世界。自二帝三王立法以教百姓，迨夫孔子明其道于无穷，忠孝节义，仁慈友爱，亦惟情而已。人孰无情？然有别焉。有情者君子，本中而和，发皆应节，故君子之情公而正；情也，即理也。小人亦托于情，有忌心，有贪心，有好胜心，爱憎皆徇于己，故小人之情私而邪，非情也，欲也。一动于欲，则忠孝节义、仁慈友爱不知消归于何有。言情者辨之，可不早辨哉！"[1]他主张"情即是理"，情感的抒发应当如君子般"本中而和，发皆应节"，即强调情感的抒发应当适当而有节制，体现出对传统儒家诗教"发乎情，止乎礼义"的情与理之关系的回应。

由上述讨论我们可以发现，中国古代白话小说的评点者在探讨小说情感表达的可能性时，无论是"性情说"还"情理观"，均体现对中国诗学以"吟咏情性"为代表的抒情传统的多方借鉴。

第二节 "发愤著书说"的情感动机

言及明清白话小说的创作动机与情感表达，"发愤著书"是十分重要的观点。"发愤著书"作为中国古典文学批评的重要命题，出自司马迁的《报任安书》。在这篇文章中，司马迁解释了自己"隐忍苟活""发愤著书"的原因在于："恨私心有所不尽，鄙陋没世，而文采不表于后也……退论书策以舒其愤，思垂空文以自见……仆诚已著此书，藏之名山，传之其人，通邑大都，则仆偿前辱之责，虽万被戮，岂有悔哉！"[2]这里，包含了"发愤著书说"的三层意思：一是借以彰显文采，流传于后；二是借以"舒愤"，表达幽思忿懑之情；三是借以洗刷耻辱，实现个人价值。观照司马迁《报任安书》全文，幽思怨愤之情的表达极为隐忍，反复述说的却是身受极刑希望不辱先人、不辱士节的期盼。可见，司马迁的"发愤著书"着意主要

[1] 侯忠义 . 中国古代珍稀本小说 [M]. 沈阳：春风文艺出版社，1994：582–585.

[2] 郭绍虞 . 中国历代文论选（第 1 册）[M]. 上海：上海古籍出版社，1979：83.

非在抒发一己之幽思怨忿的情感，更深刻的情感动机仍在于借是书"藏之名山"以此来实现个人的价值。这一观念的实质是《左传·襄公二十四年》中提出的"立言以不朽"的思想。

明清白话小说的创作者与刊刻者亦同此心。明代可一居士在《醒世恒言叙》中提出此书的刊刻："虽与《康衢》、《击壤》之歌并传不朽可矣。"[1]明崇祯人瑞堂刊本《隋炀帝艳史凡例》中评论："《列国》、《三国》、《东西晋》、《水浒》、《西游》诸书，与二十一史并传不朽，可谓备矣。"[2]上述评论，将小说与诗文史著比并而谈，借以提高小说的文体地位，使之获得立言以不朽的可能。五湖老人在《忠义水浒全传序》中亦认为："兹余于《水浒》一编，而深赏其血性，总血性有忠义名，而其传亦足不朽。"[3]他指出是书褒赏"忠义"的主题足以使之不朽。借白话小说创作以立言不朽的情感动机在清代镜湖逸叟陈朗的《雪月梅传自序》中有较为清晰的表述。陈朗认为"《史记》一篇，疏荡洒落，足以凌轹百代"，自己"年过杖乡"，山居岁月或"垂钓溪边"，或"清谈树下"，"麦饭菜羹""欣然一饱"，自觉"愈于食禄千钟者""唯念立言居不朽之一，生平才识短浅，未得窥古人堂奥，秋虫春鸟，亦各应时而鸣，予虽不克如名贤著述，亦乌能尸居澄观，嗫不发一语乎"[4]。这表明作者创作这部小说的目的是欲借此书以"立言"。这看似与小说被视为"小道"的文体地位不相符的期许，实际与白话小说在历明、清两代发展，经李贽、金圣叹、李渔等人不断标举，其文学地位日渐提升相关。这一观点在其友人董寄绵为其所作的《雪月梅传跋》中有进一步的表述：

人生天地，电光石火，瞬息间耳。此身既不能常存，即当思所以寿世而不朽者。顾其道何居？希圣希贤，接往古，开来学，此一道也。医、卜、

[1]　丁锡根.中国历代小说序跋集[M].北京：人民文学出版社，1996：780.

[2]　丁锡根.中国历代小说序跋集[M].北京：人民文学出版社，1996：953.

[3]　丁锡根.中国历代小说序跋集[M].北京：人民文学出版社，1996：1469.

[4]　丁锡根.中国历代小说序跋集[M].北京：人民文学出版社，1996：1297.

星、相，各臻极诣，指示迷途，又一道也。童妇歌谣，单词片语，可作千秋佳话而留传者，亦一道也。但古今事业，我何由知之？以读古人之书，而后知之。若是乎书之不可不作也。但作书亦甚难矣：圣贤经传，尚皆述古人成事；况稗官小说，凭空结撰，何能尽善？是虽不可以不作，又何可以竟作也！如一人读之曰善，人人读之而尽善，斯可以寿世而不朽矣。[1]

《雪月梅传》这部小说自然无法与圣贤经传相比肩。但从创作者的角度出发，其借以立言不朽的情感动机是十分明显的。而从其在后世流传的情况来看，也的确达到了"寿世不朽"的效果。其中原因有一部分或如胡应麟在《增校酉阳杂俎·序》中所言，即小说因"好之弥众，而其传可必于后"，故可令创作者"不朽于来世"。（卷八十三）[2]胡应麟从传播效果出发来谈小说可以令创作者在后世产生持久的影响力，董寄绵则从作品内容上解释了《雪月梅传》之所以能寿世不朽的原因，即在于作品能使人"读之曰善"。这里的"善"可作两观，一是指作品的艺术水平堪为人称道，二是指作品具有导人向善的功能。这一观点在清代野云主人《增评西游证道奇书·序》及忏梦居士《妙复轩评石头记跋》中有所补充：

若夫稗官野乘，不过寄嘻笑怒骂于世俗之中，非有微言奥义，足以不朽，则不过如山鼓一鸣，荧光一耀而已。（《增评西游证道奇书序》）[3]

有功世道，不致使愚昧者误入歧途，尤见所学之正，与救世之慈，似此庶不愧立言二字矣。（《妙复轩评石头记跋》）[4]

更为完整的表述则见于清代蔡奡所作的《评刻水浒后传叙》中，蔡奡在叙（序）中先是对"立功""立德""立言"这"三不朽"之间的关系

---

[1] 丁锡根.中国历代小说序跋集[M].北京：人民文学出版社，1996：1298.

[2] 胡应麟.少室山房集[M].上海：上海古籍出版社，1993：600.

[3] 丁锡根.中国历代小说序跋集[M].北京：人民文学出版社，1996：1353-1354.

[4] 丁锡根.中国历代小说序跋集[M].北京：人民文学出版社，1996：1170.

进行了讨论，认为"立德""立功"皆有赖于"立言"方可传之后世。"立言"而可贵者，又可分为三类，最上者可以"辅翼经传"，以明圣道；其次可以"宣布王猷"，以治国家；再次则可以"彰善瘅恶，寓劝惩于纪载褒贬之中，使后人有所劝而乐于为善，有所惩而不敢为恶，务有裨于世道人心，非可苟焉而已也"。[1] 并且，他以司马迁"游侠""货殖"二传犹为后人所訾为例，提出："善读书者，必有以深窥乎作者之用心，而后不负乎其立言之本趣。"[2] 蔡奡以为《水浒后传》一书既记载了立德之行，又讲述了立功之事，且是书："有廉顽立懦之风，足以开愚蒙而醒流俗，则作者立言之本趣，庶几乎有当于圣贤彰瘅劝惩之言也夫！"[3] 这里将小说之功与圣贤之言相提并论，小说自是可以"立言"而"不朽"了。自《水浒传》一书刊布于世，好之者以其功堪比《史记》；恶之者目之为盗匪、继书不断。部分继书的创作正是为了消弭因《水浒传》流传而产生的"盗贼蜂起"的社会影响，其中，《荡寇志》是代表之作。《荡寇志》完全从维护统治的角度出发，因此后世屡被翻刻。半月老人在《续刻荡寇志序》中言："耐庵、贯中之前后《水浒传》，贻害匪浅；仲华先生之《荡寇志》，救害匪浅，俱已见之于实事矣……仲华功虽不在当时，而《荡寇志》一书，其功匪浅，抑亦可以不朽矣。"[4] 由是观之，借小说以立言不朽的观念自明而清，尤其在清代中后期，已成为大多数的创作者、刊刻者、评论者的普遍共识，追溯其源头正是司马迁"发愤著书"以表于后世的情感动机。

但清代吴璿在《飞龙全传·序》中却表达了与司马迁"发愤著书"以留名后世截然不同的观点。在这篇序言中，作者先是自叙其"屡困场屋，终不得志"的人生境遇，"自恨命塞时乖，青云之想，空误白头""以为既不得遂其初心，则稗官野史亦可以寄郁结之思。所谓发愤之所作，余亦窃取其义焉"。[5] 并且，作者自言其："孜孜焉亟为编葺者，不过自抒其

[1] 丁锡根.中国历代小说序跋集[M].北京：人民文学出版社，1996：1511.

[2] 丁锡根.中国历代小说序跋集[M].北京：人民文学出版社，1996：1511.

[3] 丁锡根.中国历代小说序跋集[M].北京：人民文学出版社，1996：1511.

[4] 丁锡根.中国历代小说序跋集[M].北京：人民文学出版社，1996：1527.

[5] 吴璿.飞龙全传[M].北京：人民文学出版社，1981：1.

穷愁闲放之思，岂真欲与名人著作争长而絜短乎哉？"[1]在此，作者并不想借此书以名世，而仅仅是希望借小说的编写，排遣郁郁不得志的情绪。

　　吴璿的"寄郁结之思"在一定程度上类似于司马迁的"舒愤"，这种"舒愤"是与"不得志"的生命境遇相关的。司马迁在《报任安书》中也着重陈述了不能事君以成就功业的遗憾，事君至诚是司马迁在此文中急欲言说的另一种情感，这就将"发愤著书"与"事君"交织于一了。若要进一步追寻其理论渊源，则可上溯至中国诗学的重要概念，即"诗可以怨"所昭示出的文学情感表达功能。钱锺书认为司马迁的"发愤著书说"上承孔子的诗"可以怨说"，但司马迁只看到了文学表达"怨"或"哀"的一面，"作《诗》者都是'有所郁结'的伤心人或不得志之士，诗歌也'大抵'是'发愤'的叹息或呼喊"，并进一步指出刘勰的"蚌病成珠"之喻正同于司马迁"发愤著书说"。[2]纪德君在《明清时期文人小说家"发愤著书"纵观》中亦认为"发愤著书说"源自"兴观群怨说"，又开启后来刘勰的"发愤以表志说"、韩愈的"不平则鸣说"及欧阳修的"诗穷而后工说"等一系列诗文理论的范畴。[3]"诗可以怨"的观点出自《论语·阳货》篇："子曰：'小子何莫学夫诗？诗，可以兴，可以观，可以群，可以怨。迩之事父，远之事君，多识于鸟兽草木之名。'"[4]这里，"诗可以怨"亦是与"事父""事君"相联系的。这一功能在屈原的《九章·惜诵》中被较为完整地表达出来："惜诵以致愍兮，发愤以抒情。所非忠而言之兮，指苍天以为正……谒忠诚以事君兮，反离群而赘肬。"[5]中国诗史上最早出现"抒情"一词[6]即与"发愤"及"事君"相联系。《惜诵》是屈原入仕之后，遭受谗言而见弃于楚

[1]　吴璿.飞龙全传[M].北京：人民文学出版社，1981：1.

[2]　钱锺书.诗可以怨[J].文学评论，1981（1）.

[3]　纪德君.明清时期文人小说家"发愤著书"纵观[J].广州大学学报（社会科学版），2011（9）：72–77.

[4]　杨伯峻.论语译注[M].北京：中华书局：2009：183.

[5]　董楚平.楚辞译注[M].上海：上海古籍出版社，2014：97.

[6]　杨义.《惜诵》的抒情学及其他[J].杭州师范大学学报（社会科学版），1998（2）：17–25.

王之初所创作的作品，诗人借诗以抒发其被君王误解、疏离而产生的忧愁、愤懑、痛苦、悲伤与失落等多种情绪。诗作情感强烈而充沛，既爱惜自己的美好节操，又痛惜它不为楚王所知，言语之间又充满了对能够再次见信于楚王的期盼，可见屈原发愤所抒之情是极其复杂的。这种复杂性在司马迁之后，又在钟嵘的《诗品序》中被进一步描述："若乃春风春鸟，秋月秋蝉，夏云暑雨，冬月祁寒，斯四候之感诸诗者也。嘉会寄诗以亲，离群托诗以怨，至于楚臣去境，汉妾辞宫；或骨横朔野，魂逐飞蓬；或负戈外戍，杀气雄边；塞客衣单，孀闺泪尽；或士有解佩出朝，一去忘返；女有扬蛾入宠，再盼倾国。凡斯种种，感荡心灵，非陈诗何以展其义？非长歌何以骋其情？故曰：'诗可以群，可以怨。'使穷贱易安，幽居靡闷，莫尚于诗矣。"[1] 钟嵘的《诗品序》扩大了"诗可以怨"的内容，在"事君"以诚，不得而郁思结于胸之外，更有"骨横朔野，魂逐飞蓬""塞客衣单，孀闺泪尽""解佩出朝"等个人情感的抒发。"诗可以怨"遂参与了创作主体更为丰富且全面的生命境遇，有了更为广阔的抒情视域。同时，与司马迁"发愤著书"以求不朽的激昂不同，屈原与钟嵘是将文学创作作为失意人生的慰藉与补偿的，在"发愤抒情"及"托诗以怨"的情感表达中，作者与生命境遇达成某种妥协并暂时重获新生。

在此，我们梳理"发愤著书说"的理论发展，并非意在将司马迁提出的"发愤著书说"生拉硬扯进诗学传统中，从而否认其作为史传叙事的经典理论对明清白话小说创作产生的影响，而是希望在此细分"发愤著书"所包含的不同的情感动机以及由此产生的不同情感表达方式，并以此观照明清白话小说创作实际。明清白话小说"发愤著书"观虽源于《史记》，但小说家格外重视白话小说创作的主观情感宣泄功能，在小说创作与评点中融入作者与评点者全面的生活境遇、情感抒发及思想精神等主观因素的痕迹比比皆是，从而使明清小说的"发愤著书"在《史记》的"事君"之外，更接近于钟嵘《诗品》对"诗可以怨"的表达。

由此，我们可以重新思考吴璿在《飞龙全传·序》中所欲表达的对生

---

[1] 周振甫. 诗品译注 [M]. 北京：中华书局，1998：20—21.

命境遇的慨叹。《飞龙全传·序》描写的是宋太祖赵匡胤发迹变泰的故事，与现存记载赵匡胤故事的《南宋志传》《宋太祖三下南唐》相较，虽不免落入窠臼，加入了许多佛道神魔的民间传说与封建说教，但作品颇有文人失意的不平之气。此书单从故事情节的扮演来看，很难找到作者自况的蛛丝马迹，但作者自言其在编定此书时："为之删其繁文，汰其俚句，布以雅驯之格，间以清隽之辞。"[1]作品中的诗词因此具有深意。《飞龙全传》故事所本《飞龙传》已佚，就现存文本来看，其受《南宋志传》的影响十分明显，甚至有部分章回内容基本抄录自《南宋志传》。[2]但二书所入诗词却差异极大，如《南宋志传》第十四。"匡胤大闹御构栏"故事中有多首女乐所唱教坊曲子词，皆不见于《飞龙全传》。而《飞龙全传》第六回"赤须龙山庄结义 绿鬓娥兰室归阴"中有一首回首词《金人捧露盘》：

　　水长流，萍相合；面未谋，情相浃。堪羡英雄，随时伸屈。风云未遂怎生色？权将微业度朝昏，且尽奔波职。　　霞正妍，月明白；酒正浓，花将折。枉教人空恃前程，须招不测。朱颜命薄今休歇，香零玉碎兔高飞，莫忘功业。[3]

　　此回内容照应《南宋志传》第十五回"大舍途中遇柴荣"，但《南宋志传》中未见此词。此回故事重点写两件事，一是赵匡胤与柴荣相遇结义，二是赵匡胤新婚的张小姐不明不白跌了一跤竟命丧黄泉，其中第二段故事未见于《南宋志传》。从此回内容来看，回首词对此回故事是有所照应的。但细读之后，词中所欲表达的情感又超出了此回内容，若将此词与吴璿在书序中的生平自况对读，或许更能理解其词中"堪羡英雄，随时伸屈"的慨叹。吴璿幼课举业、屡试不第，不得已而以商贾为生，恰如词中所言"权将微

---

[1] 吴璿.飞龙全传[M].北京：人民文学出版社，1981：1.

[2] 《飞龙全传》第四十七回至第五十一回及第五十八至第四十九基本抄录自《南宋志传》，杨秀苗博士的论文对此有所说明，参见其博士论文《以宋代为背景的英雄传奇小说研究》。

[3] 吴璿.飞龙全传[M].北京：人民文学出版社，1981：43.

业度朝昏，且尽奔波职"；及其暮年，复弃商就儒，重理举业，正是其"莫忘功业"。又如，其第八回回首诗："伍员吹箫市，韩信垂钓台。昔贤曾混迹，之子亦多才。落月摇乡树，清淮上酒杯。诛茅三径在，高咏日悠哉。"[1]此诗归隐之意甚明，却与此回故事毫不相干。前人论及《飞龙全传》作为发愤之作，多将吴璿之"愤"理解为"事君"的理想，认为作品表达了吴璿对明君的认识及对君臣关系的理解。但从回首诗词来看，吴璿在此书中寄寓的郁结之思不仅与"事君"相关联，还包含了更为丰富的生命境遇，小说中羼入的诗词成为作者自我表达的关键。吴璿的生平不详，《飞龙全传》所本《飞龙传》已散佚，我们无法在作品中作更多的推测，但十分明显的是，借由诗词的羼入，吴璿"事君"的理想与"穷愁闲放"的困顿这两种看似矛盾的生命情境在作品中共同得到安放。

诚然，"事君"是"发愤著书"的起点。李卓吾在《忠义水浒传叙》中归结了"发愤著书"作为主观情感宣泄的功能，认为《水浒传》是在宋室王朝大厦倾覆之后的"发愤之所作"。施、罗二公因不满宋室君臣对夷狄一味卑躬屈膝及南渡苟安，而写出"破辽"与"灭方腊"来"以泄其愤"，《水浒传》的创作实际上是从"忠义"之心出发的恚恨情感的凭空宣泄。李卓吾的想法无疑是大胆的，他认为只要情感动机是正确的，即施、罗二公"泄愤"的情感出发点是"忠义"之心，那便"英雄不问出处"，即便是"啸聚水浒之强人"也应当谓之以"忠义"，这显然带有强烈的主观意愿。但这一主观意愿最终指向的仍然是"事君"："故有国者不可以不读。一读此传，则忠义不在水浒，而皆在于君侧矣。贤宰相不可以不读。一读此传，则忠义不在水浒，而皆在于朝廷矣。兵部掌军国之枢，督府专阃外之寄，是又不可以不读也。苟一日而读此传，则忠义不在水浒，而皆为干城心腹之选矣。"《水浒传》在李卓吾的眼中成了救国辅政的良方。

但明清小说创作者与评点者对"发愤著书"的理解并不仅仅朝向"事君"及家国理想等宏大的政治主题。陈忱在《水浒后传·序》中云："岂意复有《后传》，机局更翻，章句不袭……嗟乎！我知古宋遗民之心矣。穷愁

---

[1] 吴璿.飞龙全传 [M].北京：人民文学出版社，1981：51.

潦倒，满眼牢骚，胸中块垒，无酒可浇，故借此残局而著成之也。"[1]《水浒后传》仍是愤世之书，是作者"穷愁潦倒，满眼牢骚"的困顿之作。作者在序言中表明了此书借他人之酒，浇自己胸中之块垒的情感动机。而桐花凤阁主人（陈其泰）评《红楼梦》曰："屈子作《离骚》，太史公作《史记》，皆有所大不得已于中者，故发愤而著书也……吾不知作者有何感愤抑郁之苦心，乃有此悲痛淋漓之一书也。夫岂可以寻常儿女之情视之也哉！"[2]在这段评论的中间，陈其泰加入了关于宝玉与黛玉"知"与"不知"的议论，进一步指出《红楼梦》所要表达的情感实则超越了寻常儿女之情，至于超越的部分是什么，他没有进一步地指出，不过以其"悲痛淋漓"四字的评论当可见出陈其泰所指的乃是作品中所呈现的由作者"感愤抑郁之苦心"而引发的异常复杂的生命形态与人生境遇。这里的"发愤著书"就全然与"事君"无关，而是回归到了钟嵘《诗品》对"诗可以怨"的生命况味的理解，评论者对"发愤著书"的理解不再是面向外部的事功与不朽，而是转向了对作者内心世界的关注。

"发愤著书说"在明清小说中的表达大致有三种情况：一是出于"事君"的理想，而对执政者提出隐晦曲折的批评，如清代王望如在《评论出像水浒传总论》中曰"施耐庵著《水浒》，申明一百八人之罪状，所以责备徽宗、蔡京之暴政也"[3]，"作者之旨，不责下而责上，其词盖深绝而痛恶之，其心则悲悯而矜疑之，亦有关世道之书，与宣淫导欲诸稗史迥异也"。[4]二是不满于现实，而对政治黑暗与社会不公提出的控诉，"盖痛恶富贵利达之士，敲骨吸髓，索人金钱，发愤而创为此论"。[5]三是聚焦于个体抒情，这里的个体抒情往往指向"不平之事，遗憾之情"[6]，即创作主体的自我

[1] 陈忱.水浒后传·序[M].南京：凤凰出版社，2008：1.

[2] 陈其泰，刘操南.桐花凤阁评《红楼梦》辑录[M].天津：天津人民出版社，1981：112.

[3] 陈曦钟，侯忠义，鲁玉川.水浒传会评本[M].北京大学出版社，1981：35.

[4] 丁锡根.中国历代小说序跋集（下）[M].北京：人民文学出版社，1996：1498.

[5] 陈曦钟，侯忠义，鲁玉川.水浒传会评本[M].北京大学出版社，1981：35.

[6] 丁锡根.中国历代小说序跋集（中）[M].北京：人民文学出版社，1996：840.

感伤与时事悲鸣等生命体验，从而延续了"不平则鸣""穷而后工"的文学批评话语。明代雉衡山人在《东西两晋演义》中亦已明言："罗氏生不逢时，才郁而不得展，始作《水浒传》以抒其不平之鸣。"[1]《西湖二集》卷一《吴越王再世索江山》中的一段论述正是对此通俗而又形象的说明：

看官，你道一个文人才子，胸中有三千丈豪气，笔下有数百卷奇书，开口为今，阖口为古，提起这枝笔来，写得嗖嗖的响，真个烟云缭绕，五彩缤纷，有子建七步之才，王粲登楼之赋。这样的人，就该官居极品、位列三台，把他住在玉楼金屋之中，受用些百味珍馐，七宝床、青玉案、琉璃钟、琥珀浓，也不为过。叵耐造化小儿，苍天眼瞎，偏锻炼得他一贫如洗，衣不成衣，食不成食，有一顿，没一顿，终日拿了这几本破书，"诗云子曰"、"之乎者也"个不了，真个哭不得、笑不得、叫不得、跳不得，你道可怜也不可怜？所以只得逢场作戏，没紧没要做部小说，胡乱将来传流于世……一则要诚劝世上都做好人，省得留与后人唾骂；一则发抒生平之气，把胸中欲歌欲笑欲叫欲跳之意，尽数写将出来，满腹不平之气，郁郁无聊，借以消遣。[2]

作者在开篇之中即将心中怀才不遇的"不平之气"尽数道出，点明此书的创作动机仍是发抒生平之气。在明清白话小说的创作与评点中，始终弥漫着一股郁郁不平之气。张竹坡在《竹坡闲话》里云："迩来为穷愁所迫，炎凉所激，于难消遣时，恨不自撰一部世情书，以排遣闷怀。几欲下笔，而前后拮构，甚费经营，乃搁笔曰：我且将他人炎凉之书，其所以前后经营者，细细算出，一者可以消我闷怀，二者算出古人之书，亦可算我今又经营一书。我虽未有所作，而我所以持往作书之法，不尽备于是乎！"[3]

[1] 丁锡根. 中国历代小说序跋集（中）[M]. 北京：人民文学出版社，1996：492.

[2] 周楫. 陈美林西湖二集 [M]. 南京：江苏古籍出版社，1994：2-3.

[3] 兰陵笑笑生，张竹坡. 金瓶梅：皋鹤堂批评第一奇书 [M]. 长春：吉林大学出版社，1994：3.

评点《金瓶梅》实际是为了发抒其胸中不平之气。眷秋在《小说杂评》中认为《水浒传》是"发挥作者之理想，故凭虚构造，虽假前人之事迹演成，其举动一切悉由自主，且所托系前代，故处处直书，毫无讳饰，以所发之感慨全系无形中一种不平之气，无可顾忌也。"[1]《红楼梦》庚辰本第八十回脂砚斋评语借"为迎春一哭"写出："此书中全是不平，又全是意外之料。"[2]清代犀脊山樵在为《红楼梦补》所作序言中亦认为《红楼梦》"乃不得志于时者之所为也"。[3]《儒林外史》卧闲草堂本第四十回评语感叹："萧云仙在青枫，能养能教，又能宣上德而达下情，乃是有体有用之才，而限于资格，卒为困鳞。此作者之所以发愤著书，一吐其不平之鸣也。"[4]凡此种种，皆是小说创作者与评点者借小说或小说评点以"怨"的表现。

清代陈天池著有《如意君传》，刘象恒在为其所写的序言中说道："今陈子以相国文贞之裔，世业青箱，其胎泽不可谓不厚！且以卓荦不羁之才，而落拓半生，青衫潦倒，不得已因托笔札以自见，正昌黎所谓'不平之鸣'而遂以自鸣其不平者也。余故不辞而为之序云。"[5]《如意君传》主人公"如意君""身仕三帝，君臣得鱼水之欢；年逾五旬，父母有俱存之乐。富堪敌国，却能济众以博施；贵极人臣，不致震主而生衅。急流勇退，明哲保身。家人嬉戏以终年，山水优游而卒岁。忧思疾病，毕世全无；寿考期颐，妻孥皆老，兰孙桂子，守分安常。历数代而无虞，更异世而有庆"[6]，可谓无时不称心、无事不遂意。但现实中的陈天池虽才华横溢却科场失利，一身抱负无法施展。小说家倾十数年之力而作此一文，将一生不平之气以曲笔反向写出，使不平之意翻作快意之文，在虚幻的快意人生中，作者的失意人生得到慰藉与补偿，并与生命境遇达成某种妥协。恰如雍正年间写刻

---

[1] 阿英.晚清文学丛钞·小说 戏曲研究卷 [M].北京：中华书局，1960：445.

[2] 曹雪芹.脂砚斋重评石头记 [M].庚辰本.古本小说集成.上海：上海古籍出版社，1990：1902.

[3] 丁锡根.中国历代小说序跋集（中）[M].北京：人民文学出版社，1996：1190

[4] 李汉秋.儒林外史会校会评本 [M].上海：上海古籍出版社，1984：557.

[5] 丁锡根.中国历代小说序跋集（中）[M].北京：人民文学出版社，1996：1585.

[6] 丁锡根.中国历代小说序跋集（中）[M].北京：人民文学出版社，1996：1577.

本《快士传》卷首识语云："古今妙文所传，写恨者居多。太史公曰：《诗》三百篇，大抵皆圣贤发愤之所为作也，然但观写恨之文，而不举文之快者，以宕漾而开发之，则恨从中结，何以得解，必也运扫愁之思，挥得意之笔，翻恨事为快事，转恨人为快人，然后破涕为欢。"[1]白话小说作者笔下多为"胸有不平之事而故为游戏之笔"[2]，在快意人生的模拟臆想中，作者的内心获得了现实生活中无法获得的平衡。这样的心态在当时颇为普遍，清代白话小说中以虚构的快意人生为题材的作品层出不穷，如《野叟曝言》《绿野仙踪》《熙朝快史》等皆可作如是观。

明清白话小说中的"不平则鸣"还常常转化为"长歌当哭"的悲剧审美精神。诚如刘鹗在《老残游记》自序中所言：

《离骚》为屈大夫之哭泣，《庄子》为蒙叟之哭泣，《史记》为太史公之哭泣，《草堂诗集》为杜工部之哭泣；李后主以词哭，八大山人以画哭；王实甫寄哭泣于《西厢》，曹雪芹寄哭泣于《红楼梦》。王之言曰："别恨离愁，满肺腑难陶泄。除纸笔代喉舌，我千种想思向谁说？"曹之言曰："满纸荒唐言，一把辛酸泪；都云作者痴，谁解其中意？"名其茶曰"千芳一窟"，名其酒曰"万艳同杯"者：千芳一哭、万艳同悲也。

吾人生今之时，有身世之感情，有家国之感情，有社会之感情，有种教之感情。其感情愈深者，其哭泣愈痛：此鸿都百炼生所以有《老残游记》之作也。

棋局已残，吾人将老，欲不哭泣也得乎？吾知海内千芳，人间万艳，必有与吾同哭同悲者焉！[3]

---

[1] 五色石主人卷首识语，参见：古本小说集成·快士传（上）[M]. 上海：上海古籍出版社，2017.

[2] 代西泠散人《熙朝快史·序》，参见：丁锡根. 中国历代小说序跋集（中）[M]. 北京：人民文学出版社，1996：1666.

[3] 刘鹗. 老残游记 [M]. 上海：上海古籍出版社，1991：1.

非独是书如此，纵观明清白话小说情绪表达的整体面貌，感伤与悲挽成为主基调。《金瓶梅》透露出对人性的绝望以及由此产生的对世情的极度冷漠的态度，《儒林外史》最后坍塌荒废的泰伯祠昭示着一个时代的终结以及理想的幻灭，《红楼梦》对个体生命孤独感的呈现以及对人生空幻虚无的体验等，无不呈现出"长歌当哭"的悲剧审美意味。这种慷慨悲凉的悲剧审美精神的产生，往往是由外部的"不平"触发的，而最终归结于创作主体的天性使然。陈其泰以"发愤著书说"评点《红楼梦》时论及宝黛二人的知与不知，对此脂砚斋亦有一句评点："悲伤感慨，乃石兄一生天性，真颦儿之知己。"[1] "悲伤感慨"的精神气质以及由此产生的对生命悲凉的体验来自小说创作者本身，促使曹雪芹创作出《红楼梦》这样极具抒情质感的诗性小说。这种"悲伤感慨"的精神气质既是个人的，也是时代的，明清文人白话小说中较为优秀者普遍体现出一种慷慨悲凉之气。

这样的作品往往更具感染力，能于千载之下引发强烈的情感共鸣。清代漱石生在《苦社会·叙》中指出："小说之作，不难于详叙事实，难于感发人心；不难于感发人心，难于使感发之人读其书不啻身历其境，亲见夫抑郁不平之事、流离无告之人，而为之掩卷长思，废书浩叹者也。"[2] 当白话小说的创作与评点聚焦于文人的内心世界，并以激发读者的情感共鸣为意，即已说明白话小说文本的表现功能不再仅仅是风花雪月的娱乐功能，或是家国理想的劝惩，而具有了文人自我书写的生命主题。白话小说文本表达创作者的生命体验，这是白话小说文体成熟的标志，亦是白话小说文体诗性特征的显现。

---

[1] 曹雪芹.脂砚斋重评石头记 [M].甲戌本.上海：上海古籍出版社，1994：447.

[2] 丁锡根.中国历代小说序跋集（中）[M].北京：人民文学出版社，1996：1066.

第五章　叙事的诗性：白话小说的
文本建构

　　白话小说属于叙事文学，其表现手法与文本建构方式首先受到以史传文学为代表的叙事传统的影响。而诗歌作为中国文学最早成熟的文体，在漫长的发展过程中积累了异常丰富且极具特性的表现手法与文本建构方式。由于中国文学传统对诗歌这一文体的重视，中国文人首先是诗人，他们自小就深谙诗歌的表现手法与文本建构方式，并将其内化为独具特色的文学思维模式。因此，当他们带着这样的思维模式构建白话小说文本时，自然而然地使白话小说的文本叙事充满了诗性特征。白话小说在表现手法与文本建构方式上受诗学传统的影响十分明显。譬如，白话小说在文本结构上有一个显在的特征，即作者往往在第一回中隐括全文。张竹坡在《金瓶梅》第一回回评中即言："一部一百回，乃于第一回中，如一缕头发，千丝万丝，要在头上一根绳子扎住；又如一喷壶水，要在一提起来，即一线一线同时喷出。"[1] 而无论是话本、拟话本还是章回小说，卷首、回首往往有入话诗词提点此卷、此回的主旨；而在小说的结尾处，作者也常常会再次申发全文的命意。这一结构特征在一定程度上是受到了"首句标其

---

[1]　兰陵笑笑生，张竹坡. 金瓶梅：皋鹤堂批评第一奇书 [M]. 长春：吉林大学出版社，1994：2.

目，卒章显其志"[1]的古典诗词文本建构方式的影响。白话小说在其文体独立的过程中因其自身具有极强的文体包容性，故能够广泛借鉴、吸纳各种业已成熟的文体，特别是诗歌这一中国文学母体的表现手法与文本建构方式，从而使白话小说的表现手法与文本建构方式呈现出诗性特征。

第一节　意象叙事与叙事意象

"意象"是中国诗学中最具特征的批评术语之一。杨义在《中国叙事学》中将意象分析引入叙事文本的分析之中，并以之为中国诗学对叙事学的渗透。有关言、意与境、象等几个基本概念的梳理，杨义在书中作了详细的论证，在此，我们加以沿用。但在具体的运用过程中，我们仍在考虑中国诗学范畴里的"意象"，与中国叙事学中的"意象"之间的关系，二者是否存在细微而深刻的不同。杨义在《中国叙事学》中以"意象叙事"或"叙事意象"作为对中国叙事学特征性的理论描述，在《意象篇第四》中他谈道：

> 中国文字中某些具有形象可感性的词语，往往汇聚着历史和神话、自然和人的多种信息，可以触动人们在广阔的时空的联想。如此象内含意，意为象心，二者有若灵魂和躯壳，结合成生命体，这就是本篇所要讨论的叙事意象，或意象叙事。[2]

这段话含义丰富，首先叙事意象或意象叙事指某一词语，这一词语具备丰富信息且能触发人的联想，从而产生某种隐喻性或象征性的叙事。在此，讨论的既是小说文本语言的叙事功能，亦是小说文本语言的诗性特征，因为隐喻和象征之间并无绝对的区别，从本质而言二者都是诗性的，"一

---

[1] 白居易《新乐府序》曰："首句标其目，卒章显其志，《诗三百》之义也。"见：白居易. 白居易集（第 1 册）[M]. 北京：中华书局，1979：54.

[2] 杨义. 中国叙事学 [M]. 北京：人民出版社，1997：278.

部叙事作品可以通过隐喻来丰富、扩大、深化文本的诗意内涵"[1]。小说作者通过选择某些精警独特的词语，指引读者展开想象，在时空的无尽延展中去追寻文本语言背后的种种言外之意，极大地丰富了叙事文本的诗意内涵。同时，在杨义接下来的分析中，我们发现诗学语境中的意象与叙事学语境中的意象确实存在不同。在中国诗学语境中，"意象"的基本功能是抒情，其多层意义的生成往往是经由不同作品的累积叠加而成的；或者是在同一诗境下经由与其他意象的相互组合而形成的。前者如春花、秋月，鸿雁、鱼书，采菊、渔樵等经典的诗歌意象群；后者如"枯藤老树昏鸦，小桥流水人家"这样流转组合共同构成诗歌意境的多个意象。而在叙事学语境中，"意象"突显其用于叙事的功能，或者说"意象叙事"昭示着中国古代小说叙事的抒情化。叙事意象的意义生成或沿用自经典的诗歌意象，或是在小说的文本构建的过程中生成，比如杨义对"珍珠衫"与"十五贯钱"的分析[2]。叙事意象用于叙事而其多层底蕴的生成又依赖于叙事。"意象"在叙事学语境与诗学语境中的不同，提醒我们对叙事意象的梳理应当换新耳目而观之。

杨义在书中并未对叙事意象与意象叙事进行明确区分，尽管从其理论脉络而言，叙事意象似乎对应的是前面所言"象内含意"之"象"，而意象叙事则有"意为象心"之"意"之所指，但在接下来的叙述中，杨义是将二者当作同义复指的同一概念加以使用的，在后继学人引用其理论与方法进行的相关研究成果中，亦未见将两个概念加以区别的论述。但从语义与语法学的角度而言，二者尚可作进一步的理解，"意象叙事"或"叙事意象"中的"意象"与"叙事"显然不是并列的关系。前者以"意象"修饰"叙事"，说的是一种叙事方法，是中国小说独特的叙事思维与叙事结构，是小说文本的宏观建构，是以主观性的情感隐喻干涉客观叙事而形成的题旨预设。后者以"叙事"修饰"意象"，是对中国文学批评中极具特色之"意象"概念的类型表述，旨在强调此一意象在具体的小说文本内部

---

[1] 罗纲 . 叙事学导论 [M]. 昆明：云南人民出版社，1994：14.

[2] 杨义 . 中国叙事学 [M]. 北京：人民出版社，1997：276–280.

的功能主要在于"叙事",而非其他。需要注意的是,因为中国文学批评中的"意象"一词在具有丰富的叙事性的同时,还凝结着异常复杂的情感体验与意志表达,具有强烈的抒情性,从而使小说中的"叙事意象"不单纯是一个叙事的符号,而具有了丰富的情感表达功能。

将"意象叙事"与"叙事意象"加以区别,有助于我们更深入地理解中国古代小说文本叙事的诗性特征之形成。在此,我们认为,"意象叙事"是中国古代白话小说文本建构的独特方式,亦是小说诗性特征的重要表征。在诗性特征成熟显现的白话小说作品中,"意象叙事"构建起了小说宏观的诗性旨归,是小说诗性思维在小说创作中的整体性运作,是白话小说的艺术生命之所在。"意象叙事"的达成有赖于"叙事意象"的有效运用,在长篇白话小说的文本构建中,"叙事意象"往往不是单一的,"意象叙事"有赖于多种"叙事意象"的选择、组合与流转运用而达成,而时时显现的、异彩纷呈的"叙事意象"在完成故事叙述的同时,又幽微地透露出作者对宏大主题的情感批判,这种情感批判既不借由作品中的人物代言,也不交给诸如"说书人"的故事叙述者来完成,而是通过"叙事意象"本身的抒情性来含蓄地预示,是一种殊微的情感表达。同时,并非所有运用了叙事意象的小说作品都能够建构起意象叙事的宏大题旨。比如《蒋兴哥重会珍珠衫》中的"珍珠衫"与《十五贯戏言成巧货》中"十五贯钱",这两个意象虽然具有叙事意象的功能,但不具备建立起意象叙事的宏大题旨的能力,因为这两篇拟话本小说作品的劝诫主题是显在而单一的,无须借助宏大的意象叙事来构建文本。只有主题宏大且复杂的作品才需要借助纷繁复杂的意象群共同来构建作品宏大的题旨。这样的区分或许未必尽得杨义"意象篇"分析的真意,但亦不失为对叙事学视域下之意象的理解的一种。

在以"意象叙事"建构小说文本的诸多尝试中,《红楼梦》无疑是经典的,学人们围绕《红楼梦》中的花草、顽石、梦境、神话等意象展开了多方面的讨论。但以"意象叙事"建构小说文本最为特别的一部作品却是《儒林外史》,因为在《儒林外史》中,被选择而作为意象来使用的就是"诗"。前文,我们也略微述及"诗"在《儒林外史》中已成为一个文化符号来被使用，此处我们进一步展开《儒林外史》如何以"诗"为基本的"叙事意象"来建构起小说文本的"意象叙事"框架。

有关《儒林外史》的结构特征，前人多有讨论。鲁迅将其概括为"唯全书无主干，仅驱使各种人物，行列而来，事与其来俱起，亦与其去俱讫，虽云长篇，颇同短制"。[1]对此，也有不同的观点，美国学者林顺夫认为吴敬梓以"礼"贯穿小说的整体结构[2]；吴组缃认为其结构是"连环短篇"[3]；张锦池以之为"纪传性"结构[4]。杨义对《儒林外史》结构的讨论较为复杂，他认为《儒林外史》内在地具备类似八股制艺原、反、正、推的结构程序，由此组成一种叙事情调性的结构，即百年反思的"叶子"式长篇结构体制。[5]而时间的频繁流转、倏然闪击，以及以北京—南京两都为中心的空间辐射，又使整部作品的结构"首如荷花出水一般清新明丽，尾如方鼎四足一般稳固坚实，形成了好像把主体部分的'叶子'式结构置于封面、封底精装之间，或者像一把折扇，两梗挺硬，扇面折叠随心"[6]，从而给作品带来"形散而气不断的结构效果"。[7]杨义对《儒林外史》的结构分析使我们意识到《儒林外史》的结构中套着结构，是层层结构的复合与叠加。这种结构上的复杂性之形成有着多方面的原因，其中将诗歌创作的思维方式与表现手法引入小说创作是一个重要原因。[8]

而"意象"运用是最具中国诗学特色的思维方式与表现手法。之前也有学者关注到《儒林外史》的意象叙事与文本建构之间的关系，认为江湖

[1] 鲁迅 . 中国小说史略 [M]. 北京：人民文学出版社，2006：227.

[2] 林顺夫 .《儒林外史》的礼及其叙事体结构 [M]. 北京：书目文献出版社，1982：67.

[3] 吴组缃 .《儒林外史》的思想与艺术 [M]. 北京：北京大学出版社，1998：153.

[4] 张锦池 . 论《儒林外史》的纪传性结构形态 [J]. 文学遗产，1998（5）.

[5] 杨义 . 中国古典小说史论 [M]. 北京：人民出版社，1998：450.

[6] 杨义 . 中国古典小说史论 [M]. 北京：人民出版社，1998：457.

[7] 杨义 . 中国古典小说史论 [M]. 北京：人民出版社，1998：461.

[8] 高工友《中国叙事传统中的抒情性：读〈红楼梦〉和〈儒林外史〉》，杨义《〈儒林外史〉的时空操作与叙事谋略》，许建平《〈儒林外史〉：一部意在言志的诗化小说》对此问题均有所论述。

意象作为人格关怀的象征建构起作品的前半部分（第二回至第三十五回）；祠庙意象作为社会关怀的象征结构贯穿作品的后半部分，意象的转换意味着作者创作构思的转变。[1]我们认同作品中的江湖与祠庙具有叙事意象的意味，但对意象的转换与创作构思转变的关系持保留意见，同时也在思考：《儒林外史》中是否存在首尾贯之的叙事意象，并以此建构全文，形成全文意象叙事的宏观构架。带着这样的思考审视文本，《儒林外史》中一个特殊的人物形象——沈琼枝，对她的一个评点引起了我们的注意。沈琼枝是作品极力塑造的一个奇女子形象，其身上自尊自立的人格力量、过人的胆略与才华向来为人所称道。但《儒林外史》意在"穷极文士情态"（程晋芳《文木先生传》）[2]，何以为一女子单独立传？回到文本，当沈琼枝逃出宋家上了船思量去处时，作者写道："（沈琼枝）细想：'南京是个好地方，有多少名人在那里，我又会做两句诗，何不到南京去卖诗过日子？或者遇着些缘法出来也不可知。'"[3]黄小田在此评曰："会作诗，所以入《儒林外史》。"[4]这提醒了我们对作品中"诗"与人物塑造及作品结构之关系的思考。检视文本，沈琼枝的"卖诗过日子"恰与小说第一回王冕"卖诗卖画"奉养老母相呼应，尽管二人都是真实人物演化而来的，但一位来自历史、一位来自当下，与小说穿越百年历史的宏观视角审视当下世相的隐喻可谓相称。而且，当我们细细将文中关涉"诗"之描写一一列出后突然发现，《儒林外史》在语体选择上几无诗词的羼入，但关涉"诗"之描写却伏脉千里，始终贯穿于全文的结构之中，从而使"诗"成为小说中极具特色的叙事意象。

在小说的第一回，具有精神象征意义的人物王冕以读"诗"作画为日

---

[1] 参见刘汉光.《儒林外史》的意象式结构：以江湖与祠庙为中心[J].学术研究，2001（6）：124-129；刘洪强.透视《儒林外史》中的"死亡"意象：兼及吴敬梓的生命意识[J].兰州教育学院学报，2005（3）：8-12+20.刘文从主题表达的角度对作品中与"死亡"相关的叙事意象进行分析。

[2] 李汉秋.《儒林外史》研究资料[M].上海：上海古籍出版社，1984：13.

[3] 李汉秋.儒林外史会校会评本[M].上海：上海古籍出版社，1984：557.

[4] 吴敬梓.儒林外史[M].黄小田，评点.李汉秋，辑校.合肥：黄山书社，1986：377.

常，也以卖"诗"卖画为生；他性情"嵚崎磊落"，"既不求官爵，又不交纳朋友"，因屈不过秦老而为危素"用心用意画了二十四副花卉，都题了诗在上面"[1]，为躲避知县与危素的召唤，他出走济南府，遇着俗财主不耐烦地画了条大牛，"题几句诗在上，含着讥刺"[2]，返乡后他"依旧吟诗作画，奉养母亲"[3]。王冕的日常生活充满了"诗"，他借由"诗"吟咏情性，也讥讽世风，还以"诗"安身立命，这就赋予了"诗"以人格意象的意味。王冕的出处行藏直逼六朝风流人物，小说中最能体现人物精神的细节是王冕"在《楚辞图》上看见画的屈原衣冠，他便自造一顶极高的帽子，一件极阔的衣服，遇着花明柳媚的时节，把一乘牛车载了母亲，他便戴了高帽，穿了阔衣，执着鞭子，口里唱着歌曲，在乡村镇上，以及湖边，到处玩耍"[4]。天目山樵在此评曰："此元章实事，见本传。"[5]此事确乎见于有关王冕的历史记载，《稗史集传》载："（王冕）着高檐帽，被绿蓑衣，履长齿木屐，击木剑，行歌会稽市，或骑黄牛，持《汉书》以读，人或以为狂生。"[6]其他文献的记载大抵与此相似。但天目山樵忽略了一个细节，即小说中把王冕此举的前提预设为"在《楚辞图》上看见画的屈原衣冠"，这一细节并未见诸历史文献，完全是作者创设出来的，从而使这一细节的预设成为作者的有意为之。作者以《楚辞》替换掉了历史文献中的《汉书》，将人物精神越过六朝及历史叙事，直追以《楚辞》为代表的诗学精神，这里《楚辞》成为"诗"的基础意象的叠加。屈原所作《离骚》诸篇因其产于楚地，而被称为"楚辞"，作为中国浪漫主义诗歌传统的源头，《离骚》"就一首诗的文化和审美的巨大含量及其对后世的深远影响而言"，"称得上是'中国第一诗'"。[7]刘勰在《文心雕龙》

---

[1] 李汉秋.儒林外史会校会评本[M].上海：上海古籍出版社，1984：6.

[2] 李汉秋.儒林外史会校会评本[M].上海：上海古籍出版社，1984：11.

[3] 李汉秋.儒林外史会校会评本[M].上海：上海古籍出版社，1984：12.

[4] 李汉秋.儒林外史会校会评本[M].上海：上海古籍出版社，1984：5.

[5] 李汉秋.儒林外史会校会评本[M].上海：上海古籍出版社，1984：5.

[6] 李汉秋.《儒林外史》研究资料[M].上海：上海古籍出版社，1984：164.

[7] 杨义.楚辞诗学[M].北京：人民出版社，1998：43.

中专置《辨骚》一章以为文体诸章之首，鲁迅谓"其影响于后来之文章，乃甚或在《三百篇》以上"[1]。屈原以其饱含个体身世之悲的忧郁、痛苦的心灵，去审视和感受家国、历史的兴废存亡，在作品中创设了异常奇诡绚丽的精神世界，塑造了眷恋故土、修美懿德而九死不悔的人格典范，从而使其具有中国文人心灵史诗的象征意味。吴敬梓通过细节的创设、意象的叠加，将"楚辞"及屈原所代表的人格精神投射于王冕身上，从而为全书臧否人物定下了基调。而以"路漫漫其修远兮，吾将上下而求索"为代表的楚辞精神，也符合作品跨越百年时空，进行精神反思的题旨预设。

但接下来伴随"一代文人有厄"的隐喻，作为意象的"诗"的意义发生了扭转。小说第二回，申祥甫因请周进设馆教家中子弟读书、认字宴请一众人等，特别请了新进学的梅玖做陪客，席上因周进说到自己吃长斋，梅玖就念了一首一字至七字诗以为笑话，诗曰："呆，秀才，吃长斋，胡须满腮，经书不揭开，纸笔自己安排，明年不请我自来。"[2]这不仅是一首俗体诗，而且极为刻薄，齐省堂本评曰："刻毒。"[3]黄小田评曰："难受。"[4]诗之俗与人之俗相映衬，由此诗开始，新进学的梅玖对白首而尚未进学的周进一而再、再而三地进行羞辱，"把周先生脸上羞得红一块，白一块"。[5]同时，周进作为全书第一个登场的、遭受科举制度迫害的人物形象，这首诗给他带来的人格屈辱与精神伤害宛如一把利刃，切开周进心灵最深处的隐痛。天目山樵在此评曰："梅三相所得意者秀才也，周先生所深痛极恨者未入学也。实逼处此，以成他日之哭。"[6]"他日之哭"指的是第三回周进在贡院撞号板痛哭得一夕爆发，这一幕向来被认为充满了仪式感，象征着"八股取士下一代士人以生命来申诉冤抑"[7]，个中滋味与其说是对

---

[1] 鲁迅.鲁迅全集（9）.北京：人民文学出版社，1981：370.

[2] 李汉秋.儒林外史会校会评本[M].上海：上海古籍出版社，1984：25.

[3] 李汉秋.儒林外史会校会评本[M].上海：上海古籍出版社，1984：25.

[4] 吴敬梓.儒林外史[M].黄小田，评点.李汉秋，辑校.合肥：黄山书社，1986：15.

[5] 李汉秋.儒林外史会校会评本[M].上海：上海古籍出版社，1984：25.

[6] 李汉秋.儒林外史会校会评本[M].上海：上海古籍出版社，1984：25.

[7] 杨义.中国古典小说史论[M].北京：人民出版社，1996：467.

一代士人的讽刺，不如说是对文人有厄的悲悯。在这里，"呆秀才诗"作为第一回"诗"之基础意象的反意象，在意义的扭转中隐含着躁动与不安。

　　小说第三回，"诗"的意象再次出现。周进钦点广东学道任上第三场考试遇到了童生范进与魏好古。魏好古求以诗词歌赋出题面试，却被周进斥为"杂学"。在这里"诗"作为八股制艺的对立面而出现。这一意义在随后的故事展开中被反复提及，小说第十回娄三公子将杨执中诗送予鲁编修看，鲁编修不以为然地认为这是欺世盗名，质问道："他若果有学问，为甚么不中了去？"[1]而鲁编修对鲁小姐的教诲也是"八股文章若做得好，随你做甚么东西，要诗就诗，要赋就赋，都是一鞭一条痕，一掴一掌血。若是八股文章欠讲究，任你做出甚么来，都是野狐禅、邪魔外道。"以此培养出对诗词歌赋正眼也不看的鲁小姐。具有讽刺意味的是不待见"诗"的鲁编修、鲁小姐却招赘了吟诗、作诗、出诗集的蘧公孙为婿，形成了意义上的反讽。而"诗"与"八股文章"的对立也成为堪羡才子佳人的蘧公孙与鲁小姐婚姻不睦的肇因，蘧公孙以作诗为"雅事"，而以八股制艺为"俗事"，不想却正犯着鲁小姐的忌讳。作者对正意象的反用及反意象的正用，真是令人绝倒！小说第十三回蘧太守去世，蘧公孙"居丧三载，因看见两个表叔半世豪举，落得一场扫兴，因把这做名的心也看淡了，诗话也不刷印送人了……心里想在学校中相与几个考高等的朋友谈谈举业。无奈嘉兴的朋友都知道公孙是个作诗的名士，不来亲近他"。[2]自第三回伏笔，到此回读者方知"诗"与八股制艺的对立绝非偶然，实乃时代之风气使然。小说由此"逼"[3]出马二先生，而迂腐却秉性纯良的马二先生论起做文章的观点竟也是："大约文章既不可带注疏气，尤不可带词赋气。带注疏气不过失之于少文采；带词赋气，便有碍于圣贤口气，所以词赋气尤在所忌。"[4]马二先生认为"诗"之有害时文甚明矣！但聪明而细心的读

[1] 李汉秋.儒林外史会校会评本[M].上海：上海古籍出版社，1984：142.

[2] 李汉秋.儒林外史会校会评本[M].上海：上海古籍出版社，1984：187.

[3] 吴敬梓.儒林外史[M].黄小田，评点.李汉秋，辑校.合肥：黄山书社，1986：124.

[4] 李汉秋.儒林外史会校会评本[M].上海：上海古籍出版社，1984：188.

者自会发现，作者实际想要表达的是时文之害"诗"，以致造成一代文厄。在这样的背景下，第三十六回，作为小说中第一人物的虞博士也接受了祁太公的建议："你是个寒士，单学这些诗文无益，须要学两件寻饭吃本事。"[1]第四十七回五河的风俗："说那个人会做诗赋古文，他就眉毛都会笑。"[2]书中，"诗"作为八股制艺及由此带动的时代风气的对立面而出现，成为众口铄金的对象，预示着一代诗厄，也是一代文厄。

而在另一个层面上，"诗"又成为沽名钓利的工具。第八回蘧公孙闻说《高青邱集诗话》世上没有第二本，就将其缮写成帙，添了自己的名字刊刻起来，遍送亲友，果然为他赢得了"少年名士"之称。《高青邱集诗话》作为"诗"的替代意象还承接了上文王惠的故事。第九回杨执中盗用元人吕思诚的半首诗以自我标榜。第十一回，以《离骚》为代表的"楚辞"意象再次出现，蘧公孙应鲁编修题写的文章"都是些诗词上的话，又有两句像《离骚》，又有两句'子书'，不是正经文字"[3]。具有文人心灵史意义的《离骚》在此成了"不是正经文字"，士行节操的败落隐喻于意象叙事之中。第十二回，莺脰湖之会牛布衣吟诗，伏下后文第二十回牛布衣临终托诗，与第二十一回牛浦郎冒姓求名；第十五回洪憨仙的诗诓骗了迂直的马二先生；第十七回至第二十回景兰江、赵雪斋等斗方名士悉数登场，涉世未深、质本良孝的匡超人因"诗"堕落；第二十二回，骗子牛玉圃到盐商万雪斋处带着国公府徐二公子亲笔看的诗稿；第二十三回牛玉圃、牛浦郎二人反目，"诗人"被打；第二十四回"牛布衣"代做"诗"文营生，牛布衣的发妻牛奶奶千里寻夫状告牛浦郎"杀夫"，向知县糊涂断案，因而被以"相与做诗文的人"的罪名参处。在情节的流转中，"诗"不仅成为联结叙事线索的纽带，而且成为沽名钓利、欺世盗名的工具，以致引人堕落、诱发祸端，"诗"作为意象的意义不断被扭转、添加，穿透故事情节，充满了批判与讽刺的张力。

---

[1] 李汉秋. 儒林外史会校会评本 [M]. 上海：上海古籍出版社，1984：491.

[2] 李汉秋. 儒林外史会校会评本 [M]. 上海：上海古籍出版社，1984：633.

[3] 李汉秋. 儒林外史会校会评本 [M]. 上海：上海古籍出版社，1984：158.

在对"诗"之乱象极尽嘲讽之后，小说文本又体现出对传统文化语境之"诗"的意义回归，折射出全文反省而自觉的力量。第二十九回写杜慎卿评论萧金铉诗，主张"诗以气体为主"，这是小说中第一次真正意义上的言诗、论诗。杜慎卿还对现今诗社里即席分韵的故套提出批评，认为其"雅的这样俗"[1]，齐省堂本在此评："扫去斗方名士习气。"[2] 天目山樵亦评："扫去西湖上许多恶习。"[3] 而"诗"在前半部分的反面隐喻亦自此由反而正。选择以杜慎卿来推动"诗"之意象反转显然与小说整体布局是相对应的，因为，杜慎卿是小说中人物由反而正的一个纽结点。他所结交的都是作品中的反面人物，而由他又过渡到对以杜少卿为代表的正面人物的描写[4]，是小说前半部与后半部连接的关节。而围绕杜慎卿来写"诗"，作者亦做了同样的安排，杜慎卿本人虽明于诗理，但相与谈诗的却是萧金铉、季恬逸、来霞士之流。而当小说由杜慎卿递到杜少卿，从第三十三回到第四十九回，"诗"的意象回归到真正文化意义上的"诗"。首先，一部《诗说》作为"诗"的隐含意象，串联起迟衡山、庄征君、虞育德、武书等一干人。《诗说》是小说后半部分的关键意象，黄小田以之为："作者借少卿说诗。"[5] 小说中所引《诗说》内容实出自吴敬梓《文木山房诗说》，是其多年研究《诗经》所得。小说截取部分谈了三首诗。第一首是《邶风·凯风》，旨在论孝，照应前文杜少卿对先君故人的看顾，而"孝"也是全书立论时十分看重的士行之一。小说第一回写王冕事母至孝，这在有关王冕的历史记载中并未着意说明，显然亦是作者有意地强调。而小说中的几个人物匡超人、郭孝子、杜少卿等，作者在行文中也都着重突出其纯孝的品行。第二首是《女曰鸡鸣》，旨在谈士与女不慕功名富贵，知命乐天；第三首为《溱洧》，照应此回杜少卿夫妇同游清凉山，以及后来庄征君夫妇隐居元武湖的雅意与节

[1] 李汉秋. 儒林外史会校会评本 [M]. 上海：上海古籍出版社，1984：400.

[2] 李汉秋. 儒林外史会校会评本 [M]. 上海：上海古籍出版社，1984：400.

[3] 李汉秋. 儒林外史会校会评本 [M]. 上海：上海古籍出版社，1984：400.

[4] 陈美林. 杜慎卿论：为吴敬梓逝世二百四十周年而作 [J]. 明清小说研究，1994（3）：117–128+63.

[5] 吴敬梓著. 儒林外史 [M]. 黄小田，评点. 李汉秋，辑校. 合肥：黄山书社，1986：319.

行。而不慕功名富贵、知命乐天也是此书所提倡的士人安身立命之道。在《诗说》之外,小说还写了萧云仙读诗泪洒阮公祠,沈琼枝南京卖诗,众人为《登高送别图》赋诗,等等。萧云仙在阮公祠读《广武山怀古》凄然泪下,卧闲草堂本回末评语曰:"昔日阮籍登广武而叹曰:'时无英雄,使竖子成名!'书中赏雪一段,是隐括此意。云仙与木耐闲闲数语,直抵过一篇《李陵答苏武书》,千载之下,泪痕犹湿。"[1]萧云仙这一人物形象寄寓了吴敬梓"礼乐兵农"的理想,其在阮公祠读诗凄然泪下的场景是吴敬梓在现实中无法实现的理想的照影。沈琼枝因"诗"入儒林,以"诗"立命,又因"诗"获释,"诗"之符号意义及其与士行之关系借这一人物再次写出。还有《登高送别图》赋诗是书中第一次写正面人物诗会酬答,但隐喻着一个时代的终结。随着虞博士的离开,"儒林正传"亦告终结,天目山樵在此评曰:"阅者至此亦不禁凄然泪下,或问何故?曰:《儒林外史》讲完了。"[2]在书的后半部,"诗"意象回归到吟咏情性的诗学传统中,并与士行节操相连接。"诗"意象的出走、反转及回归,是作者对小说宏大题旨的先破后立,亦是作品精神升华的关键,毕竟,看破世相容易,但看破世相而又能回归本真却着实不易。

由此,小说最后虽然还写了苗镇台诗笺牵祸万秀才、陈木南国公府赏梅吟诗、莺脰湖唱和诗集公案及呆名士妓馆献诗等故事,照应前文"诗"的反意象,折射出士人精神世界的荒谬与荒芜。正如小说第四十九回借武正字、迟衡山于高翰林家中论《诗说》之言道出:"可见'学问'两个字,如今是不必讲的了……讲学问的只讲学问,不必问功名;讲功名的只讲功名,不必问学问。"[3]齐省堂本评:"此是正论。"[4]天目山樵评:"学问与功名万古不通。"[5]第五十五回开头又不胜落寞地写出世道炎凉:"凭

[1] 李汉秋.儒林外史会校会评本 [M].上海:上海古籍出版社,1984:558.

[2] 李汉秋.儒林外史会校会评本 [M].上海:上海古籍出版社,1984:623.

[3] 李汉秋.儒林外史会校会评本 [M].上海:上海古籍出版社,1984:662.

[4] 李汉秋.儒林外史会校会评本 [M].上海:上海古籍出版社,1984:662.

[5] 李汉秋.儒林外史会校会评本 [M].上海:上海古籍出版社,1984:662.

你有李、杜的文章，颜、曾的品行，却是也没有一个人来问你。"[1] 但是，作品最后对市井中出现的琴、棋、书、画四位奇人的塑造中，特地写了其中倒有两位是每日间做"诗"、极喜欢做"诗"的，这为小说留下了一个光明的尾巴，闪烁着执着的理想之光。

《儒林外史》运思之精密非一语能尽之，有待更多的思考，而对意象叙事的讨论不失为其中的一种方法。对《儒林外史》"诗"意象的讨论尚可再深入，比如，作为小说极具隐喻意味的第七回中，为何同时出现了前七子中的何景明与李梦阳？文中出现的前代诗人，如苏轼、李太白等又有怎样的意蕴，等等。但"诗"作为一个独特的叙事意象，如草蛇灰线、伏脉千里，贯穿于《儒林外史》的文本建构始终，却是历历可见的。作者以"诗"作为基本的叙事意象，并在此基础上选择、叠加、组合，形成相关的意象群，在意象的推移、转换与传递中，串联起广袤深远的时空操作，从而完成了作品对士林精神与百年文化进行批判与反思的宏大题旨预设。

意象叙事与叙事意象除了起到建构全文的作用之外，还对作品的主题表达产生影响。前面我们谈及白话小说的教化功能，修髯子在《三国志通俗演义引》中曾谈道："刘先主、曹操、孙权，各据汉地为三国，史已志其颠末，传世久矣。复有所谓《三国志通俗演义》者，不几近于赘乎？余曰：否。史氏所志，事详而文古，义微而旨深，非通儒夙学，展卷间鲜不便思困睡。故，好事者，以俗近语，櫽栝成编，欲天下之人，入耳而通其事，因事而悟其义，因义而兴乎感……牛溲马勃，良医所诊，孰谓稗官小说，不足为世道重轻哉！"[2] 由于早期白话小说讽劝的对象往往是普通的民众，为了达到这一目的，小说的创作者、编纂者及讲述者往往在内容及文字表达上有所选择，修髯子对《三国演义》言语近俗、入耳即通的观点正是对此的说明。明代可一居士在《醒世恒言·叙》中亦言："尚理或病于艰深，

[1] 李汉秋. 儒林外史会校会评本 [M]. 上海：上海古籍出版社，1984：739.

[2] （明）修髯子《三国志通俗演义引》，参见：古本小说集成·三国志通俗演义 [M]. 上海：上海古籍出版社，1994：1-3.

修词或伤于藻绘，则不足以触里耳而振恒心。"[1] 而对于什么样的内容能够"触里耳而振恒心"，冯梦龙在《警世通言·叙》中作了进一步说明："理著而世不皆切磋之彦，事述而世不皆博雅之儒。于是乎村夫稚子、里妇估儿，以甲是乙非为喜怒，以前因后果为劝惩，以道听途说为学问，而通俗演义一种，遂足以佐经书史传之穷。"[2] 这说明"谐于里耳"的内容一定是简单而直接的价值判断。早期白话小说劝惩的核心内容往往是从文化传统中沿继下来的伦理、道德规范，或是时代精神影响下产生的价值观念，并不尝试推翻或反思现有道德、伦理规范。尽管一些作品题材对现实的不公与黑暗有所展示，但未有尖锐的冲突与惊世骇俗的高谈阔论，在思想深度上亦未上升到对现有秩序的批判与反思的层面。同时，早期白话小说的劝惩主题往往较为单一、通俗易懂，且话本的创作者与讲述者往往于入话处即已明确指出全文的劝惩主题，并常在话本最后加以强调，听众只需接受便是，无须揣测、判断或申辩。如《清平山堂话本》中《合同文字记》入话诗："吃食少添盐醋，不是去处休去。要人知重勤学，怕人知事莫做。"[3] 开篇即点出不贪心、不做亏心事的主题，又在结尾的诗中再次强调："李社长不悔婚姻事，刘晚妻欲损相公嗣。刘安住孝义两双全；包待制断合同文字。"[4] 作品对孝义主题的表达十分明确。再如《风月相思》散场诗曰："伉俪相期寿百年，谁知一旦丧黄泉！云琼节义非容易，伯玉姻缘岂偶然！配获鸾凤真得意，敬同宾友不虚传。《关雎》风化今重见，特为殷勤著简编。"[5] 小说对节义主题的标举亦是显而易见的。而《阴骘积善》对佛家果报与劝善主题的展示、《死生交范张鸡黍》对信义的推崇、《刎颈鸳鸯会》对情色的劝诫等，这些作品往往主题单一且明确，在"甲是乙非"的嬉笑怒骂中传递出兼具世俗娱乐与"劝惩厚俗"的教化性功能。后来拟话本小说大多延续了这一特点，"三言二拍"、《石点头》、《醉醒石》和《娱目醒

[1] 丁锡根.中国历代小说序跋集（中）[M].北京：人民文学出版社，1996：779.

[2] 丁锡根.中国历代小说序跋集（中）[M].北京：人民文学出版社，1996：777.

[3] 洪楩.清平山堂话本[M].上海：古典文学出版社，1957：33.

[4] 洪楩.清平山堂话本[M].上海：古典文学出版社，1957：37.

[5] 洪楩.清平山堂话本[M].上海：古典文学出版社，1957：101.

心编》中的作品亦多主题明确且单一、利于教化。

　　不单是短篇话本、拟话本小说对作品的内容及主题简单明了有所偏好，即便是长篇巨著的刊刻者亦是如此。天许斋在《古今小说识语》中指出："小说如《三国志》《水浒传》称巨观矣，其有一人一事可资谈笑，犹杂剧之于传奇，不可偏废也。"[1] 在章回小说的长篇巨观中，刊刻者所看重的乃是简单的"一人一事"所起到的"可资谈笑"的功能。实际上，供人谈笑或博人一笑本就是话本小说世俗娱乐的最初体现。这一点从早期话本"得胜头回"或"耍笑头回"的设置即可见出。正如《快嘴李翠莲》入话所言："出口成章不可轻，开言作对动人情；虽无子路才能智，单取人前一笑声。"[2] 但从文本本身来看，《水浒传》的主题有其复杂性，绝不仅止于"一人一事可资谈笑"。浦安迪认为《水浒传》"是针对一批想来能透过通俗素材的表面描写深入领会内在问题的老练读者写的"[3]。然而，在刊刻过程中这种复杂性被刻意地回避了。《水浒传》的版本有繁简之分，简本多朝向"一人一事可资谈笑"的通俗娱乐功能发展，而繁本的情况则较为复杂，往往兼具娱乐、教化、抒情、审美等多种功能。但刊刻者往往在刊刻前言中特别拈出其中一项加以强调，表现出其在刊刻用意上朝向单一主题的努力。如建阳余氏双峰堂刊刻的《京本增补校正全像忠义水浒志传评林》表现出的对"忠义"主题的强调。余象斗从教化的角度出发以为："尽心于为国之谓忠，事宜在济民之谓义。"[4]《水浒传》"有为国之忠，有济民之义"[5]，把握这一点，则"民贼""国蠹"之说皆可不以为然也。李卓吾批评《水浒传》虽亦标举其"忠义"，但落脚却在"发愤之所作"的抒情主题上。而金圣叹评《水浒传》是"心闲试笔"，其着眼点全在"才"字之上。金圣叹在《读第五才子书法》中曰："旧时《水浒传》，贩夫皂隶都看；此

[1] 丁锡根.中国历代小说序跋集（中）[M].北京：人民文学出版社，1996：774.

[2] 洪楩.清平山堂话本[M].上海：古典文学出版社，1957：52.

[3] 浦安迪.明代四大奇书[M].沈亨寿，译.北京：生活·读书·新知三联书店，1996：333.

[4] 余象斗.水浒志传评林[M].北京：中华书局，1991.

[5] 余象斗.水浒志传评林[M].北京：中华书局，1991.

本虽不曾增减一字，却是与小人没分之书，必要真正有锦绣心肠者，方解说道好。"[1]背面写出此书增一分则太多，减一分则太少的绝妙"文法"，认为《水浒传》有功于子弟者仍在于读之能使其胸中添出许多"文法"来，足见金圣叹推举《水浒传》全在其文学审美的功能上。为此，他特地声明："后人不知，却是《水浒》上加'忠义'字，遂并比于史公发愤著书一例，正是使不得。"[2]以此彻底划清了《水浒传》与以"忠义"为代表的教化主题的界线。可见，《水浒传》文虽多义，但刊刻与评点者往往仅取其一加以强调。

对单一主题的青睐，一方面在于便于实现劝惩的教化功能，另一方面也与文人对小说最初的文体功能的认识相关。小说向来被目为"小道"，对于这样的作品，创作者、评点者乃至刊刻者最初往往以之为游戏之笔，并未寄托过多的审美期待。但随着白话小说创作者与接受者的成熟，小说的文体地位被重估，小说的创作内容被拓展，小说的创作主题也从单一向多元转变，具备了丰富多层的表意结构。白话小说主题的多元性集中体现在长篇章回小说上，如果说《水浒传》《西游记》主题的多元性在一定程度上是由其世代累积的创作过程客观形成的，那么自《金瓶梅》始，《儒林外史》《红楼梦》等优秀的文人小说在主题表达上的多元性，以及表意结构的丰富性上则更具有代表性，对此前人多有论述。

这里，我们不仅要关注白话小说主题的多元性，还要探讨这些多元的主题在作品中是如何呈现的。白话小说多元主题的呈现与叙事意象的选择与组合密切相关，正是丰富的叙事意象延展了小说的表意空间，从而使作品的主题呈现出复杂而多元的特征。如前我们对《儒林外史》的文本分析，"诗"之意象既象征着中国文人自我精神探索的心灵史，又是八股时文盛行于世、诗道衰微、文人有厄的隐喻，还显露出对世道浇薄、士行节操败落的批判。同时，"诗"还是一代文人精神困顿的哀歌，寄寓着作者执着的思想与九死而不悔的信念。如此丰富的内容，若不借助意象叙事来达成

---

[1] 陈曦钟，侯忠义，鲁玉川.水浒传会评本[M].北京大学出版社，1981：22.

[2] 陈曦钟，侯忠义，鲁玉川.水浒传会评本[M].北京大学出版社，1981：15.

显然是十分困难的。而且，"诗"之意象的使用，使作品在意义的表达上形成了二元对立的结构，"诗"意象群及其"反意象"在作品中构成了相互论争的对话关系，从而使作品具有复调性，深化了作品的审美精神。再如隐藏在神魔小说外壳下的《西游记》，若不借助书中丰富的意象叙事，"以猿为心之神，以猪为意之驰……而归于紧箍一咒，能使心猿驯伏，至死靡他"[1]，又何以能融通包含佛学、玄学、心学等哲学思辨，以及神鬼观念等民间信仰与民众思维之内容，从而服务于复杂而丰富的题旨表达。

第二节　"言不尽意"的文本追求

中国古代文体的主流是诗、文二体，细察诗、文二体之批评史，诗对文字的斟酌推敲更甚于文。尽管文之为体，同样凝聚着文人苦心孤诣、呕心沥血的语词锤炼，但在中国的文学批评中，对语词细加推敲的经典范例多来自诗论。古代诗论中对"言"的重视比比皆是。如《一瓢诗话》载"古人用字法极妙。曾见善本《樊川集》'杜诗韩笔愁来读'，'笔'字何等灵妙！俗本刻作'杜诗韩集愁来读'，诗神顿损"[2]。一字之误，竟致诗歌的神韵受损，在诗词评点中，"以一字计工拙"是最常见的方法。而《一瓢诗话》中的另一段话更记录了诗人对诗歌语言的高度重视："杜浣花云：'晚岁渐于诗律细'，又云：'语不惊人死不休'。有云：'两句三年得，一吟双泪流。'有云：'吟成五个字，捻断数茎须。'有云：'一句坐中得，寸心天外来。'有云：'夜吟晓不休，苦吟鬼神愁。'有云：'险觅天应闷，狂搜海欲枯。'有云：'生应无辍日，死是不吟时。'如此者不一而足，可见古人作诗不易。"[3]此段文字讨论作诗不易，究其原因在于

---

[1] 谢肇淛. 五杂俎 [M]. 上海：上海古籍出版社，2012：282.

[2] 薛雪《一瓢诗话·二七》，参见：原诗·一瓢诗话·说诗晬语 [M]. 北京：人民文学出版社：1979：97.

[3] 薛雪《一瓢诗话·七七》，参见：原诗·一瓢诗话·说诗晬语 [M]. 北京：人民文学出版社：1979：115.

诗人对诗歌语言昼夜不寐、上天入海、至死方休的苦心追求。古代诗人及诗歌评论者如此惴惴不安、"旬煅月炼"[1]，近乎狂热地重视诗歌之"言"，是基于这样的一种考虑，即怎样的语言表达才能更准确地传达出诗人想要表达的意蕴。这一思考的背后实际隐含了诗人及评论家对"言不尽意"的焦虑。

"言不尽意"的提出，最初是在中国哲学的领域之内，《易传·系辞》云："子曰：'书不尽言，言不尽意'，然则圣人之意其不可见乎？子曰：'圣人立象以尽意，设卦以尽情伪，系辞焉以尽其言，变而通之以尽利，鼓之舞之以尽神。'"[2]这说明了语言表达在阐释圣人之意上的局限性。刘勰于《文心雕龙·序志》引用了"言不尽意"的表述："夫铨序一文为易，弥纶群言为难，虽复轻采毛发，深极骨髓，或有曲意密源，似近而远，辞所不载，亦不可胜数矣……但言不尽意，圣人所难，识在瓶管，何能矩矱。茫茫往代，既沉予闻；眇眇来世，倘尘彼观也。"[3]这段话意在说明自己对诸种文体的批评多有词不达意之处，于是"言不尽意"被引入中国文论，成为中国文论的重要命题。钟嵘在《诗品》中提出，"诗有三义焉：一曰兴，二曰比，三曰赋。文已尽而意有余，兴也；因物喻志，比也；直书其事，寓言写物，赋也。"[4]此处将言不尽意，进一步生发为"意在言外"。此后，唐代王昌龄的"诗有三境"，正式提出了意境之概念。[5]而皎然、司空图提出的诗学观点，诸如"但见情性，不睹文字"[6]和"不著一字，尽得风流"[7]等，以及"象外之象""景外之景""味外之旨""韵外之致"等诗学概念。上述诗论虽未直言"意在言外"的命题，但早已暗含了于文字之外寻找诗意的内涵。到了宋代，出现了梅尧臣的"含不尽之意，见于

[1] 刘克庄 . 后村诗话 [M]. 北京：中华书局，1983：62-63.

[2] 黄寿祺，张善文 . 周易译注 [M]. 北京：中华书局，2001：341.

[3] 黄霖 . 文心雕龙汇评 [M]. 上海：上海古籍出版社，2005：164-165.

[4] 周振甫 . 诗品译注 [M]. 北京：中华书局，1998：19.

[5] 叶朗 . 中国美学史大纲 [M]. 上海：上海人民出版社，1985：267.

[6] 何文焕 . 历代诗话 [M]. 北京：中华书局，1981：30-31.

[7] 郭绍虞 . 诗品集解·续诗品注 [M]. 北京：人民文学出版社，2005：21.

意外"之说。[1]严羽在《沧浪诗话·诗辨》中也谈到，"言有尽而意无穷"，并提出了"旨冥句中""意在象外"的诗学观念。[2]经由上述理论发展，"言不尽意""意在言外"正式成为中国诗学一个重要的本体论命题，此后历代诗话多有阐释。这一诗学命题既是对以往诗歌创作的总结，又是对此后诗歌创作的指导。其对诗歌创作的重要影响在于扩大诗歌的审美空间，使诗歌的审美特质不再局限于可观、可见的言语，而是超越文字及其构建的意象，形成无限开放的诗意空间。这种审美空间的开放性，突出表现在诗歌结尾的开放性上。清人薛雪在《一瓢诗话》中论作诗云："接前人未了之绪，开后人未启之端，著之可也。苟不如是，虽汗牛充栋，何益哉……起处必欲突兀，承处必不优柔；转处不至窘束，合处必不致匮竭。"[3]这强调了诗歌结尾处的这种开放性。

随着小说文体的渐次成熟，对"言不尽意""意在言外"的讨论也开始在小说评点中出现。小说评点是中国古代白话小说批评的主要形式，小说评点的出发点同样存在为小说文本"言不尽意""意在言外"的诗性审美作注脚之意。早在明代，叶昼即发现《水浒传》刻画人物之妙在文字之外："说淫妇便像个淫妇，说烈汉便像个烈汉，说智障者便像个智障者，说马泊六便像个马泊六，说小猴子便像个小猴子，但觉读一过，分明淫妇、烈汉、呆子、马泊六、小猴子光景在眼，淫妇、烈汉、呆子、马泊六、小猴子声音在耳，不知有所谓语言文字也。"[4]清代刘一明在《西游原旨读法》第一条中曰："《西游》立言，与禅机颇同。其用意处，尽在言外。或藏于俗语常言中，或托于山川人物中。或在一笑一戏里，分其邪正；或在一言一字上，别其真假。或借假以发真，或从正以劈邪。千变万化，神出鬼没，最难测度。学者须要极深研几，莫在文字上隔靴搔痒。知此者，方可

[1]　此句见欧阳修引于《六一诗话》，参见：何文焕. 历代诗话 [M]. 北京：中华书局，1981：267.

[2]　严羽. 沧浪诗话 [M]. 北京：中华书局，1985：6-7.

[3]　薛雪《一瓢诗话·六九》《一瓢诗话·七二》，参见：原诗·一瓢诗话·说诗晬语 [M]. 北京：人民文学出版社：1979：112-114.

[4]　陈曦钟，侯忠义，鲁玉川. 水浒传会评本 [M]. 北京大学出版社，1981：470.

读《西游》。"[1]而署名悟一子的陈士斌在此书第二十三回回末评语写道："提纲'试禅心'，原极显见，特微妙之处，却又在言外。"[2]对悟一子评点《西游记》，天目山樵的《西游补·序》中曾谈道："予游鸳湖，得见此本于延州来氏。原本略有评语，以示我友武陵山人。山人曰：'未尽也。'间疏证一二，以示一道人，道人曰：'嘻！犹未尽。'乃复加评阅考论，而删存其原评之中窾者；犹以为未尽，不得如悟一子之诠《西游记》也。"[3]天目山樵对悟一子的评语显然十分推崇，同时，在这段话中天目山樵还直接言明评点者评点作品的初衷是将原著未尽之意加以生发。但张文虎也认识到评点的结果，往往是意"犹未尽"，对此，张文虎尝试解释道："予曰：书不尽言，言不尽意，读者随所见之浅深，以窥测古人而已，奚所谓尽者？"[4]张文虎显然已认识到小说文本"言不尽意"的诗性表达是在所难免的，亦是其产生独特的审美愉悦效果的原因所在。张文虎进一步论述道："'若夫不尽之言，不尽之意，邈然于笔墨之外者，此则其别有寄托而不得已，于作书之故，岂可以穿凿附会而自谓尽之？'道人曰：'书意主于点破情魔；然《西游》全书，可入情魔者不少，何独托始于三调芭蕉之后？'曰：'南潜《易发》，因见杏叶而悟黄钟之度。《西游》言芭蕉扇，小如杏叶，展之长丈二尺；或有所触，遂托始于此。'道人笑曰：'其然；此亦不可尽之一证也。'"[5]此处指出小说文本言不尽意的原因在于作者"别有寄托"。天目山樵对白话小说意在言外的诗性审美多有评点，在《儒林外史》第三十七回回末的评语中，天目山樵再次写道："大祭后接写郭孝子何也？泰伯之事太王，视于无形，听于无声，三以天下让，宗庙享之，子孙保之，德之至极，孝之至极也。接写郭孝子正其寓意处。由武书引入

[1] 蔡铁鹰.西游记资料汇编 [M].北京：中华书局，2012：603.

[2] 《古本小说集成》编委会.古本小说集成·西游真诠 [M].上海：上海古籍出版社，2017：538.

[3] 丁锡根.中国历代小说序跋集（中）[M].北京：人民文学出版社，1996：1392.

[4] 丁锡根.中国历代小说序跋集（中）[M].北京：人民文学出版社，1996：1392.

[5] 丁锡根.中国历代小说序跋集（中）[M].北京：人民文学出版社，1996：1392.

者，武书亦孝子也。郭孝子才是书中第一人，而未与大祭，意在言外。"[1]
从《西游记》到《儒林外史》，张文虎的评点都用意在于白话小说言不尽意、意在言外的审美特征。除此之外，清代紫琅山人在《妙复轩评石头记·序》中评论此书："作者洋洋洒洒千万言，一往天下后世之知者愚者，口之耳之目之，而其隐寓于语言文字之中，以待默会于语言文字之外者，又逆料天下后世必有人焉，能得其指归之所在。笑我罪我，皆所弗计。而书不尽言，言不尽意，譬诸黄钟宝鼎，与土鼓瓦缶颠倒于富而贫、贵而贱之家，玩弄于妇孺之手，或数世或十百世，而终有识者出也。"[2]检视《红楼梦》的诸家评点，对小说"言外之意"的讨论亦不绝于耳，论者多沿着小说"别有寄托"的思路去挖掘小说的"言外之意"。

　　白话小说作者与评点者对言意关系的思考，固然体现在小说文本微言大义的题旨寄寓，同时也体现在对小说语言的选择与提炼上。与诗歌炼字的要求相似，白话小说也极重视对语言的锤炼。《水浒传》的语言泼辣爽利，体现出民间口语的生动活泼，所谓"明白晓畅，语语家常"（袁宏道《〈东西汉通俗演义〉序》）[3]，但即便如此，《水浒传》的语言亦是经过加工后的白话语言，已经体现出对文字典雅、灵动的锤炼。如第二回"鲁提辖拳打镇关西"中写鲁达戏弄郑屠，"把两包臊子劈面打将去，却似下了一阵的'肉雨'"。金圣叹评："'肉雨'二字，千古奇文。"袁无涯本亦评："'肉雨'二字，俗而典，莽而趣。"[4]在俗文字的背后，同样呈现出对文学语言"典"而"趣"的锤炼。《水浒传》容与堂本第二十一回回评更写出此回文字的特点："此回文字逼真，化工肖物。摩写宋江、阎婆惜并阎婆处，不惟能画眼前，且画心上；不惟能画心上，且并画意外。"[5]

[1]　李汉秋.儒林外史会校会评本 [M].上海：上海古籍出版社，1984：518.

[2]　丁锡根.中国历代小说序跋集（中）[M].北京：人民文学出版社，1996：1167–1168.

[3]　袁宏道曰："人言《水浒传》奇，果奇。予每捡《十三经》或《二十一史》，一展卷即忽忽欲睡去，未有若《水浒》之明白晓畅，语语家常，使我捧玩不能释手者也。"参见：钱伯城.袁宏道集笺校 [M].上海：上海古籍出版，1979.

[4]　陈曦钟，侯忠义，鲁玉川.水浒传会评本 [M].北京大学出版社，1981：93.

[5]　施耐庵.容与堂本水浒传 [M].上海：上海古籍出版社，1988：302.

李贽对此回文字之妙的推崇，正在于这一回文字有言意之外的精心安排，这与施耐庵等文人对《水浒传》语体进行诗化的精细加工分不开。

需要注意的是，此处我们谈到的小说用笔的警醒、精练与别有寄托，需要与史传文学的"孤愤著书"之"春秋笔法"区别对待。"春秋笔法"或称"皮里阳秋"，指的是史传文学中出于对叙事客观性的要求，在评论是非、善恶时不直接说出，而是借助场面描写、人物对话，以"一字寓褒贬"的方式，让读者自己去判断。《史通》中所标举的"晦"与"显"这一对概念，正是主张曲笔叙写，反对直说。这与中国诗歌理论中的"不落言筌"有某种相似性，即不加阐释与说理，仅以客观叙述涵蕴。但二者之间亦有明显的区别，"春秋笔法"所指向的是一种基于是非曲直的价值判断，这种价值判断往往是朝向道德、伦理批评的，且常常在批评维度上是二维的，非此即彼。而我们这里所要说的言不尽意之"意"的表达则是多维的，这里的"意"不是一种非黑即白的价值判断，而是一种难以言表的意绪，其所指向的是创作者内心难以言说的内容，"所谓不涉理路，不落言筌者，上也。诗者，吟咏情性也。盛唐诸人惟在兴趣，羚羊挂角无迹可求"[1]。此处的情性，非仅关善恶、亦不仅仅是"孤愤"，更多的是一种"兴趣"，是一种"无迹可求"的生命感悟与体验、是一种生命的趣味。

以此观照白话小说创作，经典如《红楼梦》者，作者在历尽繁华之后，所要言说的并不是一种价值观念的批判，亦不仅仅是"别有幽愁暗恨生"，更多的仍是一种个体生命的体验。其中有大观园赋诗、栊翠庵品茗、醉眠芍药、红梅映雪的生命之趣，有"牡丹亭艳曲警芳心"的生命悸动，又有"埋香冢飞燕泣残红"的生命感悟。而在生命意绪的关照之下，《水浒传》中宋江浔阳楼题反诗一段亦写得跌宕生姿：

> 宋江便上楼来，去靠江占一座阁子里坐了。凭栏举目看时……少时，一托盘把上楼来，一樽蓝桥风月美酒，摆下菜蔬时新果品按酒；列几盘肥羊、嫩鸡、酿鹅，精肉，尽使朱红盘碟。宋江看了，心中暗喜，自夸道：

---

[1]　严羽.沧浪诗话[M].北京：中华书局，1985：6-7.

"这般整齐肴馔，济楚器皿，端的是好个江州！我虽是犯罪远流到此，却也看了真山真水。我那里虽有几座名山名迹，却无此等景致。"独自一个，一杯两盏，倚栏畅饮，不觉沉醉。猛然蓦上心来，思想道："我生在山东，长在郓城，学吏出身，结识了多少江湖好汉；虽留得一个虚名，目今三旬之上，名又不成，利又不就，倒被文了双颊，配来在这里！我家乡中老父和兄弟如何得相见！"不觉酒涌上来，潸然泪下，临风触目，感恨伤怀。忽然做了一首西江月词，便唤酒保，索借笔砚来，起身观玩，见白粉壁上多有先人题咏。宋江寻思道："何不就书于此？倘若他日身荣，再来经过，重看一番，以记岁月，想今日之苦。"乘着酒兴，磨得墨浓，蘸得笔饱，去那白粉壁上便写道：自幼曾攻经史，长成亦有权谋。恰如猛虎卧荒丘，潜伏爪牙忍受。不幸刺文双颊，那堪配在江州！他年若得报仇雠，血染浔阳江口！宋江写罢，自看了大喜大笑，一面又饮了数杯酒，不觉欢喜，自狂荡起来，手舞足蹈，又拏起笔来，去那《西江月》后再写下四句诗，道是：心在山东身在吴，飘蓬江海漫嗟吁。他时若遂凌云志，敢笑黄巢不丈夫！宋江写罢诗，又去后面大书五字道："郓城宋江作。"写罢，掷笔在桌上，又自歌了一回，再饮数杯酒，不觉沉醉，力不胜酒，便唤酒保计算了，取些银子算还，多的都赏了酒保。拂袖下楼来，踉踉跄跄，取路回营里来。[1]

　　作者在此之前还有一段铺陈，先写宋江信步出城，看见"一派江景非常，观之不足"。[2]又写楼前所见苏东坡题字，以及昔日的耳闻："江州好座浔阳楼。"此处又写上了楼后"凭栏举目，喝采（彩）不已""心中暗喜"等，将登高赏景的情绪渲染、酝酿到极致，但随即笔锋一转，写他独酌之际触目伤怀，想起生平伤心事，不觉泪洒浔阳楼，于是趁着酒劲坦露真性情，在墙上题了"反诗"。这里所使用的乃是我们之前曾经提到的传统诗词中以乐景写哀情而倍增其哀的手法，袁无涯本对这一段描写有一

[1] 陈曦钟，侯忠义，鲁玉川.水浒传会评本 [M].北京：北京大学出版社，1981：716–718.

[2] 陈曦钟，侯忠义，鲁玉川.水浒传会评本 [M].北京：北京大学出版社，1981：716.

段眉批曰："吟饮情事，写得稠叠生动，事在眼中，情余言外。"[1] 作者在此并未过多地寄寓价值判断，而是在对登楼前后一热一冷情境的自然对比之中，让读者自行体会作品中流露出的宋江的真性情。由此，我们看到了宋江的理想与抱负；看到他的隐忍、委曲求全及伺机而动的欲望；也看到了他生命困顿的嗟吁，以及遍阅全书再也无迹可寻的不甘于现状的狂傲与野心。在这里，复杂的心事被描写得腾挪闪烁。宋江一路走来，先是因寻戴宗不遇，"独自一个，闷闷不已"[2]，此是一顿。忽见一派江景，心情豁然开朗，此是一激，金圣叹在此夹批："以非常之人，负非常之才，抱非常之志，对非常之景，每每露出圭角来，写得雄浑之极。"[3] "世间无不爱山水的英雄"[4]，眼前之景激发了宋江的游玩逸兴，上得楼来，自是一派赏心悦目，此又是一激。但登高临风、酒入愁肠，宋江的心情忽然急转直下，此又是一顿。于是诗助酒兴、酒助诗意，化作一曲《西江月》。小说写宋江"磨得墨浓，蘸得笔饱"，真是绝妙文字！"墨浓"是情到深处之浓郁，"笔饱"是壮志逸兴之饱满，所有的情绪皆由此二词带出。宋江诗罢不觉"大喜大笑""手舞足蹈"，此又是一激，小说以"狂荡"二字形容，容与堂本眉批："光景欲真。"[5] 舞罢，宋江"又擎起笔"，写下四句诗，并落款"郓城宋江作"，复又自歌了一回，情感到了最高潮。但作品旋即写宋江力不胜酒力、不觉沉醉，又是一顿；于是算还银子、赏了酒保，"拂袖"下楼而去。此段文字写得顿挫激扬，用字洗练、情景如在眼前，金圣叹在此连用了两个"奇文突兀"及六个"突兀淋漓之极"来评论，而宋江的人物性情与生命情境也在此展露无遗。此时，我们再回头看叶昼对书中人物刻画的评语可谓一语中的，白话小说的"言不尽意""意在言外"是借由洗练的文字营造出细腻、生动的情景，多维度地塑造人物形象，展示人物的性格与生命意绪。

[1] 陈曦钟，侯忠义，鲁玉川. 水浒传会评本 [M]. 北京：北京大学出版社，1981：718.

[2] 陈曦钟，侯忠义，鲁玉川. 水浒传会评本 [M]. 北京：北京大学出版社，1981：716.

[3] 陈曦钟，侯忠义，鲁玉川. 水浒传会评本 [M]. 北京：北京大学出版社，1981：716.

[4] 陈曦钟，侯忠义，鲁玉川. 水浒传会评本 [M]. 北京：北京大学出版社，1981：716.

[5] 陈曦钟，侯忠义，鲁玉川. 水浒传会评本 [M]. 北京：北京大学出版社，1981：717.

更进一步地从小说的文本建构来看，在"言不尽意""意在言外"的诗性思维影响之下，中国古代白话小说体现出对文本叙事开放性的审美追求。白话小说的经典之作往往于作品中借助叙事的停顿与断裂留下叙事的空白，从而产生无限的文本阐释空间；或于结尾处骤然收煞、以结而未结的方式形成了文本叙事的开放性，从而使作品余味无穷。当然，对于白话小说结局的开放性特征，我们需要加以区别对待。对于世代积累型作品，其文本的开放性与其成书过程，以及表演形式有很大的关系，具有繁杂性；而对于作者独立创作或经文人删改后刊刻而广为流传的作品，其文本叙事的开放性是我们论述的重点。

在中国古代白话小说中，常常可以看到叙事的停顿与断裂，由此产生的叙事空白留给读者多元的审美空间。《三国演义》中，关羽温酒斩华雄是叙事的停顿，作者并没有直接写二人对战的情景，而是在叙事的空白中给人以无限想象的空间。《水浒传》第五十九回写晁盖命丧曾头市，行文中留下许多叙事的断裂。行军前众头领在金沙滩饯行，狂风吹断军旗，吴用力谏晁盖不要出征，而一贯劝止晁盖行军的宋江却在此失声。晁盖出征后，宋江密叫戴宗下山去探听消息，探听什么消息，结果如何，小说亦不做交代。这与之前宋江令戴宗去曾头市探听那匹马的下落形成了鲜明的对比，此前打探消息的结果作者作了详细的描写。而且正是之前的打探消息带回了令晁盖不堪其侮的信息，并鲁莽地做出了即刻出征曾头市的决定。在这里，叙事的连贯性被打破，这引起了评点者的注意，金圣叹在金沙滩饯行处夹批："上文若干篇，每动大军，便书晁盖要行，宋江力劝。独此行宋江不劝，而晁盖亦遂以死。深文曲笔，读之不寒而栗。俗本妄添处，古本悉无，故知古本之可宝也。"[1]金圣叹看到了作品中叙事的不合逻辑，并认为这种叙事的断裂是作品隐含的结构（曲笔）。而在宋江密令戴宗打探消息处金圣叹又批道："此语后无下落，非耐庵漏失，正故为此深文曲笔，以明曾市之败，非宋江所不料，而绝不闻有救缓之意，以深著其罪也。骤读之，极似写宋江好；细读之，始知正是写宋江罪。文章之妙，都在无

---

[1]　陈曦钟，侯忠义，鲁玉川．水浒传会评本[M]．北京：北京大学出版社，1981：1090.

字句处，安望世人读而知之！"[1]文本的叙事断裂给了阐释者推理想象、一抒己见的可能，也使文本叙事更加曲折深婉、意在言外。

那么，白话小说中这些叙事的停顿与叙事的断裂是何以形成的？叙事作品往往追求叙事的流畅无滞，但我们在古典诗词中常常见到宕开一笔的写法，在王顾左右而言他的叙述中，隐含着结构的深义。《诗人玉屑》卷六有一段文字："王仲至召试馆中，试罢，作一绝题云：'古木森森白玉堂，长年来此试文章。日斜奏罢《长杨赋》，闲拂尘埃看画墙。'荆公见之，甚叹爱，为改作'奏赋长杨罢'，且云：诗家语，如此乃健。"[2]王安石对王仲至诗的改动打破了日常话语叙述的逻辑性，呈现出语言表达方式的异化，并认为这样才是符合诗词创作的话语表达。周振甫在《诗词例话》中对"诗家语"作了进一步的探讨，将之从话语表述的层面上升至诗词内在结构的层面。周振甫在讨论《唐诗归》卷十三对岑参《还高冠潭口留别舍弟》一诗的评价时，引王安石对"诗家语"的修改，认为诗的用语有时和散文不一样，并进一步指出："（岑参）诗的开头说：昨天山里有信来，说现在是耕种的时候。那么接下去该说要我回去才是，忽然来个'遥传杜陵叟'，把语气隔断了。接下说'怪我还山迟'，那和上文'只今耕种时'还可接起来，可是下面来个'独向潭上酌'又完全脱节了。这首诗是'留别舍弟'的，因此'东溪忆汝处'中这个'汝'字又好像是指他的弟弟。所以用读散文的方法来读这首诗，就不知所云了。"[3]此处所讨论的，其实不仅仅是语气上的隔断，更是叙事逻辑上的断裂。此诗的原文为："昨日山有信，只今耕种时。遥传杜陵叟，怪我还山迟。独向潭上酌，无人林下棋。东谿忆汝处，闲卧对鸬鹚。"这首诗在叙事上存在断裂，"只今耕种时"的叙述看似与山中来信相连，实则跃出了后来的叙事，成为一个突兀的叙事断片。分析产生这种断裂的原因，周振甫认为："诗要求精练，

[1] 陈曦钟，侯忠义，鲁玉川．水浒传会评本[M]．北京：北京大学出版社，1981：1090.

[2] 魏庆之．诗人玉屑[M]．上海：上海古籍出版社，1982：26.

[3] 周振甫．周振甫文集（第二卷）[M]．北京：中国青年出版社，1999：132.

可以省去的话就不必说，叙述可以有跳动。"[1]如果说王安石对"诗家语"的认识是言说方式上的异化，那么周振甫的论述则涉及叙事结构上的断裂与拼接。诗的主体叙事围绕杜陵叟展开，山中来信透露出友人杜陵叟的责难，"怪我还山迟"的心情，与潭上对酌、林下对弈的记忆相连接，"只今耕种时"的突兀叙事不过是"怪我还山迟"的假托之语，看似无绪的叙述中，隐含友人殷勤相候却又不便直说的情事。然而这样的情感表达还是浅层的，诗中还隐藏着更深一层的叙事。诗的题目是《还高冠潭口留别舍弟》，诗人要回在高冠潭口的家，与自家弟弟叙别，却无端引出杜陵叟山中相候的情事，这样的叙事显然是不合常理的。与诗题相契的叙事指向的应是"只今耕种时"，耕种时节自当还家，但诗人宕开一笔去写友人相候，说杜陵叟怪我归家迟却只是"遥传"，那么真正怪作者归家迟的是何人？这里，诗人显然还有许多话没有说出来，在断裂与拼接的叙事结构下，隐含了幽微曲折的情事。叙事结构的中断、跳跃与拼接在古典诗词中是常见的现象。

由此我们再来观照白话小说中的叙事断裂。前述《红楼梦》写元妃省亲的热闹场景忽又闪回大荒山青埂峰下的凄凉岁月，即叙事的断裂与拼接。《红楼梦》第十六回"贾元春才选凤藻宫 秦鲸卿夭逝黄泉路"写元春加封贤德妃，却又插入秦钟病重一段文字，看似突兀，但脂砚斋在此眉批："忽然接水月庵，似大脱泄，及读至后方知为紧收。此大段有如歌急调迫之际，忽闻戛然檀板截断，真见其大力量处。"[2]同样是于热闹至极的场景忽然转换到悲剧祸端，于此寄寓深意。《红楼梦》十分擅长选择别有意味的叙事片段来打断正常的叙事节奏，在叙事的停顿与断裂中隐含曲折的情感。第十七回"大观园试才题对额"，众人一路走来尽是堂皇气象，宝玉一路题咏自是少年才情，转到正殿本当着意发挥，但作者在此突然写："宝玉见了这个所在，心中忽有所动，寻思起来，倒像在那里曾见过的一般，却

[1] 周振甫.周振甫文集（第二卷）[M].北京：中国青年出版社，1999：132.

[2] 曹雪芹.脂砚斋重评石头记[M].甲戌本.上海：上海古籍出版社，1994：325.

一时想不起那年那月日的事了。"[1] 叙事在此发生了断裂，读者的思绪遂被其牵引，跳跃到过去的时空中追寻答案。《红楼梦》己卯本脂砚斋批曰："仍归于葫芦一梦之太虚玄境。"[2] 在叙事的断裂与空白之处，隐藏着大观园与太虚幻境之间的相互照应，是现实与神话的连接。但作者妙在全不点破，在片断闪回后，立刻转回当下时空的叙事，神话寓言瞬间被令人目不暇接的景致掩盖。庚辰本在此复眉批曰："一路顺顺逆逆，已成千邱万壑之景，若不有此一段大江截住，直成一盆景矣。作者将何落笔自想！"[3] 本回最后写众人于怡红院中迷失了方向，见清溪阻路，引出一园之水总流至怡红院的布局，庚辰本侧批曰："于怡红总一园之看，是书中大立意。"[4] 照应此回回目"怡红院迷路探曲折"，似乎在提醒读者要于曲曲折折的文字之外探寻小说幽曲深婉的命意。

　　白话小说文本叙事的开放性还体现在其结尾处，具有代表性的作品是《儒林外史》。《儒林外史》第五十六回作者的问题，一直是学界争论的焦点。金和在《儒林外史·跋》中谓："是书原本仅五十五卷，于述琴棋书画四士既毕，即接《沁园春》一词，何时何人妄增'幽榜'一卷，其诏表皆割先生文集中骈语襞积而成，更陋劣可哂，今宜芟之以还其旧。"[5] 天目山樵对此表示认同，提出《儒林外史》的结尾："作者本意以不结之结，悠然而住，何得为此蛇足！金跋以为荒伦续貂，泂然泂然。"[6] 不论第五十六回为谁而作，评论者显然对结尾"幽榜"完结众人的设置表示了不满，而小说若以五十五回收束，作者对四位市井奇人的描写，正是其在科举之外，为文士们所开出的另一条生存之道，为文本的阐释与想象提供了更为广阔的空间。实际上，非独《儒林外史》，经典的白话小说其结尾常常是结而未结的，为了营造这样的效果，作品常常以虚构的梦幻之境来

[1] 曹雪芹.脂砚斋重评石头记 [M].庚辰本.上海：上海古籍出版社，1994：362.

[2] 曹雪芹.脂砚斋重评石头记 [M].己卯本.上海：上海古籍出版社，1994：333.

[3] 曹雪芹.脂砚斋重评石头记 [M].庚辰本.上海：上海古籍出版社，1994：362.

[4] 曹雪芹.脂砚斋重评石头记 [M].庚辰本.上海：上海古籍出版社，1994：367-368.

[5] 李汉秋.《儒林外史》研究资料 [M].上海：上海古籍出版社，1984：130.

[6] 李汉秋.《儒林外史》研究资料 [M].上海：上海古籍出版社，1984：138.

结束全篇。《金瓶梅》第一百回以四场幻境作结，在"十室九空，不显乡村城郭，獐奔鼠窜，那存礼乐衣冠"[1]的时空背景下酝酿着不安与惶恐。而金圣叹因不满于俗本《水浒传》的结局，将其腰斩为七十回，以"梁山泊英雄惊恶梦"作结，意蕴深远。《镜花缘》结尾虚设仙猿托书之事，写其自唐而清，遍寻欧阳修等才子不遇，最终不耐烦才将此书托于老子后裔，并牵出《旧唐书》《新唐书》与是书相对，含意不可谓不深。李汝珍还在回末明言百回书只道"其事之半""若要晓得这镜中全影，且待后缘"[2]，为后人留下了续写的空间。

　　白话小说开放性的文本在客观上造成了小说续书现象的产生。胡宗堉在为清代华琴珊《续镜花缘》所作的序言中谈道："李松石之《镜花缘》明是半部，有不容不续之势。"[3]但邱炜萲《菽园赘谈》却提道：

　　诗文虽小道，小说盖小之又小者也。然自有章法，有主脑在。否则，满屋散钱，从何串起，读者亦觉茫无头绪，未终卷而思睡矣。即如《红楼梦》以绛珠还泪为主脑，故黛玉之死，宝玉一痴而不醒，从此出家收场，无事《红楼梦》后梦也。《西厢记》以白马解围为主脑，故夫人拷艳，红娘直论而不讳，从此名义已定，无事再续《西厢》也。《水浒》主脑，在于收结三十六人，故以"梁山泊惊恶梦"戛然而止。意在于著书，故可止而止，不在于群盗。故凭空而起者，亦无端而息，所谓以不了了之也。此是著书体例，非示人以破绽。后人不察，纷纷蛇足，几何不令读者齿冷？[4]

　　此段开头一句，以"诗文"为"小道"，但我们知道"诗"与"文"这两种文体在中国文学的发展历程中从来不是"小道"。之所以有意这样

---

[1]　兰陵笑笑生，张竹坡.金瓶梅：皋鹤堂批评第一奇书[M].长春：吉林大学出版社，1994：1659.

[2]　李汝珍.镜花缘[M].上海：上海古籍出版社，2011：480.

[3]　华琴珊.续镜花缘[M].北京：书目文献出版社，1992：3.

[4]　邱炜萲：《菽园赘谈·梁山泊》，参见：陈平原.二十世纪中国小说理论资料（第1卷）[M].北京：北京大学出版社，1997：15.

讲，是为了将"诗文"与被视为"小道"的"小说"并置。作者虽言辞闪烁，却意在以此提高小说的地位，说明"小说"与"诗文"一样，都可载"道"，都自有章法。言语虽谦逊，实则含有不应对"小说"侧目之意。而接下来的一段话是对小说续书的批评，认为小说故事可止则止、无须接续，暗含对小说叙事言有尽而意无穷的认识。作者认为《红楼梦》《西厢记》《水浒传》主线既已明了，那么文末含不尽之意，"不了了之"，正是其文章高妙之处，是作者有意为之。而后人的续书不过是画蛇添足，不理解作者本来的意图，邱炜萲对此提出了批评。中国古代经典的白话小说多有续书，原因正在于小说文本的开放性。在《水浒传》的结局中，宋江等屈死，奸臣逆乱逍遥法外，李俊等于暹罗立国。陈忱接续这一叙事的空白结构成《水浒后传》，在《水浒后传》中宋江等人的冤屈得以昭雪，奸臣逆乱被严厉惩罚，而李俊等人的一番事业也被大加书写。白话小说续书的现象在明末清初达到高潮，但大多在问世之后遭到批评，至今没有一部续书能够在总体的艺术成就与影响上超越原著。究其原因，或有创作者本身水平不高的缘故。正如金圣叹所言："才之不逮，而徒唾沫之相袭。"[1]但更关键的因素乃在于续书在接续原著故事的某种叙事可能性之后，极大地破坏了原著因"言不尽意"而带来的诗性审美空间。如此看来，即便是续书作者的水平再高，如程伟元、高鹗者，虽理解了《红楼梦》作者"好一似食尽鸟投林，落了一片白茫茫大地真干净"[2]的结局预设，但"兰桂齐芳"的半团圆结局仍逃不过"狗尾续貂"的批评。

小说文本的开放性结构为白话小说带来含蓄蕴藉、余韵悠远的审美空间，此中包含了中国诗学传统中"言不尽意""意在言外"的思维传统。苏轼曾在《题沈君琴》中以"琴"喻"诗"："若言弦上有琴声，放在匣中何不鸣？若言声在指头上，何不于君指上听？"[3]白话小说的"弦外之声""言外之意"在小说文本的建构中有着多层面的表达，探寻白话小说"言

---

[1] 陈曦钟，侯忠义，鲁玉川.《水浒传》会评本 [M]. 北京大学出版社，1981：236.

[2] 曹雪芹. 脂砚斋重评石头记 [M]. 庚辰本. 上海：上海古籍出版社，1994：349.

[3] 苏轼. 苏轼诗集 [M]. 北京：中华书局，1982：2534.

不尽意"审美追求与传统诗学思维之间的关系，将有助于启发我们对白话小说诗性特征的理解。当然，我们在讨论小说叙事的停顿与断裂对诗学传统的借重时，也应该注意到二者之间的隔膜与冲突。叙事学最终是以叙事的流畅性为其审美追求的，而诗学更推崇叙事的跳跃与隔断，二者毕竟有所不同。借由叙事的断裂，小说文本的确可以获得更多的审美空间，但若使用不当，则会对小说的文本建构产生负面的影响。如《西游记》中关于唐僧身世的故事，明本只有"灵通本讳号金蝉"一首诗简要地说明，这就造成了明本故事情节的断裂。《西游证道书》将介绍唐僧的 24 句诗删除，增补了整整一回文字代替明本中的诗歌来叙事，说明憺漪子已经看到了原作使用诗作的隐含叙事代替情节叙事而造成艺术上的缺陷，即过于简约凝练而使叙事语焉不详。澹漪子以增补故事情节的方式来弥补小说叙事空白所带来的缺失，是以传统叙事对诗性叙事的一种突围，这也是小说文本成熟的一种体现，在对诗学传统的继承与解构的张力中，白话小说的文本建构走向成熟。

第三节　场景构建："一切景语皆情语"

比之诗词，尽管小说家和小说评论者并不常孜孜于一字之功，但受古典诗词锤炼语词的影响，我们在优秀的中国古代白话小说文本中，同样看到了用词精警、文约意丰的审美追求。以景物描写为例，中国古代白话小说往往文词简约，鲜见大篇幅的景物描写，但凡写景之处，往往用词洗练，以简笔勾勒见长，极富诗意，体现出小说作者对语词的熔铸。

作为小说的要素之一，景物等相关环境描写是小说文本的重要构成，但在早期章回小说中，我们却看到了不一样的情景。以《三国演义》为例，《三国演义》作为明清章回小说的代表作，其艺术成就有目共睹，但细读《三国演义》，我们会发现小说中的景物及自然环境描写十分有限。较于集中的景物或自然环境描写仅见于第三十七回对隆中风貌的描写，以及第四十六回的《大雾垂江赋》，其余或仅于回首点缀，或散见于篇章之中，并不引人注目。自《诗三百》之赋、比、兴传统以来，中国文学向来就擅长对景物与自然环境的描写，但在早期明清章回小说中呈现出不一样的情况，早期明清章回小说景物与自然环境描写缺失的问题突出，先看《儒林外史》第一回中的一段景物描写：

须史，浓云密布，一阵大雨过了。那黑云边上镶着白云，渐渐散去，透出一派日光来，照耀得满湖通红。湖边上山，青一块，紫一块，绿一块。树枝上都像水洗过一番的，尤其绿得可爱。湖里有十来枝荷花，苞子上清水滴滴，荷叶上水珠滚来滚去。[1]

这段景物描写的妙处，齐省堂本早有评语："写眼前景物透亮之至。似俗而甚雅。"此后，亦多有学者就此问题撰文加以讨论，以为早期章回小说或受说唱表演形式所限，更注重情节的生发；或因史传文学之影响，鲜少涉及景物与自然环境描写。[2]

若与西方古典长篇小说相较，中国古代长篇白话小说的景物与自然环境描写的确存在不足。但值得注意的是，尽管早期明清章回小说中的景物与自然环境描写为数不多，却普遍已被当时的小说评点者关注到并加以点评，这表明景物与自然环境描写虽未成为章回小说的关键要素，但已同时进入了创作者与接受者的视野，成为小说创作与评点中有意味的一环。以《三国演义》为例，在对《三国演义》的景物及自然环境描写与诸家评点进行梳理时，我们发现其中对月色的描写与评点颇具代表性。我们尝试在细读《三国演义》月色描写与诸家评点的基础上，探讨早期明清章回小说

[1] 李汉秋.儒林外史会校会评本 [M].上海：上海古籍出版社，1984：3.

[2] 贾文昭《中国古典小说艺术欣赏》、陈炳熙《古典短篇小说艺术探析》、夏志清《中国古典小说导论》、陈平原《中国小说叙事模式的转变》均论及此问题。另可参见汪花荣《章回小说景物描写及其转变》的观点："章回小说作为一种叙事文学，较多地受到史传文学和说书这种民间文学形式的影响，因而早期章回小说景物描写较少，且多以诗词赋赞的形式呈现。"《重庆社会科学》2009 年第 2 期，95–100 页。

景物及自然环境描写与评点的特征及其背后的诗学影响。

在毛宗岗本《三国演义》为数不多的景物描写中，对月色的描写多达34处，嘉靖本中的月色描写亦有30处。这些描写有些带有程式性的特征，如毛宗岗本第六十九回"卜周易管辂知机　讨汉贼五臣死节"对元宵节夜月的描写："至正月十五夜，天色晴霁，星月交辉，六街三市，竞放花灯。真个金吾不禁，玉漏无催！"[1]此处的描写毛宗岗本夹批道："百忙中偏有闲笔写元宵佳景，妙甚。"[2]这里对元宵佳节景致与风情的描写带有调节叙事节奏的作用，但这里的夜月景物描写却带有明显的程式性。而小说中更多的夜月描写则显示出创作者与评点者的匠心独运。

《三国演义》中有多处月色描写与情节的设置、发展相关，每论及月色，其后必因之顿生波澜，情节的推进与夜月之景的设置密切相关。如十八路诸侯会盟讨董卓，孙坚为前部与华雄战于汜水关一节。毛宗岗本在第五回"发矫诏诸镇应曹公　破关兵三英战吕布"中叙述，嘉靖本则在卷之一"曹操起兵伐董卓"中展开，二者同样写道"是夜月白风清"，但嘉靖本对这一自然环境的设置仅一句带过，后文并未进一步照应，表明嘉靖本对这一景物的描写带有随意性与程式性。但毛宗岗本的情况就有所不同。毛宗岗本在此处夹批："为照见赤帻伏线。"[3]李渔本眉批亦写道："月白风清总为赤帻伏线。"[4]此处所说"赤帻"为孙坚头饰，在此段文字之前毛宗岗本与嘉靖本均写道："孙坚披烂银铠，裹赤帻。"[5]毛宗岗本同时夹批："此处先写赤帻，为后文伏线。"[6]这一评点体现出毛氏父子对《三国演义》结构上前后照应的认识，赤帻在下文的情节推动中起了重要的作用，在危急时刻祖茂之盔与孙坚之赤帻互换，赤帻成了诱敌之计的关键。嘉靖本此

[1]　鲁玉川，宋祥瑞，陈曦钟．三国演义会评本 [M]．北京：北京大学出版社，1986：857．此本正文文字依毛宗岗本录入，故此处仍用此本作引文。

[2]　鲁玉川，宋祥瑞，陈曦钟．三国演义会评本 [M]．北京：北京大学出版社，1986：857．

[3]　鲁玉川，宋祥瑞，陈曦钟．三国演义会评本 [M]．北京：北京大学出版社，1986：56．

[4]　鲁玉川，宋祥瑞，陈曦钟．三国演义会评本 [M]．北京：北京大学出版社，1986：56．

[5]　鲁玉川，宋祥瑞，陈曦钟．三国演义会评本 [M]．北京：北京大学出版社，1986：55．

[6]　鲁玉川，宋祥瑞，陈曦钟．三国演义会评本 [M]．北京：北京大学出版社，1986：55．

处作："华雄军遥见赤帻，四面围定，不敢向前；用箭射之，方知是计。"[1]
毛宗岗本改为："华雄军于月下遥见赤帻，四面围定，不敢近前。"[2]特
别点出"月下"二字，可见毛氏父子此时已然意识到月光在此处作为先决
条件对推动情节发展的重要性。不但如此，毛宗岗本在两军交战，李肃军
到放火之时，亦夹批："风月之下放火，风助火势，月助火光，分外猛烈"[3]。
点出了月色场景的设置对战争场面的映衬与点染。

类似的描写还见于毛宗岗本第六回"焚金阙董卓行凶　匿玉玺孙坚背
约"："（曹操）走至一荒山脚下，时约二更，月明如昼。方才聚集残兵，
正欲埋锅造饭，只听得四围喊声，徐荣伏兵尽出。曹操慌忙策马，夺路奔
逃，正遇徐荣，转身便走。荣搭上箭，射中操肩膊。操带箭逃命，踅过山坡，
两个军士伏于草中，见操马来，二枪齐发，操马中枪而倒。操翻身落马，
被二卒擒住。只见一将飞马而来，挥刀砍死两个步军，下马救起曹操。"[4]
此段文字毛宗岗本在"月明如昼"后夹批："闲笔点缀，绝佳。"[5]又在
文末夹批："不谓竟有此一救。读到此处，方知'月明如昼'四字点缀得
好。唯其月明如昼，故一来便见；如黑暗中，正自摸不着也。"[6]毛氏的
批注说明他已意识到此处对夜月的景物描写已成为情节发展的必要条件，
看似闲笔，实非闲笔。

上述两处月色描写都是从军事战略的因素入手，将夜月的环境描写作
为军事活动展开的必要条件来写。与此相类似的还有第七回孙坚围攻襄阳
城，蒯良向刘表献计致书袁绍求助，令吕公趁"今夜月不甚明，黄昏便可
出城"[7]送信，李卓吾本在此处眉批"亦周密"[8]。第十四回吕奉先乘夜

---

[1] 罗贯中.嘉靖壬午本《三国演义》[M].北京：人民出版社，2008：33.

[2] 鲁玉川，宋祥瑞，陈曦钟.三国演义会评本[M].北京：北京大学出版社，1986：56.

[3] 鲁玉川，宋祥瑞，陈曦钟.三国演义会评本[M].北京：北京大学出版社，1986：56.

[4] 鲁玉川，宋祥瑞，陈曦钟.三国演义会评本[M].北京：北京大学出版社，1986：67.

[5] 鲁玉川，宋祥瑞，陈曦钟.三国演义会评本[M].北京：北京大学出版社，1986：67.

[6] 鲁玉川，宋祥瑞，陈曦钟.三国演义会评本[M].北京：北京大学出版社，1986：67.

[7] 鲁玉川，宋祥瑞，陈曦钟.三国演义会评本[M].北京：北京大学出版社，1986：81.

[8] 鲁玉川，宋祥瑞，陈曦钟.三国演义会评本[M].北京：北京大学出版社，1986：81.

袭徐郡是"月色澄清"，毛宗岗本夹批："当此月明人静，正好再饮酒，如何却动兵？"[1]第十六回"吕奉先射戟辕门 曹孟德败师淯水"中玄德失小沛，"令飞在前，云长在后，自居于中，保护老小。当夜三更，乘着月明，出北门而走。"[2]第二十四回写曹操围小沛，玄德与张飞欲往劫营，"是夜月色微明"，毛宗岗本夹批："既写风又写月，忙中偏有此闲笔。"[3]第六十三回张飞设计击严颜是"趁三更月明，拔寨都起，人衔枚，马去铃，悄悄而行"。[4]第七十回张郃欲夜袭张飞营地是"乘着月色微明，引军从山侧而下，径到寨前"。[5]第八十七回诸葛亮三激赵云、魏延，二人点精兵五千，杀入金环三结大寨，"比及起军时，已是二更天气，月明星朗，趁着月色而行"。毛宗岗本夹批："百忙中偏有闲笔写星写月。"李渔本眉批："忙中偏写星月。"[6]第九十二回赵子龙力斩五将，"从辰时杀至酉时，不得脱走，只得下马少歇，且待月明再战。却才卸甲而坐，月光方出，忽四下火光冲天，鼓声大震，矢石如雨，魏兵杀到，皆叫曰：'赵云早降！'云急上马迎敌。"[7]毛宗岗本夹批："此处写月，忙中闲笔。"[8]第九十五回马谡失街亭"是夜天晴月朗"，毛宗岗本夹批："闲笔点染。"[9]至若曹操夜袭濮阳城、博望坡之役、赤壁之战、猇亭之战、智取瓦口隘、智取汉中、七擒孟获……举凡夜战，月色或明或暗，皆闲闲写来，在《三国演义》中夜月描写成为夜战的典型环境。

在《三国演义》的一些战争场景中，月色描写不仅是典型环境，还起到了前后照应、交相衬托、点染的作用。如第一百十四回"曹髦驱车死南

[1] 鲁玉川，宋祥瑞，陈曦钟 . 三国演义会评本 [M]. 北京：北京大学出版社，1986：169.

[2] 鲁玉川，宋祥瑞，陈曦钟 . 三国演义会评本 [M]. 北京：北京大学出版社，1986：196.

[3] 鲁玉川，宋祥瑞，陈曦钟 . 三国演义会评本 [M]. 北京：北京大学出版社，1986：299.

[4] 鲁玉川，宋祥瑞，陈曦钟 . 三国演义会评本 [M]. 北京：北京大学出版社，1986：784.

[5] 鲁玉川，宋祥瑞，陈曦钟 . 三国演义会评本 [M]. 北京：北京大学出版社，1986：863.

[6] 鲁玉川，宋祥瑞，陈曦钟 . 三国演义会评本 [M]. 北京：北京大学出版社，1986：1065.

[7] 鲁玉川，宋祥瑞，陈曦钟 . 三国演义会评本 [M]. 北京：北京大学出版社，1986：1125–1126.

[8] 鲁玉川，宋祥瑞，陈曦钟 . 三国演义会评本 [M]. 北京：北京大学出版社，1986：1126.

[9] 鲁玉川，宋祥瑞，陈曦钟 . 三国演义会评本 [M]. 北京：北京大学出版社，1986：1162.

阙 姜维弃粮胜魏兵"中姜维火烧邓艾粮车时，书中写道"时值初更，月明如昼"。毛宗岗本夹批："且是八月十五日。将写火先写月，百忙中有此闲笔。"[1]此处是以月色之明，衬托、点染烈焰张天的景象。与之相反的，第三十九回"荆州城公子三求计 博望坡军师初用兵"中夏侯惇与于禁护粮车行至博望坡，"时当秋月，商飙徐起""天色已晚，浓云密布，又无月色，昼风既起，夜风愈大"。[2]毛宗岗本在回首既已批道："博望一烧，有无数衬染：写云浓、月淡，是反衬。"[3]又于此处夹批："先写月色之暗，以反衬后文火光之明；先写风力之大，以正衬后文火势之猛。"[4]其后"又值风大，火势愈猛"，毛宗岗本再次夹批："方信前写秋月、商飙，不是闲笔。"[5]如此反复再三，强调的是月色昏暗对火势的反衬作用。同样的笔法，还有第八十六回"难张温秦宓逞天辩 破曹丕徐盛用火攻"既写月黑，又写雾天，为之后写火烧粮车张本。毛宗岗本夹批："与曹操舞槊之月，孔明借箭之雾，前后闲闲相映。"[6]此处所言"曹操舞槊之月"指第四十八回"宴长江曹操赋诗"中的一段月色描写。而在第四十九回"七星坛诸葛祭风 三江口周瑜纵火"中又有一段夜月描写："操在中军遥望隔江，看看月上，照耀江水，如万道金蛇，翻波戏浪。"毛宗岗本夹批："偏有闲笔写月、写波，以点染风势。"[7]上述场景中，月色描写与其他景物描写前后呼应，共同营造了情节发生的典型环境。

《三国演义》中最具代表性的几场战争场景中都对月亮这一物象作了描写，夜月作为自然景物被描写，不仅是战争发生的典型场景，在某些时候更成为影响战局的关键性因素。使我们不禁要进一步追问何以清冷的月色会集中地出现在热闹的战争场面之中，其背后有着怎样的文学、文化因

---

[1] 鲁玉川，宋祥瑞，陈曦钟．三国演义会评本 [M]．北京：北京大学出版社，1986：1388．

[2] 鲁玉川，宋祥瑞，陈曦钟．三国演义会评本 [M]．北京：北京大学出版社，1986：497．

[3] 鲁玉川，宋祥瑞，陈曦钟．三国演义会评本 [M]．北京：北京大学出版社，1986：488．

[4] 鲁玉川，宋祥瑞，陈曦钟．三国演义会评本 [M]．北京：北京大学出版社，1986：497．

[5] 鲁玉川，宋祥瑞，陈曦钟．三国演义会评本 [M]．北京：北京大学出版社，1986：498．

[6] 鲁玉川，宋祥瑞，陈曦钟．三国演义会评本 [M]．北京：北京大学出版社，1986：1053–1054．

[7] 鲁玉川，宋祥瑞，陈曦钟．三国演义会评本 [M]．北京：北京大学出版社，1986：619．

素？《三国演义》的战争描写受《左传》《史记》《三国志》等史传文学的影响颇深，但当我们试图从历史演义小说题材的源头——史传文学的传统中追溯夜月战场描写的时候，我们遇到了困难。不论是《左传》《史记》，还是《三国志》，尽管这些作品中都有大量的战争场面描写，但对战争中的自然景物描写却是惜墨如金、几难寻觅。《左传》中描写大小战争场面共计 400 余场，贺循云："左氏之传，史之极也，文采若云月，高深若山海。"（卷一六九）[1] 但即便如此，《左传》中的战争场面描写是以人物活动为中心进行的，鲜见自然景物的描写。而《史记》的战争场面描写则出现了较为简单的自然景物描写，以《史记·卫将军骠骑列传》中最具代表性的一场夜战描写为例：

适值大将军出塞千余里，见单于兵陈而待，于是大将军令武刚车自环为营，而纵五千骑往当匈奴。匈奴亦纵可万骑。会日且入，大风起，沙砾击面，两军不相见，汉益纵左右翼绕单于。单于视汉兵多，而士马尚强，战而匈奴不利，薄莫，单于遂乘六赢，壮骑可数百，直冒汉围西北驰去。时已昏，汉匈奴相纷挐，杀伤大当。汉军左校捕虏言单于未昏而去，汉军因发轻骑夜追之，大将军军因随其后。匈奴兵亦散走。迟明，行二百余里，不得单于，颇捕斩首虏万余级，遂至窴颜山赵信城，得匈奴积粟食军。军留一日而还，悉烧其城余粟以归。[2]

此段文字是对汉匈漠北决战的描写，其中，"大风起，沙砾击面，两军不相见"的战争场面描写向来为人所称道，用语极简却传神地写出了漠北之战极端恶劣的自然条件。这是一场自天明杀至天黑、又连夜奔袭直至天明的大战，但在其中我们看不到对夜间最显见的景物——月亮的描写，亦没有更多的自然景物描写。自然景物的缺失一方面与史家实录的笔法有关，司马迁未亲身经历战场，因此未加以描写。但更多的原因则在于史家

[1]　朱彝尊.经义考[M].北京：中华书局，1998：875.

[2]　司马迁.史记[M].北京：中华书局，1982：2935.

对自然景物描写的认识："中国的正史不关注自然景物，不是因为技术上的原因，而是因为：一种以社会生活为关注对象的体裁，它在文化品格上必须与'泉石傲啸'划清界限。"[1]再看《史记·孙子吴起列传》另一场具有代表性的夜战描写：

孙子度其行，暮当至马陵。马陵道狭，而旁多阻隘，可伏兵，乃斫大树白而书之曰"庞涓死于此树之下"。于是令齐军善射者万弩，夹道而伏，期曰"暮见火举而俱发"。庞涓果夜至斫木下，见白书，乃钻火烛之。读其书未毕，齐军万弩俱发，魏军大乱相失。庞涓自知智穷兵败，乃自刭，曰："遂成竖子之名！"[2]

齐军于暗夜中见烛火之光，庞涓兵败自刭于马陵道。此段描写可谓精彩，但同样更重视的是对人物活动的展开，仅以"马陵道狭，而旁多阻隘"一句点出自然环境的战略意义。而对于此战中另一个关键性的自然因素，即此夜月色如何，却未加以描写。庞涓于斫木下见白书，是否有月光的映衬我们不得而知。《田单列传》中田单夜设火牛阵中的场面描写精彩至极，但亦未有自然景物的映衬。

那么，《三国演义》中对夜月的战争环境描写是从何而来？当我们尝试将搜寻范围扩大，对战争题材的文学作品作进一步的探寻时，诗歌这一中国传统文学的重要体裁进入了我们的视野。作为中国文学的母体，诗学传统对各体文学具有强大的渗透力。中国古典诗词中，战争题材的作品屡见不鲜，在《诗经》中我们就看到了大量的战争题材的诗作。如《诗经·小雅·渐渐之石》：

---

[1] 陈文新，王炜.传记辞章化：从中国叙事传统看唐人传奇的文体特征[J].武汉大学学报（人文科学版），2005（2）.

[2] 司马迁.史记[M].北京：中华书局，1982：2164.

渐渐之石，维其高矣，山川悠远，维其劳矣。武人东征，不遑朝矣。渐渐之石，维其卒矣，山川悠远，曷其没矣。武人东征，不遑出矣。有豕白蹢，烝涉波矣，月离于毕，俾滂沱矣。武人东征，不遑他矣。[1]

此诗写士兵东征途中劳苦的情景，其中"月离于毕，俾滂沱矣"的描写点染的正是月夜行军、大雨将至的场景。随后，蔡文姬在《胡笳十八拍》中对边塞夜月进行了描写："城头烽火不曾灭，疆场征战何时歇？杀气朝朝冲塞门，胡风夜夜吹边月。故乡隔兮音生绝，哭无声兮气将咽。一生辛苦兮缘别离，十拍悲深兮泪成血。"[2]将一轮寒月带入了边塞肃杀的战争环境之中。又如南朝梁刘孝标的《出塞》："蓟门秋气清，飞将出长城。绝漠冲风急，交河夜月明。陷敌搥金鼓，摧锋扬旆旌。去去无终极，日暮动边声。"[3]一面是清冷的月色，一面是紧张的战事。刘孝标有滞留北地的经历，因此，作品中对夜月的描写与单纯的虚构、想象有所区别，是带有写实性质的边塞战地记忆。与此相类似的还有南朝梁陈之际徐陵的《关山月·其二》："月出柳城东，微云掩复通。苍茫萦白晕，萧瑟带长风。羌兵烧上郡，胡骑猎云中。将军拥节起，战士夜鸣弓。"[4]徐陵曾在梁武帝与梁敬帝朝出使边塞，诗的前四句极写战地夜月的苍凉，后四句在月色苍凉的背景之下展开热闹的战争场面描写，整首诗和音谐律、气象开阔，许学夷在《诗源辨体》曾评价此诗"有似初唐"[5]。

在汉魏六朝诗的影响下，隋唐战争题材诗歌对月色的描写不胜枚举，月意象成为隋唐战争题材诗歌的典型意象。杨素在《出塞二首》中借汉代典故写自己领兵击战匈奴的体验，其中"兵寝星芒落，战解月轮空""交

[1] 周振甫.诗经译注[M].北京：中华书局，2002：390.

[2] 逯钦立.先秦汉魏晋南北朝诗[M].北京：中华书局，1988：203.《胡笳十八拍》的作者是否为蔡文姬学界尚有争议，在未有确切实证前，本文先搁置争议，依例将其录入。

[3] 逯钦立.先秦汉魏晋南北朝诗[M].北京：中华书局，1988：1758.

[4] 逯钦立.先秦汉魏晋南北朝诗[M].北京：中华书局，1988：2525.

[5] 许学夷.诗源辨体[M].北京：人民文学出版社，1987：132.

河明月夜，阴山苦雾辰”[1]是对战地夜月的描写，后一句话用了刘孝标《出塞》中的诗句，薛道衡在与杨素唱和的《出塞二首》中亦有“妖云坠虏阵，晕月绕胡营”[2]这样的句子。隋炀帝的《饮马长城窟行》中："秋昏塞外云，雾暗关山月。缘严驿马上，乘空烽火发。"[3]同样对边战寒月进行了描写。又如严武的《军城早秋》："昨夜秋风入汉关，朔云边月满西山。更催飞将追骄虏，莫遣沙场匹马还。"[4]月夜激战的景象跃然纸上。上述诗作多为写实之作，但在另一些诗作中，战地之月则是一种想象。试看唐人卢纶的《塞下曲》："月黑雁飞高，单于夜遁逃。欲将轻骑逐，大雪满弓刀。"[5]此诗雄浑慷慨，向为人所称道，卢纶本人亦有军旅生涯，但这首诗所写的并非自身经历之事，而是用了汉匈漠北决战之事，在想象的空间里营造了雪中月下追击匈奴的战争场景，寄托了诗人对建功立业的无限期许。在漫长的中国文学发展过程中，月意象沉淀了异常丰富的文化意蕴，唐代诗人将自身情感移植于对夜月场景的描写之中，构建出情景交融、意蕴丰富的诗境。如王昌龄的《出塞二首·其一》："秦时明月汉时关，万里长征人未还。但使龙城飞将在，不教胡马度阴山。"[6]此处的夜月描写在时空的交错间融入了诗人的怀古情绪，边塞战地在亘古明月的照耀之下，映衬得无限沧桑与悲凉，在今昔对比之中，蕴含了厚重的历史感。

中国诗歌擅长于借物起兴，用自然景物点染环境、表达情感。自《诗经》以来，诗人们便将月亮这一清冷的意象引入烈焰纷飞的战争场面描写之中，或衬托环境、点染气氛，或抒发情感、寄托哀思，遂使夜月场景成为战争环境描写的典型场景。月意象在诗词战争场面描写中的大量出现，以及在史传文学战争场面描写的大量缺失，使我们有理由相信《三国演义》大部分夜战场景中出现的月色描写，是受到了战争题材诗词中月意象描写的影

[1] 逯钦立.先秦汉魏晋南北朝诗[M].北京：中华书局，1988：2675–2676.

[2] 逯钦立.先秦汉魏晋南北朝诗[M].北京：中华书局，1988：2680.

[3] 逯钦立.先秦汉魏晋南北朝诗[M].北京：中华书局，1988：2661.

[4] 全唐诗（第8册）[M].北京：中华书局，1980：2908.

[5] 全唐诗（第9册）[M].北京：中华书局，1980：3153.

[6] 全唐诗（第4册）[M].北京：中华书局，1980：1444.

响。当我们带着这样的视角再次审视《三国演义》的月色描写时，我们有了新的认识。在《三国演义》诸多的月色描写中，有些并不仅仅是单纯的景物描写，除点染环境、营造气氛之外，还有着寄托小说作者与评点者个体的情感体验与审美经验的功能。

在毛宗岗本第六回"焚金阙董卓行凶　匿玉玺孙坚背约"中有这样一段描写："坚归寨中。是夜星月交辉，乃按剑露坐，仰观天文。见紫微垣中白气漫漫，坚叹曰：'帝星不明，贼臣乱国，万民涂炭，京城一空！'言讫，不觉泪下。"[1]此段描写未见于《三国志》，带有明显的虚构性质，嘉靖本的描写与此相类似。这段文字写孙坚于汉宫废墟之上望月感怀，蕴含无限沧桑之感。在这里，月色的描写不是景语是情语，寄托了丰富的情感，充满诗意。但此中所寄托的是何人的情感？在月色的描写中，我们读到了浓厚的沧桑感与历史感，这一情感表达与孙坚的人物形象塑造关系不大，而是创作者借人物之口抒发个体的生命感悟，在对明月照耀宫院废墟的场景想象中，隐藏着小说家对江山易代的深层思考。小说作者睹物伤情，评论者亦是一样的情怀，毛宗岗本在此处有两条夹批，一曰："明月自来还自去，更无人倚玉栏杆。"一曰："在瓦砾场上看月，又在旧殿基上看月。月色愈好，人情愈悲。孙坚洒泪数语，可当唐人怀古诗数首。"李渔本眉批亦道："凄惨。坚洒泪数语，可当唐人怀古诗数首"。[2]此处的评点直接以唐人怀古诗为参照。"明月自来还自去，更无人倚玉栏杆"出自唐代诗人崔橹的《华清宫》："草遮回磴绝鸣鸾，云树深深碧殿寒。明月自来还自去，更无人倚玉栏干。"[3]诗中描绘了天宝之乱后华清宫的荒凉景色，在抚今追昔的凄凉与感伤中，暗含对唐玄宗荒淫误国的批评。《三国演义》之中孙坚望月一段亦当作如是观，此段的月色描写中寄托了创作者及评论者深沉的历史感悟及对现实的思考。小说借此刻意营造了一个充满诗意的审美空间，千载之下，令人不忍卒读。

---

[1] 鲁玉川，宋祥瑞，陈曦钟．三国演义会评本[M]．北京：北京大学出版社，1986：68．

[2] 鲁玉川，宋祥瑞，陈曦钟．三国演义会评本[M]．北京：北京大学出版社，1986：68．

[3] 全唐诗（第17册）[M]．北京：中华书局，1980：6568．

如果说孙坚望月是创作者与评点者个体的情感体验与生命思考，那么第四十八回"宴长江曹操赋诗 锁战船北军用武"中的月色描写则直接化用了曹操《短歌行》的诗意：

时建安十三年冬十一月十五日，天气晴明，平风静浪。操令："置酒设乐于大船之上，吾今夕欲会诸将。"天色向晚，东山月上，皎皎如同白日。长江一带，如横素练。操坐大船之上，左右侍御者数百人，皆锦衣绣袄，荷戈执戟。文武众官，各依次而坐。操见南屏山色如画，东视柴桑之境，西观夏口之江，南望樊山，北觑乌林，四顾空阔。

…………

曹操正笑谈间，忽闻鸦声望南飞鸣而去。操问曰："此鸦缘何夜鸣？"左右答曰："鸦见月明，疑是天晓，故离树而鸣也。"操又大笑。时操已醉，乃取槊立于船头上，以酒奠于江中，满饮三爵，横槊谓诸将曰："我持此槊，破黄巾、擒吕布、灭袁术、收袁绍，深入塞北，直抵辽东，纵横天下，颇不负大丈夫之志也。今对此景，甚有慷慨。吾当作歌，汝等和之。"歌曰：

对酒当歌，人生几何：譬如朝露，去日苦多。慨当以慷，忧思难忘；何以解忧，惟有杜康。青青子衿，悠悠我心；但为君故，沉吟至今。呦呦鹿鸣，食野之萍；我有嘉宾，鼓瑟吹笙。皎皎如月，何时可辍？忧从中来，不可断绝！越陌度阡，枉用相存；契阔谈宴，心念旧恩。月明星稀，乌鹊南飞；绕树三匝，无枝可依。山不厌高，水不厌深：周公吐哺，天下归心。[1]

此段夜月江景的描写化用了"皎皎明月光""澄江静如练"的诗意，一派空明澄澈。这段故事亦不见于《三国志》，嘉靖本描写与此相类，是《三国演义》中为数不多的一段精彩的景物描写。毛宗岗本夹批"如读《赤壁赋》""写江景如画"。[2]故事发生的时间是在赤壁之战前夕两军对垒，

---

[1] 鲁玉川，宋祥瑞，陈曦钟.三国演义会评本 [M].北京：北京大学出版社，1986：601-603.

[2] 鲁玉川，宋祥瑞，陈曦钟.三国演义会评本 [M].北京：北京大学出版社，1986：602.

战火一触即发之际，在腥风血雨即将爆发的紧张时刻，作者化用曹操《短歌行》的诗境，虚构了曹操"横槊赋诗"的情节，不仅与前后文贴切密合，更成功地塑造了曹操刚愎自用、多疑狭隘、心狠手辣的性格。《短歌行》的创作时间目前尚不明确，小说叙述者将此诗的创作置于赤壁之战前，显然是有意为之。诗中曹操感慨人生短暂，自己一生征战奔波，害怕来日无多，并且透露求贤若渴、建功立业的壮志抱负，期许自己能效法周公，得天下民心。唱完众将皆和之，唯扬州刺史刘馥以为"月明星稀，乌鹊南飞；绕树三匝，无枝可依"一句不祥，曹操因此勃然大怒，立刻用手中之槊刺死刘馥，众皆惊骇，于是宴会不欢而散。原本吟诗的经过仿佛是狂风骤雨前的宁静，最后收尾的方式又像大难临头的征兆。这段文字从夜月江景的描写，到情节的设计，皆从诗意中来，不祥的征兆亦隐含于诗句之中，毛宗岗本评点此诗道："篇中忽着无数'忧'字，盖乐极生悲，已为后文预兆矣。"钟伯敬亦眉批："歌词凄怆，果是不利。"[1]诗境的化用既丰富了主要人物的形象，又预示着情节的发展。

值得注意的还有毛宗岗本在此回回首的评语："古人亦有善用古人之文者。横槊之歌多引《风》《雅》之句；而坡公《赤壁赋》一篇亦取曹操歌中之意而用之。其曰'如怨如慕，如泣如诉'，即所谓'忧从中来，不可断绝'也；其曰'哀吾生之须臾'，即所谓'譬若朝露，去日无多'也；其曰'盈虚者如彼，而卒莫消长'，即所谓'皎皎如月，何时可辍'也。取古人之文以为我文，亦视其用之何如耳。苟其善用，岂必如今人之杜撰哉！"[2]这段评论完全跳出了故事情节，转而对曹操的《短歌行》进行诗词审美的批评，评论的重点落在其善于化用前人之句，并将之与苏东坡的《赤壁赋》进行比较，认为苏氏之作亦全从曹操诗中之意化出。李渔本在此处的眉批亦认为："苏公《赤壁赋》，句句俱从此歌脱化而出，莫谓古人不善用人文字也。"[3]在此评论者的目光已完全为诗词所吸引，并以此

[1] 鲁玉川，宋祥瑞，陈曦钟.三国演义会评本 [M].北京：北京大学出版社，1986：603.

[2] 鲁玉川，宋祥瑞，陈曦钟.三国演义会评本 [M].北京：北京大学出版社，1986：599.

[3] 鲁玉川，宋祥瑞，陈曦钟.三国演义会评本 [M].北京：北京大学出版社，1986：603.

展开联想和想象，诗词成为独立的审美对象。

此时，无论是小说中的月色描写，还是诸家评点，都是充满了诗情画意的独立审美空间。景物描写成为小说诗性审美的对象，这在作品中并非偶然。第四回曹操杀了吕伯奢后，与陈宫二人投宿客栈的一幕，文中是这样描写的："当夜，行数里，月明中敲开客店门投宿。"毛宗岗本夹批："又是一幅绝妙画景""忙中偏有此点缀，妙。"[1] 此处写景并无特别之处，亦与情节无涉，毛宗岗本却特意加了批注，缘何如此？让我们细究这一画面，月下敲门，很自然地让人联想起贾岛"僧敲月下门"的典故，景物描写与诗性的记忆相连，原本平淡无奇的景物成了诗意盎然的绝妙画景，充满诗意的画面空间成为文学审美的一部分。而在第八回"王司徒巧使连环计 董太师大闹凤仪亭"中："司徒王允归到府中，寻思今日席间之事，坐不安席。至夜深月明，策杖步入后园，立于荼蘼架侧，仰天垂泪。忽闻有人，在牡丹亭畔，长吁短叹。允潜步窥之，乃府中歌伎貂蝉也。"[2] 此段故事嘉靖本中并无"夜深月明"的环境描写，毛宗岗本特意加入，并在此处夹批："孙坚、王允一样月下洒泪，而一是悲愤，一是忧郁。"李渔本眉批："又是一个月下长叹。"[3] 毛宗岗本的修改意在起到情感的前后映衬、照应的作用，在毛宗岗本的修改下，夜月、荼蘼架、牡丹亭与二八佳人，共同构成了一幅充满诗意的审美画面，情景交融，画面的背后寄托着深沉的家国之忧，景物的描写与情感的表达都是诗意的。同样的处理还有第十五回"太史慈酣斗小霸王 孙伯符大战严白虎"中的一段描写："当日筵散，策归营寨。见术席间相待之礼甚傲，心中郁闷，乃步月于中庭。因思父孙坚如此英雄，我今沦落至此，不觉放声大哭。"[4] 毛宗岗本在此处夹批："昔孙坚在洛阳时，曾于月下挥泪。今孙策在袁术处，亦于月下放声。一为国事伤情，一为家声发愤。我有一片心，诉与天边月。月之感

[1] 鲁玉川，宋祥瑞，陈曦钟．三国演义会评本 [M]. 北京：北京大学出版社，1986：49.

[2] 鲁玉川，宋祥瑞，陈曦钟．三国演义会评本 [M]. 北京：北京大学出版社，1986：86.

[3] 鲁玉川，宋祥瑞，陈曦钟．三国演义会评本 [M]. 北京：北京大学出版社，1986：497.

[4] 鲁玉川，宋祥瑞，陈曦钟．三国演义会评本 [M]. 北京：北京大学出版社，1986：175–176.

人甚矣哉！"[1]此处对夜月的描写在"我寄愁心与明月"的诗意联想下，饱含深切的国愁与家恨。在上述的月色描写中，夜月已不再是一个单纯的自然景物，而是凝结了创作者与评点者丰富情感体验的抒情意象，因此构成的是具有诗性审美的意境空间，从而提升了白话小说的诗性维度。

《三国演义》的创作深受史传文学的影响，但作者显然已经意识到史传文学叙事中自然景物描写的缺失，从而主动地取法于中国文学传统中最善于景物描写的文体——诗歌。而月色的描写在此间极具代表性。月意象本身所蕴含的丰富的文化意味，使其在小说叙事的不同场景中充分发挥了独特的审美功能。在热闹的战争场景中，有意识地加入清冷的月色描写，衬托、点染气氛，营造典型环境；在宫殿的残垣断壁之上辅以亘古明月的照耀，引发读者的想象与联想，创造共同的生命与情感体验；在对诗词意境的直接化用，以及对月意象的独立审美中，营造了作品的诗性维度，从而丰富和扩大了作品的审美空间。受中国古典诗歌借物起兴、寓情于景、情景交融的诗学传统之影响，《三国演义》的创作者与评点者普遍注意到了自然景物描写对于渲染场景、推动情节发展、寄托人物及作者情感的作用，并将其自觉地运用于《三国演义》的景物描写之中。可以说，《三国演义》的创作者与评点者对月色的描写与评点，为白话小说在艺术上走向成熟作了有益的尝试。

类似《三国演义》场景构建的诗性特征我们在其他小说作品中亦可见到。《红楼梦》第七十五回写贾府因是孝家，中秋过不得节，贾珍便于前一日与妻妾于府中"屏开孔雀，褥设芙蓉"[2]，开怀赏月作乐，时近一更，"真是风清月朗，上下如银"，更兼"配凤吹箫，文化唱曲"[3]，一派热闹景象。但接下忽写"异兆发悲音"，景色描写旋即发生了变化，"只觉得风气森森，比先更觉凉飒起来，月色惨淡，也不似先明朗"[4]。一轮明月，两幅景致，

---

[1] 鲁玉川，宋祥瑞，陈曦钟.三国演义会评本[M].北京：北京大学出版社，1986：175-176.

[2] 曹雪芹.脂砚斋重评石头记[M].上海：庚辰本.上海古籍出版社，1994：1753.

[3] 曹雪芹.脂砚斋重评石头记[M].庚辰本.上海：上海古籍出版社，1994：1753.

[4] 曹雪芹.脂砚斋重评石头记[M].庚辰本.上海：上海古籍出版社，1994：1754.

变化的是人的心境。紧接着在《红楼梦》第七十六回"凸碧堂品笛感凄清凹晶馆联诗悲寂寞"中，贾母带众人赏月：

正说着闲话，猛不防只听那壁厢桂花树下，呜呜咽咽，悠悠扬扬，吹出笛声来。趁着这明月清风，天空地净，真令人烦心顿解，万虑齐除，都肃然危坐，点头相赏。[1]

此回故事发生在南方甄家被抄家、抄检大观园之后。探春一语成谶，道出："可知这样大族人家，若从外头杀来，一时是杀不死的，这是古人曾说的'百足之虫，死而不僵'，必须先从家里自杀自灭起来，才能一败涂地！"[2] 此时的贾府正是风雨将至、大厦将倾之际，又逢李纨、凤姐都病着，贾母开夜宴本为化解连日的"不自在"。于是作者在此之前先写"月明灯彩，人气香烟，晶艳氤氲，不可形容"[3]，渲染佳节气氛。贾母本是富贵清雅之人，热闹的场景引发了她上山赏月的雅趣。彼时"月至中天，比先越发精彩可爱"[4]，贾母因今年母子团圆、尽享天伦，故兴致正高，因道："如此好月，不可不闻笛"[5]，便有了上面一段空明澄澈、雅韵清音的景致。月下闻笛，更兼清风徐徐、桂香阵阵，令人"烦心顿解，万虑齐除"，正应了贾母此时的心意。一曲奏罢，贾母评论："这还不大好，须得拣那曲谱越慢的吹来越好。"[6] 因命人送了月饼与热酒给谱笛之人，待她"慢慢吃了再细细的吹一套来"。[7] 就有了后半段的月下闻笛：

[1] 曹雪芹.脂砚斋重评石头记[M].庚辰本.上海：上海古籍出版社，1994：1768.

[2] 曹雪芹.脂砚斋重评石头记[M].庚辰本.上海：上海古籍出版社，1994：1716.

[3] 曹雪芹.脂砚斋重评石头记[M].庚辰本.上海：上海古籍出版社，1994：1755-1756.

[4] 曹雪芹.脂砚斋重评石头记[M].庚辰本.上海：上海古籍出版社，1994：1766.

[5] 曹雪芹.脂砚斋重评石头记[M].庚辰本.上海：上海古籍出版社，1994：1767.

[6] 曹雪芹.脂砚斋重评石头记[M].庚辰本.上海：上海古籍出版社，1994：1768-1769.

[7] 曹雪芹.脂砚斋重评石头记[M].庚辰本.上海：上海古籍出版社，1994：1769.

只听桂花阴里，呜呜咽咽，袅袅悠悠，又发出一缕笛音来，果真比先越发凄凉。大家都寂然而坐。夜静月明，各人随心想来，彼此都不禁有凄凉寂寞之意。半日，方知贾母伤感，才忙转身陪笑，发语解释。

贾母本是极爱热闹之人，此番却单要听笛音，笛音虽清婉嘹亮，但往往多悲感之声，终不免笛声呜咽。加之夜深露重、酒酣人倦，贾母的心事便随着笛音流淌出来，不禁伤感起来。这心事是什么书中并没有明言，或许是贾赦席间不当的笑话，引来贾母对母子离心的不悦；或许是甄家抄家引起的芝焚蕙叹；又或许是接连的事端引起的"将散之兆"（庚辰本夹批）；正是："何人传此曲，此曲怨何人。"[1] 这边是凸碧堂中"众人彼此都不禁有凄凉寂寞之意"，那边凹晶馆中湘云与黛玉临水赏月联诗，皓月清波、笛韵悠扬，又是另一番景致。二人正欲联诗，月下闻笛，更觉"笛子吹得有趣，倒是助咱们的兴趣了"。[2] 庚辰本此处夹批："妙！正是吹笛之时。勿认作又一处之笛也。"[3] 妙就妙在一样的笛音，却是几番的心事。

至于《水浒传》写武松血溅鸳鸯楼，彼时"月光明亮"，在月光的映射之下鸳鸯楼上"甚是明朗"，武松就着月光一连杀了十五人。武松杀人后，趁夜逃出城去，在濠堑边月明下看水。金圣叹在此夹批："楼上月，此月也，濠边月，亦此月也。然而楼上之月，何其惨毒，濠边之月，何其幽凉。武松在楼上时，月亦在楼上，初不知濠边月色何如。武松来濠边时，月亦在濠边，竟不记楼上月明何似。都监一家看月之时，濠边月里并无一个，武松濠边立月之际，张家月下更无一人。嗟乎！一月普照万方，万方不齐苦乐，月影只争转眼，转眼生死无常。前路茫茫，世间魃魃，读书至此，不知后人又何以为情也。"[4] 同样是一般月色，两番景象，引发金圣叹的无限感叹。由楼上月、濠边月到普照世间的明月，金圣叹将那一轮明月升华到"人生

---

[1]　杨万里《月下闻笛》，参见：杨万里．杨万里选集 [M]．周汝昌，选注．上海：上海古籍出版社，1962：230.

[2]　曹雪芹．脂砚斋重评石头记 [M]．庚辰本．上海：上海古籍出版社，1994：1778.

[3]　曹雪芹．脂砚斋重评石头记 [M]．庚辰本．上海：上海古籍出版社，1994：1778.

[4]　陈曦钟，侯忠义，鲁玉川．水浒传会评本 [M]．北京：北京大学出版社，1981：575.

代代无穷已，江月年年望相似"的亘古时空之下，而将张都监一干人等的转瞬生死，泛化到对"万方不齐苦乐""转眼生死无常"的普世悲鸣，从而使这一轮明月具有了穿越古今、看透生死的哲理意蕴。

由此可见，中国古代白话小说中的景物描写相较西方小说而言，虽然篇幅十分有限，却达到了王国维所说的"一切景语皆情语"的效果。王国维在《人间词话删稿》中提到："昔人论诗词，有景语、情语之别，不知一切景语，皆情语也。"[1]中国古典诗词中的景物描写因其浸润了作者的心志情感，而使其原本的自然属性被赋予了新的意义，景物描写不再是孤立的，而是与作品情感表达的有机融合，共同构成了作品的意境。中国古代白话小说中景物描写的意境生成使其与西方小说中动辄数千字的、对景物纯粹的描写相区别开来，体现了中国古代白话小说独特的诗性审美趣味。而且，不仅白话小说写景方式存在对诗歌的广泛借鉴，白话小说评点者对景物的评点亦常以诗为标准。如《三国演义》第三十三回"郭嘉遗计定辽东"中，曹操领军西击乌桓有一段塞上行军的景物描写："但见黄沙漠漠，狂风四起，道路崎岖，人马难行。"毛宗岗本与李渔本批此数语曰："抵得一篇《塞上行》。"[2]小说评点者对景物描写亦展开诗意的想象。《红楼梦》第二十五回中写宝玉一早寻红玉，"一抬头只见西南角上游廊底下栏杆上似有一个人倚在那里，却恨面前有一株海棠花遮着，看不真切。"庚辰本脂砚斋旁批道："余所谓此书之妙皆从诗词中泛出者，皆系此等笔墨也。试问观者，此非'隔花人远天涯近'乎？"[3]说《红楼梦》之妙皆从诗词句中泛出，是评点者独具诗眼的阅读经验与审美期待，所突显的正是小说场景构建所蕴含的味外之旨、韵外之致的诗性特征，及其对读者审美兴趣的激发。

---

[1] 王国维.人间词话[M].北京：人民文学出版社，1998：225.

[2] 鲁玉川，宋祥瑞，陈曦钟.三国演义会评本[M].北京：北京大学出版社，1986：418.

[3] 曹雪芹.脂砚斋重评石头记[M].庚辰本.上海：上海古籍出版社，1994：554.

第四节　回忆诗学：时空交错与情节淡化

前面我们在言及白话小说"言不尽意"的文本追求和由此形成的叙事的断裂时，实际上还隐含着一个尚未加以讨论的话题。我们看到王安石等人对"诗家语"的评论，也了解诗歌叙事当中的断裂、跳跃与错位，但尚未明白一首诗或者一部小说是如何将关于生活世界的片断化、零碎化的经验缝合在一起的？这在很大程度上是建立在回忆诗学之上的，作者以回忆的姿态来讲述故事，于是时间与空间可以有多种方式重叠。中国古代白话小说自其写作文人化之后，回忆的叙述姿态就变得司空见惯，诸如《金瓶梅》《儒林外史》《红楼梦》等经典小说，无不带有作者对过往生活回忆的痕迹。"回忆永远是向被回忆的东西靠近，时间在两者之间横有鸿沟，总有东西忘掉，总有东西记不完整。回忆同样永远是从属的、后起的。文学的力量就在于有这样的鸿沟和面纱存在，它们既让我们靠近，与此同时，又不让我们接近。"[1] 回忆诗学连接起生活的碎片，但总有东西被隐藏、被遗忘，而在今时与往日的相互凝视之中，叙事的空白被情感的内涵填补。史传文学的叙事以时间为线索，尽管在叙事策略上会采用诸如顺叙、倒叙、插叙、补叙等不同的叙述方式以增加叙事的趣味，但总体而言，其叙事时间的流动是一维的、线性的。而在白话小说的经典之作中，我们常常看到叙事时空的多维呈现，对此，前辈学人多有阐发。同时，白话小说的时空叙事与古典诗词的时空叙事存在某种联系，这一点也早有学人发现，吴世昌曾谈道："近代短篇小说作法，大抵先叙目前情事，次追述过去，求与现在上下衔接，然后承接当下情事，继叙尔后发展。欧美大家作品殆无不受此义例。清真当九百年前已能运用自如。"[2] 这里虽谈的是近代短篇小说的叙事结构与周邦彦词作的时空操作之间的关系，但实际上，中国古代的白话小说也常常体现出先叙目前情事、次述过往、复又承接当下，并向未来发展的

---

[1]　宇文所安.追忆：中国古典文学中的往事再现[M].北京：生活·读书·新知三联书店，2004：3.

[2]　吴世昌，吴会华.《片玉词》笺注[M].北京：北京出版社，2000：166.

结构模式。白话小说时空流转的叙事策略与古典诗词借由回忆的诗学而展开的时空流动存在内在的联系。比如，《金瓶梅》《儒林外史》《红楼梦》《林兰香》等作品中都普遍存在叙事时空的模糊性。史传文学因其文体特征，在时间的序列上往往是十分严谨的，务求准确。但在古典诗词中，时空的瞬息转换却是十分常见的。元稹《岁日》诗云："一日今年始，一年前事空。凄凉百年事，应与一年同。"[1] 在一日、一年以及百年的时间流转中，对时光易逝、往事消散、人生空幻的体验瞬间直击人心，时间的长与短在无尽的时空中显得微不足道，诗歌用语浅近却富于哲思。古典诗词中对时空往往不用确定性的年月日式的描述，但擅长抓住时间表述中几组重要的内容来展开描述。其一是岁时节庆与人生礼俗，如元宵、中秋、清明、除夕、元日、人日、清明、七夕、重阳、生日、婚礼等，如"除夜清樽满，寒庭燎火多"（张说《岳州守岁》)[2]，"人日题诗寄草堂，遥怜故人思故乡"（高适《人日寄杜二拾遗》)[3]，"元宵清景亚元正，丝雨霏霏向晚倾"（韩偓《元夜即席》)[4]，等等。其二是对四季流转及相对应的二十四个节气的关注，如"寒随穷律变，春逐鸟声开"（李世民《首春》)，[5] "二月黄鹂飞上林，春城紫禁晓阴阴"（钱起《赠阙下裴舍人》)[6]，"浦夏荷香满，田秋麦气清"（骆宾王《夏日游目聊作》)[7]，"秋风白露沾人衣，壮心凋落夺颜色"（孟郊《出门行》)[8]，等等。诗人们借助四时流转、万物荣枯的景物描写，表达他们对时间整体性的认知。其三是时间的对比与时间的累积。前者如"人生直作百岁翁，亦是万古一瞬中"（杜牧

[1] 元稹. 新编元稹集 [M]. 西安：三秦出版社，2015：3914.

[2] 全唐诗（第 3 册）[M]. 北京：中华书局，1980：956–957.

[3] 佘正松. 高适诗文注评 [M]. 北京：中华书局，2009：194.

[4] 吴在庆. 韩偓集系年校注 [M]. 北京：中华书局，2014：651.

[5] 全唐诗（第 1 卷）[M]. 北京：中华书局，1980：8.

[6] 全唐诗（第 8 册）[M]. 北京：中华书局，1980：2674–2675.

[7] 骆宾王. 骆宾王集 [M]. 长沙：岳麓书社，2001：16.

[8] 全唐诗（第 2 册）[M]. 北京：中华书局，1980：309.

《池州送孟迟先辈》）[1]，是时间长短的对比；后者如"巴山楚水凄凉地，二十三年弃置身"（刘禹锡《酬乐天扬州初逢席上见赠》）[2]，"日日出门望，家家行客归"（张籍《望行人》）[3]，皆是时间的累积。其四是以主观性的心理时间代替物理时间，如"事去千年犹恨速，愁来一日即为长"（李益《同崔邠登鹳雀楼》）[4]，"老嗟去日光阴促，病觉今年昼夜长"（元稹《送卢戡》）[5]，等等。可见，古典诗词的时间表述并非对现实物理时间的模仿与重复，而是一种富有意味的再创造。由此观照中国古代白话小说中的时间表达，我们看到了十分类似的表现手法，白话小说的叙事时间常常成为作者极富隐喻性的叙事策略之一，叙事时间的安排推动了情节，也建构了小说的意义表达。在《金瓶梅》中，我们看到由岁时节庆与人生礼俗连缀起来的日常叙事。在《红楼梦》的大观园里，时间几乎是没有流动的，只有透过四季景物的变化，才能看到时间的流逝，由此我们看到了大观园一年四季的万物荣枯，以及由此建构起的象征性叙事。在《儒林外史》中，我们看到"大幅度的时空操作"，"把漫长的历史变成瞬间的片段"，在"瞬间百年"的时空切割中"使讽刺艺术趋于精粹化"的叙事策略。[6]而《林兰香》更是充满了回忆诗学，主人公耿顺透过留置前人物品，借以保留对早已消逝的时间的留恋，在回忆中时空被凝固、冻结，被打碎、重叠，从而建构起作品独特的时空叙事结构。

此处，我们特别关注的是白话小说中由回忆者或被回忆对象触发、绾合的今昔对比，这今昔对比常常表现为故地重游与情景复现，而故地重游与情景复现是古典诗词中最为常见的时空叙事结构。譬如庾信《拟咏怀》中的"残月如初月，新秋似旧秋"，崔护《题都城南庄》中的"去年今日此门中，人面桃花相映红"，晏殊《浣溪纱》中的"一曲新词酒一杯，去

[1] 全唐诗（第6册）[M].北京：中华书局，1980：5946.

[2] 全唐诗（第11册）[M].北京：中华书局，1980：4061.

[3] 张籍.张籍诗集[M].北京：中华书局，1959：15.

[4] 范之麟.唐诗小集·李益诗注[M].上海：上海古籍出版社，1984：74.

[5] 元稹.元稹集·卷十四[M].冀勤，点校.北京：中华书局，1982：259.

[6] 杨义.中国古典小说史论[M]北京：人民出版社，1998：447–469.

年天气旧亭台"，等等，都是古典诗词今昔对照二元结构的典范之作。将今昔对照的二元结构发展到极致并衍化为时空交错的多元结构的，是宋代词人周邦彦的长调慢词。清真词由今昔对照而构成的环形结构向为人所称道[1]，其《瑞龙吟·章台路》便是典范之作：

> 章台路，还见褪粉梅梢，试花桃树。愔愔坊曲人家，定巢燕子，归来旧处。　　黯凝伫，因念个人痴小，乍窥门户，侵晨浅约宫黄，障风映袖，盈盈笑语。　　前度刘郎重到，访邻寻里，同时歌舞。唯有旧家秋娘，声价如故。吟笺赋笔，犹记燕台句。知谁伴、名园露饮，东城闲步？事与孤鸿去。探春尽是，伤离意绪。官柳低金缕。归骑晚、纤纤池塘飞雨。断肠院落，一帘风絮。[2]

全词共分三阕，上阕起句"章台路"暗寄别后重寻之意，既是写眼前景物，又借"还见"二字，将眼前景象与旧日景象重叠，今中有昔。第二句用了与第一句同样的处理方式，"愔愔坊曲人家"写的是当下，而燕子归来旧处又绾合往昔。上阕情事由今而昔、又由昔复今，在今昔的相互穿插与重叠之中酝酿起回忆往事的渴望。紧接着中阕以"黯凝伫"开启，当下的时空被凝滞，昔日初见时的场景扑面而来，痴小儿女隔门而望，额上宫黄掩映、晨风盈袖、笑语晏晏；回忆是瞬间的涌现，昔日的情景借此重回眼前，词人陷入对往事的沉思。下阕回到当下，词人寻访故人未遇，只有"旧家秋娘"，还记得当年的佳句。于是展开想象，"知谁伴、名园露饮，东城闲步？"这既是对别后故人生活的想象，亦是词人对自己今后孤身一人的预见，"事与孤鸿去"，故人已去、前事已逝，缈无踪迹，只留下无限的怅惘。"官柳低金缕"照应前面的章台路，叙事回到眼前，"归骑晚"透露出词人对往事的留恋、不忍离去。词的下阕时空瞬息转换，由当下回顾昔日，又由昔日想到当下，再由当下设想未来，复又回到当下，全词熔

[1] 袁行霈.以赋为词：试论清真词的艺术特色 [J].北京大学学报（哲学社会科学版），1985（5）.

[2] 孙虹校注，薛瑞生订补.清真集校注 [M].北京：中华书局，2013：1.

炼今昔以及未来的时空，离合往复，无限曲折。古典诗词故地重游与情景复现的时空叙事为文学文本的时空操作提供了丰富的经验。

中国古代白话小说中的故地重游与情景复现亦是白话小说中常见的隐含叙事，并由此构成了作品回环往复的圆形结构。《金瓶梅》作为第一部文人独立创作的白话小说，在其第九十六回中，小说的叙事已接近尾声，吴月娘、孟玉楼、孙雪娥等人的结局俱已尘埃落定，作者特地写了"春梅姐游旧家池馆"一回。这一回的文字值得玩味，张竹坡在此回回首总评中谓："此回乃一部翻案之笔，点睛处也。"[1] 此回写庞春梅重游西门庆家的花园，西门庆家的宅院以花园为中心，花园前面是李瓶儿及潘金莲的厢房，后面是吴月娘及其他妾室的居所，在《金瓶梅》中宅院及居所的安排牵引着故事的发展，是有意味的空间架构。这一点张竹坡早有说明，其卷首《杂录小引》中言："凡看一书，必看其立架处，如《金瓶梅》内，房屋花园以及使用人等，皆其立架处也。"[2] 后又在《批评第一奇书〈金瓶梅〉读法》中再次强调："读《金瓶》，须看其大间架处。其大间架处，则分金、梅在一起，分瓶儿在一处，又必合金、瓶、梅在前院一处。金、梅合而瓶儿孤，前院近而金、瓶妒，月娘远而敬济得以下手也。"[3] 这表明花园及其相关的宅院空间安排对小说文本的建构有着十分重要的意义。西门庆兴建府中花园的描写见于书中第十九回，正是西门庆攀附上太师府家业将兴之际，小说写"里面花木庭台，一望无际，端的好座花园"[4]，还专门用了一篇小赋来写园中景致。但见："正面丈五高，周围二十板。当先一座门楼，四下几间台榭。假山真水，翠竹苍松。高而不尖谓之台，巍而不峻谓之榭。

[1]　兰陵笑笑生，张竹坡.金瓶梅：皋鹤堂批评第一奇书 [M].长春：吉林大学出版社，1994：1590.

[2]　兰陵笑笑生，张竹坡.金瓶梅：皋鹤堂批评第一奇书 [M].长春：吉林大学出版社，1994：22.

[3]　兰陵笑笑生，张竹坡.金瓶梅：皋鹤堂批评第一奇书 [M].长春：吉林大学出版社，1994：32.

[4]　兰陵笑笑生，张竹坡.金瓶梅：皋鹤堂批评第一奇书 [M].长春：吉林大学出版社，1994：294.

四时赏玩，各有风光：春赏燕游堂，桃李争妍；夏赏临溪馆，荷莲斗彩；秋赏叠翠楼，黄菊舒金；冬赏藏春阁，白梅横玉……端得四时有不谢之花，八节有长春之景。观之不足，看之有余。"[1] 而此后，花园也成为西门庆与众妻妾展开活动的重要空间。但在第九十六回中，被吴月娘净身赶出西门家，却成了守备夫人并以恩人的姿态耀武扬威地回到西门家的庞春梅看到的却是：

　　垣墙欹损，台榭歪斜。两边画壁长青苔，满地花砖生碧草。山前怪石遭塌毁，不显嵯峨；亭内凉床被渗漏，已无框档。石洞口蛛丝结网，鱼池内虾蟆成群。狐狸常睡卧云亭，黄鼠往来藏春阁。料想经年人不到，也知尽日有云来。[2]

　　花园本是西门庆与众妻妾下棋赏花、扑蝶游戏的场所，是充满情欲流动、饮食欢爱、花团锦簇的空间。但随着西门庆的死亡，花园零落残败、布满蛛网，黄鼠狼、狐狸出没其间，花园的倾颓破败与此前的热闹缤纷有着极大的反差，透过空间景物的变化，读者感受到了时间的过往与流逝。这里不仅有故物败落，更有人事的变迁。张竹坡对"春梅姐游旧家池馆"总批："向日写瓶儿，写金莲等人，今皆一一散去。使不写春梅一寻旧游，则如水流去而无潆洄之致，雪飘落而无回风之花，何以谓之文笔也哉！今看他亦且不写敬济到府，先又插入春梅一重游，便使千古伤心，一朝得意，俱迥然言表，是好称手文字，是好结局。不致一味败坏，又见此成彼败，兴亡靡定，真是哭杀人，叹杀人……此回作者极写人生聚难而散易，偶有散而复聚，聚而复散，无限悲伤兴感之意。故特写春梅既去，复寻旧游，适然相遇，固千古奇逢，亦千古之春梅念旧主人，而挂钱请酒之出于自然

[1] 兰陵笑笑生，张竹坡.金瓶梅：皋鹤堂批评第一奇书 [M].长春：吉林大学出版社，1994：294-295.

[2] 兰陵笑笑生，张竹坡.金瓶梅：皋鹤堂批评第一奇书 [M].长春：吉林大学出版社，1994：1594.

而然也。"[1]庞春梅游园"游看了半日"，回忆使时间停止，过去的时空和当下的时空交叠，她不仅看到了荒废已久的旧家池塘，还看到了人去楼空的昔日居所。李瓶儿的房中"丢着些折桌坏凳破椅子，下边房都空锁着，地下草长的荒荒的。"[2]张竹坡夹批："先映瓶儿，悲中出悲。"[3]再到潘金莲和自己当年的居所，"止有两座厨柜，床也没了"[4]。这里作者特别拈出了书中具有象征意味的意象——床。小说第九回写西门庆为偷娶潘金莲，"用十六两银子买了一张黑漆欢门描金床"。[5]潘金莲入西门家，这是故事的开始。但这张床在小说第二十九回被替换掉了，原因在于"李瓶儿房中安着一张螺钿敞厅床，妇人旋教西门庆使了六十两银子，替他也买了这一张螺钿有栏杆的床。两边榀扇都是螺钿攒造花草翎毛，挂着紫纱帐幔，锦带银钩"。[6]张竹坡在第二十九回有一句旁批："前玉楼有金漆床，金、瓶二人又有螺钿床，一时针线细极，却都是为春梅一哭作地也。"[7]螺钿床本是潘金莲争宠使强得胜的象征，庞春梅原想在此时要回去作了念想，却不料螺钿床成了西门庆死后孟玉楼再嫁的陪嫁。一张螺钿床寻思旧事，绾结起孟玉楼、潘金莲嫁入西门府，李瓶儿得宠、潘金莲争宠、西门大姐出嫁后又亡逝、孟玉楼改嫁等小说中的重要人物与重要情节，张竹坡

---

[1] 兰陵笑笑生，张竹坡.金瓶梅：皋鹤堂批评第一奇书[M].长春：吉林大学出版社，1994：1590–1591.

[2] 兰陵笑笑生，张竹坡.金瓶梅：皋鹤堂批评第一奇书[M].长春：吉林大学出版社，1994：1594.

[3] 兰陵笑笑生，张竹坡.金瓶梅：皋鹤堂批评第一奇书[M].长春：吉林大学出版社，1994：1594.

[4] 兰陵笑笑生，张竹坡.金瓶梅：皋鹤堂批评第一奇书[M].长春：吉林大学出版社，1994：1594.

[5] 兰陵笑笑生，张竹坡.金瓶梅：皋鹤堂批评第一奇书[M].长春：吉林大学出版社，1994：148.

[6] 兰陵笑笑生，张竹坡.金瓶梅：皋鹤堂批评第一奇书[M].长春：吉林大学出版社，1994：459.

[7] 兰陵笑笑生，张竹坡.金瓶梅：皋鹤堂批评第一奇书[M].长春：吉林大学出版社，1994：459.

评曰："笔有连环之势。"[1] 庞春梅听得李瓶儿的床只卖了三十五两银子，叹息道若早知道她便买了去，吴月娘对曰："好姐姐，人那有早知道的？"[2] 闲闲一句直是隐含无尽苍凉之意。作者妙笔还在于写庞春梅游园之前受到吴月娘的百般阻拦：

> 春梅向月娘说："奶奶，你引我往俺娘那边花园山子下走走。"月娘道："我的姐姐，还是那咱的山子花园哩！自从你爹下世，没人收拾他，如今丢搭的破零零的。石头也倒了，树木也死了，俺等闲也不去了。"春梅道："不妨，奴就往俺娘那边看看去。"这月娘强不过，只得叫小玉拿花园门山子门钥匙，开了门，月娘、大妗子陪春梅，到里边游看了半日。[3]

张竹坡在此批语："冷极。"回望当年花园初建时，"吴月娘领着众妇人，或携手游芳径之中，或斗草坐香茵之上。一个临轩对景，戏将红豆掷金鳞；一个伏槛观花，笑把罗纨惊粉蝶"。[4] 只是今日这些过往都成了不堪回首的往事。往事与现实间的境遇变迁导致了庞春梅与潘金莲、吴月娘等人之间的人生错位。吴月娘既是昔日花园中被回忆的对象之一，也是今日故园里极力阻止回忆的力量，现实中的失落感与悲剧感，使她不愿意面对过往，也不愿任何人再与往事有瓜葛，花园终成了废园。庞春梅的执意游园与吴月娘的极力阻止形成了冲突的张力。一边是回忆者对过往的执迷与留恋，一边却是往事亲历者不堪回首的痛苦，以及试图割裂过往的努力，这种努力来自自身，更来自周遭所有与被回忆对象相瓜葛的故人们。最后，企图

---

[1] 兰陵笑笑生，张竹坡.金瓶梅：皋鹤堂批评第一奇书 [M].长春：吉林大学出版社，1994：1595.

[2] 兰陵笑笑生，张竹坡.金瓶梅：皋鹤堂批评第一奇书 [M].长春：吉林大学出版社，1994：1595.

[3] 兰陵笑笑生，张竹坡.金瓶梅：皋鹤堂批评第一奇书 [M].长春：吉林大学出版社，1994：1595.

[4] 兰陵笑笑生，张竹坡.金瓶梅：皋鹤堂批评第一奇书 [M].长春：吉林大学出版社，1994：295.

割裂过往的努力败下阵来，花园故物、昔日场景借助回忆重回眼前，而此回故事的隐含叙事也随之带出。庞春梅游园后，重回筵席，命歌儿唱了一曲《懒画眉》，隐含着故人之思。张竹坡谓其"感金莲而思敬济，又是两段苦事"[1]，埋下了后四回故事的伏笔。金、瓶、梅，始于潘金莲而终于庞春梅，随着"春梅姐游旧家池馆"，西门家的故事亦告终结，在故地重游及情景复现中小说的主体叙事亦基本结束，剩下的不过是用于遮盖回忆的道德教化。小说的后四回故事交代了陈敬济、庞春梅等人的最后结局，以及"韩爱姐路遇二捣鬼　普静师幻度孝哥儿"的结尾，都只为照应第一回中"善有善报，恶有恶报；天网恢恢，疏而不漏"的道德劝诫。

　　回忆者与被回忆对象及周遭故人的冲突，我们在高鹗续写的一百二十回《红楼梦》中也看到了。小说第一百零八回"强欢笑蘅芜庆生辰　死缠绵潇湘闻鬼哭"安排了耐人寻味的情景复现与故地重游。此回开头先写了大观园封园，已含不胜凄凉之意。复写贾母为维持局面，出资为薛宝钗过生日，令人自然想到小说第二十二回薛宝钗刚进贾府不久，贾母为其过生日的情景。两个生日，当年的热闹非常与今日人丁寥落的冷清形成了巨大的反差，今昔对照、荣衰毕现，昔日人、事俱已缈不可寻。而早在第二十二回作者便借薛宝钗生日看戏点的一出《鲁智深醉闹五台山》伏下后来宝玉出家的结局，第二十二回回目"听曲文宝玉悟禅机"正隐此事。高鹗在此复写宝钗过生日，其中当含有照应前事、铺陈后文之意。更具深意的描写则在第一百零八回下半段写宝玉重游大观园。宝玉因在宝钗生日席上闻得"十二金钗"的酒令，忽然想起十二钗的梦来，当下与往昔、现实与幻境顷刻间重叠在一起，于是宝玉独自离席便往园中去了：

　　且说宝玉一时伤心，走了出来，正无主意，只见袭人赶来，问是怎么了。宝玉道："不怎么，只是心里烦得慌。何不趁他们喝酒咱们两个到珍大奶奶那里逛逛去。"袭人道："珍大奶奶在这里，去找谁？"宝玉道："不

---

[1]　兰陵笑笑生，张竹坡.金瓶梅：皋鹤堂批评第一奇书[M].长春：吉林大学出版社，1994：1597.

找谁，瞧瞧他现在这里住的房屋怎么样。"袭人只得跟着，一面走，一面说。走到尤氏那边，又一个小门儿半开半掩，宝玉也不进去。只见看园门的两个婆子坐在门槛上说话儿。宝玉问道："这小门开着么？"婆子道："天天是不开的。今儿有人出来说，今日预备老太太要用园里的果子，故开着门等着。"宝玉便慢慢地走到那边，果见腰门半开，宝玉便走了进去。袭人忙拉住道："不用去，园里不干净，常没有人去，不要撞见什么。"宝玉仗着酒气，说："我不怕那些。"袭人苦苦地拉住不容他去。[1]

当袭人询问宝玉要往哪里去时，宝玉闪烁其词不愿回答。宝玉重游大观园，是对往事的追忆，但他不能言说，因为他身边的人必然要加以阻止。一边是陷入往事回忆的贾宝玉故地重游的渴望，一边是宝玉过往的亲历者袭人对回忆的极力阻止，回忆过往与故地重游成了禁忌。当宝玉最终如愿进了园，"只见满目凄凉，那些花木枯萎，更有几处亭馆，彩色久经剥落，远远望见一丛修竹，倒还茂盛"。[2]那修竹茂盛处正是昔日的潇湘馆，是宝玉游园的最终目的地，也是袭人最不愿意让他去的地方，于是一个想用言语"混过"，一个却"只望里走"。到了跟前，宝玉站着，回忆再一次使时空凝滞，他"似有所见，如有所闻"[3]，见到了什么作者没有说，但一定与往事相关，指向过往；听到的则是分明有人在内啼哭。宝玉站在往事的门外，往事已触目可及、余音绕耳，但待要推门进去，却又不够。先是袭人的极力劝阻，又有看园婆子们的劝说，复有秋纹等人赶来，带着老太太、太太的命令："你（袭人）好大胆，怎么领了二爷到这里来！老太太、太太他们打发人各处都找到了，刚才腰门上有人说是你同二爷到这里来了，唬得老太太、太太们了不得，骂着我，叫我带人赶来，还不快回去么！"[4]在往事面前宝玉犹自痛哭，却被众人拭干眼泪，送回贾母身边。

[1] 曹雪芹，高鹗.红楼梦[M].北京：人民文学出版社，1982：1460.

[2] 曹雪芹，高鹗.红楼梦[M].北京：人民文学出版社，1982：1461.

[3] 曹雪芹，高鹗.红楼梦[M].北京：人民文学出版社，1982：1461.

[4] 曹雪芹，高鹗.红楼梦[M].北京：人民文学出版社，1982：1462.

宝玉与往事之间横着时间的沟壑，更横着无数往事的亲历者们，这是一种令人绝望的力量，回忆往事与故地重游成了人人避之唯恐不及、谈之变色的不祥物，阻隔往事的鸿沟显然是令人无法也无力跨越的，原本沉浸于往事的宝玉被召唤回现实之中。现实中既不可寻，何不求之于梦幻？于是小说第一百零九回便写宝玉连日夜里静候黛玉，"欲与神交"，但终究还是"悠悠生死别经年，魂魄不曾来入梦"（《长恨歌》）。故人、往事不仅不能再见，甚至连回忆都变得遥不可及，充满了生命的幻灭与绝望。在高鹗的续书中，第一百零八回是对大观园景致的最后一次描写，至此，作为现实中的精神家园、思想国度的大观园便渐渐退出了小说的文本叙事，象征着青春的结束与理想的消逝。同时，大观园也是贾府盛衰的象征：大观园的兴修是贾府鼎盛时期，大观园的废弃则预示着贾府的衰败。此后，由现实存在的大观园建构起的隐含叙事渐隐，而与大观园互为镜像的太虚幻境的叙事隐喻却越来越多地出现在小说文本的叙事之中。在余下的十二回回目中就有五回回目点出太虚幻境，分别是第一百零九回"还孽债迎女返真元"，第一百十一回"鸳鸯女殉主登太虚"，第一百十四回"王熙凤历幻返金陵"，第一百十六回"得通灵幻境悟仙缘"和第一百二十回"甄士隐详说太虚情"。小说最后一回由太虚幻境而至大荒山青埂峰，完成了作品潜隐的圆形叙事结构。

如果说《金瓶梅》《红楼梦》对往事的回忆是欲说还休，那么《儒林外史》中对往事的回忆则采取了一种冷峻而直接面对的态度。《儒林外史》第五十五回塑造了四位市井奇人以呼应小说第一回故事中出场的王冕，"添四客述往思来"的回目既已说明了此回内容带有回忆的往事，沉思未来的意味。此回中特别写了每日里作诗看书，又善画画的盖宽与邻居老爹同游泰伯祠的一段文字：

交了茶钱走出来，从冈子上踱到雨花台左首，望见泰伯祠的大殿，屋山头倒了半边。来到门前，五六个小孩子在那里踢球。两扇大门倒了一扇，睡在地下。两人走进去，三四个乡间的老妇人在那丹墀里挑荠菜。大殿上橱子都没了。又到后边，五间楼直桶桶的，楼板都没有一片。两个人前后走了一交，盖宽叹息道："这样名胜的所在，而今破败至此，就没有一个人来修理。多少有钱的，拿着整千的银子去起盖僧房道院，那一个肯来修理圣贤的祠宇！"邻居老爹道："当年迟先生买了多少的家伙，都是古老样范的，收在这楼底下几张大柜里。而今连柜也不见了。"盖宽道："这些古事，提起来令人伤感，我们不如回去罢！"两人慢慢走了出来。邻居老爹道："我们顺便上雨花台绝顶。"望着隔江的山色，岚翠鲜明，那江中来往的船只、帆樯历历可数。那一轮红日，沉沉的傍着山头下去了。[1]

　　泰伯祠的兴建自书中第三十三回开始叙起，以第三十七回泰伯祠大祭为结。卧闲草堂本第三十三回评语道："祭泰伯祠是书中第一个大结束。凡作一部大书，如匠石之营宫室，必先具结构于胸中：孰为厅堂，孰为卧室，孰为书斋、灶厨，一一布置停当，然后可以兴工。此书之祭泰伯祠，是宫室中之厅堂也。从开卷历历落落写诸名士，写到虞博士是其结穴处，故祭泰伯祠亦是其结穴处。譬如岷山导江，至敷浅原，是大总汇处。以下又迤逦而入于海。书中之有泰伯祠，犹之乎江汉之有敷浅原也。"[2]这说明《儒林外史》中的泰伯祠虽于小说中部才出现，却与《金瓶梅》中的府中花园、《红楼梦》中的大观园一样，具有建构文本、结构全文的作用。而随着众名士的离场，泰伯祠亦告坍塌。面对同样具有精神象征意义的泰伯祠的坍塌，作者虽然也痛心疾首，充满了绝望与悲哀，却仍然以冷峻的态度直面现实的荒凉。实际上，小说在第三十七回大祭之后就曾多次重提旧事，第四十一回"庄濯江话旧秦淮河"中，卢信侯与武书谈到泰伯祠大祭的事，庄濯江为自己来迟了，不能躬逢其盛而扼腕叹息；第五十三回"国公府雪夜留宾"陈木南与徐九公子闲话当年"虞博士在国子监时，迟衡山请他到泰伯祠主祭，用的都是古礼古乐。那些祭品的器皿，都是访古购求的"[3]，

[1] 李汉秋.儒林外史会校会评本 [M].上海：上海古籍出版社，1984：746.

[2] 李汉秋.儒林外史会校会评本 [M].上海：上海古籍出版社，1984：461.

[3] 李汉秋.儒林外史会校会评本 [M].上海：上海古籍出版社，1984：710.

引得徐九公子无限向往。在反复的旧事重提与情景复现中，泰伯祠大祭的精神意义被不断累积、沉淀。而在小说第四十八回中作者第一次写到了泰伯祠被荒弃的情景，此回故事写王玉辉因女儿殉夫，自己不忍在家看老妻终日悲恸，便在余大先生的推荐下前往南京拜访庄征君、杜少卿等人。到了南京方知："虞博士选在浙江做官，杜少卿寻他去了，庄征君到故乡去修祖坟，迟衡山、武正字都到远处做官去了。"[1] 小说借王玉辉路遇的同乡邓质夫之口说出："当年南京有虞博士在这里，名坛鼎盛，那泰伯祠大祭的事，天下皆闻。自从虞博士去了，这些贤人君子风流云散。"[2] 次日二人相约同游泰伯祠，"走进后一层楼底下，迟衡山贴的祭祀仪注单和派的执事单还在壁上。两人将袖子拂去尘灰看了。又走到楼上，见八张大柜，关锁着乐器、祭器，王玉辉也要看。看祠的人回：'钥匙在迟府上。'只得罢了。"[3] 故地重游，时间尚未久远，而诸贤俱已蒙尘，礼乐之器均被束之高阁，不胜寥落凄凉。卧闲草堂本在此回回末评语写道："看泰伯祠一段，凄清婉转，无限凭吊，无限悲感。非此篇之结束，乃全部大书之结束，笔力文情兼擅其美。"[4] 小说第五十五回，作者再一次写盖宽故地重游泰伯祠。在故地重游之前，作者还写了一段"闲话"，先是邻居老爹慨叹："而今时世不同，报恩寺的游人也少了，连这糖也不如二十年前买得多。"[5] 在今昔对比之中，透露出今不如昔的批评。盖宽接着感慨："而今不比当年了！像我也会画两笔画，要在当时虞博士那一班名士在，那里愁没碗饭吃？不想而今就艰难到这步田地。"[6] 在盖宽的回忆里，他将自己与虞博士等一班名士相比照，今日之窘境与往昔之盛况的落差，隐含着作者对生不逢时、人生错位的感叹。接着小说又借邻人之口回忆当年泰伯祠大祭的情景："这雨花台左近有个泰伯祠，是当年句容一个迟先生盖造的。那年

[1] 李汉秋.儒林外史会校会评本 [M].上海：上海古籍出版社，1984：654.

[2] 李汉秋.儒林外史会校会评本 [M].上海：上海古籍出版社，1984：655.

[3] 李汉秋.儒林外史会校会评本 [M].上海：上海古籍出版社，1984：655.

[4] 李汉秋.儒林外史会校会评本 [M].上海：上海古籍出版社，1984：657.

[5] 李汉秋.儒林外史会校会评本 [M].上海：上海古籍出版社，1984：745.

[6] 李汉秋.儒林外史会校会评本 [M].上海：上海古籍出版社，1984：745.

请了虞老爷来上祭，好不热闹！我才二十多岁，挤了来看，把帽子都被人挤掉了。"[1]作者前已点出邻人是七十多岁年纪，由此我们知道此时距泰伯祠大祭已过去近五十年。回忆的视角再次由今而昔，但很快又转回当下，"而今可怜那祠也没人照顾，房子都倒掉了"[2]。在今昔的时空穿插中，五十年如一瞬，顷刻流逝。作者借由盖宽故地"重游"泰伯祠，见到的却是满目疮痍、残垣断壁，无知妇孺游弋其中。黄小田评曰："写废祠何其逼真乃尔。"[3]齐省堂增订本评语："泰伯祠至此收拾了毕，而文字亦结煞矣。"[4]天目山樵评曰："伤心之极，令人废书而叹。"[5]故地"重游"的最后，小说融情于景，写了一轮红日西沉。天目山樵评："才见东升又看西没，自古以来几千万年日日如此，无人理会，却被淡淡一语提出。圣贤豪杰，俱当痛哭。"[6]在语淡情浓中结束了对往事的回忆。

回忆的诗学带来的另一个影响正是语淡而情浓，由于回忆常常是感伤的，是对昔日美好的缅怀，或是对人生伤痛的哀悼，因此，常常充满浓烈的情感却又不可言说，加之对往日记忆的缈不可寻，由回忆带来的叙事常常是淡淡的，非情节性、非传奇性的，是片断性的，甚至是刻意的漫不经心。清代种柳主人在《玉蟾记·序》中言："于极浅处写出深情，于极淡处写出浓情。"[7]此书虽俗，此语却不俗。为了达到"于极浅处写出深情，于极淡处写出浓情"的叙事效果，白话小说的作者最乐于使用的表现手法是白描。

《儒林外史》纯净的白话语体表达向来为人所称道。清代黄富民《儒林外史·序》说："事则家常习见，语则应对常谈，口吻须眉惟妙惟肖。"[8]

[1] 李汉秋.儒林外史会校会评本 [M].上海：上海古籍出版社，1984：745-746.

[2] 李汉秋.儒林外史会校会评本 [M].上海：上海古籍出版社，1984：746.

[3] 吴敬梓.儒林外史 [M].黄小田，评点.李汉秋，辑校.合肥：黄山书社，1986：505.

[4] 李汉秋.儒林外史会校会评本 [M].上海：上海古籍出版社，1984：746.

[5] 李汉秋.儒林外史会校会评本 [M].上海：上海古籍出版社，1984：746.

[6] 李汉秋.儒林外史会校会评本 [M].上海：上海古籍出版社，1984：747.

[7] 《中国古代珍稀本小说·7》春风文艺出版社，1994 年版，第 582～585 页。

[8] 朱一玄，刘毓忱.《儒林外史》资料汇编 [M].天津：南开大学出版社，2003：280.

他在《〈儒林外史〉又识》中说道："予最服膺者三书，《聊斋志异》《儒林外史》《石头记》也。《聊斋》直是古文，《石头记》为从来未有之小说，先生是书最晚出，其妙足鼎足而三，而世人往往不解者，则以纯用白描，其品第人物之意，则令人于淡处求得之，鲁莽及本系《儒林外史》中人直无从索解。"[1]

这段话写出了《儒林外史》在语体风格上的一个重要特征，即用语平淡、纯用白描而含蓄隽永。在中国文学批评中，对语淡而意浓的审美追求，始于诗学领域。语淡而意浓的风流和规范，在中国诗学视域中有着长久的影响，这种在白描中见锤炼之致，经纬绵密处却似不经意而出的风格，自魏晋六朝始，便成为诗歌品评中的重要话题。刘师培在《南北文学不同论》中将玄言诗的特征概括为："辞谢雕采，旨寄玄虚，以平淡之词，寓精微之理。"[2]尽管钟嵘在《诗品》中批评玄言诗"理过其辞，淡乎寡味"[3]。刘勰在《文心雕龙·时序》中论及正始诗风时亦用"篇体轻澹"四字概括。[4]此时，平淡的诗风虽未被标举，却已初露端倪，并在陶渊明"风华清靡，岂直为田家语耶"（《诗品》）[5]的诗歌创作中大放异彩。宋人葛立方《韵语阳秋》中评陶渊明诗曰："平淡有思致。"[6]明代胡应麟在《诗薮》中尊陶渊明"开千古平淡之宗"。[7]自陶渊明而后，王维、杜甫、孟浩然、韦应物、白居易等唐代诗人无不以自己的诗歌创作实践着"平淡而山高水深"（黄庭坚语）、"语淡而味终不薄"（沈德潜《唐诗别裁》）的诗歌审美传统。何良俊在评价谢灵运"池塘生春草"等诗句时提到："抑由情在言外，故其辞似淡而无味，常手览之，何异文侯听古乐哉！"[8]此句假

---

[1] 朱一玄，刘毓忱.《儒林外史》资料汇编 [M]. 天津：南开大学出版社，2003：281.

[2] 程千帆. 文论十笺 [M]. 武汉：武汉大学出版社，2008：74.

[3] 周振甫. 诗品译注 [M]. 北京：中华书局 1998：17.

[4] 黄霖. 文心雕龙汇评 [M]. 上海：上海古籍出版社，2005：147.

[5] 周振甫. 诗品译注 [M]. 北京：中华书局 1998：66.

[6] 中国社会科学院文学研究所. 中国文学资料丛刊 [M]. 北京：知识产权出版社，2010：60.

[7] （明）胡应麟. 诗薮 [M]. 北京：中华书局，1962：34.

[8] 何良俊. 四友斋丛说（卷二十四·《诗》一）[M]. 北京：中华书局，1959：158.

以评论《儒林外史》对士林的描写，亦是十分恰当。

中国诗学的平淡诗风始于魏晋士风，且与创作者对仕途的疏离及对自然的亲近密切相关。苏轼在"乌台诗案"被贬黄州之后，才拉近了与陶渊明"质而实绮，癯而实腴"诗风间的距离，在"学陶"与"和陶诗"中呈现出"渐老渐熟，乃造平淡"的审美倾向。吴敬梓对魏晋士风的追慕及其晚年对仕途的疏离或许正是《儒林外史》这种语淡而意浓的语体风格形成的重要原因。这种语体风格往往是借助回忆的诗学来完成的，在吴敬梓的其他文学作品中亦十分常见，试看其最广为人知的词作《减字木兰花·其三·庚戌除夕客中》：

田庐尽卖，乡里传为子弟戒。年少何人，肥马轻裘笑我贫。　　买山而隐，魂梦不随溪谷稳。又到江南，客况穷愁两不堪。[1]

整首词用语平淡，对昔日少年时荡尽家财而今为乡人所不屑，生活困顿、为路人嘲笑的生活，以极其平淡的话语娓娓道来，客观而冷峻，仿佛在述说旁人的故事。然而，欲买山归隐却心有牵绊，客居江南终不免穷途愁怨；看似枯淡的语言之下，情感的暗流涌动，在对半生漂泊的冷眼旁观中，作者心中的孤寂、抑郁、愤懑，而又不乏自嘲与自省的痛苦尽收眼底。通观整部《儒林外史》，于己于人，作者正是以这种淡淡的冷眼旁观自身及周遭的芸芸士子。在不着痕迹的客观描写中，冷峻却又不失嘲讽与反省地直面审视着百年士林的众生百态。作品中的杜少卿向来被认为是作者自况。他出身于"一门三鼎甲，四代六尚书"的世宦之家，却具有"麋鹿之性"。巡抚部院李大人有意举荐他到京里做官，他却执意装病不肯去，只愿在"南京这样好顽的所在"，春天秋天里同夫人一起看花吃酒。他不但拒绝荐举，而且"乡试也不应，科、岁也不考，逍遥自在，做些自己的事罢"[2]。他

---

[1] 朱一玄，刘毓忱.《儒林外史》资料汇编 [M].天津：南开大学出版社，2003：123.

[2] 李汉秋.儒林外史会校会评本 [M].上海：上海古籍出版社，1984：449–477.

性喜仗义疏财，"遇贫即施"（程晋芳《文木先生传》）[1]；家财散尽之后，他亦能安贫乐道，悠然自得。但在将杜少卿作为正面人物塑造，展示他作为真名士的品格之时，作者同样没有忘记以客观犀利的冷眼旁观来表达其对自身的自嘲与自省，小说在第三十回借高翰林之口道出了世人眼中的杜少卿：

> 这少卿是他杜家第一个败类……混穿混吃，和尚、道士、工匠、花子，都拉着相与，却不肯相与一个正经人。不至十年内，把六七万银子弄得精光。天长县站不住，搬在南京城里，日日携着乃眷上酒馆吃酒，手里拿着一个铜盏子，就像讨饭的一般。不想他家竟出了这样子弟！学生在家里，往常教子侄们读书，就以他为戒。每人读书的桌子上写一纸条贴着，上面写道："不可学天长杜仪。"……他果然肚里通，就该中了去！ [2]

尽管作者对诸如高翰林之流充满了鄙夷与不屑，却也毫不讳言其对自己的批评。之前学者或以为作者意在以此暴露士风的虚伪与浇薄，并且以此标举杜少卿的真儒品格。但这或许只是其中的一个方面。实际上，在过往的回忆中吴敬梓本人对自己早年的生活是有所反省的。《文木山房集》收有《移居赋（并序）》一篇，是吴敬梓于雍正十一年（1733 年）二月移居南京秦淮水亭不久之后所作。在篇首的序言中吴敬梓自己谈到了："梓家本膏华，性耽挥霍。生值承平之世，本无播迁之忧。乃以郁伊既久，薪纆成疾。枭将东徙，浑未解于更鸣；鸟巢南枝，将竟托于恋燠。"[3] 这里，作者的情绪是复杂的，既有对家业荡尽的自遣与自责；又有以枭鸟自喻自嘲却终不"更鸣"的骄傲与决绝[4]；还有对故土如鸟恋南枝般的不舍与留

---

[1] 朱一玄，刘毓忱 .《儒林外史》资料汇编 [M]. 天津：南开大学出版社，2003：131.

[2] 李汉秋 . 儒林外史会校会评本 [M]. 上海：上海古籍出版社，1984：466–467.

[3] 朱一玄，刘毓忱 .《儒林外史》资料汇编 [M]. 天津：南开大学出版社，2003：117.

[4] 《说苑·谈丛篇》："枭逢鸠，鸠曰：'子将安之？'枭曰：'我将东徙。'鸠曰：'何故？'枭曰：'乡人皆恶我鸣，以故东徙。'鸠曰：'子能更鸣可矣，不能更鸣，东徙犹恶子之声。'"参见：刘向；庄适选注 . 新序说苑 [M]. 北京：商务印书馆，1927：119.

恋。小说中当高翰林走后，众人在对杜少卿往日生活的回忆中发表了一番议论，迟衡山道："方才高老先生这些话，分明是骂少卿，不想倒替少卿添了许多身份。"此处天目山樵在此评："亦未必然。"[1] 迟衡山又说："众位先生，少卿是自古及今难得的一个奇人！"天目山樵又曰："钝极。"[2] 张文虎在此的两处评语耐人寻味，张文虎以杜少卿为："郑重正大，是真儒见识。"（第三十三回）[3] 迟衡山亦是书中塑造得较为正面的人物。但这里张文虎却对迟衡山赞誉杜少卿的话存有疑义，书中第三十四回中，天目山樵评论迟衡山曰："此人之迂，无药可救。"[4] 可见张文虎对迟衡山的许多言论并不赞同，此处亦然。张文虎并不认同高翰林的话会对杜少卿的形象起到标举的作用，而后来马二先生接着评论高翰林所言的一句话："方才这些话，也有几句说的是。"[5] 张文虎却未做批评，倒是黄小田评在此云："此段非写高侍读，正是写少卿，而马二先生依然是马二先生。"[6] 马二先生是迂儒亦是真儒，其人之言论虽迂却也直，作者在此平淡写出，借马二先生之口，道出了心中的复杂情绪，对乡人如高翰林之辈的批评，作者虽也愤愤不平，却也不得不承认这些评论有些是说对了的。尽管这里充满了作者的自省与愤懑，但吴敬梓在此宕开一笔，沿继一贯的平淡、客观与冷峻，小说接着写季苇萧的话："总不必管他！他（杜少卿）河房里有趣，我们几个人明日一齐到他家，叫他买酒给我们吃。"[7] 评论至此戛然而止，留下一地鸡毛，任人评说。这种在关键之处王顾左右而言他，平淡写来却意味深长的语言表达方式，正是《儒林外史》在语言表达上的一大特色，是小说家对诗家语的借鉴。这一段看似平淡而不经意的故事叙述里展现的不过是生活当中的一个片段、一个场景，并无情节性可言，但于

---

[1] 李汉秋.儒林外史会校会评本 [M].上海：上海古籍出版社，1984：467.

[2] 李汉秋.儒林外史会校会评本 [M].上海：上海古籍出版社，1984：467.

[3] 李汉秋.儒林外史会校会评本 [M].上海：上海古籍出版社，1984：416.

[4] 李汉秋.儒林外史会校会评本 [M].上海：上海古籍出版社，1984：475.

[5] 李汉秋.儒林外史会校会评本 [M].上海：上海古籍出版社，1984：467.

[6] 吴敬梓.儒林外史 [M].黄小田，评点.李汉秋，辑校.合肥：黄山书社，1986：318.

[7] 李汉秋.儒林外史会校会评本 [M].上海：上海古籍出版社，1984：467.

作品而言是十分重要的，因为在看似漫不经心的叙事里，刻意隐藏着的却是作者对自己大半生生活的回忆。这回忆里既有"麋鹿之性"的孤傲与执着，又有"性躭挥霍"的自嘲与自省、自谴与自责；既有对"世人皆谤我"的愤懑与不平，亦有"人不知而不愠"的自我宽慰，曲折复杂的往日情事隐含在客观冷峻却又平淡无奇的日常叙事里。

结　　语

　　朱光潜在《谈读诗与趣味的培养》中提到："一切纯文学都要有诗的特质……第一流的小说家不尽是会讲故事的人，第一流小说中的故事大半只像枯树搭成的花架，用处只在撑持住一园锦绣灿烂生气蓬勃的葛藤花卉。这些故事以外的东西就是小说中的诗。读小说只见到故事而没有见到它的诗，就像看到花架而忘记架上的花。要养成纯正的文学趣味，我们最好从读诗入手。能欣赏诗，自然能欣赏小说、戏剧及其他种类文学。"[1] 这本书所尝试的正是以读诗的方式来读小说，以寻求中国古典文学内在而本质的学理特征。同时，以读诗的方式来读小说可以帮助我们打开欣赏中国古代白话小说艺术的另一扇窗，在此基础上，我们形成如下观点。

一、对白话小说诗性特征的整体认知

　　中国古代白话小说从内容到形式，都表现出对诗体的借鉴，语体特征的诗化，表现对象与审美精神的抒情化，艺术思维的意象化、抽象化与隐喻性，以及意境营造的象征性使中国古代白话小说在总体上呈现出一种诗性的特征。这里所说的"小说诗性"不同于西方文学理论在维柯"诗性智慧"

---

[1]　朱光潜 . 朱光潜美学文集 [M]. 上海：上海文艺出版社，1982：489.

基础上建立的批评话语，而是从中国文学传统的诗学语境与叙事语境交叉视野下提出的对小说文体艺术特征的概括。中国古代白话小说文体在经历了体制上的"文备众体"，语体表现上的诗体话语介入及体式上的诗化过程，最终呈现出体性上即表现对象与审美精神上的诗性特征，也就是我们所要讨论的中国古代白话小说的诗性特征。中国古代白话小说的诗性特征是指作为叙事作品的白话小说，其创作者在创作过程中因其对心志情感的重视，而使作品在表现对象与审美精神（体性）上呈现出向以诗学为代表的抒情传统的靠拢。作品使用诗化的语言，借助诗的情感表达方式与文本建构方式来叙事，在客观地叙述"身外"事物的同时，也注重主观情志的抒发，从而使作品具有诗的抒情质感与审美特征。中国古代白话小说在表现对象与审美精神上体现出对主观抒情与主体生命律动的追求，这一追求以一种含蓄而委婉的方式进入小说文本，通过叙事意象的选择、叙事时间的错位、叙事过程的断裂，以及叙事意境的营造共同构建起小说的叙事文本，并在虚构的故事里建立起宏大而复杂的叙事隐喻，使中国古代白话小说真正成为一个诗性的文本。中国古代白话小说诗性特征的呈现是在小说文体和创作者与接受者相继成熟之后才得以发生的，白话小说文本表现对象由世俗的娱乐与教化题材向创作个体生命经验的拓展；小说审美精神的由俗入雅，体现出精致化、含蓄化、隐喻化、规范化等特征，这些正是白话小说诗化过程的完成，亦是白话小说艺术特性上的诗性呈现。

二、诗体韵文羼入与小说文体独立

考察中国古代白话小说经由诗化走向诗性的历程，小说羼入诗词的现象是最先呈现的表征。但白话小说与文言小说羼入诗词有着不同的发生学意义，应对二者进行区分。而同为文言小说，唐代文言小说的诗词羼入情况与宋代文言小说有所差异；同为白话小说，唐代俗讲变文、宋元话本小说羼入诗词的情况也与明清章回小说不同。唐、宋传奇作品虽为文言小说，但其羼入诗词的创作经验对话本小说及后来的长篇白话章回小说的创作产生了直接的影响。对这些问题的梳理尚需要更加系统且全面的研究。就本文初步的整理来看，唐传奇对诗体在小说文本叙事中的运用具有开创之功，唐代文言小说诗词羼入带有明显的目的性，使唐代文言小说中诗词整体上呈现出内容原创性、七言绝句居多、格律严谨、风格雅致的特点。宋元文言小说诗词羼入则较为随意，不再以原创性为意，在诗体选择上也呈现出多样性，部分作品带有更多诗话收集与评点的自娱、娱人意味。宋元文言小说羼入诗体韵文基本保持了格律严谨、格调雅致的特点，且部分作品对诗体韵文的选择，体现出说书底本对诗体韵文的注目。宋元文言小说羼入诗词的随意性和对诗体场域表演作用的关注，使其成为小说羼入诗词现象由唐传奇向话本小说转变的中间过渡环节。话本小说诗词的羼入则带有明显的场域表演性，说书人在话本表演过程中加入诗词韵文与其说是一种炫才，不如说是一种炫技，是真正的表演。说书人借助诗词等韵文的吟唱来娱乐宾客、壮其声情，增强其演出的现场效果。因此，话本小说中的诗词呈现出来源广泛、体式多变、内容俚俗的特征，体现出场域表演的随意性与世俗娱乐性。相较于案头阅读的文言小说，话本小说所羼入的韵文中，词曲的数量有所增加，这与宋元之际词曲发展相关，更是因为词曲本身所具有的场域表演性使其更加受到说书艺人的青睐。与文人雅词相较，话本小说的词体更多地保留了敦煌曲子词鲜活泼辣、俚俗直白的特征。但总体而言，话本小说中羼入诗词的质量与原创性整体下滑，诗词的引用具有更多的盲目性，是适俗的审美。话本小说对日渐成熟的词体格律的忽略，并更多地选择韵律自由、更具场域表演性的自度词、自度曲及民间说唱俗韵的行为具有明显的自觉性与主动性。而当白话小说渐次发展成熟，出现了长篇章回小说，并渐渐成为案头文学、用于阅读之后，此类用于场域表演而非服务于叙事，且文学性较弱的诗体韵文便失去了其存在的合理性。与宋元话本小说相比，明清章回小说中的诗词，更多地呈现出一种文人化表达的特征。明清几部重要的章回小说，如《三国演义》《水浒传》《西游记》《金瓶梅》《红楼梦》等都有大量的诗词韵文羼入，但在《儒林外史》中我们却发现了这一创作传统的断裂。《红楼梦》与《儒林外史》二书创作年代相差不远，但二者却体现出对于诗体韵文羼入小说截然不同的态度。

《红楼梦》中诗体韵文入小说达到了如盐着水、了无痕迹的艺术高度，是白话小说文体成熟的标志。而在《儒林外史》中却出现了完全不同的情况，作品中几无诗体韵文的羼入。作者极其克制地避免在小说中使用诗体韵文，这与明清之际科举摒弃诗词而导致的诗歌创作顿衰的文学生态相关，但也与白话小说语体的渐次成熟密不可分。以《儒林外史》为代表的中国古代白话小说创作终于逐渐摆脱文言小说与话本小说羼入诗词韵文的先天性影响，从而使中国古代白话小说演变成具有现代意义的白话语体创作成为可能。《红楼梦》与《儒林外史》的创作实践代表着白话小说文体成熟过程中面对诗歌传统强大的渗透力而做出的不同选择，《红楼梦》昭示了小说文体与诗体相融合的极大的可能性，但《儒林外史》的新变却显然更加富有白话小说文体独立的意味。中国古代白话小说的诗性特征并不全然表现在诗词韵文羼入这一外在的语体形式特征上，还包含着更为丰富的内涵与文本表现。中国古代白话小说诗性特征的发展阶段以创作对象及接受对象的成熟为界，分为前后两个阶段。前期白话小说的创作者为说书艺人或书会才人，接受对象为普通市井民众。白话小说的诗性主要表现为语体的诗化，即诗体韵文对小说文本叙事的介入。后期白话小说的创作者为具有较高文化水平的知识精英，接受者也多为受过教育的文人。因此，白话小说的诗性特征在文体功能、情感表达、叙事艺术等多个层面上得以呈现。

三、白话小说文体功能的诗学转向

白话小说表现对象的诗化过程与白话小说文体功能的诗学转向相伴而生。白话小说的原初功能是世俗娱乐和以"劝善"为代表的教化功能。这一最初功能在白话小说创作文人化之后就被加以拓展，文人审美在一定程度上取代了世俗娱乐，呈现出对情感体验与精神品格的诗性追求。于是，从追求感官愉悦的娱目娱心到追求情景互衬、情理呼应的娱情娱性，白话小说的娱乐功能出现了由世俗娱乐的耳目声色向文人审美所注重的情感体验的转化，作品呈现出审美精神的诗性特征。而随着白话小说娱乐功能由世俗娱乐过渡到文人审美、审美对象由诉诸外在感官转向追求内在情感与精神，其审美趣味也发生了转变。一方面，小说在其产生之初与诗歌共同承担了补察时政的讽谏功能，但小说的地位与功能一直未能摆脱"刍荛鄙说，间巷谰言"的尴尬局面，小说补察时政、以观风俗的劝诫与教化功能在此后的很长时间内并未被发扬，而是在佛教东传的影响下先朝着以因果报应为特征的佛教劝善发展起来的。这一现象在小说文人化写作后发生改变，白话小说的文人写作体现出向具有儒家道德教化与讽谏功能的诗教传统的回归，文人在关注现实的同时，表现出对现实的反省与批判，并将其上升到辅察时政的政治理想。明末清初出现的"木铎醒世"的小说观念，除了警醒世人、谕众劝俗的意义之外，还体现出文人借小说以"言志"的创作倾向。借小说以"言志"是白话小说文体功能的诗学拓展。小说的"言志"功能最先被小说评点者发现并加以实践，小说评点者借助小说评点来抒发一己之志的倾向影响了白话小说的创作实践；文人言志的白话小说创作自清初到清中叶蓬勃兴起，这些作品往往以强烈的责任感表达了对现实的"讽"与"颂"。另一方面，在借小说以"言志"的创作倾向下，文人们在作品中抒写性情，塑造自我形象，举凡诗文能表达的对象都被引入白话小说，小说的表现对象得到拓展，审美精神亦得到诗性的提升。

四、白话小说的抒情质感

当白话小说作者开始在作品中高歌理想、沉潜生命时，白话小说作品就体现出强烈的抒情质感。白话小说的创作者在探索小说情感表达的方式时，主动取法于具有丰富抒情经验的诗歌，在诗学传统中寻找情感表达的可能。从诗学语境的"吟咏情性"到白话小说创作的"性情观"、"童心说"与"情理观"，明清小说创作者与评点者将"吟咏情性"这一传统的诗学观念移植于白话小说的创作与评点中，演化而为白话小说对真性情的书写。白话小说创作"性情说"的背后是人的生命存在，这种生命存在既是个体的，也是群像的，抒写个体性情在明清小说创作者中早已达成共识。"吟咏情性"的中国诗学传统所传达的绝假存真、率性自然的审美精神追求塑造了中国文人的品格，明清之际文坛对真情真性的呼唤正是对这一审美精神的回应。在白话小说的创作与评点中，对真性情的书写俯拾皆是，穿透了层层道德劝诫的包裹，也使白话小说对"至性至情"的抒情性的强调超越了对"道德""训诲"的功能性及"人生俗事"的叙事性的强调，为白话小说的现代性转型指示了方向。同时，言及明清白话小说的创作动机与情感表达，"发愤著书"是十分重要的观点。"发愤著书说"首先带有明显的借"立言"以不朽的理想，借白话小说创作以立言不朽的情感动机在清代白话小说创作中有较为清晰的表达，这看似与小说被目为"小道"的文体地位不相符的期许，实际与白话小说在历明、清两代发展，经李贽、金圣叹、李渔等人不断标举，而文学地位日渐提升相关。除此之外，"发愤著书"还带有"舒愤"的性质，这种"舒愤"是与"不得志"的生命境遇相关的，从而指向"诗可以怨"所昭示出的文学的情感表达内容。明清白话小说"发愤著书"观虽源于《史记》，但小说家格外重视白话小说创作的主观情感宣泄功能，在小说创作与评点中融入作者与评点者全面的生活境遇、情感抒发及思想精神等主观因素的痕迹比比皆是，从而使明清小说的"发愤著书"更接近于钟嵘《诗品》对"诗可以怨"的表达。"发愤著书说"在明清小说中的表达大致有三种情况：一是出于"事君"的理想，而对执政者提出隐晦曲折的批评；二是不满于现实，而对政治黑暗与社会不公提出的控诉；三是聚焦于个体抒情。这里的个体抒情往往指向创作主体的自我感伤与时事悲鸣等生命体验，从而延续了"不平则鸣""穷而后工"的文学批评话语。明清小说家惯于将一生不平之气翻作快意之文，在虚幻的快意人生中，作者的失意人生得到慰藉与补偿，并与生命境遇达成某种妥协。明清白话小说中的"不平则鸣"还常常转化为"长歌当哭"的悲剧审美，纵观明清白话小说情绪表达的整体面貌，感伤与悲挽成为主色调，这种"悲伤感慨"的审美精神既是个人气质，也是时代之风。小说文本表达创作者的生命体验，这是小说文体成熟的标志，亦是小说文体诗性特征的显现。

五、白话小说的诗性叙事

白话小说的文本建构同样受到诗体的影响，与情感表达对诗体的借鉴一样，白话小说表现方式和文本建构对诗体的借鉴也是自觉主动的。从白话小说文本的构成来看，意象叙事与叙事意象是小说结构文本的重要方式。"意象叙事"是中国古代白话小说文本建构的独特方式，亦是小说诗性特征的重要表征。在诗性特征成熟显现的白话小说作品中，"意象叙事"构建起了小说宏观的诗性旨归，是小说诗性思维在小说创作中的整体性运作，是白话小说的艺术生命之所在。"意象叙事"的达成有赖于"叙事意象"的有效运用，在长篇白话小说的文本构建中，"叙事意象"往往不是单一的，"意象叙事"有赖于多种"叙事意象"的选择、组合与流转运用而达成，而时时显现的、异彩纷呈的"叙事意象"在完成故事叙事的同时，又幽微地透露出作者对宏大主题的情感批判，这种情感批判既不借由作品中的人物代言，也不交给诸如"说书人"的故事叙述者来完成，而是通过"叙事意象"本身的抒情性来含蓄地预示，是一种殊微的情感表达。同时，并非所有运用了叙事意象的小说作品都能够建构起意象叙事的宏大题旨，对于主题单一的白话小说作品而言，虽然也借助叙事意象来结构全文，但没有隐含的意象叙事。只有主题宏大且复杂的作品才需要借助纷繁复杂的意象群共同构建起作品宏大的题旨。

随着小说文体的渐次成熟，对"言不尽意""意在言外"的讨论也开始在小说评点中出现。小说评点的出发点同样存在为小说文本"言不尽意""意在言外"的诗性审美作注脚之意，论者多沿着小说"别有寄托"的思路去挖掘小说的"言外之意"。白话小说作者与评点者对言意关系的思考，固然体现在白话小说文本微言大义的题旨寄寓，但同时也体现在白话小说文本对语言的选择与提炼上。与诗歌炼字的要求相似，白话小说也极重视对语言的锤炼。白话小说用笔的警省、精练与别有寄托，需要与史传文学的"春秋笔法"区别对待。"春秋笔法"所指向的是一种基于是非曲直的价值判断，这种价值判断往往是朝向道德、伦理批评的，且常常在批评维度上是二维的，非此即彼。而我们这里所要说的言不尽意之"意"的表达则是多维的，这里的"意"不是一种非黑即白的价值判断，而是一种难以言表的意绪，所指向的是创作者内心难以言说的内容。这内容非仅关善恶，亦不仅仅是"孤愤"，而更多的是一种"兴趣"，是一种"无迹可求"的生命感悟与体验，是一种生命的趣味。在生命意绪的关照之下，白话小说的"言不尽意""意在言外"是借由洗练的文字营造出细腻、生动的情景，多维度地塑造人物形象、展示人物的性格与生命意绪。更进一步从白话小说的文本建构来看，在"言不尽意""意在言外"的诗性思维影响之下，中国古代白话小说体现出对文本叙事开放性的审美追求。白话小说的经典之作往往于作品中借助叙事的停顿与断裂留下叙事的空白，从而产生无限的文本阐释空间；或于结尾处骤然收煞，以结而未结的方式形成文本叙事的开放性，从而使作品余味无穷。当然，我们在讨论小说叙事的停顿与断裂对诗学传统的借重时，也应该注意到二者之间的隔膜与冲突。叙事学最终是以叙事的流畅性为审美追求的，而诗学更推崇叙事的跳跃与隔断，二者毕竟有所不同。借由叙事的断裂，小说文本的确可以获得更多的审美空间，但若使用不当，则会对小说的文本建构产生负面的影响。古人对此亦已发现并试图弥补，在对诗学传统的继承与解构的张力中，白话小说的文本建构走向成熟。

中国古代白话小说经典者如《金瓶梅》《红楼梦》《儒林外史》，无不带有作者对过往生活回忆的痕迹。回忆的诗学连接起生活的碎片，但总有东西被隐藏、被遗忘，而在今时与往日的相互凝视之中，叙事的空白被情感的内涵填补。史传文学的叙事以时间为线索，其叙事时间的流动是一元的、线性的。白话小说时空流转的多维呈现与古典诗词借由回忆的诗学而展开的时空流动存在内在的联系。白话小说作品中普遍存在叙事时空的模糊性，与古典诗词中对时空的表达方式相近。在此，我们特别关注的是白话小说中由回忆者或被回忆对象触发、绾合的今昔对比，这今昔对比常常表现为故地重游与情景复现，而故地重游与情景复现是古典诗词中最为常见的时空叙事结构。中国古代白话小说中的故地重游与情景复现亦是白话小说中常见的隐含叙事，并由此构成了作品的回环往复的圆形结构。回忆的诗学带来的另一个影响是语淡而情浓，由于回忆常常是感伤的，是对昔日美好的缅怀，或是对人生伤痛的哀悼，因此，常常充满浓烈的情感却又不可言说，加之对往日记忆的缈不可寻，由回忆带来的叙事常常是淡淡的、非情节性、非传奇性的，是片段性的，甚至是刻意的漫不经心。白话小说的作者擅长将曲折复杂的往日情事隐含在客观、冷峻却又平淡无奇的日常叙事里。

六、不足与思考

尽管通过文献梳理与文本分析，我们对中国古代白话小说的诗性特征获得了一个较为清晰的认知，但这一认识仅仅是初步的。回到我们在选题之初提出的观点："把中国古代白话小说的诗性特征作为一个命题来研究，其前提是基于我们对'中国古代小说诗性论'的理论假设"。要建构起"中国古代小说诗性论"的理论框架，显然需要更多的思考。首先，我们需要将文言小说与白话小说作为一个整体的对象加以考察；其次，还需要讨论传统小说评点与诗学评点的融通性问题，毕竟，诗体与小说、诗学与叙事学是截然不同的文体与领域；最后，要思考传统诗学进入小说文本批评的合适路径，以避免自说自话的尴尬。而就本书的论述而言，亦尚有许多不尽如人意之处。比如，清代白话小说数量众多，羼入诗词实际情况的统计难度较大，在选题完成的过程中难以实现，但假以时日，当会有所收获。而白话小说的功能，除了娱乐与教化外，尚有史鉴之说；白话小说的情感表达在"性情说"与"发愤著书说"之外，尚有游戏说、才情说等，"性情说"与"发愤著书说"只是其中最具诗性的情感表达方式。对于白话小说的功能性与抒情性，还可以有更多的讨论。再如，将诗学视域的意象概念引入叙事学的讨论无疑是杨义的创举，而有关意象叙事与叙事意象如何在建构小说文本框架时相互作用亦可进一步讨论。是意象叙事的宏观题旨预设影响了叙事意象的选择与流转，从而建构起诗性的小说文本结构；或是叙事意象在诗学惯性下的意外闯入丰富了意象叙事的内涵，从而使小说文本结构朝向复杂性转变；还有诗学视域中意象叠加的思维方式如何被叙事的叠加与编织所借用从而在文本中形成叙事事件的复杂面貌，使小说文本建构中既有同一时间内展开的关联事件，又有同一时间点上、不同空间展开的丰富事件，还有不同时间点、同一空间上事件的展开，以及不同时空下展开的同质性或关联性事件等。事件是叙事的基本构成因素，事件与事件之间的关系、排列顺序、流转方式是否受到以及如何受到诗歌中意象叠加、由意象构成之情景叠加的思维方式的影响等，都需要进一步地做文本细读与讨论。而对小说文本开放性的认识，以及由此产生的续书创作之间的关系，续书创作对作者言外之意的补充具有怎样的价值等相关问题，文中都还没有能够进一步展开论述。同时，在研究的过程中我们还发现，白话小说的诗化与白话小说的近现代化之间存在密切的关系，如何看待白话小说的诗性特征，与白话小说近现代化转型之间的纠葛，以使中国古代的文学传统在现当代的文学语境中获得更大的话语权，这又将是需要另一个课题来完成，另一篇文章来言说的。

参考文献

阿英，1960. 晚清文学丛钞·小说戏曲研究卷 [M]. 北京：中华书局 .

阿英，1989. 晚明二十家小品 [M]. 石家庄：河北人民出版社 .

白云道人，1991. 赛花铃 [M]// 古本小说集成 . 上海：上海古籍出版社 .

班固，1964. 汉书 [M]. 北京：中华书局 .

布尔迪厄，华康德，1998. 实践与反思：反思社会学导论 [M]. 李猛，李康，译 . 北京：中央编译出版社 .

蔡铁鹰，2012. 西游记资料汇编 [M]. 北京：中华书局 .

蔡义江，2004. 红楼梦诗词曲赋鉴赏 [M]. 北京：中华书局 .

曹雪芹，1994a. 脂砚斋重评石头记 [M]. 庚辰本 . 上海：上海古籍出版社 .

曹雪芹，1994b. 脂砚斋重评石头记 [M]. 己卯本 . 上海：上海古籍出版社 .

曹雪芹，1994c. 脂砚斋重评石头记 [M]. 甲戌本 . 上海：上海古籍出版社 .

曹雪芹，2007. 蒙古王府本石头记 [M]. 北京：北京图书馆出版社 .

曹雪芹，高鹗，1982. 红楼梦 [M]. 北京：人民文学出版社 .

曾永义，1978. 元代文学批评资料汇编 [M]. 台北：成文出版社 .

陈忱，2008. 水浒后传 [M]. 南京：凤凰出版社 .

陈大康，2000. 明代小说史 [M]. 上海：上海文艺出版社 .

陈澔，1987. 礼记集说 [M]. 上海：上海古籍出版社.

陈美林，1994. 杜慎卿论：为吴敬梓逝世二百四十周年而作 [J]. 明清小说研究（3）：117–128+63.

陈美林，冯保善，李忠明，1998. 章回小说史 [M]. 杭州：浙江古籍出版社.

陈平原，1988. 中国小说叙事模式的转变 [M]. 上海：上海人民出版社.

陈平原，1997. 二十世纪小说理论资料 [M]. 北京：北京大学出版社.

陈其泰，刘操南，1981. 桐花凤阁评《红楼梦》辑录 [M]. 天津：天津人民出版社.

陈士斌，2017. 西游真诠 [M]// 古本小说集成. 上海：上海古籍出版社.

陈世骧，1998. 陈世骧文存 [M]. 沈阳：辽宁教育出版社.

陈文新，2002. 文言小说审美发展史 [M]. 武汉：武汉大学出版社.

陈文新，王炜，2005. 传记辞章化：从中国叙事传统看唐人传奇的文体特征 [J]. 武汉大学学报（人文科学版）（2）.

陈曦钟，侯忠义，鲁玉川，1981. 水浒传会评本 [M]. 北京：北京大学出版社.

陈翔华，2009. 西班牙藏叶逢春刊本三国志史传 [M]. 北京：北京图书馆出版社.

陈耀文，2007. 花草粹编 [M]. 保定：河北大学出版社.

程颢，程颐，2004. 二程集 [M]. 北京：中华书局.

程千帆，2008. 文论十笺 [M]. 武汉：武汉大学出版社.

程毅中，1999. 宋元小说研究 [M]. 南京：江苏古籍出版社.

程毅中，2000. 宋元小说家话本 [M]. 济南：齐鲁书社.

程毅中，2002. 从《商调蝶恋花》到《刎颈鸳鸯会》：《宋元小说研究》补订之一 [J]. 文学遗产（1）：61–67+144.

程毅中，2007. 唐人小说中的"诗笔"与"诗文小说"的兴衰 [J]. 文学遗产（6）：61–66.

程毅中，2012. 清平山堂话本校注 [M]. 北京：中华书局 .

崔际银，2004. 诗与唐人小说 [M]. 天津：天津古籍出版社 .

崔茂新，2002. 论小说叙事的诗性结构：以《水浒传》为例 [J]. 文学评论（3）：144-152.

丁保福，1978. 清诗话 [M]. 上海：上海古籍出版社 .

丁保福，1983. 历代诗话续编 [M]. 北京：中华书局 .

丁锡根，1996. 中国历代小说序跋集 [M]. 北京：人民文学出版社 .

董楚平，2014. 楚辞译注 [M]. 上海：上海古籍出版社 .

董乃斌，2012. 中国文学叙事传统研究 [M]. 北京：中华书局 .

董乃斌，2017. 中国文学叙事传统论稿 [M]. 上海：东方出版中心 .

杜预，孔颖达，1990. 春秋左传正义 [M]// 黄侃 . 经文句读，十三经注疏 . 上海：上海古籍出版社 .

范之麟，1984. 唐诗小集·李益诗注 [M]. 上海：上海古籍出版社 .

方东树，1961. 昭昧詹言 [M]. 北京：人民文学出版社 .

方正耀，1989. 中国古代小说的文备众体 [J]. 中州学刊（1）：83-86.

冯梦龙，1994a. 警世通言 [M]// 古本小说集成 . 上海：上海古籍出版社 .

冯梦龙，1994b. 喻世明言 [M]// 古本小说集成 . 上海：上海古籍出版社 .

冯梦龙，2007. 冯梦龙全集·太霞新奏·序 [M]. 南京：凤凰出版社 .

付善明，2011. 曲表心声：《金瓶梅》的词曲叙事 [J]. 明清小说研究（4）：126-132.

傅承洲，2000. 冯梦龙与通俗文学 [M]. 郑州：大象出版社 .

干宝，1979. 搜神记 [M]. 北京：中华书局 .

高尔太，1982. 中国哲学与中国艺术 [J]. 西北师大学报（社会科学版）（3）.

高友工，2008. 美典：中国文学研究论集 [M]. 北京：生活·读书·新知三联书店 .

龚霞，2013. 崇祯本《金瓶梅》回前诗词来源补考 [J]. 明清小说研究（1）：66-73.

顾图河，1997. 雄雉斋选集 [M]. 济南：齐鲁书社.

顾易生，蒋凡，1990. 先秦两汉文学批评史 [M]. 上海：上海古籍出版社.

郭丹，2012. 先秦两汉文论全编 [M]. 南京：江苏教育出版社.

郭丹，2014. 先秦两汉史传文学史论 [M]. 上海：上海古籍出版社.

郭光华，1992. 论中国古典小说中的"有诗为证" [J]. 湖南师范大学社会科学学报（5）：94-98.

郭洪雷，2008. 中国小说修辞模式的嬗变：从宋元话本到五四小说 [M]. 上海：上海三联书店.

郭杰，1995. 中国古典小说中诗文融合传统的渊源与发展 [J]. 中国文学研究（2）：11-17.

郭绍虞，1983. 沧浪诗话校释 [M]. 北京：人民文学出版社.

郭绍虞，2005. 诗品集解·续诗品注 [M]. 北京：人民文学出版社.

郭绍虞，富寿荪，1983. 清诗话续编 [M]. 上海：上海古籍出版社.

韩欣，2010. 足本全评：名家批点冯梦龙三言 [M]. 天津：天津古籍出版社.

何春环，2004. 论宋元话本小说中诗文结合的创作模式 [J]. 新疆大学学报（3）.

何良俊，2012. 四友斋丛说 [M]. 上海：上海古籍出版社.

何文焕，1981. 历代诗话 [M]. 北京：中华书局.

洪迈，2005. 容斋随笔 [M]. 北京：中华书局.

侯桂运，2011. 文言小说诗化特征研究 [D]. 济南：山东师范大学.

侯健，1983. 中国小说比较研究 [M]. 台北：东大图书有限公司.

侯忠义，1994. 中国古代珍稀本小说 [M]. 沈阳：春风文艺出版社.

胡忌，2008. 菊花新曲破：胡忌学术论文集 [M]. 北京：中华书局.

胡应麟，1993. 少室山房集 [M]. 上海：上海古籍出版社 .

华琴珊，1992. 续镜花缘 [M]. 北京：书目文献出版社 .

荒木猛，1993. 关于崇祯本《金瓶梅》各回的篇头诗词 [A]// 金瓶梅研究（第四辑）. 南京：江苏古籍出版社 .

皇都风月主人，1991. 绿窗新话 [M]. 周楞伽，笺注 . 上海：上海古籍出版社 .

黄霖，2005. 文心雕龙汇评 [M]. 上海：上海古籍出版社 .

黄霖，韩同文，2000. 中国历代小说论著选 [M]. 南昌：江西人民出版社 .

黄汝成，1998. 日知录集释 [M]. 上海：上海古籍出版社 .

黄生，1995. 诗麈 [M]. 合肥：黄山书社 .

黄寿祺，张善文，2001. 周易译注 [M]. 北京：中华书局 .

霍现俊，2012. 论《金瓶梅词话》中剧曲的功用和意图 [J]. 燕赵学术（2）：74–78.

纪德君，2011. 明清时期文人小说家"发愤著书"纵观 [J]. 广州大学学报（社会科学版）（9）：72–77.

纪德君，2012. 中国古代小说文体生成及其他 [M]. 北京：商务印书馆 .

蒋寅，2004. 科举阴影中的明清文学生态 [J]. 文学遗产（1）：18–23+158.

康建强，2012. 中国古典小说意境论 [D]. 济南：山东师范大学 .

孔安国，2007. 尚书正义 [M]. 上海：上海古籍出版社 .

兰陵笑笑生，张竹坡，1994. 金瓶梅：皋鹤堂批评第一奇书 [M]. 长春：吉林大学出版社 .

李白，1996. 李白全集 [M]. 鲍方，校点 . 上海：上海古籍出版社 .

李桂奎，2008. 中国小说写人学 [M]. 北京：新华出版社 .

李汉秋，1984a. 儒林外史会校会评本 [M]. 上海：上海古籍出版社 .

李汉秋，1984b.《儒林外史》研究资料 [M]. 上海：上海古籍出版社 .

李剑国，1993. 唐五代志怪传奇叙录 [M]. 天津：南开大学出版社 .

李连生，2017. 从"诗（歌）头曲尾"论词曲的演变 [J]. 福建师范大学学报（哲学社会科学版）（3）：126–137+171.

李汝珍，2011. 镜花缘 [M]. 上海：上海古籍出版社.

李时人，1998. 全唐五代小说 [M]. 西安：陕西人民出版社.

李万钧，1996. "诗"在中国古典长篇小说中的功能 [J]. 文史哲（3）：90–97.

李维祯，1996. 大泌山房集 [M]. 济南：齐鲁书社.

李小菊，2003. 明代历史演义中的诗词曲赋研究 [D]. 北京：北京师范大学.

李小荣，2017. 晋唐佛教文学史 [M]. 北京：人民出版社.

李永泉，2011.《儿女英雄传》考论 [D]. 哈尔滨：哈尔滨师范大学.

李渔，1991. 李渔全集（第8卷）·无声戏连城璧 [M]. 杭州：浙江古籍出版社.

李志艳，2009. 中国古典小说叙事话语的诗性特征：以四大名著叙事话语中的诗歌为例 [M]. 成都：巴蜀书社.

李贽，1990. 焚书·续焚书 [M]. 长沙：岳麓书社.

李宗为，1985. 唐人传奇 [M]. 北京：中华书局.

梁冬丽，2013. 话本小说与诗词关系研究 [M]. 北京：中国社会科学出版社.

梁扬，谢仁敏，.《红楼梦》散曲论略 [J]. 红楼梦学刊 2005（1）：129–144.

林辰，2006. 古代小说概论 [M]. 沈阳：春风文艺出版社.

林冠夫，2005. 红楼诗话 [M]. 济南：山东画报出版社.

林顺夫，1982.《儒林外史》的礼及其叙事结构 [G]// 文献（第十二辑）. 北京：书目文献出版社.

林衍，2000. 略论中国小说的诗化 [J]. 华南师范大学学报（1）.

凌濛初，1991. 拍案惊奇 [M]. 陈迩冬，郭隽杰，校注. 北京：人民文学出版社.

凌郁之，2007. 走向世俗：宋代文言小说的变迁 [M]. 北京：中华书局.

刘大櫆，1990. 刘大櫆集 [M]. 上海：上海古籍出版社.

刘德隆，朱禧，刘德平，1985. 刘鹗及《老残游记》资料 [M]. 成都：四川人民出版社.

刘鹗，1991. 老残游记 [M]. 上海：上海古籍出版社.

刘斧，1983. 青琐高议 [M]. 上海：上海古籍出版社.

刘汉光，2001.《儒林外史》的意象式结构：以江湖与祠庙为中心 [J]. 学术研究（6）：124–129.

刘洪强，2005. 透视《儒林外史》中的"死亡"意象：兼及吴敬梓的生命意识 [J]. 兰州教育学院学报（3）：8–12+20.

刘将孙，1986. 养吾斋集 [M]. 台北：台湾商务印书馆.

刘克庄，1983. 后村诗话 [M]. 北京：中华书局.

刘麟生，1991. 中国文学八论 [M]. 郑州：中州古籍出版社.

刘上生，1991.《红楼梦》的诗性情境结构及其话语特征 [J]. 红楼梦学刊（1）：139–158.

刘上生，1993. 中国古代小说艺术史 [M]. 长沙：湖南师范大学出版社.

刘世德，1993. 谈《水浒传》双峰堂刊本的引头诗问题 [J]. 文献（3）：34–53.

刘廷玑，2005. 在园杂志 [M]. 张守谦，点校. 北京：中华书局.

刘永济，1925. 说部流别 [J]. 学衡（8）.

刘勇强，2007. 中国古代小说史叙论 [M]. 北京：北京大学出版社.

刘勇强，2012. 中国古代小说的文体兼容性 [J]. 北京大学学报（哲学社会科学版）（3）：57–62.

刘知几，2010. 史通评注 [M]. 北京：中央编译出版社.

刘宗迪，2010. 古典的草根 [M]. 北京：生活·读书·新知三联书店.

鲁德才，2013. 中国古代白话小说艺术形态学导论 [M]. 天津：南开大学出版社.

鲁迅, 2006. 中国小说史略 [M]. 北京: 人民文学出版社.

鲁玉川, 宋祥瑞, 陈曦钟, 1986. 《三国演义》会评本 [M]. 北京: 北京大学出版社.

陆时雍, 2010. 诗境 [M]. 任文京, 赵东岚, 点校. 保定: 河北大学出版社.

逯钦立, 1988. 先秦汉魏晋南北朝诗 [M]. 北京: 中华书局.

吕祖谦, 2008. 吕祖谦全集 [M]. 杭州: 浙江古籍出版社.

罗纲, 1994. 叙事学导论 [M]. 昆明: 云南人民出版社.

罗贯中, 1994. 三国志通俗演义 [M]. 上海: 上海古籍出版社.

罗书华, 2008. 中国叙事之学: 结构、历史与比较的维度 [M]. 北京: 中国社会科学出版社.

罗筱玉, 2005. 宋元讲史话本研究 [D]. 上海: 复旦大学.

罗烨, 1957. 醉翁谈录 [M]. 上海: 古典文学出版社.

骆宾王, 2001. 骆宾王集 [M]. 谌东飚, 校点. 长沙: 岳麓书社.

孟昭连, 2003, 宁宗一. 中国小说艺术史 [M]. 杭州: 浙江古籍出版社.

孟昭连, 2005. 崇祯本《金瓶梅》诗词来源新考 [J]. 厦门教育学院学报（2）: 24-28+33.

孟昭连, 2016. 白话小说生成史 [M]. 天津: 南开大学出版社.

南京大学中国语言文学系《全清词》编纂研究室, 2002. 全清词·顺康卷 [M]. 北京: 中华书局.

宁宗一, 1995. 中国小说学通论 [M]. 合肥: 安徽教育出版社.

牛贵琥, 2005. 古代小说文化简史丛书: 古代小说与诗词 [M]. 太原: 山西人民出版社.

牛龙菲, 1983. 中国散韵相间、兼说兼唱之文体的来源: 且谈"变文"之"变" [J]. 敦煌学辑刊（创刊号）.

牛僧孺，李复言，2012. 玄怪录·续玄怪录 [M]// 历代笔记小说大观. 上海：上海古籍出版社.

欧阳修，等，1975. 新唐书 [M]. 北京：中华书局.

潘碧华，2008. 以诗为文：论《红楼梦》的诗性特质 [J]. 红楼梦学刊（5）：167–178.

潘德舆，2010. 养一斋诗话 [M]. 朱德慈，辑校. 北京：中华书局.

潘建国，2012. 古代小说前沿问题丛谈（之六）·主持人语 [J]. 北京大学学报（哲学社会科学版）（3）.

浦安迪，1996. 明代四大奇书 [M]. 沈亨寿，译. 北京：生活·读书·新知三联书店.

浦江清，1958. 浦江清文录 [M]. 北京：人民文学出版社.

齐裕焜，2006. 明代建阳坊刻通俗小说评析 [J]. 福建师范大学学报（哲学社会科学版）（1）：104–109.

齐裕焜，2011.《水浒传》不同繁本系统之比较 [J]. 中国典籍与文化（1）：53–62.

齐裕焜，2014. 中国古代小说演变史 [M]. 北京：人民文学出版社.

齐裕焜，2017.《水浒传》出场诗刍议 [J]. 明清小说研究（3）：4–17.

齐裕焜，2018. 学理思考与文本细读：中国古代小说论集续编 [M]. 北京：高等教育出版社.

钱伯城，1979. 袁宏道集笺校 [M]. 上海：上海古籍出版社.

钱伯城，2008. 袁宏道集笺校 [M]. 上海：上海古籍出版社.

钱锺书，1981. 诗可以怨 [J]. 文学评论（1）.

钱锺书，1937. 中国固有的文学批评的一个特点 [J]. 文学杂志（4）.

邱昌员，2004. 诗与唐代文言小说研究 [D]. 上海：上海师范大学.

任广世，2008. 清代连厢艺术形态考 [J]. 文化遗产（4）：44–52.

任晓燕，1999. 谈"三言"对《清平山堂话本》中诗词的改动 [J]. 明清小说研究（3）：51–57.

阮阅，1987. 诗话总龟 [M]. 北京：人民文学出版社 .

佘正松，2009. 高适诗文注评 [M]. 北京：中华书局 .

沈梅，2009. 古代小说与早期诗话关系概说 [J]. 西南交通大学学报（社会科学版）（5）：19–24.

施耐庵，1988. 容与堂本水浒传 [M]. 上海：上海古籍出版社 .

施闰章，1993. 施愚山集 [M]. 合肥：黄山书社 .

石昌渝，1994. 中国小说源流论 [M]. 北京：生活·读书·新知三联书店 .

司马迁，1982. 史记 [M]. 北京：中华书局 .

宋常立，2000. 中国古代小说文体论 [M]. 天津：天津社会科学院出版社 .

宋子俊，2004. 中国古代小说戏剧研究丛刊（第 2 辑）[M]. 兰州：甘肃教育出版社 .

苏轼，1982. 苏轼诗集 [M]. 北京：中华书局 .

孙步忠，2002. 古代白话小说中的诗词韵文研究 [D]. 上海：上海师范大学 .

孙虹，薛瑞生，2013. 清真集校注 [M]. 北京：中华书局 .

孙惠柱，2010. 人类表演学系列·谢克纳专辑 [M]. 北京：文化艺术出版社 .

孙楷第，1956. 俗讲、说话与白话小说 [M]. 北京：作家出版社 .

孙楷第，1981. 日本东京所见小说书目 [M]. 北京：人民文学出版社 .

孙绍振，2014.《香菱学诗》：诗话体小说 [J]. 语文建设（22）.

孙中旺，2007. 金圣叹研究资料汇编 [M]. 扬州：广陵书社 .

谭正璧，1984. 古本稀见小说汇考 [M]. 上海：上海古籍出版社 .

汤燕君，2009. 唐代试诗制度研究 [D]. 杭州：浙江大学 .

唐圭璋，1999. 全宋词 [M]. 北京：中华书局 .

唐景凯，1996. 中国古典小说中的词 [J]. 中国韵文学刊（2）：64–70.

天花藏主人，2000. 平山冷燕 [M]. 北京：中华书局.

涂秀虹，2014. 叙事艺术研究论稿 [M]. 北京：人民出版社.

涂秀虹，2016. 建阳刊《三国志演义》版本特征再探讨：建阳刻书背景对《三国志演义》版本形态的影响 [J]. 福建论坛（人文社会科学版）（12）：56-63.

托多洛夫，1995. 小说的修辞与语言 [M]. 冯子平，译. 西安：陕西教育出版社.

汪辟疆，1978. 唐人小说 [M]. 上海：上海古籍出版社.

汪象旭，2017. 西游证道书 [M]// 古本小说集成. 上海：上海古籍出版社.

王大厚，2008. 升庵诗话新笺证 [M]. 北京：中华书局.

王国维，1998a. 人间词话 [M]. 徐调孚，周振甫，注. 王幼安，校订. 北京：人民文学出版社.

王国维，1998b. 宋元戏曲史 [M]. 上海：上海古籍出版社.

王鸿泰，2005. 迷路的诗：明代士人的习诗情缘与人生选择 [C]// 中央研究院近代史研究所集刊. 1-54.

王靖懿，2015. 明词特色及其历史生成研究 [D]. 苏州：苏州大学.

王力，2015. 汉语诗律学 [M]. 北京：中华书局.

王利器，1980. 颜氏家训集解 [M]. 上海：上海古籍出版社.

王利器，1991. 宣和遗事解题 [J]. 文学评论（2）：57-63+37.

王利器，2009. 水浒全传校注 [M]. 石家庄：河北教育出版社.

王楠，2013. 论张竹坡《金瓶梅》评点中的"情理" [J]. 沈阳师范大学学报（社会科学版）（5）：169-172.

王念孙，1983. 广雅疏证 [M]. 北京：中华书局.

王若虚，1989. 滹南遗老集 [M]. 上海：上海书店.

王奕清，2010. 钦定词谱 [M]. 北京：中国书店.

王征，2019. 论宫体诗对《红楼梦》的渗透及影响 [J]. 明清小说研究（4）：124-140.

维柯，1989. 新科学：上册 [M]. 朱光潜，译. 北京：商务印书馆.

魏庆之，1982. 诗人玉屑 [M]. 上海：上海古籍出版社.

魏学宏，1998. 略论明清章回小说与诗歌的关系 [J]. 甘肃联合大学学报（社会科学版）（2）：83-86.

魏徵，1973，令狐德棻. 隋书 [M]. 北京：中华书局.

文天祥，1985. 文天祥全集 [M]. 北京：中国书店出版社.

闻一多，2006. 诗与神话 [M]. 上海：上海人民出版社.

吴曾，1979. 能改斋漫录 [M]. 上海：上海古籍出版社.

吴承恩，李贽，1981. 李卓吾先生批点西游记 [M]. 郑州：中州书画社.

吴承学，1999. 唐代判文文体及源流研究 [J]. 文学遗产（6）：21-33.

吴承学，2011. 中国古代文体学研究 [M]. 北京：人民文学出版社.

吴海勇，2004. 中古汉译佛经叙事文学研究 [M]. 北京：学苑出版社.

吴敬梓，1986. 儒林外史 [M]. 黄小田，评点. 李汉秋，辑校. 合肥：黄山书社.

吴敬梓，2002. 吴敬梓诗文集 [M]. 李汉秋，辑校. 北京：人民文学出版社.

吴士余，1990. 中国小说思维的文化机制 [M]. 上海：华东师范大学出版社.

吴世昌，吴会华，2000.《片玉词》笺注 [M]. 北京：北京出版社.

吴璿，1981. 飞龙全传 [M]. 北京：人民文学出版社.

吴在庆，2014. 韩偓集系年校注 [M]. 北京：中华书局.

吴志达，1981. 唐人传奇 [M]. 上海：上海古籍出版社.

吴组缃，1998. 中国小说研究论集 [M]. 北京：北京大学出版社.

西湖渔隐主人，1992. 欢喜冤家 [M]. 于天池，李书，点校. 北京：北京师范大学出版社.

郗文倩，2010. 古代的木铎及其想象 [J]. 文史博览（理论）（9）：19-21.

夏庭芝，1959. 青楼集 [M]// 中国戏曲研究院 . 中国古典戏曲论著集成（二）. 北京：中国戏剧出版社 .

谢思炜，2006. 白居易诗集校注 [M]. 北京：中华书局 .

谢伟民，1987. 中国小说诗韵成分的形成及衰败原因 [J]. 江汉论坛（12）.

谢肇淛，2012. 五杂俎 [M]. 上海：上海古籍出版社 .

熊钟谷，1994. 全汉志传 [M]// 古本小说集成（第 4 辑 119）. 上海：上海古籍出版社 .

徐传玉，张仲谋，1992. 论古典诗文对小说发展的影响 [J]. 社会科学辑刊（3）.

徐述夔，2017. 快士传（上）[M]. 上海：上海古籍出版社 .

徐元诰，2002. 国语集解 [M]. 北京：中华书局 .

许建平，1997.《儒林外史》：一部意在言志的诗化小说 [J]. 明清小说研究（1）：36-44.

许晴，2018. 论胡曾咏史诗的通俗性及其文学影响 [J]. 宁夏师范学院学报（8）：19-25.

许慎，1981. 说文解字 [M]. 段玉裁，注 . 上海：上海古籍出版社 .

许学夷，1987. 诗源辨体 [M]. 杜维沫，校点 . 北京：人民文学出版社 .

薛海燕，2002. 红楼梦：一个诗性的文本 [M]. 北京：中国社会科学出版社 .

严可均，1958. 全上古三代秦汉三国六朝文 [M]. 北京：中华书局 .

杨伯峻，2009. 论语译注 [M]. 北京：中华书局 .

杨万里，1962. 杨万里选集 [M]. 周汝昌，选注 . 上海：上海古籍出版社 .

杨义，1997. 中国叙事学 [M]. 北京：人民出版社 .

杨义，1998a.《惜诵》的抒情学及其他 [J]. 杭州师范大学学报（社会科学版）（2）：17-25.

杨义，1998b. 楚辞诗学 [M]. 北京：人民出版社 .

杨义，1998c. 中国古典小说史论 [M]. 北京：人民出版社.

杨义，2000. 杜诗复合意象的创造（上篇）[J]. 中国文化研究（2）：88–97+145.

叶朗，1982. 中国小说美学 [M]. 北京：北京大学出版社.

叶朗，1985. 中国美学史大纲 [M]. 上海：上海人民出版社.

叶燮，薛雪，沈德潜，2006. 原诗·一瓢诗话·说诗晬语 [M]. 霍松林，杜维沫，校注. 北京：人民文学出版社.

于天池，1998.《刎颈鸳鸯会》是话本而非鼓子词 [J]. 文学遗产（6）：99–102.

余嘉锡，2007a. 世说新语笺疏 [M]. 北京：中华书局.

余嘉锡，2007b. 余嘉锡论学杂著 [M]. 北京：中华书局.

余象斗，1991. 水浒志传评林 [M]. 北京：中华书局.

虞集，1929. 道园学古录 [M]. 上海：商务印书馆.

宇文所安，2004. 追忆：中国古典文学中的往事再现 [M]. 北京：生活·读书·新知三联书店.

元稹，2015. 新编元稹集 [M]. 西安：三秦出版社.

袁锦贵，2005. "借题目写性情"：《儿女英雄传》主题新探 [J]. 社会科学论坛（学术研究卷）（12）：139–142.

袁枚，1982. 随园诗话 [M]. 顾学颉，校点. 北京：人民文学出版社.

袁行霈，1985. 以赋为词：试论清真词的艺术特色 [J]. 北京大学学报（哲学社会科学版）（5）.

张籍，1959. 张籍诗集 [M]. 北京：中华书局.

张健，2001. 元代诗法校考 [M]. 北京：北京大学出版社.

张锦池，1998. 论《儒林外史》的纪传性结构形态 [J]. 文学遗产（5）：88–98.

张京霞，2010.《三国演义》的诗性叙事 [J]. 小说评论（S2）：85-88.

张平仁，2017. 红楼梦诗性叙事研究 [M]. 北京：首都师范大学出版社.

张稔穰，1991. 中国古代小说艺术教程 [M]. 济南：山东教育出版社.

张兴龙，2005. 试析中国诗性智慧语境下的《镜花缘》[J]. 江苏海洋大学学报（人文社会科学版）（1）：51-54.

张兴龙，2013.《西游记》：诗性文化叙事 [M]. 北京：光明日报出版社.

张炎，1983. 山中白云集 [M]. 吴则虞，校辑. 北京：中华书局.

张岳林，2012. 比兴思维与《红楼梦》叙事的诗化 [J]. 广西民族师范学院学报（1）：68-72.

赵璘，王云五，1939. 因话录及其他一种 [M]. 上海：商务印书馆.

赵彦卫，1996. 云麓漫抄 [M]. 北京：中华书局.

赵义山，等，2013. 明代小说寄生词曲研究 [M]. 北京：商务印书馆.

郑铁生，2005. 周静轩诗在《三国演义》版本中的演变和意义 [J]. 明清小说研究（4）：83-92.

郑铁生，2007.《金瓶梅》唱曲叙事功能在小说发展史上的意义 [J]. 内江师范学院学报（3）：10-14.

中国社会科学院文学研究所，2010. 中国文学资料丛刊 [M]. 北京：知识产权出版社.

周楫，1994. 西湖二集 [M]. 陈美林，校点. 南京：江苏古籍出版社.

周进芳，2003. 诗词韵语在古典小说中的多维叙事功能 [J]. 明清小说研究（3）：26-37.

周雷，1986. 红楼梦诗词解析序 [J]. 红楼梦学刊.

周楞伽，1980. 裴铏传奇 [M]. 上海：上海古籍出版社.

周汝昌，2006.《红楼梦》与诗文化 [J]. 徐州师范大学学报（哲学社会科学版）（6）：17-21.

周振甫，1998. 诗品译注 [M]. 北京：中华书局 .

周振甫，1999. 周振甫文集 [M]. 中国青年出版社 .

周振甫，2002. 诗经译注 [M]. 北京：中华书局 .

朱光潜，1982. 朱光潜美学文集 [M]. 上海：上海文艺出版社 .

朱玲，2005. 话本小说中诗体话语的修辞功能 [J]. 修辞学习（2）：39-40.

朱一玄，2012. 明清小说资料汇编 [M]. 天津：南开大学出版社 .

朱一玄，刘毓忱，2003.《儒林外史》资料汇编 [M]. 天津：南开大学出版社 .

朱一玄，朱天吉，2012. 明清小说资料选编 [M]. 天津：南开大学出版社 .

朱彝尊，1998. 经义考 [M]. 北京：中华书局 .

朱自清，1981. 朱自清古典文学论文集 [M]. 上海：上海古籍出版社 .

Bishop J L，1951. Some limitations of Chinese Fiction[A]//Far Eastern Quarterly.

后　记

　　这本书源自我的博士论文。那些年，我曾无数次地想象自己完成博士论文，写致谢辞时的场景。但是真正打下"致谢"两个字时，我却突然不知道该从哪里写起。我记得一位同事写的博士论文后记，她说：每一位女博士都是超人。当年，她在考博复习时，为了不影响刚满周岁的女儿休息，每天晚上都搬着小板凳坐在卫生间里读书。那时身为编辑的我们一起在《福建江夏学院学报》编辑部校稿。在此之前，我们编辑部的另一位编辑考上了湖南大学的博士研究生；之后是那位同事，考上了厦门大学的博士研究生；再后来是我，重新回到福建师范大学（以下简称师大）攻读博士研究生。

　　我与师大的缘分从 1998 年开始，那年高考我顺利地考入了中文系。仔细一算，这居然是二十多年前的事了，时光真是若白驹过隙，忽然而已。大学四年，我与二三好友虽不算勤奋，却都爱看书。那时我们混迹于师大图书馆的各个角落，甚至连大多数时间只有外语系同学才去的外文书库，也留下了我们借书的记录。这样漫无边际看书、野蛮生长的日子单纯、自由而美好。以至于当我大四去中学实习时，竟突然对围着教科书转的工作方式感到非常不适应。于是，实习回来后我迅速决定考研，并选择了自己喜欢且自认为颇为擅长的古代文学作为方向。或许是大学四年看书的积累，又或许是每次古代文学课都坐在第一排的缘故，成绩出来后我如愿考上了本校的研究生。但问题也随之而来，因为我是临时决定考研，所以之前并没有考虑导师的问题，只确定了自己喜欢的唐宋文学作为研究方向。考研成绩出来后，看着身边的同学陆续确认了之前就联系好的导师，我的心里很是焦急，不知道自己最后会被分到哪位老师门下。这时，命运再一次眷顾了我，我被分到肖庆伟教授和陈庆元教授门下，由两位教授联合培养。肖老师大部分时间在漳州，所以我主要跟着陈老师学习。

第一次去拜访陈老师，我十分忐忑。因为早就听说陈老师在学术上卓有建树，尤其是对魏晋南北朝文学与区域文学的研究，以及相关的古籍文献整理，都取得了丰硕的成果。想着我即将跟着这样的一位老师学习，我的内心既激动不已，又难免心生畏惧，有一种高山仰止的感觉。我就是怀着这样的心情来见陈老师的。没有想到，一进老师的家门，老师早已知道我是闽南人，并用闽南话与我拉起了家常。我紧张的心情一下子得到缓解。至今我都难以忘记那一刻，老师的平易与亲切，给刚刚踏入学术之门的我以莫大的鼓励，使我对未来的学习充满了憧憬。陈老师为人平易，但治学相当严谨。记得第一次上陈老师的课，在图书馆一楼幽深而僻静的古籍研究所，窗外竹影森森。陈老师说这学期要讲魏晋南北朝诗歌，于是课前我在图书馆随意地借了一本魏晋南北朝的诗歌选本。陈老师课上一见到我借的书，当即指出这本书的不妥之处，并由此出发告诉我们选本的重要性，以及版本、目录学的一些基本知识。那时的我，在学术面前真是完全的门外汉！正是在陈老师这样循循善诱、严谨认真的教导下，我才开始入门。而在此后漫长的考博与学习生涯中，陈老师始终关心着我、帮助着我，使我渐渐地成长起来。

我当时的研究方向是唐宋文学，因此，还跟着师大的另一位专攻唐宋文学的老师——陈节教授学习。陈节老师是一位和蔼且细致的女老师。我们五个人在她家里上课，每次去，桌上总是预先准备好了茶、蜂蜜水或者水果。她还带着我们爬鼓山、逛江滨公园，在山上、公园里上课。鼓山深处论诗，江滨日暮谈文，这样的学习经历真是太美好了！她给我们讲唐诗、宋词，还有想象瑰丽、叙事曲折的唐传奇。正是在她的课上，我才较为深入地接触了唐代的文言小说。后来我的博士论文写到这一部分内容时，还特地重新翻看了当时课上所做的笔记。在她的课上，我完成了一篇讨论诗词在唐传奇中叙事功能的小论文。这篇论文后来经肖教授推荐，发表在《漳州师范学院学报》上，成为我发表的第一篇学术论文。在考博士的时候，我请陈节老师帮我写专家推荐意见，她认真地帮我填好推荐表。临送我出门时，陈节老师却突然对我说："真的要考吗？还是不要考了，女孩子读博士，太辛苦了！"我听了心里十分感动，她真的是像妈妈一样关心着我！后来我才知道，我读博时，她已经生病一段时间了，但她从来没有跟我提起。我几次见她，她总是催着我快回家，说我要顾着工作、家庭和学习，不容易，而我居然粗心得都没有发现她的病情！如今，陈节老师已经不在了，我非常想念她！

硕士毕业后，我没有考上博士，先参加了工作。在《福建江夏学院学报》编辑部从最基础的文字校对做起，后来又做了栏目编辑，再后来转为专任教师。其间，我结婚、生子，完成了人生当中重要的角色转变。这中间又考了两次博士，但都因为英语成绩不理想，没有考上。看来大学时囫囵吞枣、似懂非懂地看的那些英文原版书，并没有帮助我把英语学习的漏洞补上。在这期间，陈庆元老师一直关心着我的学习和进步。终于，在2013年，我考上了师大的博士研究生，并机缘巧合地投到了涂秀虹教授的门下，跟着涂老师做明清文学的研究。涂老师很年轻，但做学问十分老练。我读本科时，她给我们上古代文学课，主讲明清段的文学史。我那时上课总坐在第一排，一抬眼望见这么年轻的老师，心里非常赞叹。我之前读了她的许多文章都很受启发，能有机会跟着她学习，我感到十分庆幸。有趣的是，大四的时候，我的毕业论文就是与《红楼梦》相关的选题，现在想来真是恍若早有安排，我兜了一圈，又回到明清小说这里。涂老师在培养学生时，很注意考虑学生的个人特色和专业学习背景。在确认我的博士论文选题时，她考虑到我硕士学习时主要的研究方向是诗词，就与我商量，专门为我"量体裁衣"，设计了诗词与小说交叉研究的选题。这个选题比较大，但有可持续性，我自己也觉得很好，不过有些担心不能够较好地完成。对此，涂老师给了我充分的信任与持续的鼓励。研究方向转到中国古代小说戏曲，我所有的理论积累都要重新做起，因此论文的进度缓慢。在开题后的两年多时间内，我一个字也没有写出来。但涂老师从来没有催促过我，每一次见她，她总是给予我鼓励与肯定。而当我在写作与思考的过程中，遇到难题向她请教时，她总能以她的学术涵养和独到的思维视角给予我启发，使我豁然开朗。在初稿完成后，她在初稿中细细地批注，与我反复讨论文中一些核心概念的界定，以及许多我之前未曾注意到的逻辑与学理上的漏洞，帮助我进一步完善相关表述，并最终完成了论文的修改。

读博士期间，我还有幸得到了齐裕焜教授的指导。齐老师是位敦厚长者，十分照顾我们这些年轻的晚辈。我本科阶段就选修了齐老师的"中国古代小说演变史"课程，课程所使用的教材是齐老师的同名专著，这本书在中国古代小说研究领域是十分有分量的学术成果。在博士论文开题之初，我原本是以中国古代小说作为整体的研究对象。齐老师提出，文言小说既然被讨论得比较多了，如果时间来不及，可以先以古代白话小说作为研究对象。我与涂老师商量后觉得很有道理，就先缩小了研究对象的范围。这样我的资料整理就减少了一半的工作量，这使我最终能在规定学制内完成论文的写作。我投稿的论文收到《明清小说研究》初审的意见后，迟迟没有下文，齐老师热心地帮我询问。在论文发表后，我一直没有收到样刊，也是齐老师一次又一次地帮我催促编辑部的老师。我后来为齐教授校对过《齐裕焜讲水浒》的书稿，这是"名家讲经典"丛书中的一本。这套丛书还包括《黄霖讲金瓶梅》《马瑞芳讲聊斋》《刘荫柏讲西游》以及李希凡的《红楼梦人物论》。我当时只作了最基本的标点符号与格式校对。我所做的事情不足一提，可齐老师在书稿付梓发行后，自费购买了一整套的图书送给我以表示感谢。我收到书时万分惭愧，也万分感激！其实我在校稿的同时也有很大收获，后来我的论文写到《水浒传》《金瓶梅》《红楼梦》时，有些观点就是受到了这套书的启发。

导师组中李小荣教授精通梵文、日文与英文，他的佛教文学研究独树一帜。在开题时，他就提醒我要注意相关概念的辨析；在预答辩时，又指出我在章节建构上的不足。欧明俊教授思维敏捷，研究理论往往别出心裁。他也很关心我的学习，在选题之初帮我多方参谋，并提醒我对前人的总结也是一种研究，启发我注意吸收前人的研究成果。蔡彦峰教授敏锐而认真，预答辩时帮我指出了对唐人诗歌格律的几处误判。还有郭丹教授，虽然已退休不带研究生，但当我向他请教史传文学场景描写与人物描写的问题时，他耐心地帮我解答，并将他的研究成果《先秦两汉史传文学史论》送给我作参考。如果说这么多年来，我在学术的道路上有所长进，那一定是得益于在求学的过程中转益多师。师大文学院的老师们温良谦逊，最乐于提携后进。正是他们无私的关爱与教导，才使我有了今天的进步。在此，我想向他们表达深深的敬意及诚挚的感谢！

在论文的完成过程中，我的同门小梅、邓雷每次看到相关的研究成果就会发给我参考。刘繁常常帮我查找福建省图书馆的图书资源。雅丽则在我无法下载知网论文时把她的账号借给我使用。还有张宇、丹丹和婉凝，在我准备预答辩及论文答辩时给我提供了许多帮助。在此也向他们表示感谢！

最后，我要感谢我的家人、同事与朋友长久以来对我的支持。在我分身乏术时，我的公公、婆婆主动承担起了照顾小孩的工作。我的父母也常常在电话中询问我论文的进展情况。连我的小孩，尽管很想妈妈陪他看世界，但也懂事地不打扰我写论文。我的爱人更是在背后默默地支持着我。工作单位的领导与同事也在我读博士期间给予我很大的帮助。学院领导们批准我减少这一学期的教学工作量，系主任和教研室同事们也主动帮我承担起日常的一些琐碎任务，使我能心无旁骛地完成论文最后的修改工作。还有从大学时代一起走来的好友苏华，近一年来，她主动担负起督促我论文进度的责任。有友如此，想不努力都不行！如果没有家人、同事和朋友的支持，我也无法完成我的学业。

毕业那年，正逢师大建校的第112个年头，112岁，师大正芳华！而我，40岁，不惑之年满心欢喜，期待着重新出发！

己亥小雪书于福州屏山南麓
癸卯孟春改于福州华屏苑